Antonio Gala

Antonio Gala nació en Córdoba en 1936, se licenció en Derecho, Filosofía y Letras, y Ciencias Políticas y Económicas, y desde 1963 se dedica exclusivamente a la literatura.

Ha cultivado todos los géneros: la poesía (*Enemigo íntimo* —Premio Adonais—, *Sonetos de La Zubia*, *Testamento andaluz*, *Poemas de amor*), el relato *(El corazón tardío)*, el ensayo, el guión televisivo (*Si las piedras hablaran*, *Paisaje con figuras*), el periodismo (en los últimos años en *El País* y *El Mundo*), la conferencia, etc. El teatro lo ha cultivado con internacional resonancia: *Los verdes campos del Edén* (1963), Premio Nacional Calderón de la Barca; *Los buenos días perdidos* (1972), Premio Nacional de Literatura; *Anillos para una dama* (1973); *Las cítaras colgadas de los árboles* (1974); *¿Por qué corres, Ulises?* (1975); *Petra Regalada* (1980); *Carmen Carmen*, musical estrenado en 1988, etc. Se le debe también el libreto de la ópera *Cristóbal Colón* y adaptaciones teatrales de Claudel, Albee y O'Casey. Sus obras han sido traducidas a las lenguas más importantes.

Charlas con Troylo, *Dedicado a Tobías*, *La soledad sonora*, *Cuaderno de la Dama de Otoño*, *A quien conmigo va*, *Troneras*, *Carta a los herederos* y *La casa sosegada* son recopilaciones de artículos. *Ahora hablaré de mí* es su libro más íntimo, en el que el autor reconstruye sus recuerdos.

Con *El manuscrito carmesí* obtuvo el Premio Planeta 1990, a la que siguieron, con gran éxito, las novelas *La pasión turca*, *Más allá del jardín*, *La regla de tres*, *Las afueras de Dios* y *El imposible olvido* y relatos de amor bajo el título *Los invitados al jardín*.

En 2002 inició sus actividades la Fundación Antonio Gala para jóvenes creadores.

El dueño de la herida

Antonio Gala

17-XI-2003

Cáceres

Planeta

Avinguda Diagonal 662, 6.ª planta. 08034 Barcelona (España)

Diseño de la colección: Columna Comunicació
Ilustración de la cubierta: © Ana Muller
Primera edición en esta presentación en Colección Booket: octubre de 2003

Depósito legal: B. 35.623-2003
ISBN: 84-08-04989-5
Impreso en: Litografía Rosés, S. A.
Encuadernado por: Litografía Rosés, S. A.
Printed in Spain - Impreso en España

En soledad vivía,
y en soledad ha puesto ya su nido,
y en soledad la guía
a solas su querido,
también en soledad de amor herido.

San Juan de la Cruz

¿Quién es el dueño de una carta: el remitente, o el destinatario? Acaso el correo, en su trayecto al menos. ¿Quién es el dueño de la herida: el que la causa, o el que la padece? ¿No son caras los dos de una misma moneda? O quizá el dueño es el sentimiento que les clava su dardo. Quien ama, quien es amado y el amor: ese arquero que los llaga a ambos, ese puente levadizo en que se encuentran y se desencuentran... El dueño de la herida es el verdugo y es la víctima; es el idólatra y es su ídolo; pero, sobre todo, aquello que los vincula o los enfrenta, sea cual sea su nombre. Porque hay amores que no saben el suyo verdadero.

A. G.

¿Quién es el cuerpo de [illegible] el [illegible] nos-[illegible] [illegible] [illegible] [illegible] [illegible] [illegible] [illegible] es el [illegible] el [illegible]

CUANDO TÚ LLEGUES

Dicen que la juventud es tu edad predilecta, y dicen que la primavera es el tiempo en que sueles aparecer, Amor. Yo no puedo creerlo. Tú, que marcas el rumbo de las constelaciones, y diriges hasta los más pequeños ritmos de la tierra; tú, que conduces a los perros por los delicados caminos del olfato, y engarzas a las mariposas con larguísimos hilos invisibles; tú, que embelleces a cualquier criatura para seducir a otra, y organizas imprevistos y suntuosos cortejos nupciales, no puedes restringirte a una edad ni a una hora... No es que seas el aliado del día o de la noche, de la luz, de la lluvia, de la carne y del alma de la carne: es que eres todo eso. La vida tiende a ti; levanta su oleaje atraído por ti, igual que las mareas por la luna, y tú cubicas sus caudales, aforas sus corrientes, mides sus resplandores, distribuyes sus verdes avenidas. Tú eres la fuerza de la fuerza; por ti reinan los reyes, y besan los cautivos sus cadenas. Tú eres la mano que sostiene al mundo, y eres el mundo y sus ciegos sentidos. Tú dispones los granos de incienso de la felicidad y las charcas salobres de la pena. Sólo queda fuera de tu jurisdicción el tiempo inmóvil y vacío de la melancolía. Por eso yo no creo que tengas edades y estaciones: una mirada, un libro, un río, una canción, una manera de entrelazar los dedos... Tú, el águila bicéfala.

He empezado a escuchar los gritos del silencio. Hay momentos en que dejo de respirar para oírlos mejor, y luego debo respirar más hondo para recuperarme. Un suspenso que vibra en torno mío pone su ala sobre mi boca si hablo, o sobre mi mano si es que estoy escribiendo, para indicarme que ha sonado la hora de prestar atención. Algo que echo de menos y no sé lo que es me desocupa del pasado, como si fuese sólo un punto de partida, y me empuja al futuro, ignorando también lo que será. Cargado con antiguos recuerdos que me han hecho el que soy, siento que sin querer salgo a la busca —a la espera, mejor— del reino nuevo. En el aire percibo tu presencia. No tu presencia aún, sino el aura de jilgueros, de ramas perezosas, de impacientes heraldos que siempre te preceden. ¿Acaso no eres tú tus heraldos también? No quisiera engañarme, pero estoy presintiendo tu llegada, y no sé hacer nada más que mirar alrededor apasionadamente...

¿Desde dónde vendrás? ¿Descenderás la cuesta, o subirás del río? ¿Es el Sur, o es el Norte quien te envía? ¿Qué lenguaje hablarás? ¿Bajo qué amable rostro te encubrirás ahora? ¿Tendrás los labios gruesos de la primera vez, la nariz breve de la segunda, los ojos de mar claro de la siguiente, la sonrisa —que dominaba al furor y retenía la gloria— de la última? ¿Vendrás de golpe, como en cierta ocasión, igual que el rayo, o de puntillas, subrepticio así el día y la muerte, o quizá ya estás dentro de mí, y salgas cualquier tarde riendo a carcajadas como un niño? ¿Qué estás haciendo ahora, mientras yo te echo en falta? ¿Me echas tú en falta a mí; en qué trabajas; vacilas; sientes incompletas la noche y la mañana? Cuántas dudas hasta que surjas agitando la alegría lo mismo que un pañuelo.

Cuando llegues, Amor, tendrás que recibirme como soy, no como te imaginas. Tomarás mi libertad y me darás la tuya. Tomarás mi compromiso y me darás el tuyo. Empezaremos juntos a nacer; pero no será posible desentenderse de los pesados lazos del recuerdo. Yo sé que tus facciones inauguran el mundo: procuraré que no se interpongan entre tú y yo facciones anteriores, la fresca y dúctil piel sobre la que dormí, las caricias a que me acostumbré, los extremados cuerpos que asaltaron mi soledad un día, el deseo que jamás se agotaba y se agotó... Tú, que espoleas el tiempo, tendrás que darte prisa. Ten cuidado con él, porque cuando no estás transcurre en vano. Y se hará tarde, Amor, ya se hace tarde. ¿Y cómo, entonces, a la noche, podría ser examinado en ti?

O quizá no te fuiste. Jugaste al escondite, y eres el mismo siempre, que aparece y desaparece como en broma. Un prestidigitador que saca de su chistera un variado surtido de sorpresas... Quizá eres yo también. Yo, que alargo la mano. («Alargaba la mano y te tocaba. / Te tocaba: rozaba tu frontera, / el suave sitio donde tú terminas.») Si es así, no cambies más de cara ni de gesto. Quédate quieto aquí. Mirémonos a los ojos despacio: no más desastres, no más crímenes. No entres una vez más a saco en la ciudad que es tuya. Serénate, puesto que tienes mi edad, si es que eres yo. No cambies de sonrisa, ni de rasgados ojos, ni de alargadas manos. No mudes el color de tu pelo, ni la forma de entrecerrar los párpados cuando se acerca el beso. Deja caer tu cuello sobre la almohada con el mismo desmayo de ayer. Deja tus brazos en torno de mi cuello igual que una bufanda para los días de frío venideros... Si no te fuiste, no te vayas más. No te disfraces; no finjas alejarte; no te hagas el dormido. Porque no hay demasiado tiempo, y habrá que darse prisa... Pondremos los recuerdos encima de la mesa: la noche aquella de agosto junto al mar, las músicas ardientes, la desolación de todos los principios, su júbilo infinito, la incertidumbre de los tactos, la torpeza, las amargas palabras, el inconsciente gozo que salta como un pájaro efímero de un hombro en otro, la torpeza recomenzada cada día, el beso refugiado en la comisura de la boca entreabierta, la conversación muda de los ojos en las viejas tabernas, el atardecer que resbala sobre las aceras, y siempre la torpeza resistiéndose a reconocer que tú eres la única dádiva posible de la vida... Encima de la mesa los recuerdos comunes, como una manoseada baraja con que jugar por fin la última partida. Una partida en que nos asesoren todos los que hemos sido hasta ahora tú y yo.

Cuando llegues —si tienes que llegar— entra sin hacer ruido. Usa tu propia llave. Di buenas tardes, di buenas noches, y entra. Como quien ha salido a un recado, y regresa, y ve la casa como estaba, y lo aprueba, y se sienta en el sillón más cómodo con un lento suspiro. Abre cuando llegues, si quieres, la ventana a los sonidos cómplices de fuera, y a la luz, a la favorable intemperie de la vida. El tiempo en que no te tuve dejará de existir cuando tú llegues. Todo será sencillo. Como una rosa recién cortada, se instalará el milagro entre nosotros. No habrá nada que no quepa en mis manos cuando llegues. Tornasoladas nubes coronarán el techo de la alcoba. ¿Dónde están mis heridas?, me diré...

Pero escúchame bien: llega para quedarte cuando llegues.*

* *La soledad sonora.*

TERAPIA DEL CORAZÓN

—Bueno, para empezar me tenía desnuda y boca abajo. Hacía un calor horroroso y era la hora de la siesta. Yo habría preferido echar un sueñecito en lugar de un polvo. Estaba adormilada, pero Claudio se sentía cariñoso y tampoco eso abunda tanto últimamente. Yo lo oí trastear a mi espalda con algo metálico. No tenía ni la menor idea de lo que tramaba. Cualquier idiotez, me dije. Porque de él y de sus ideas sexuales no me fío... Sentí que me tocaba despacito un poco por todas partes. Él siempre ha calculado sin mucho acierto mis zonas erógenas. Se echó encima de mí por detrás, y empezó a besarme la nuca con labios glaciales. Tardaba mucho. Me dio media vuelta. Mientras tanto noté que comenzaba a pasarme un cubito de hielo por los pechos y alrededor de los pezones... Lo único que consiguió fue despertarme del todo. Luego resbaló el hielo hasta mi ombligo, lo cual me produjo ciertos escalofríos, no estoy segura de que fuesen de placer... Más tarde se enfrió con el cubito su boca, y me acarició con la lengua los pechos y el sexo. Debió de pasarse tres pueblos, porque en el sexo lo que sentí fue como una quemadura. Supongo que el tío burro me había metido el hielo. Y, como casi grité, recogió velas y me pasó ese cubito por la espalda, hasta las nalgas... Cuando le pareció bien, lo tomó entre los dientes, y me humedeció con él los muslos por detrás y las pantorrillas hasta las plantas de los pies y entre los dedos... Yo, francamente no le veía la gracia, y aquello me pareció una soberana pérdida de tiempo. Por eso fue por lo que me aburrí y me senté en la cama. Reconozco que Claudio estaba gracioso con el hielo en la boca. «Mira, Claudio, cariño, hazme el favor de irte a tomar por el culo», le dije.

—¿Así se lo soltaste? Qué burra.

—Bueno, agregué «si te parece bien». Hazme el favor, cariño, de irte a tomar por el culo si te parece bien... Comprenderás que estaba harta. No era sólo lo del cubito de los cojones: era todo... A él le había costado Dios y ayuda aceptar las fechas de mis vacaciones en el hospital; yo no tenía otras; el verano se presentó caliente de cojones también... No me mires así, lo sé, soy una malhablada. A los escritores, sin embargo, da gusto oíros cuando abrís la boquita... Reconozco que Claudio estaba hasta las cejas: había acabado por los pelos la promoción de su última novela. Estábamos los dos muertos. Y además, un niño de cuatro años y otro de cuatro meses... Lo que yo quería era cerrar los ojos y que me dejara descansar. O morirme de una vez. Y viene el tío sinsorgo con el hielito de la puñeta paseándomelo por todos los rincones. Oye, como para mearse y no echar gota... Que lo sé, que soy una malhablada.

—Tú sabes que quiero mucho a Claudio: emprendimos la carrera de obstáculos a la vez; tuvimos juntos los primeros éxitos.

—Que sí, que sí. Lo quieres porque tú escribes teatro y él novela, y no os podéis hacer sombra, que si no... Menudos sois los escritores: aves carroñeras.

—No exageres, Fabiola. Hay veces que te pones malvada además de ordinaria. Por cierto, ¿dónde está tu marido?

—Y yo qué sé. Desde que llegamos de las vacaciones la semana pasada me ha resultado muy difícil echarle la vista encima. Dijo que estaba tramando otra novela. Pero no lo veo yo muy claro. Ni sé dónde...

—Si lo dice, será verdad, mujer.

—Está bien. Pues te voy a decir una cosa... Porque tú eres mi amigo, ¿no?

—Sí, desde luego; pero también soy amigo de Claudio, no lo olvides.

No, no lo olvidaba. Lo que Fabiola tenía ganas de decirme era que estaba hasta el moño de Claudio. Que lo encontraba sabihondo e insoportable. Empalagoso y al mismo tiempo vomitivo. Pero ¿así, de pronto? Todo había empezado con el segundo niño, que además era niña. Y continuó con el tiempo libre de las vacaciones, que les había dado ocasión de tratarse más, de charlar, de descifrarse y de catalogarse el uno al otro.

El hijo fue el primero, me contó. A Claudio le hizo más ilusión *hacer* de padre que *ser* padre. Había aguantado alguna mala noche, pero sólo alguna, y al principio, no creas, luego se iba a su estudio el muy cabrón... La niña, por el contrario, no le hizo ni gracia ni ilusión. Él lo que quería era *su* hijo, *su* heredero. Esa cosa que ha dicho tantas veces que sus lectores se la saben de memoria: «Mi hijo es mi documento de identidad: mi domicilio es mi hijo; mi profesión, mi hijo; mi edad, la de mi hijo; mi lugar de nacimiento...» Todo literatura. A los cuatro años ya se le había caducado el documento, y, por si fuera poco, Elsa fue niña. En fin, un desastre. Y aquí, en Madrid, ya sabes: yo en el hospital muchas horas; él, zascandileando o inspirándose o leyendo y escribiendo en su estudio. O sea, de intimidad y de relación, *niente* de *niente*. Un polvo de cuando en cuando, con prisas, y a otra cosa... Pero en el apartamento de la playa, frente a frente, te enteras de verdad de más cosas, porque ya se te ha caído la venda de los ojos. Si tú tienes que haberte dado cuenta...

Mira, Claudio cree que es poseedor indudable de una personalidad estimulante. Y eso es lo peor del mundo. Él, cuando parpadea y luego mira fijo, está seguro de que te traspasa. Pasarse todo el tiempo demostrándote su personalidad entusiástica y vital cansa hasta a los elefantes... Una noche jugamos a un test de esos de los periódicos del fin de semana. La verdad es que yo no tenía ganas de salir; tenía ganas de hablar, maldita sea. No me dejó meter baza ni un momento, qué pelmazo el tío, o mejor, qué coñazo. Menudas vacaciones... No te digo más que sumada su puntuación de personalidad estimulante, daba 100 sobre 100, el máximo de los máximos. Yo creo que la mía dio 30... Claudio resultó ser, como hombre y como escritor, doña Perfecta. Estaba interesado en muchísimas cosas muy distintas, independientes de su profesión; se le ocurrían a porrillo ideas nuevas y nuevos métodos para resolver cualquier problema; se veía libre de temores y de preocupaciones, y lleno de renovados ímpetus; era capaz de dejar de lado la tarea que tuviera entre manos para agregarse a una actividad distinta, quiero decir un picnic, ir de compras, volar en globo, qué sé yo, la leche... Claudio, capaz de dejar de escribir cuando se le está dando bien, ya ves tú qué mentira tan gorda: no se la tragan ni los tiburones. Es que no puedo aguantar que nadie se conozca tan poco. Y no para ahí la cosa. Por lo que decía, qué hipócrita, le gusta todo el mundo, siente curiosidad por todo, disfruta de la gente aunque no tenga nada que ver con él; le encanta conocer tipos nuevos, asistir a cócteles y actos sociales... A Claudio, que es un puerco espín o un cuervo, digo un cardo, o las tres cosas a la vez y un cerdo además... Bueno, te darás cuenta de que yo me estaba poniendo a cien. Le hubiese dado con un pichel de cerveza que había allí en toda la cabeza y me habría quedado tan campante... Y hay más aún. De verdad que los dioses ciegan a quienes desean perder: entre otras cosas, porque se creen dioses también. ¿Tú te tragas lo que aseguró: que no se deprime ante equivocaciones ni fracasos, porque considera que quedan siempre muchas cosas interesantes por hacer? ¿Te tragas que no se preocupa en absoluto de gustarle a todos o de que lo critiquen, porque lo suyo es una dedicación total a su profesión? ¿Te tragas que, por lo que dice, siempre está dispuesto a tomar la iniciativa y a asumir todas las responsabilidades? Es que tiene huevos la cosa, ¿eh?

Yo me echaba a reír, de cuando en cuando, al ver la irritación tan gratuita, por extemporánea no por otro motivo, que se estaba llevando Fabiola. Una irritación que yo tomaba en broma hasta que caí en la cuenta de que jamás me había hablado tan en serio.

—Fabiola, por Dios, estaría hablando a lo loco, como se contesta a esas preguntas tontas.

—Estaba hablando como le habló a su padre en el lecho de muerte, te lo juro. Y decía que una de las labores que más le atraían era alentar a los vacilantes y a los débiles. Y también le atraía ver disfrutar a la gente que tiene alrededor, los niños y yo por ejemplo, qué cara más dura. Porque yo comprendo que él alardee de que le saltan con abundancia los temas de que hablar, y que lo pase muy bien haciéndolo, a troche y moche, porque se pone pesadísimo. Pero que añada que disfruta escuchando a los otros, eso ya no lo manda ni Dios, porque es que no deja abrir la boca a nadie. Tú lo sabes tan bien como yo y como todo el mundo... Se desconoce tanto, que afirma cuánto le gusta que la gente vaya a visitarlo sin avisar, por las buenas, y que se alegra enormemente, y que le da la bienvenida de todo corazón; y también que no le importa parecer tonto, o hacérselo, si es para divertirse o para divertir a alguien: qué disparate, ese gachó tan soberbio y tan creído de sí mismo que asusta; y que es muy dado a ofrecer inmediatamente su comprensión y su ayuda a quien lo necesite, sea quien sea; y, óyelo bien porque esto ya es el colmo del cinismo, que está íntimamente convencido de que le falta mucho que aprender y de que cada día le enseña cosas nuevas por el muchísimo interés con que observa a quienes lo rodean. ¿Qué te parece, el jodío por culo? Anda, para que te vayas con los quintos.

—Mujer, en el fondo, todos tenemos ideas bastante erróneas sobre nosotros mismos. No nos vemos con los ojos con que nos ven los demás.

—Una cosa es estar equivocado, un poco equivocado, y otra no dar ni una. Mira, amigo mío, estas vacaciones han colmado el vaso de mi paciencia. Han puesto muy de manifiesto, sin posibilidad alguna de ignorarlo, que Claudio y yo no tenemos nada en común. A no ser nuestros hijos.

—¿Es que los dos son de los dos?

—No tengo humor para guasas. Si no lo fuesen, ¿te crees tú que iba yo a estar aguantando a Claudio? —Dejó pasar unos momentos, no muchos, y agregó—: Me voy a separar. Me largo. Esta casa era suya. Yo me voy. Con los niños, por supuesto.

Lo dijo con absoluta sinceridad. Se notaba en el tono de su voz y en un temblorcillo que había en su garganta. Esperé un poco, por si quería añadir algo; pero no. Luego, dije:

—Creo que deberíais daros una oportunidad. La expresión es vulgar, pero cierta. Al fin y al cabo no sois campesinos ni mineros. No sois gente que se deje llevar por un primer impulso. Sois intelectuales: no te lo tomes a chunga que eres una cachonda... Él es escritor y tú eres médico. O sea, acostumbrados a observar a vuestros semejantes... Salvar vuestra historia, aunque no sea larga, es una responsabilidad muy grave. No es algo que pueda resolverse a la ligera, como un test.

—¿Y qué me estás aconsejando: esperar que esta idiotez que tengo entre las manos se me pudra? Eso será muchísimo peor.

—Pues id a alguien que os aconseje. Hay matrimonios que tienen su asesor fiscal, ¿no? ¿Por qué no buscáis un sicólogo de esos especializados en salvar matrimonios?

—Oye, te miro y me dan escalofríos. ¿No eres tú ni pintiparado para eso? Estás fueras del campo de batalla, nos quieres a los dos, eres sagaz y experto en historias de amor y desamor...

—No, hija, no. En vuestra historia yo estoy demasiado implicado. Claudio era mi compañero de piso cuando te conoció. Desde entonces he vivido paso a paso lo vuestro. Soy padrino de Tristán...

—Contigo es con quien yo me debería haber casado.

—Está bien, pero no lo hiciste. Ahora no se trata de sacar los pies del plato: se trata de hacer lo mejor para esa sociedad que formáis, no para el uno o para el otro por separado. Una sociedad que ya tiene dos nuevos socios...

—Si no fuera por eso, a buenas horas mangas verdes iba a estar yo ya aquí.

—Buscad un buen terapeuta de corazones averiados.

—Tú, por ejemplo.

—No insistas. Yo ya lo soy de mucha gente, de muchos lectores. A mí me han hecho una especie de icono del amor. Como esos que hay en la puerta de los urinarios.

—Pero ¿tú te crees que lo que yo te estoy contando puedo contárselo a alguien más?

—Trata de hacerlo. Trata de ser veraz, sin cargar las tintas, sin querer tener de tu parte la razón y al terapeuta, que es el peligro que, conociéndote, correrás... Mira, me voy a ocupar. Voy a indagar sobre alguien que sea capaz de ayudaros. Alguien bien preparado, porque sois dos fieras corrupias. Tú convence a tu marido.

—Mejor lo convencerías tú. A ti te hace más caso.

—Pero tendré que quitarle todas las legañas de este mundo, Fabiola. Hacerle ver que vuestro matrimonio corre serio peligro; que tú estás muy lejos de admirarlo; que tienes de él una opinión más bien pobre, bueno, paupérrima; que lo consideras un cantamañanas... Mujer, ésas son cosas que tendrías que decirle tú.

—Entre los dos se las iremos diciendo. Pero rapidito, rapidito. Su última oportunidad no debe esperar mucho.

Les recomendé una especie de consultorio o de bufete antidivorcista. Se llamaba algo así como *Pareja y sexualidad*. El nombre era completamente inapropiado, pero me dieron buenas referencias. Dada la complicación para organizar las entrevistas, por los horarios de los dos, de Fabiola sobre todo, quedaron en asistir a una sesión cada quince días. El importe era bastante elevado, pero eso no le importaba a ninguno de los dos. De entrada, supe que el terapeuta le había caído bien a Fabiola.

—¿Cómo se llama usted? —le preguntó a bocajarro nada más sentarse.

—Tarsicio.

—¿Por qué?

—¿Cómo que por qué?

—Que por qué se llama Tarsicio. Eso no pasa así como así. Tiene que haber un motivo fundado.

—Mi abuelo.

—Ah, está bien, siendo así...

Yo quería vigilar un poco, desde fuera, el proceso. Recibía informes de Tarsicio, que era un chico simpático y abierto, aunque acaso menos de lo que parecía, y de Fabiola. Claudio, con respecto a mí, se cerró como una ostra en un mutismo casi ofensivo: supongo que en la creencia de que me habría aliado con su mujer.

—Esto del matrimonio tiene tela —me comentó un día Fabiola—. Claro, si se acaba el amor, tendemos a pensar: fuera, y a otra cosa. Pero el matrimonio tiene muy poquito que ver con el sentimiento. Es como una casa que ha de hacerse. Tenemos el solar; pero, como uno de los dos cónyuges no sea buen arquitecto, allí se quedarán los materiales y que los parta un rayo... El matrimonio consiste en un edificio que tiene que tener oficinas, quirófanos, cuartos de trabajo, escritorios, guarderías infantiles, recibimientos, salas de espera, comedores y hasta tanatorios... Una barbaridad. Hay que currárselo con un par de ovarios... Me estoy enterando yo de muchísimas más cosas de las que quisiera. Ni Claudio ni yo estábamos preparados. No debimos casarnos jamás... —Volvió a decirme que el terapeuta era encantador, pero que Claudio quería desnivelarlo y llevárselo a su terreno, como si eso sirviese para algo—. Y es al revés. Porque él lo que ha de hacer es escuchar y no juzgar a nadie y procurar que nos expresemos con franqueza. Y también darnos alguna pista para resolver las cuestiones no a puñetazos ni a gritos, sino mediante la negociación y la comprensión mutua... Todo eso lo sé yo, querido, pero Claudio ni hablar. Sé que esto no va a tener éxito: él es un engreído que no tolera que nadie le dé lecciones.

Me enteré, por dos (o tres) fuentes de que, a la segunda o tercera sesión, se trató de averiguar si eran o no buenos amantes. Creo que se armó la de San Quintín. Fabiola tiró de la manta. Y Claudio, para defenderse, se cerró en banda. Al terapeuta, con lo del secreto profesional, yo no le sacaba casi nada; pero sí me interesaba ponerme un poco en antecedentes. Yo conocía, hace demasiado tiempo, a los dos beligerantes. Y entre todas mis informaciones he llegado a reconstruir, sobre poco más o menos, la escena como fue. Quizá me ha servido el escribir teatro.

Tarsicio.— Cuando tienen deseos de hacer el amor, ¿cómo se lo dan a entender a su pareja?

Claudio.— Hablándole con dulzura y acariciándola como con una suave insinuación.

Fabiola.— Mira, no digas sandeces, Claudio: te pones a sobarme como un mulo, y las pocas ganas que tengo me las quitas por pelma. Hasta que acabamos en una bronca... La que actúa como tú has dicho soy yo.

Tarsicio.— Claudio, ¿piensa usted que, cuando las mujeres dicen *no* en este campo quieren decir *sí*?

Claudio.— Yo, ¿por qué? De ninguna manera.

Fabiola.— Diga usted que sí que lo cree. Siempre.

Tarsicio.— ¿Qué importancia le dan a los besos, a los tactos, a los abrazos...?

Fabiola.— Para mí son la parte más importante de la relación. En ocasiones me parecen hasta suficientes. No hay por qué seguir.

Claudio.— Hombre, eso no. Sirven para entrar en materia; pero la materia no se acaba con ellos.

Tarsicio.— Cuando usted nota que ella siente deseos, ¿cómo se comporta?

Claudio.— En el caso de Fabiola, eso es muy raro. Tanto, que si sucediese, darían ganas de decirle: pues ahora yo no quiero, para que te enteres de lo que vale un peine... Pero yo soy un caballero, y procuro satisfacerla lo mejor que puedo.

Fabiola.— ¿Sabe usted lo que hace, Tarsicio? Pedirme que le haga cosas que sabe que no me gusta hacer. Aunque, la verdad, bien poquitas veces, y cada día menos, me encuentro en este trance...

Tarsicio.— Si ella no le toca en las zonas más erógenas de usted, ¿cómo reacciona, Claudio?

Claudio.— Pues invento una historia, que para eso soy novelista. Y describo el placer que sienten los que son acariciados de la manera que a mí me gusta. Y a veces incluso tomo su mano y la voy conduciendo con delicadeza...

Fabiola.— Eso es mentira. Lo que te coges es un cabreo monumental... Como verás, Tarsicio, ninguno de los dos somos buenos amantes. Por eso, entre otras cosas, estamos aquí. Aquí, hijo mío, sometidos a este indecente interrogatorio.

Tarsicio.— Perdone... Para ustedes, ¿qué es la penetración?

Claudio.— Pues un vehículo, un camino, un procedimiento... La forma de acabar el acto.

Fabiola.— Ahí ha dicho la verdad de lo que siente. Porque yo siempre he dado más importancia a la compenetración que a la penetración.

Tarsicio.— ¿Opinan ustedes que cada uno sabe con certeza lo que le gusta al otro?

Fabiola.— Yo no estoy segura de nada. Vamos, que no tenemos la menor idea.

Claudio.— Lo que pregunta es muy difícil de responder. Las personas cambian...

Fabiola.— Mira, Claudio, ni tú lo sabes, ni maldito lo que te importa ni te ha importado nunca.

Tarsicio.— ¿Qué hacen ustedes después de tener su orgasmo?

Fabiola.— Claudio se duerme o enciende un cigarrillo. Sin decir esta boca es mía ni para una apuesta.

Claudio.— Pero por lo menos tengo orgasmos. No todos pueden decir lo mismo.

Fabiola.— Claro, si lo hicieses un poquito mejor.

Tarsicio (Interrumpe.).— ¿Con qué frecuencia tienen relaciones sexuales?

Fabiola.— Uhhhhh. Yo digo como la abuelita. Si la memoria no me engaña, no lo recuerdo.

Claudio.— Pues tenemos relaciones cuando ella me deja, desde luego bastante menos de lo que yo querría. Entre nosotros, el mutuo acuerdo ya... Muerto y bien muerto.

Supongo que el terapeuta debió de sacar una conclusión descorazonadora. Y puedo confirmar, sin necesidad de suponerlo, que Fabiola también.

En otra sesión hablaron de la conservación de las ilusiones de los días iniciales. Hablaron como pudieron, porque ambos soltaron la carcajada desde el primer momento... Todo iba a ser más divertido, más compartido, más gozoso. Las tareas del hogar, que siempre hay aunque se tenga servicio, al no participar los dos, son una carga que desune y aleja. Va creándose, va creciendo el resentimiento contra el que las rehúye. Y si cada uno mira a otra parte, se concluye la vida en común. Y en consecuencia sobrevienen los problemas de hastío, infidelidad, dificultades inventadas o casi, para hacer compatibles el trabajo y la pareja... Entonces, los dos terminaron por callarse para no dar el número con discusiones que hasta a ellos mismos les resultaban tediosas. Tarsicio, por lo visto, los miraba animándolos a expresarse, aunque llegaran a las manos. Pero los dos se ratificaron en guardar un silencio hostil.

De repente, Fabiola se decidió, y habló con verdadera emoción de que su matrimonio se iba a pique y de que ella se encontraba deprimida, como quien se siente culpable de que una labor bien iniciada se fuese al traste dañando así a quienes más se quiere... «Me refiero a los niños», aclaró.

Claudio le echó en cara a Fabiola que, cuanto de él venía, siempre resultaba para ella intolerable. Si hacía algo, porque lo hacía; si no, porque no lo hacía. Fabiola se había convertido en la gata de Flora, que si se la meten, chilla, y si se la sacan, llora.

—Muy fino —apostilló Fabiola.

—Es que es verdad. También yo tengo depresiones de pensar que con la única persona que me siento incapaz de comunicarme en este mundo, yo, que me dedico a ello, es con mi mujer. Por eso, cuando la noto tensa, procuro no irritarla y no irritarme. Y le doy la razón en todo para poder quitarme de en medio.

—En efecto, eso haces. Y es una actitud muy poco masculina y bastante repugnante. Al toro hay que cogerlo por los cuernos, y dejar bien claras las situaciones en vez de escurrir el bulto.

—¿Ve usted? Tires por donde tires, te pilla Ramírez. Lo que yo le decía.

—¿Usted sabe, Tarsicio, lo que este hombre dice de mí? Que soy mandona e insoportable. Que lo trato como si fuese un niño o uno de mis enfermos. Que parezco un sargento de artillería, y que por eso, no por cobardía ni porque no se le ocurra nada ni porque le remuerda la conciencia, por eso, porque soy de ordeno y mando en plaza, es por lo que zanja cualquier discusión desapareciendo.

—Si no elevan el tono —intervino Tarsicio—, quizá podríamos, hablando sobre esto, sacar algunas conclusiones provechosas.

Casi al final de la terapia, Tarsicio fue un día a tomar una copa con ellos. Me lo contó él mismo.

El servicio había salido y los niños estaban acostados. Me recibieron en la cocina para mayor comodidad, según me advirtió Claudio. El frigorífico, una o dos pizarras colgadas por allí, la lavadora y hasta el microondas estaban llenos de notas, de esas que llaman *post-it*, que se pegan. Unas notas que aconsejaban la bondad y la mutua comprensión. No insultarse. No dar voces. No usar a los niños para ir contra el otro. Hablar media hora dos veces por semana sobre la cuestión... ¿Todo esto se refiere al matrimonio de servicio?, pregunté. No, al nuestro. Como lo veo en la cocina... Está toda la casa llena de papelitos, dijo

Fabiola. El dormitorio, sobre todo, concluyó Claudio: yo he perdido el sueño. Me paso la noche leyendo avisos de muerte. He inventado un *post-it* de estos con una calavera y dos tibias: ése creo que es el más exacto, el que mejor pinta nuestra situación.

—Muy gracioso —dijo Fabiola—. Como ves, todo lo toma a pitorreo.

—No es cierto. Y creo que tú tampoco. Estamos mejorando. Salvo que esas medias horas de reflexión conjunta suelen terminar como el rosario de la aurora.

—Pero ¿notáis alguna mudanza, algún beneficio, alguna mejoría?

—Hombre, para el dineral que nos está costando la terapia, si quiere que sea sincero, no demasiado.

—¿Ves? Lo único que le importa es el dinero. Así no hay modo.

Por fin concluyeron la terapia. A mi entender, con cierto éxito. Aunque hablar de éxito en este caso era muy complicado, porque se trataba de relaciones personales, y ahí sí que no hay modo... El terapeuta me comentó que un 60 por ciento de parejas avanza en su relación con buena voluntad; un 20 por ciento, reconoce que, en adelante, su vida sentimental no será maravillosa, pero que no les compensaba separarse, que es lo que yo había opinado siempre, desde mi soltería, del matrimonio: no es que sea indisoluble pero puede llegar a parecerlo; y el otro 20 por ciento, en cuanto pagan la última sesión le preguntan al propio terapeuta el teléfono de un buen abogado que les lleve el divorcio... Yo tenía la impresión de que mis amigos habían hecho un esfuerzo real para entenderse. Habían procurado, sin descuido, asistir a las sesiones. Se habían comportado en ellas no como seres maduros, pero tampoco como chiquillos meones. Lograron tener más paciencia uno con otro; Fabiola se relajaba mejor, evitaba la tensión y el resentimiento subsiguiente; y Claudio expresaba con moderación y sinceridad lo que le gustaba y lo que no, en lugar de poner pies en polvorosa a los diez minutos de empezar una discusión. Por consiguiente, yo entendí que no les había dado un mal consejo recomendándoles *Pareja y sexualidad.*

Pasaron dos semanas o tres. Yo me hallaba fuera de Madrid, acompañando en una gira a una actriz muy pesada. Una noche me llamaron al móvil. Creo recordar que estaba en Gijón. Era Fabiola.

—No me interrumpas.

—Pero si todavía no has empezado a hablar.

—Es que no sé cómo decírtelo.

—Comienza por el comienzo, Fabiola; a lo mejor te sale mejor así.

—Pues a ello... Hace unos días me llamó el terapeuta, llamémosle Tarsicio, lo cual no deja de ser un censo... Dicen que a su santo lo mataron a pedradas porque llevaba el santo sacramento a los presos de la cárcel Mamertina. Qué va. Me he informado, hijo: lo mataron a pedradas porque iba con los ojos en blanco, las manitas cruzadas delante del pecho y una minifalda, atravesando Roma... Así no me extraña...

—¿Para esa hagiografía me reclamas? Es graciosa, pero...

—No; la llamada de Tarsicio fue una llamada amistosa, no vayas a creerte. Era para interesarse por cómo nos iba, en fin, cómo marchaba lo nuestro... No me interrumpas.

—No te he interrumpido, pero, ya que lo haces tú, te diré que podía haber llamado a Claudio.

—Llamó indiferentemente a cualquiera de los dos, pero me puse yo... Y no me vuelvas a interrumpir. Yo pensaba, te lo juro, que todo iba bastante bien; pero no me dio tiempo a decírselo, chico. En cuanto oí su voz me di cuenta que todo iba como el culo. ¿Podemos vernos?

—Pero si estoy en Gijón.

—Cállate, imbécil. Le pregunté yo a él si podíamos vernos. Quedamos en el hall del Wellington. Un sitio muy raro, la verdad, ni que fuéramos toreros... Cuando lo vi entrar desde la calle, comprendí a la perfección absolutamente todo. Hasta la razón que me había movido a ir cada quince días a las sesiones con el memo de Claudio... Tarsicio se acercó. Hay que ver, que no me acostumbro a ese nombre... Su manera de andar, de sonreír un poco, muy poco, desde lejos, de forma que apenas se vislumbraba su sonrisa; su manera de moverse, con sencillez y con aplomo al mismo tiempo... En una palabra, que me dio tiempo a todo: antes de que llegara, yo ya estaba deseando quedar con él en otra parte. No sé si me explico.

—Divinamente.

—Que no me interrumpas. Por favor, le dije enseguida: creo que entre nosotros dos no debe haber secretos. Tú me conoces demasiado bien... Y se lo zampé.

—¿Qué le zampaste?

—Que estaba enamorada de él hasta las cachas, y que me acababa de caer de la higuera. Él me dijo que le pasaba exactamente igual. Que por eso me había llamado. Que no me lo hubiese dicho por ética profesional, pero que en estas circunstancias, etcétera, etcétera, etcétera... Total, que pedimos una habitación en el hotel... Claudio y yo hemos empezado los trámites de divorcio. Porque quiero casarme con Tarsicio: ése sí que sabe. Los niños se vendrán con nosotros... Bueno, fíjate si sabe que está soltero el tío.

—Y ahora, ¿a quién voy a tratar yo: a Claudio, o a ti?

—Pues mira, lo mejor es que trates a Tarsicio. Pero lo mejor con muchísima diferencia.

Desconecté el teléfono. Creo que no voy a tratar a ninguno de los tres.

LA CUARTA ESPOSA

Sí; en cierto sentido, a los ojos del mundo, yo fui la cuarta esposa. Pero no estoy nada segura de que, con las tres anteriores, existiese un ajustado vínculo legal. Nunca me preocupó. Lo que yo pretendí fue que esos vínculos legales quedaran bien apretados conmigo. Yo sí fui la legítima esposa. Por otra parte, claro, antes de llegar yo, hubo cientos de mujeres, no sólo tres. Sophie, Nora y Amanda, quizá fuesen sólo las que más le duraron. O las que tenían menos que hacer lejos de él. Vivían a su sombra. Sophie era una bailarina mediocre y agotada; Amanda, una especie de perra o de gata caliente; Nora, la infeliz, yo creo que era deficiente mental y sin un franco, ¿qué iba a hacer?

Mi caso fue muy distinto. Yo soy Soizic de Marignon. Mi casa solariega está en el Norte de Francia. Pertenezco a una gran familia. He recibido, de pequeña y después, una educación muy minuciosa. Tengo, de nacimiento, sangre azul y alma de artista. Mi padre era tan puntilloso que a veces daba miedo: notario, no le digo más. Rígido y exigente con sus hijos. Siempre nos dio lecciones de altivez y de honra inmaculada. Bueno, bástele saber que, por desgracia, dejó de tratarme cuando me fui a vivir con quien, inmediatamente después, fue mi marido. (Habría sido sorprendente otra cosa: menuda era yo.) Sólo a posteriori mi padre volvió a hablarme. Aunque siempre tuvo la espina en el corazón de que mi boda fue civil. «En realidad os habéis casado no por lo civil sino por lo penal», me repitió siempre. Y no como gracia, porque nunca tuvo sentido del humor: no tuvo más sentido que el de la dignidad y el del deber. Ya se lo he dicho, un noble francés. No como la gente con la que a mi marido le gustaba tratarse.

De ahí que, a mis dos hijos, les diera nombres honorables: Philippe al niño, lo mismo que mi padre; y a la niña, Soizic, que en Bretaña equivale a Françoise, y que es mi propio nombre... Lo cierto es que no me costó mucho llamarlos así; no hubo que convencer a su padre: él se encogía de hombros, y seguía pintando. Me parece que nunca le oí llamar por su nombre a sus hijos: el niño y la niña, decía refiriéndose a ellos. Niño o niña, les gritaba para que se acercasen... En fin, el niño le hizo más ilusión. Él ya tenía dos niñas con alguna de las anteriores mujeres, nunca supe exactamente si de la misma o de dos distintas... Bueno, tampoco eran tan distintas: eran bastante horteras y horrendas, llenas de defectos las pobres. Y nada de particular, además, en lo que al físico se refiere. Sophie era en realidad enana; Amanda, llena de curvas vertiginosas; Nora, con los ojos muy separados y la boca muy gruesa, como esas tontas que se ven por los pueblos... Sí; creo que Philippe le hizo ilusión. Supongo que le sucede igual a todos los hombres, y él no era diferente. Lo pintaba a menudo, y se recreaba en él. «Mira cómo orina» —él decía mear por descontado—, «con el chorrito tieso para arriba. Va a tener un gran pito» —él decía otra cosa, pero en fin—... A mí me daban vergüenza esas ordinarieces. Sin embargo, él estaba habituado a ellas. Con eso de que era un genio... Y muy natural, por añadidura. Y fuerte, por supuesto, muy fuerte. A su lado sólo quería gente débil, gente que se doblegara a sus caprichos. A los caprichos del omnipotente.

¿Que si amé a mi marido? Qué pregunta más extraña. En cualquier libro sagrado se lee lo que es el amor. En cualquier rito ceremonial. «Donde tú vayas, yo iré; tu pueblo será mi pueblo; tu Dios será mi Dios.» Eso dice el *Libro de Ruth*, la única mujer que, junto con Esther, tiene libro propio en la Biblia: por algo será. «Y donde tú Cayo, yo Caya», se dice en la rúbrica romana del matrimonio. Y en la nuestra: «en lo bueno y en lo malo, en la salud y en la enfermedad, en la felicidad y en la desdicha», o algo por el estilo... Mi marido no cumplió nada de eso. No avanzábamos hacia un fin común, hacia un proyecto común; ni siquiera avanzábamos juntos: siempre él fue por delante... Y opina usted que eso no es el amor, que le estoy hablando de matrimonio. Está bien, yo no conozco otra manera de sedimentación del amor, de serenamiento del amor. ¿O por amor entiende usted el sexo y todas esas cosas que, recordadas, dan tanto asco? Yo fui engañada. Era demasiado joven... El amor es la ilusión, el tul, todo lo frágil, todo lo que se espera... Tuvimos que casarnos en un juzgado húmedo y pobre, con azulejos verdosos en las paredes. Era la guerra. Quizá eso lo contagió todo, todas nuestras relaciones, de inseguridad y de tristeza. Yo no me sentí amada como había soñado y, en consecuencia, tampoco yo amé así. Me resigné a esperar sin compartir gran cosa. Siempre me supe sola. Él me llamaba, quizá con ironía, la mujer flor... Sí, con ironía sin duda, porque al decirlo sonreía de un modo peculiar. Una mujer flor, ¿qué es? Un invento, una bobada, una contradicción. A él le gustaron siempre las mujeres mujeres. Las flores tengo idea de que le daban risa. En su casa no las había. En su estudio no las había. Las dejaba secarse en el jardín. Nunca lo vi atreverse a cortar una flor; nunca me regaló un ramo de rosas. A veces se extasiaba ante una, erguida en su tallo. Después de mucho rato, muy serio, alargaba uno de sus gruesos dedos como espátulas y tocaba los pétalos. No sé qué pensaba entonces... Un día le oí exclamar: «Quién podría decirle qué bien huele.» A continuación, dio media vuelta y entró en la casa... Y usted quiere saber si yo amé alguna vez a esa persona. Pues no. Naturalmente que no. Por una razón muy sencilla: él no era amable; no era digno de ser amado. Y basta. Cualquier persona me entendería muy bien.

Dios mío, se me pone la carne de gallina cuando recuerdo a todas esas mujeres con las que seguía haciendo porquerías. Al principio fuera de mi casa; luego, cuando arreglamos por fin aquel castillo, dentro. Todas dependían de él. Sophie era una pobre vieja; cuando la despidió, se pegó un tiro. Amanda vivía sólo para hacer cochinadas: se sometía a sus gustos dentro y fuera de la cama: no deseaba otra cosa; cuando yo le exigí que la dejara, tuvieron que recluirla en una casa de salud que, está de más aclararlo, pagábamos nosotros. A Nora la mandamos al campo, como una cabra más: en el fondo, eso era... Aunque la peor de todas fue la quinta, esa mosquita muerta de Solange, que apareció justo cuando yo me quitaba de enmedio; bueno, quizá un poquito antes. Era algo así como doncella mía. Una insegura, una insatisfecha... Yo lo dejé cuando él ya había cumplido los setenta y dos años... No me extraña lo que sucedió después. No sé quién me lo contó. Un día sorprendió a la quinta acostada con un albañil que arreglaba la balaustrada de una terraza. Él, que era un bruto pero celoso y vigoroso, le pegó una paliza. A ella, quiero decir. El albañil le dio a él un par de puñetazos: ése no entendía de pintura ni de falsos respetos. Primero le quitó la mujer (por un rato, no vaya a figurarse), y después le hinchó un ojo. Cuando me enteré, no le oculto que me pareció miel sobre hojuelas, como dicen ustedes, que son tan insaciables.

Fueron diez años en los que algunos días me parecieron siglos, y otros transcurrieron algo más deprisa. Las noches, todas fueron terribles. No era capaz yo de dejar de temer su llegada. La forma animal en la que él me abordaba, estuviese dormida o lo fingiera. Aunque también en pleno día... Estaba tan tranquila, con un niño en brazos, delante de un cuadro comenzado... cuando no me exigía que pintara a su lado, en su estudio, que ocupaba casi toda la planta, y aparecía él, y me tomaba por los hombros, y tiraba hacia abajo de mi ropa, y me lo hacía allí mismo, contra la pared, o en el suelo manchado de pintura, o en el rincón donde se amontonaba el lienzo aún enrollado, deprisa, sin tenerme en cuenta, sin tomar precauciones, o por vías no rectas, quiero decir rectales... Un espanto. Porque yo tenía mi propia obra que hacer, mi propia vocación. Era ella la que me había movido hacia él. Cuando lo vi aquel día en el café, en el año 43, en plena contienda mundial, yo con veinte años, y él con sesenta y alguno, cuando lo vi lo reconocí inmediatamente: él llevaba veinte años siendo famoso ya. Pero simulé ignorar quién era. Recuerdo que él no llevaba dinero, no llevaba francos para pagar su café y el mío, o lo que estuviéramos tomando. Y le preguntó al camarero si sabía quién era. Y el camarero afirmó con la cabeza, algo tembloroso. Y él cogió una servilleta de papel y se la dio firmada. «¿Es suficiente?» «Sobra, maestro», contestó el muchacho...

Yo estaba pensando entonces en mi obra, en aprender a su lado, en que él me llevase un poco de la mano... Pero nuestros caminos no coincidieron nunca. Lo suyo era lo dramático, lo mitológico, copiar máscaras africanas, devorar lo que tenía a la mano y hacer una digestión tumultuosa. Lo mío era la serenidad: ponerme delante de un rostro o de un objeto, y trasladarlos al cuadro... No sé, él no me servía... Y los horarios. Él trabajaba desde por la tarde hasta la madrugada; yo me levantaba temprano. Yo tenía que dirigir la casa, atender a mis hijos, gobernar al servicio y pintar, que era para lo que sin duda había nacido. Sólo coincidíamos en nuestro concepto del arte. O quizá fue eso lo que aprendí con él. El arte como forma de vivir; el arte como manera muy especial de ser. No algo que se hace, que se medita, no: una servidumbre abrumadora... Dos artistas no pueden convivir. Aunque hubiéramos tenido el mismo horario. Porque el arte no cabe en los horarios. Por eso él, cada vez que me pintó, que no fueron muchas, me pintó de pie. «Tú siempre estás a punto de irte», me decía. Y era cierto. Yo lo llegué a conocer mejor que él a mí; pero eso era cierto. Siempre estuve a punto de irme. Yo era incompatible con él... Por eso me extraña que algunos visitantes, en esta casa, confundan los cuadros míos con los de él. Eso me irrita... Ah, ¿usted también...? No, no; son míos. No tienen nada que ver con los de él. Precisamente aquel que señala está acabado de pintar... No, no; no le engaño. Llevo más de sesenta años haciendo mi obra, no la suya. Esta premisa ha de quedar muy clara: él no influyó en mí, ni en mi vida ni en mi obra. Ese cuadro es mi hijo Philippe en mis brazos. Lo pinté cuando Philippe tenía cuatro años. Está firmado por mí. ¿Cómo va a parecer de él, Dios mío? A veces pienso, cuando lo oigo decir a gente como usted, que más me hubiera valido, en estricto sentido, en sentido económico, que es ahora el estricto por desventura, que hubiese sido suyo... Pero la obra de uno está por encima del dinero...

Yo siempre fui imaginativa y abundante. No necesité ni un empujón de él. De antemano encontré lógico que me llevara aquel montón de años: iba a ser mi mentor. Iba a conducirme de la mano. Yo no buscaba un amante: en la cama siempre fui muy puritana: nada de extravagancias, nada de novedades... Tampoco busqué al padre de mis hijos. Para tales fines, cualquier otro hombre habría sido mejor... Lo que yo quería era un maestro de quien aprender. No me sirvió. Me equivoqué. Lo reconozco. Al lado de él no cabía la búsqueda, la indagación. Él era como un niño que no hubiese aprendido del todo a andar: avanzaba a tientas, tocando las cosas, los muebles, rompiendo algún jarrón, viéndolo todo por primera vez... ¿Cómo me iba a servir semejante dechado? Bebía de él cuando ya había terminado una obra; pero no daba tiempo. Antes de concluir, ya montaba otro caballete y comenzaba otra distinta. O modelaba al mismo tiempo barro. O casaba a la fuerza recipientes de lata unos con otros, soldándolos, como quien se escupe en las manos antes de frotárselas para hacer un esfuerzo... Era de otro siglo. Yo soy más del siglo XXI que del XX. Ni él ni sus anteriores mujeres lo fueron. No eran modernos. Estaban detenidos, viviendo si a eso puede llamársele vivir, o mejor, respirando, quietos como estatuas... ¿Clásico? ¿Usted llamaría a eso ser clásico? Yo, desde luego, no.

La gente viene aquí como usted hoy: a interrogarme sobre él. Yo soy la única de sus esposas, y aun la única de sus mujeres, que vive. He cumplido —no hace mucho, ¿eh?— los ochenta años. Vienen a interrogarme sobre él... Pero yo tengo mi propia obra, señor. Yo hago exposiciones; tengo éxito; vendo los cuadros salidos de mi mano. Yo soy Soizic de Marignon. De una familia con prosapia y abolengo conocidos. Pregunte, pregunte usted en Francia. No soy una pintora cualquiera. No soy una artista principiante. No estoy aquí para contestar preguntas sobre el genio. ¿Y qué es el genio, por otra parte? ¿Esa ferocidad, ese no dejar títere con cabeza, ese trastocar todo lo que tenía a su alcance? ¿Eso es el genio? ¿No buscar? ¿Conformarse con lo que está más próximo, y bautizarlo con nuestra saliva, y cambiarle de nombre, y sacarle las entrañas, sea cosa, animal o ser humano? ¿Eso es lo que se llama genio? Él no tenía delante al modelo para retratarlo: se lo había comido y lo sacaba de su estómago como el gusano de seda va sacando su hilo. En las escasas ocasiones en que me pintó, lo hizo de memoria. Yo no me dejaba retratar, no quería posar para él. Por eso me retrató siempre a traición...

No obstante, una tarde de otoño, no del todo opuesta a esta tarde, en que él estaba con cierta melancolía, lo cual debo reconocer que lo embellecía, o lo suavizaba, o lo humanizaba por lo menos, le rogué que posase para mí. Se resistió, pero terminó por hacerlo. Vaya, quiero decir que se quedó meditabundo y quieto: para él era bastante. Antes había dicho: «Todo es ya adiós. Estoy haciendo cosas que hago por última vez, viendo cosas de las que me despido. Esa luz sobre las ramas de esos árboles...» Yo, sin escucharlo, lo pintaba. Al terminar la sesión, o sea, cuando él se incorporó con una gran risotada, vino hacia mi cuadro, lo miró, gritó: «¿Quién es este imbécil?», y quitándome los pinceles de la mano, dio sobre el lienzo cuatro brochazos que destrozaron todo parecido... Yo salí corriendo y sollozando. A la mañana siguiente, me di cuenta de que esos cuatro trazos habían mejorado mi retrato. A su manera, debo añadir... Pero no era la mía. Y cada artista ha de andar por su propio camino. Si se falsea y tiene éxito, será un éxito falso, porque no es el que le habría correspondido. Eso lo tengo claro.

En este tema, él resultaba odioso. Apenas te dejaras, te absorbía. Tenías que resistirte. Nada poseía verdadera realidad más que él y lo que él estaba utilizando. Insultaba a la gente a la que debía querer: a sus fieles, a sus subordinados, a sus amantes, a sus hijos... «Claro que insulto a quien quiero, ¿a quién voy a insultar si no? A quien no quiero que lo insulte su padre. No me voy a tomar yo tanto trabajo.» No llegué nunca a comprenderlo. Se me quedaba lejos. De repente, veía el océano del tiempo interponiéndose entre él y yo. Él era del tiempo de Freud, de los sueños, de las magias imposibles de expresar, de los pozos de reptiles que, por lo visto, llevamos dentro. Él era dionisíaco... En todo caso, es necesario reconocer que no siguió a Freud paso a paso. Freud no tuvo su primera relación sexual hasta los treinta y dos años: quizá eso sea como para volverse loco. Aunque se tenga toda la sangre judía de este mundo... Por el contrario yo era actual, muy del día, racionalista; se me hubiese podido convencer por la vía de la inteligencia, no de las antigualIas ni de los inframundos. Yo era, sin que la palabra me haga desmerecer, apolínea...

El sexo, por ejemplo. Para mí era un accesorio: algo que adorna, que se practica y se olvida; algo que no obsesiona. Para él era el eje. Yo opino que la culpa la tuvo su visita a Pompeya, cuando vio las pinturas de los burdeles que habían dejado los antiguos griegos... Perdón, ya sé que Pompeya era romana, pero las pinturas que digo eran como si las hubiesen hecho los antiguos griegos. El genio era un poco cateto, un poco esnob... Porque el sexo, en el fondo, es siempre igual; más a mi favor por lo tanto. Me refiero a aquellos desnudos que él reflejaba y aquellas maneras de mezclar los desnudos, de usar los desnudos... Qué atracón, qué empacho. Amanda le sirvió para enajenarlo. Ella era como una cariátide, carnal e inmóvil, con una sonrisa estúpida en la boca sin caérsele nunca. Y él la poseía con furia, con verdadera furia... Todas ellas eran yeguas en celo, hembras de animales, y él entraba en ellas sin hartarse. Yo creo que en eso era un enfermo. No se satisfacía jamás. Como dicen que le pasaba a Mesalina, que se levantaba de las camas exhausta pero no satisfecha... Hasta que llegó Solange. Con ella, él pintaba lo que ya no podía hacer, lo que evocaba, lo que habría querido... El pintor y su modelo. Todo lo itifálico, todo lo pornográfico, todo lo que resulta excitante para quien sólo puede ser eso, excitado, sin cumplir lo que la excitación quiere llevar a término. A veces veo esos dibujos y esas pinturas, y me da pena y a la par mucha risa. Son, en realidad, una cierta manera de vengarme.

Claro, que aquello a lo que él aspiraba lo consiguió. Desde jovencito. Me lo contó una noche en plena oscuridad, mientras me acariciaba la entrepierna, como quien piensa en otra cosa, al principio de nuestro matrimonio. Desde jovencito había aspirado al poder: a ser el primero, el mejor, y desde arriba proteger a los demás; a ser generoso por estar encima. En definitiva, a ser el más caro, el mejor cotizado. Que todo dependiera de él, de su dinero, de su influencia, de su nombre. Y tener muchas mujeres a su alrededor pidiendo guerra. Muchas mujeres, y algún hombre quizá, algún mocito, me parece, si quiere que le diga la verdad. Su avidez era demasiado glotona. A mí me daba asco. Como me lo da ver comer con los dedos, metiéndose a puñados la comida por la boca, aprovechando que en la cara tenemos un agujero para echarse y echarse más comida hacia dentro... Eso me parecía la vida junto a él. Por eso tuve que cerrar los ojos a menudo, y poner distancia entre los dos. Enseguida, a partir de la primera semana... Y visto a distancia era casi peor. Porque entonces lo percibías aún con más detalle, como cuando el pintor entrecierra los ojos y da unos pasos atrás para concentrarse mejor en un modelo o acaso en un paisaje...

Aguanté lo que pude. Hasta que dejó de interesarme. Hasta que me convencí de que no iba a sacar nada más en limpio de aquel revoltijo de malas maneras, de lascivia y griterío, de gente que iba y venía, que salía y entraba con la baba caída ante el genio de oro, cuyas equivocaciones se pagaban igual o mejor que sus aciertos; sus errores eran aplaudidos por un auditorio estúpido que ni siquiera tenía sensibilidad suficiente para fijarse en la obra de una mujer que había allí, que defendía su ámbito, sus derechos, sus opiniones... Aguanté, aunque no demasiado. Un día le di un plazo para cambiar: para cambiar de vida, de actitud respecto a mí y a sus hijos; para respetar mi lugar como esposa con todo lo que, según la ley, me pertenecía y yo me había ganado. Le di un plazo largo, de un año. Y esperé ocupada en mi trabajo, dedicada a mi obra y a la educación de Philippe y Soizic. El primero se parecía a mí, esbelto y delicado; la niña era fuerte, rotunda, como él, con sus ojos salvajemente negros... Qué va, qué va. Él ya tenía setenta y cinco años, no iba a cambiar en uno. Puse distancia entre los dos. O quizá pensé que la ponía yo, y era él el que se distanciaba, arrebatado por sus queridas y sus amigotes... Recuerdo que eso, a mi primera queja, poco después de llegar a su casa, ya casados, me lo había dicho con toda seriedad. «Yo no soy monógamo. Nadie lo es. Quien lo afirme es que se miente, o no tiene dinero bastante para hacer lo que le apetece. No, yo no soy monógamo. Tengo toda clase de vicios. Casi todos. O todos los que me sirven para hacer mi trabajo, por lo menos. Mi trabajo es el protagonista de mi vida. O mejor, es mi vida. Lo demás cuenta poco: ayuda, más que otra cosa.» Pensando así, ¿cómo iba a cambiar? Una mañana, después de una noche en blanco, me levanté, dispuse unas maletas, vestí a mis hijos, llamé al chófer y salí de su vida... Sin despedirme, ¿para qué? Según me dijeron después, él tardó una semana en darse cuenta de que mis hijos y yo nos habíamos ido. Una semana, que se dice muy pronto.

Yo entiendo que él no me conoció nunca a mí. No se tomó la molestia o lo que fuera. Estaba ensimismado. Eso es, era un soberbio... Yo a él, por el contrario, sí lo conocí. Lo que puede conocer un artista a otro, naturalmente. Y no me interesó. Elegir no me resultó difícil. A él lo puse a un lado; al otro, mi independencia, mi realización como creadora, y mis hijos también. No sé si por este mismo orden o no, pero todo eso lo puse al otro lado. Y decidí. Me largué después de diez años aguantando. Al dios, al todopoderoso, al genio de la lámpara. Qué carácter. Qué humos más malos en cuanto se le contradecía, y se le contradecía en cuanto se abría la boca, porque él opinaba siempre lo contrario que todo el mundo corriente. Había que bailar al son que él tocaba, como dicen ustedes; si no, estábamos perdidos. Ni se tomaba el trabajo de discutir: simplemente se iba. Con otra, por si fuera poco. O con dos, porque era imprevisible. A veces hasta lanzaba una carcajada, como si una, en vez de rebelarse, hubiera dicho un chiste o gastado una broma. Era una fuerza de la naturaleza, como decimos los franceses... Ya, ya sé que ustedes también lo dicen. Pero es que era verdad: una fuerza contra la que era una tontería rellenar una hoja de reclamaciones...

No es que quiera excusarme. O que me haya arrepentido ni un solo momento. En lo material, más hubiera ganado quedándome. Pero me fui. Yo soy Soizic de Marignon. Y además que tenía que proteger a mis hijos. Protegerlos de su propio padre, qué triste. Él era como Saturno, o como Cronos, o como Urano, ahora mismo no me acuerdo del que devoraba a sus hijos. ¿O eran todos? En fin, cualquiera, porque yo creo que todos los hombres los devoran. Si no fuera por nosotras, las madres... Y los hijos de los famosos y de los genios, peor. O se suicidan o son tontos. Es como tener una losa sobre la cabeza bajo la que uno no puede moverse, ni respirar, ni ser lo que uno quiere. A esos hijos se les vive la vida, y ya está. Ellos son como inválidos: ven a sus padres lejos, inmensos, envolventes, castrantes. Yo he tenido mucho cuidado de no ser así para los míos. He sido para ellos, más que una artista famosa en todo el mundo, una madre sencilla... Sí, eso es cierto, ahora no nos llevamos bien. Hace bastantes años que, como heredaron a su padre, se largaron, hijos de la gran puta... Su padre los marcó. Los genes. Durante el poco tiempo que vivieron a su lado los marcó. Qué barbaridad.

Él le sacaba la sangre a la gente, la debilitaba. Era un vampiro. A lo mejor las mujeres que tenía por allí no eran idiotas. O no lo habían sido antes de conocerlo. Gente blanda sí que eran. Habían dejado de preguntarse cosas, estaban allí, tumbadas, a las órdenes del genio... En fin, no sé. Sophie sí era tontucia. No era una gran bailarina, ni tenía porvenir ni le importaba. Ella sí estaba enamorada, me parece. Todas lo estaban. Él se había transformado en su aire. Como el arte para mí: así era él para ellas. No sabían respirar fuera de allí. Eran las esclavas del señor. Por eso se envenenaban en cuanto él las dejaba. «Después de él, todo es gris», le oí decir un día a la burra de Amanda... Yo creo que me envidiaron. Por lo menos cuando empezaba nuestra historia. Después quise dejar muy claro que yo era diferente. Que a mí no se me iba a tomar por el pito del sereno, como dicen ustedes, o nosotros, ya no sé... Las otras no eran modernas en el sentido que le doy yo a la palabra, ni instruidas, ni procedían de una clase social con peso propio, ni debían crear una obra a la que hubieran de dedicarse en cuerpo y alma. Yo, en cambio, me tenía que crear hasta a mí misma, y eso exige mucho sacrificio. Por ejemplo, tuve que sacrificarlo a él, porque yo lo quería para que me ayudase, no para que me destruyese. Cuando la gente iba, algún día que él estaba de buenas, a visitarnos, le mostraba sus cuadros en el mejor de los casos, pero nunca los míos. Como si yo fuese una triste aficionada, *parbleu*, o pardiez, como dicen ustedes... Yo opino que no me quiso nunca. Y por lo tanto, yo dejé de quererlo en cuanto me defraudó en mis expectativas. Y además, para mayor inri, como dicen ustedes, Solange ya había sentado plaza en aquel espantoso castillo que él se inventó al lado de la costa, al que nunca me hice, y en el que hasta el final me perdía. Solange, sin que nunca me dieran pruebas palpables, convivía allí con él. No hay quien me lo quite de la cabeza. Aunque nunca llegué a saber dónde, porque, si salía de noche de mi alcoba, me perdía. Jamás supe dónde estaban los interruptores, ni hacia dónde llevaba tantísima escalera... *Sacrebleu*, o sea, caramba.

Solange fue la peor: completamente imbécil, pero mala. Resentida y perversa. Una rencorosa. Una salamanquesa. Como ella no podía tener hijos —en fin, quizá fuese él el que ya no podía—, decidió separarlo de los míos. Les levantó calumnias a los pobres. Los malmetió con su anciano padre. Les atribuyó intenciones interesadas, que las infelices criaturas no tenían. Entonces, por lo menos, porque luego... Al comienzo de mi separación, yo estaba dispuesta a que nuestras relaciones fuesen civilizadas, espontáneas, en una palabra, normales. Los niños iban a aquel castillo siniestro, donde vivían su padre y la concubina, unos días en verano, en Semana Santa, en Navidad, es decir, en períodos de vacaciones: lo que hacen todas las parejas separadas como Dios manda... Pues Solange intervino con sus artes de bruja estéril. Llegó a afirmar, y a convencerlo a él, de que semejantes visitas eran de un burgués apolillado y cursi, y que él vería a sus hijos cuando le diese la gana y le saliese de ahí, que para eso tenía aviones privados para ir a recogerlos... O sea, que mis hijos y su padre ya no se vieron más, porque nunca mandó por ellos. Para impedirlo estaba la bicha de Solange. Y para regatear las pensiones que nos eran debidas y que los jueces habían marcado, a petición mía, muy explícita y detalladamente... Y para ponerme a mí como una petulante y ridícula *petite bourgeoise* que había aburrido al genio. Total, para lo que le sirvió ser una loca vital, como ella aseguraba, y ser multimillonaria... No sobrevivió a su *vieux cocu* ni un par de años. Se tiró por aquel acantilado, tan próximo al castillo, que a mí tantísimo miedo me daba por mis hijos... Bueno, se tiró después de poner toda clase de cuernos póstumos a su difunto mantenedor o lo que fuera. Yo lo pasé muy bien cuando ella se enamoró de un camionero, que hacía mudanzas o que traía y llevaba obras del genio. Era, por lo que oí, recio, grande, tosco, joven y apetecible. Por eso se enamoró de él. Y, para restregárselo por el morro a todo el mundo, se casó con él. Por la Iglesia, que hay que ver. En la mismísima capilla del castillo. Y lo vistió de chaqué gris, con un pantalón a rayas y una perla igual que una moneda de dos francos... La cosa no podía acabar de otra manera. Se casó para que la crujieran, porque el genio no la había tocado más que con la lengua y con la yema, o algo más, de los dedos. Y quiso hacer de la fiera fornicadora un elegante. Por descontado, se tuvo que tirar por el barranco abajo. Yo me alegro... Ahora, lo triste, lo más triste, es que el camionero se ha enriquecido a costa de mis hijos. Aunque, si digo la verdad, tampoco eso me entristece. Porque no crea usted que mis hijos se merecían mucho más. En el fondo de las cosas —yo siempre me lo digo en las largas noches de insomnio—, mis hijos son también hijos del monstruo. Y eso se paga caro. El mundo entero tendrá que pagar caro que aquel epatante superhombre haya vivido en él. Si no, al tiempo.

UNA MUJER MODELO

—

Cuando sonó el despertador, ella ya estaba despierta. Era un dormitorio como la mayor parte de los dormitorios llamados principales de manera abusiva, en un piso moderno como la mayoría de los pisos modernos. El matrimonio no había tenido hijos, por lo que aquél se les había quedado holgado para ellos solos, que cada día ocupaban menos sitio. «Somos un matrimonio extremadamente unido», contaba él a sus amigos, que eran pocos.

Ambos estaban ya en la cuarentena. Ella debió de haber sido una real hembra, ahora amortiguada por las necesidades y por las conveniencias; pero aún le quedaba un par de ojos espléndidos de un color que él, si algún día hubiera sabido cómo eran esas flores, habría comparado al de las vincapervincas. A él no podía calificársele de bajo ni de grueso, tampoco de alto y delgado: era, igual que el dormitorio y el piso, como la mayor parte de los maridos. Hacía un par de años que andaba medio deprimido medio desanimado. No se encontraba la herida, pero tenía la sensación de que por dentro le manaba la sangre. O eso comentaba él. Quizá era simplemente que había fracasado en todo. En el fondo, era una suerte que no tuviera un hijo testigo de su fracaso. Aunque la ausencia del hijo formara parte también de ese fracaso. Y la perenne tibieza de las relaciones con sus padres y sus hermanos, que siempre miraron con prevención, incluso con antipatía, a su mujer. Y su carrera en el banco, que prometía ser ascendente y, sin saber cómo, se había desmochado. O quizá sí sabiéndolo: él no servía para casi nada. Sin ella, atenta, económica, buena administradora, servicial y dinámica, todo se habría ido mucho antes a hacer gárgaras.

Así discurría él, mientras se secaba sin brío con la toalla después de la ducha, y se pasaba el peine con escaso entusiasmo. Ella apareció en la puerta del cuarto de baño.

—Date en la cara un poco de *after shave*, Raúl, o se te secará la piel... Y péinate mejor, no seas zángano.

Era la primera mañana que volvía al banco, después de ocho días en que no había podido tirar de su cuerpo. El médico del seguro afirmaba que era sicológico. «Cosa de los nervios.» «Pues cúreme usted los nervios», se lamentaba él por dentro. Desconfiaba del médico y de todo el sistema. «Yo sé que no son nervios. Aquí hay algo muy grave. Y me alegro de lo que haya. Ya no quiero seguir...»

—Anda, déjame por lo menos que te peine yo. Quita esa mano... Ay, esta raya, Raúl, que parece la carretera de los Caracolillos... Así, así, hombre, ¿qué dirán de ti, si no, en el banco? Después de una semana tienes que ir bien puesto. Y oliendo a flores... Hala, un chorreoncito de colonia... El desayuno está ya en la mesa. Pero vístete antes. Qué vago eres. Venga, siéntate ahí, que estás muy guapo, hombre. Yo te ayudo.

Él se sentó en el trípode blanco. Paula le estiró un calcetín; luego el otro; le alargó el pantalón de un traje gris rayado levemente en rojo. Una camisa rosa. Se la abrochó. Le alargó la corbata, también con rayas rojas. Él se la puso sin ninguna gana. Paula le corrigió el nudo y la enderezó después de ponerle la chaqueta. Con un cepillo pequeño le limpió bien los hombros, el cuello, las mangas...

—El cinturón... Fíjate cómo has adelgazado, Raúl. Tienes que tomarte en serio las comidas. Ni una puedes dejar pasar. Es el segundo agujero que pierdes: te estás quedando sin cintura, cariño... Ahora, a desayunar.

Lo acompañó a la cocina, en cuya mesa estaba dispuesto el café con leche. Le vertió aceite en la tostada como a él el gustaba. Le sirvió tres cucharadas de azúcar en la taza, y probó, con la misma cuchara, después de darle vueltas, la mezcla.

—A comer. Pero todo, ¿eh?

—No puedo, Paula. No me pasa la tostada.

—Si no puedes, haz un poder, que estás como don Tello cuando le salió el vello que, por cada pelito, daba un chillidito... A mí no me vengas con sandeces, Raúl. Comer no es un trabajo, qué más quisieran muchos. Pero el banco, sí: por eso tienes que estar bien alimentado... No te vengas abajo, hombre, por Dios.

Lo forzaba casi a tragar. Lo distraía hablándole del tiempo: el sol brillaba fuera, tras los cristales que daban a la minúscula terraza, después de un nublado que duró un par de días.

—¿Y tú no desayunas?

—Ya lo haré luego, cuando te vayas. Si me distraigo ahora, eres capaz de darme esquinazo, y aprovechar que yo como para no comer tú, bandido... Así, despacito, así.

—Si no fuera por ti...

—Tonterías.

—Eres mi salvación. Eres una mujer ejemplar. Todo el mundo me envidia.

—Soy tu mujer y ya está. ¿O es que eso te parece poco?

—Un modelo, un verdadero modelo.

Había terminado, más o menos, la ceremonia de desayunar, que Raúl detestaba, porque enseguida comenzaba a molestarle el estómago, con acideces y con espasmos.

—Si no fuera por ti...

Estaban delante de la consola con espejo en el recibidor. Se miraba él, y ella lo miraba mirarse.

—Estás muy bien. Que entres pisando fuerte, y que se te haga corta la mañana.

—Adiós, Paula. Si no fuese...

—Por mí, ya me lo has dicho —lo interrumpió ella—. Adiós, bobo.

Se besaron con suavidad en los labios. Paula lo acompañó hasta la puerta. Esperó a que llegase el ascensor y a que Raúl entrara en él. Volvió al piso. Cerró la puerta. Se dirigió al saloncito. Tomó el teléfono y marcó sin vacilar un número. Después de cuatro timbrazos oyó una voz de hombre.

—¿Sí?

—Ya puedes venir, amor mío. Este imbécil no volverá hasta la hora de comer. No tardes. Te quiero.

TORTILLA DE PATATAS CON CEBOLLA

A media tarde habían aparecido en el instituto las televisiones. Toda Aracena estaba revolucionada. Solicitaban hablar con alguien que hubiera sido profesor de Juan Luis Galán. No había ni una sola persona que no supiese quién era Juan Luis Galán. Estaba en boca de todos, y su cara, entre inocente y pícara, debajo de unos rizos que parecían cada vez más mechados, salía en todos los periódicos y en buena parte de los programas.

Había ganado un largo concurso, *La voz a ti debida*, compitiendo con cantantes no profesionales del país entero. El premio consistía en 30.000 euros y en la grabación muy cuidada de un disco con diez canciones de compositores de muchas campanillas. Los diecinueve años de Juan Luis Galán habían cautivado a cuantas adolescentes desocupadas siguieron las peripecias del concurso durante tres meses, y a cuantas madres soñaban con un hijo o con un yerno como él, y a cuantos homosexuales, más o menos pederastas, se quedaron prendados de su gracia del Sur, sus anchos hombros, su cintura estrecha, sus inquietas caderas y su culo respingón. La sonrisa de Juan Luis Galán, natural de Aracena, había conseguido que sonriese toda España. Algunos fabricantes de productos dentífricos, o para el pelo y para la piel, le habían hecho codiciables ofertas para que él los anunciara. Como se repetía por doquier, acababa de nacer una estrella.

El director del instituto decidió que fuese Cinta Gutiérrez la que hablara. Ella, durante el tiempo que Juan Luis estudió en aquel centro, era la profesora que le enseñó en más cursos. Cinta era baja, delgadita, ya casi en la cincuentena, con una expresión entre resignada y hecha polvo que le tiraba para abajo de las comisuras de los labios, y una cierta sorpresa que le alzaba las cejas al verse, sin comerlo ni beberlo, con más de media vida ya vivida. O quizá se acertase diciendo sin vivir. Sólo en dos oportunidades, exceptuadas las oposiciones, había salido de su pueblo. Cuando fue a Madrid en el viaje de bodas, del que regresó marchita la poca ilusión con la que se casara, y cuando tuvo que acudir a Sevilla, por una cuestión de Educación de la Junta, formando parte de una comisión provincial. En los dos viajes se aburrió bastante. Del segundo, regresó para meter ya la cabeza bajo el ala.

La noticia de que sería ella, Cinta, la que hablase ante las cámaras de las televisiones, porque eran tres canales los que habían solicitado su intervención, la descompuso y la excitó. Trató de evitarlo, de librarse; pero no fue posible. El director, que era muy presuntuoso, habría querido ser él quien apareciera; al descartarse tal posibilidad, porque apenas conocía a Juan Luis Galán, optó, «sin excusa ni pretexto», por Cinta, que era el miembro más desvalido y menos competitivo del claustro de profesores.

Una maquilladora la preparó de manera mecánica. Trazos blancos en las arrugas más profundas: las patas de gallo, el entrecejo, las curvas de la simulación, y en las bolsas de los ojos... Cinta se estremeció al verse reflejada en aquel espejo tan bien iluminado. Hacía mucho que ya no se miraba. Casi se había olvidado de su cara. Y estaba bien que se hubiese olvidado... Un fondo un poco más oscuro que su piel descolorida. Un toque de rímel en las pestañas. Un subrayado en párpados y cejas... La maquilladora la miró a los ojos a través del espejo, e hizo un gesto con las manos abiertas, como diciendo que más era imposible conseguir. Le retiró un paño azul con que le había cubierto el pecho, y la depositó en manos de una muchacha que la condujo a la sala de lectura. Allí habían instalado los focos y las cámaras.

—En principio le haremos unas preguntas. Un par de ellas... Luego, puede que alguno de nosotros quiera saber más cosas. En ese caso, mirará usted a la cámara de la que se trate. ¿Okey?

—Okey —respondió Cinta, preguntándose por qué repetía aquella estupidez.

Le habían prendido el micro al escote. Estaba bien el sonido. La luz, también. El enfoque.

—Su nombre lo sobreimpresionaremos en pantalla. Adelante. Grabando.

—¿Qué recuerdos puede comentarnos sobre Juan Luis Galán a lo largo de los años que estudió con usted? ¿Era un alumno estudioso? ¿Era alborotador? Cuéntenos lo que le impresionó más de él.

—Era un alumno corriente... Bueno, creo yo. —La voz de Cinta vacilaba—. Quiero decir que no destacaba ni por una cosa ni por la otra: ni por estudioso y formal, ni por alborotador o revoltoso... Cuando pequeño era muy lindo. Me acuerdo de él a la perfección, con los rizos siempre sobre la frente, con los hoyuelos en las mejillas, y el del mentón tan marcado... Y los ojos celestes. Ya digo, era precioso. Y muy animado, muy simpático. Siempre dispuesto a ayudar a sus compañeros. Siempre dispuesto a cantar en cualquier fiesta y con cualquier motivo... Ya se veía lo que iba a ser. Él inventaba los movimientos con los que acompañaba a sus canciones. Y él mismo se hacía el acompañamiento: los sonidos del piano, del saxo, qué sé yo. Era un muchacho lleno de encanto, de picardía y de carisma... A mí me hacía sentir joven tan sólo con mirarlo. De verdad, yo tenía la seguridad de que Juan Luis no se quedaría aquí, que el éxito le esperaba fuera, las ovaciones y la gloria... Estábamos todos convencidos, pero yo la primera, de que llevaba dentro sueños muy altos y de que sus sueños no habían de tardar en cumplirse. Como así ha sido... Desde aquí le deseo lo mejor, aunque no vuelva a verlo. —Le tembló más la voz.

—Muy bien. Ha estado usted muy bien, señora. —Le hablaban alto, como si fuese sorda—. No creo que necesitemos nada más. Muchas gracias. Si desea usted desmaquillarse...

Cinta no lo deseaba. Prefería verse pintada un rato más.

Cuando regresó a su casa, de la que había salido por la mañana, la encontró toda manga por hombro. Las camas sin hacer, las ropas por el suelo, los platos del almuerzo aún en la mesa. Ni el marido ni ninguno de los hijos se habían tomado la menor molestia. Se le olvidó el propósito de mirarse al espejo. Y, con el acostumbrado suspiro, Cinta ordenó lo que pudo: estiró las sábanas, recogió los pijamas y las camisas, puso una lavadora, fregó los platos y los cubiertos... Entretanto pensaba en Juan Luis, en las cámaras de televisión, en la gente famosa que se mueve entre luces... Se sintió más sola que nunca. Qué tontería. Irremediablemente sola. Echó de menos hasta el azacaneo del instituto, a pesar de que allí también se había sentido sola durante toda la jornada.

¿Sola?, se preguntó de repente, y miró alrededor como si alguien hubiese podido oírla. ¿Sola con un marido, unos hijos, unos alumnos? Entonces, ¿qué dirían las mujeres que no tienen esa compañía cotidiana? No lo sé, no lo sé. Quizá reconocer esa soledad sea el reconocimiento de una frustración. Pero yo no creo que esté frustrada, ¿o sí? No; será una sensación pasajera. El triunfo de Juan Luis, que lo ha llevado a las alturas... O una consecuencia de la edad, o del cansancio: eso será, porque he llevado una semanita... O una equivocación. O a lo mejor no tener a nadie a quien contarle nada. Al fin y al cabo, voy a salir en la televisión. A nadie. Ni Ricardo, ni ninguno de los dos chicos, ni los compañeros... Pero a eso justamente es a lo que se llama soledad. Acaso con Ricardo debería actuar de otra manera. Con mayor feminidad y con mayor comprensión... Y también con los chicos... Pero, ¿por qué yo sola? Otra vez esa palabra... ¿Cómo voy a estar sola si estoy hasta tal punto acompañada que no tengo ni un minuto para mí? Sí tienes: estos minutos de ahora mismo. Se puede trabajar mientras se piensa en otra cosa. Sí; en esto, en esta soledad, que es como una carcoma interior, una amenaza diluida en el aire que respiro; como esas décimas de fiebre que no llegan a ser síntomas de una enfermedad, pero que enturbian la salud y desaniman y confunden la tarea y las horas...

De pequeña yo tambien quería ser artista; quería ser famosa; escribía versos, que, cuando me fui a casar, quemé en la chimenea de casa de mis padres... Antes me quejaba de no tener tiempo para reflexionar. Hace mucho... Ahora no quiero reflexionar. No quiero. Ya no sé.

Los ojos se le llenaron de escozor... Su vida era una inercia de la actividad: qué cosas más raras se me ocurren: los minutos contados, siempre atropellándose; los días, atiborrados e idénticos, pasaban muy deprisa y parecían siempre el mismo...

Antes siempre había un niño del que estar pendiente que impedía lo que yo añoraba: mi realización, a la que creía tener derecho; que impedía incluso el encuentro con Ricardo fuera del exigente y severo dominio del hogar. De ama de casa y profesora de instituto, se había transformado en sirvienta del marido, de los hijos y de los alumnos. Todos le faltaban al respeto. Todos la empujaban a las etapas sin fin de un viaje interminable. De un viaje por una rampa encerada y cuesta abajo... Pensaba en los viajes que le esperaban a Juan Luis Galán. Entre los aplausos y los fans, entre los focos y los guiños cómplices. Pero quizá él entonces añorara la soledad, hasta que un día se descubriese solo, ¿quién sabe?

Eso le había sucedido a ella... Ya no recordaba la ilusión primera de la boda, la salida de la casa paterna —el casado casa quiere—, tan intransigente y tan ácida. Todo iba a ser distinto cuando ella fuese la dueña de la suya... Desde ahí, hasta este vivir desviviéndose, como una mula a la que se espolea, a la que se le exige más prisa y mayor resistencia. Niños creciendo y marido menguando, todos entretenidos más y más fuera de su lado, con una vida personal ya no compartida con ella. Y sin el derecho a quejarse, porque ésa era la manera de cumplirse ellos, de vivir su vida... ¿No tenía ella el instituto? ¿No era la enseñanza lo que le había gustado? ¿No la había elegido? ¿A quién le iba a decir que ahora la deprimía, que aquello no es lo que había soñado, que cada mañana ella asistía a su noche del Huerto de Getsemaní, entre la incomunicación y las tinieblas y las risas de los alumnos?

Se había sentado un momento en la cama de uno de los chicos, con una camisa a medio ensuciar entre las manos. Recordaba que había lavado hace poco esa camisa. Su trabajo era permanente y efímero. Mis mitos son Sísifo y Penélope. Hacer, deshacer y rehacer son mi labor inacabable. Pasan los cursos, los alumnos, las cenas, las limpiezas inútiles, las cocinas, los fregados... Enseño y vuelvo a enseñar; limpio y vuelvo a limpiar. Nada luce. Nada es pulcro y duradero; ni agradecida ni pagada. Nada es definitivo: todo hay que hacerlo cada tres o cuatro horas, cada día, cada curso, cada año... Juan Luis Galán cantará también cada noche, pero para públicos distintos, incondicionales, fervorosos, un poquito más rubios los rizos para que no le hagan tan dura la expresión bajo las luminarias... Pero cada noche no se parecerá a las anteriores ni a las siguientes. Ni siquiera su voz ni su ilusion serán las mismas. Porque los auditorios no se repiten nunca.

Pero ¿dónde está el mérito de un trabajo como el mío? En el instituto, la falta de respeto, las expresiones desentendidas, cuando no hostiles, de los chicos; en casa, el desagradecimiento de pensar que no haces más que cumplir tu obligación. ¿Quién podría admirarme? Lo mío es sencillo, natural y obligado, como si hubiese nacido para eso, sin mérito ninguno. A los alumnos se les enseña, si es que quieren aprenderlo, siempre lo mismo; al marido se le cuida y se le aguanta; a los hijos se les quiere por encima de todo y se da cada minuto de la vida por ellos, aunque ellos no lo sepan ni quieran aceptarlo. Es una obligación... Una obligación que cansa, que cansa hasta la muerte.

Y así me voy envejeciendo y muriendo. Ay, cómo me he visto hoy en aquel espejo tan iluminado... Sin una palabra de aliento o de entusiasmo, porque ¿qué elogios merece tanto afán, ni qué gracia tiene si lo que hago lo puede hacer cualquiera? Sé que soy una profesora mediocre, casi mala, y una madre decepcionada y una esposa que no encuentra su sitio... Pero si fuese maravillosa, estoy segura de que todo seguiría igual. Día tras día, semana tras semana, mes tras mes, aunque procuro olvidarme, siento el cansancio y la pereza y la tentación de abandonarlo todo, de tirarlo todo por la borda, de no levantarme de la cama con tal de no repetir lo que vengo repitiendo tantos años... A veces tomo una pastilla al volver a casa. Sé que tiene algo de droga, de anfetamina o cosa así, pero me ayuda a arrastrarme hasta el borde de la noche. Ojalá —se me ocurre algún día— no me despertara más. Ojalá cuando me fuese a despertar estuviera ya muerta... Pero de pronto suena el timbre y son los niños. O suena la llave y es Ricardo. O suena el despertador y son los alumnos...

No, nada tiene arreglo. Se van los chicos del instituto, pero llegan otros, otros iguales. Se va el marido, pero regresa cada día. O regreso primero yo a la casa donde él termina por asomar. Crecen los hijos, pero la casa nunca funciona sola: los hijos dan más lata con barbas que con babas... La vida que soñé un día en que era tonta no fue ésta, ni nunca será ya posible. Ha pasado el tiempo con su goma de borrar, con su esponja y con su guadaña. Han pasado el encanto y los suaves deseos... Cuando el otro día vi a Juan Luis Galán hecho ya un hombre, entrevistado por televisión unos minutos antes de salir a cantar, me emocionó su cara llena todavía de tensión y de vida, su cuerpo vibrante, su cintura que iba a enamorar a tantas mujeres bobas como yo. Me habría gustado estar allí, acariciar su pelo, tomar su mano entre las mías. Que se hubiese vuelto y me hubiese mirado... Pero si es doña Cinta. Llámame sólo Cinta: ahora somos amigos... Y él se habría inclinado, porque ya es bastante más alto que yo, y me habría besado en la mejilla o, por casualidad y algo de confusión, en los labios... Su vida será más intensa, más apasionante, más refulgente, más protegida. Para mí el futuro no es ya lo que iba a ser. Ni siquiera el pasado fue como yo quería...

Desde ahora tendré una distracción más. Me contentaré con ver las ilustraciones de las revistas en que salga Juan Luis. Me contentaré con esa vida ajena. Y descansaré creyendo que alguien es feliz, que uno por lo menos se ha salvado... No seas comediante: tu vida no se ha perdido en vano. Están tus hijos, tu marido, tu casa, el aula del instituto y algunos discípulos que te recordarán... O sea, que ni siquiera me queda el derecho a la queja, el recurso de desgarrarme a gritos... Sería un contradiós: muchas mujeres tienen menos aún... Es decir, que yo soy la envidiable, la Agustina de Aragón retratada al pie de una cureña, la dadivosa a la que se le exige un sacrificio de sí misma incesante y total. No el sacrificio de la vida entera, de una vez, un instante, sino algo más costoso: el de la vida gota a gota, segundo por segundo. La abnegación más alta... Un héroe sólo lo es un momento; luego se echa a dormir. Pero yo, no... Una abnegación en favor de otros seres, míos hasta cierto punto nada más. Porque eso está bien claro: mi marido, mis hijos, mis alumnos, son de ellos mismos como salta a la vista. Yo les he dado lo mejor que tenía: mi juventud a mi marido, mi corazón constante a mis hijos, mi esfuerzo y mis estudios a los chicos, cuyo interés en aprender es menor que el mío en enseñarles...

Me he quedado sin nada. Hasta sin vida, suplantada por la de ellos. Por eso me remito hoy tanto a Juan Luis, que ahora empieza. Me gustaría que me oyera... Me gustaría acostarme con él y que me oyera... Porque caigo en la cuenta, a estas horas de la vida que me han dejado, de que mi oficio ha sido dar de vivir a los demás. Y me he quedado como quien da pan a perro ajeno: sin pan y sin perro... Ajeno, no, por Dios, ajeno no, ¿qué estoy diciendo? Son todos míos... No, no le diría nada a Juan Luis. Le besaría la mano, un rizo de la frente, quizá el cuello tan grácil, tan femenino casi, la esbeltez de su cuerpo, sus muslos de discóbolo, largos y lisos... Ay, no he conseguido —o, por lo menos, no del todo, no en mis minutos propios, que son pocos—, no he conseguido olvidarme de mí, de esta viejarrona que soy llena aún de deseos. Juan Luis tiene la edad de Curro, mi hijo chico... No, no me he olvidado: todavía me duele la desesperanza, los ideales naufragados, las ilusiones más amarillentas y pasadas que mis fotos de boda...

Por eso estoy segura de que llegará un día en que no sentiré no ya la compañía, sino ni la proximidad de mis hijos que entran y salen cada uno a lo suyo; de mi marido, que se alejó definitivamente, aburrido de mi falta de conversación, de mis quehaceres y de mis renuncias, probablemente con una noviecita más joven y más dicharachera, que a mí ya ni me importa; de mis alumnos que se renuevan sin parar, y a los que no te da tiempo de tomarles cariño, un cariño que rechazarían encogiéndose de hombros; de los colegas, que lleva cada cual su cruz a cuestas y que no están para confidencias como no lo estoy yo; de la asistenta, que es tonta o tiene mala leche, y que no sabe o no quiere ayudar del modo que le pido... Llegará un día en que estaré más sola que hoy, que ya es decir...

Y en ese día ignoraré de quién habrá sido la culpa de todo lo que me ha sucedido y de lo que me ha dejado de suceder. Ignoraré, igual que hoy y que todos los días hasta entonces, en dónde me he equivocado: en la educación de mis hijos, en la enseñanza de los alumnos que me encomedaron, en preferir los unos o los otros al marido, en haberme casado con él hace ya tanto, en tener todavía algunas curiosidades, algunas esperanzas, alguna pobre ambición, porque ya no es a *ser* a lo que aspiro sino sólo a *tener*... Y aquel día ya no me consolarán de mi soledad, tan enconada, tan diaria, tan sólida, ni los éxitos de Juan Luis Galán ni los de mis hijos. Porque sus éxitos no amparan ni calientan ni acarician. No son éxitos capaces de reparar tanta ausencia de una mano en las mejillas, de un brazo sobre el hombro, de unos besos revolviéndose por las comisuras de los labios... Ay, Juan Luis, Juan Luis. El cernerse de las águilas no consuela a las gallinas cluecas. Debería hacer ahora mismo una maleta y coger un autobús para Madrid... Aunque no sé si sería una buena idea. Porque, aunque me lo niegue, aunque me resista a pregonarlo, aunque me muerda las manos para distraerme, hoy no puedo evitar sentirme infinitamente sola. Y en estas circunstancias no conviene emprender un largo viaje...

Hoy es un día terrible, Juan Luis. Porque es exacto a los demás. O sea, lleno de peligros... Podría asomarme a un balcón y aullar como un perro a la luna. O dejarme caer del balcón a la calle. O enamorarme locamente del primero que pase. De ti, Juan Luis. Juan Luis, tan rodeado de aureolas. No para recuperar lo irrecuperable, sino para empezar otra vez —la misma y de la misma forma: a tientas y a ciegas— el amargo proceso de la desilusión.

Cinta Gutiérrez se llevó la camisa a la cara. Hundió la cara en ella, y rompió a sollozar... Qué tonta soy, se dijo después de unos instantes... Y se puso a hacer una tortilla de patatas con cebolla. Antes de partir la cebolla, lavó el cuchillo en agua. Pero lloró, a pesar de eso, un poco más aún.

LUNA DE MIEL EN OTOÑO

—

No tengo nada que hacer. «Para eso está el servicio», me dice siempre Gerardo con razón. Hablo sin la menor soltura el alemán, como si algo de mí se resistiese a aprenderlo. Llevo aquí ya tres años. La hacienda es demasiado grande: puedo caminar kilómetros por ella. Gerardo viaja con frecuencia. Por razón de negocios, supongo. Yo no me atrevo a preguntarle cuáles. Tampoco me interesan, además. Lo cierto es que vivo aquí igual que una invitada. En realidad, soy una invitada, aunque alguien me tacharía de usurpadora. No estoy segura de que el servicio no opine así.

El caso es que, por primera vez en mi vida, tengo mucho tiempo libre. Libre para hacer lo que me dé la gana. Claro, que, salvo estar con Gerardo, me dan la gana muy poquitas cosas. Una de ellas es leer. Gerardo se ha ocupado de proporcionarme una nutrida biblioteca en castellano. Las novelas no me gustan del todo. Siempre opiné que las novelas estaban para leerlas y no para vivirlas. Pero, a pesar de eso... Desde hace tres años, todas me parecen livianas e inventadas: se les nota la trama, se presiente su fin... Hace tres años ya. O quizá hace tres años todavía.

Hay tardes en que escucho literalmente manar sangre de la herida. Siempre sucede cuando no está Gerardo. A esta hora. En tardes como ésta, de principios de otoño. A nadie puedo echarle la culpa. Fui yo quien se hizo esta herida en el mismísimo centro del corazón. Prefiero no pensar...

He recogido en la biblioteca, de pasada, un libro de Antonio Gala, *La soledad sonora.* Lo he abierto al azar y leo: «Ya levantó el verano sus espesos manteles, y el otoño, sin alzar aún la voz, lo está viendo alejarse: cómo mueve su verde quitasol, cómo arrastra —soberbio— su cola de pavo real y pedrería. Nada ha cambiado en apariencia; pero ¿nada ha cambiado? Pronto el otoño hará sonar su música: será un solo de cuerda, una canción que no tiene retorno. Tendremos que ir cerrando las ventanas... Yo me pregunto, como si mi corazón no fuese mío, lo que el nicaragüense: "¿Por qué no canta ahora / con aquella locura armoniosa de antaño?" (¿Es que mi corazón fue el único culpable o es que fue el principal agasajado? ¿No será que gritó mientras lo devoraban?) ¿Quién asegura que no ha cambiado nada? Floreció y se mustió la flor más dulce. Pasó el violento rapto que no podía durar. La plenitud vehemente hecha para un día solo... Antes tomábamos medidas oportunas para recuperar lo que no habíamos perdido todavía: nos hostigaban la inseguridad y la impaciencia como a Ío los tábanos. Pero todos los castillos inexpugnables han sido ya expugnados; todos los acompañantes insustituibles han sido ya sustituidos; todos los amores inolvidables, olvidados... ¿Olvidados? No, sino que fuimos embotando los largos filos que nos ensangrentaban. ¿Es que somos más fuertes? No, acaso es que somos simplemente más nuestros, y hemos ido cerrando las ventanas. O acaso es que empezamos a ser cada vez menos, y volvemos la mirada hacia dentro. La sangre se nos hace perezosa. Y el llanto.»

Gerardo fue mi amor; es mi amor; será mi amor. Somos los dos de la misma edad. Sin embargo, él parece más joven. Desde esta mañana lo estoy recordando con siete u ocho años, cuando nos conocimos. Él era amigo de unos primos míos. Vivía fuera de Zafra, pero no lejos. Su padre trabajaba en una finca, y mi padre era médico. Ya no vive ninguno de los dos. Hoy, cuando se iba, me ha dicho: «Me acabo de mirar en el espejo al afeitarme y me he confundido con mi padre.» No lo sé: yo no lo conocí. A Gerardo lo conocí aquella mañana. Llevaba unos pantalones un poco largos para ser cortos, y una camisa azul. Tenía el pelo caído sobre la cara, más claro que la piel de la cara. Detrás de ese desorden de flequillo le brillaban los ojos verdes, del color de las uvas maduras. No fue eso lo que pensé entonces, creo. Entonces pensé que no había visto en mi vida un niño como él. Y deduje que necesitaba ser su amiga inmediata e irremediablemente. Yo era hija única y muy mal educada. Mi madre acababa de morir. Me perdía, en una casa antigua, entre dos viejas criadas y un padre consentidor y débil. Gerardo fue mi amigo pese a todo: a su clase social, a su pobreza, a sus pantalones demasiado largos para ser cortos, al único tirante que los sostenía...

Gerardo fue y será mi amor. Iba con frecuencia a mi casa, con o sin mis primos, ante el escándalo de las dos criadas y el comprensivo asombro de mi padre. El tiempo transcurría entonces muy deprisa. O es que hoy lo veo así... No he tenido otro amor. De pareja quiero decir. A menudo se repite que el primer amor vuelve siempre; es mentira: lo que sucede es que no se va nunca.

Levanto los ojos. Veo la verde pradera que cae hacia el río Inn; los macizos de romero, de espliego, de tomillo; los cipreses y los laureles con su compacta fronda oscura. Es un jardín muy especial el que se ofrece bajo esta galería. El cielo fue hasta ahora, durante el día, de un azul inclemente. Al mediodía, hoy, un rebaño de nubes fue traído y llevado por el viento. El matiz del cielo se hizo comprensible, misericordioso y casi desmayado. Días atrás, a estas horas, era morado. En el ocaso se teñía de un verde casi limón más arriba de los fucsias, de los granates, del azafrán y el fuego. Pero eso fue hasta ayer. Hoy, muy temprano, al abrir las ventanas de poniente, todo el paisaje, desde la ladera que desciende aterrazada hasta el río y sube hasta la otra orilla, más allá de la hilera de eucaliptos, se acurrucaba bajo una luz pizarra, mate, delicada, ausente. El cielo no era un verdadero cielo, o no lo era todavía. Sin estrenar, con unas leves manchas sonrosadas, a punto de perderse desde anoche por él. La infinita quietud del campo, adormecido aún, provocaba una emoción fraternal. Por su esfuerzo en seguir siendo el mismo, en seguir siendo idéntico al campo que sorprendió la noche... Sin embargo, eso ya no es posible. Porque nos hemos ido del verano. Qué extraño ver, lo mismo que hace meses, grisear el cielo desfallecido por levante, aguardando que el sol, también debilitado, lo reanime...

Se ha ido el verano como un aroma cálido que se disipa... No; no es el aroma lo que se disipa: él continúa con su leve existencia, invencible y tenaz, aguardando otro olfato. ¿Se fue el verano? No; somos nosotros quienes nos alejamos, navegantes en nuestra engañosa ilusión de inmovilidad. El verano permanece en su sitio —inconmovible, sólido, rotundo— a la espera de su turno jubiloso y anual, mientras nosotros, frágiles, cambiamos de mano y de postura como danzarines que emprenden los pasos nuevos de una azarosa contradanza... Nos hemos ido del verano. Quizá por eso yo me siento hoy más sola. Como si nada me asegurase la llegada de Gerardo, que no puede tardar. Bajo al libro los ojos:

«Los solitarios, ¿qué esperan en otoño? Quizá el atardecer. ¿Es ésa su hora? Las frías llamaradas del sol que se deja caer sin resistirse, sin asirse a las copas de los árboles, a los tejados, a las familiares fachadas ante las que un día aguardamos el milagro... El sol está cansado lo mismo que nosotros: el verano fue demasiado largo, demasiado caliente. Con desgana se abandona en brazos de la noche anticipada. Qué distantes las horas en que, insumiso, se demoraba —ya apasionado, ya curioso— sobre cuanto hoy miramos oscuro y soñoliento. ¿Qué pueden esperar los solitarios? (En el jardín de atrás destila el tilo su segundo verdor. Deja caer en julio su primera hoja; en agosto, pujante, se renueva; ahora, desconcertado y resignado, definitivamente se desnuda. Es éste el árbol que más se me parece.)»

Yo estudié letras en Sevilla. Al principio, Gerardo trabajó con su padre en la finca de mis primos. Luego, aquello fue imposible, ya no éramos niños. Mis primos se fueron a Badajoz primero, luego a Madrid. Sus padres fallecieron en un accidente, y se quedaron solos, y hacían lo que se les antojaba. Yo vivía en Sevilla en un colegio de monjas. Pero cada fin de semana regresaba a Zafra para ver a mi padre. Y para ver a Gerardo. No todas las veces lo conseguía. También aquella relación se hizo difícil. Un Domingo de Ramos me planteó de frente la cuestión. «Voy a irme a Suiza. O a Alemania. No puedo hacer contigo lo que estoy haciendo. Tú necesitas vivir la vida que te corresponde. Mientras yo no pueda ofrecerte otra cosa que la mía, esto se ha terminado.» Oí cómo se le estrangulaba la voz en la garganta. «Julia», agregó. Repitió «Julia». Luego dejó caer la cabeza sobre mi hombro y lloró.

Todavía me quedaba un año para acabar la carrera. Cuando volví pasada la Semana Santa, Gerardo ya no estaba. Había una carta en mi mesilla de noche. Mi padre, sin abrirla, la dejó allí. Era muy corta. «Nunca podré querer a nadie más. Yo soy más tú que tú misma. Pero no puedo prometerte nada. Me voy por ti, lo sabes: no quiero atarte a mí. Sé feliz, aunque sea a la fuerza.» No deseo pensar nunca más en aquella carta. No deseo pensar siquiera en la jovencita que la recibió y que luego, sin saber por qué, la arrugó, se la metió en la boca, la masticó sin prisa y la tragó.

«¿Habrá acabado todo? No, aún no; sin embargo, hay muchas cosas que nunca volverán. La canción de este otoño no tiene ya estribillo. No es que las cosas mueran, es que nosotros nos hemos ido de ellas igual que se va un río. Somos nosotros los que no volvemos. Y no nos echarán de menos ni algún jardín en que la luna con delicadeza nos embellecía, ni cierto plenilunio en que fue el mundo un abigarrado salón del trono, ni cierta playa en que la dicha transfiguró —por poco tiempo— la noche en mediodía. Hay una edad en que siempre es verano, y hay otra en que el otoño se instala como un rey, incomprensible y evidente, dentro del corazón. No es un usurpador, no, ni un tirano: ha llegado su hora; nos gobierna sin urgencias ni agobios; y, a veces, señala con su cetro una ventana. Debemos ir cerrándolas, sin prisas, de una en una.»

Estuve enferma un mes. No por haberme comido la carta ni por otra razón física concreta. Estuve enferma de desdicha, de ausencia, de impotente desesperación. Ni una noticia de Gerardo. Del país en que estaba por lo menos, de lo que había hecho o iba a hacer con su vida. Volví a Sevilla y en el curso siguiente terminé la carrera. Tenía algo más de veintiún años. Me daba todo igual. Preferí vivir en Zafra, que era donde estaban mis recuerdos; pero me hacían daño. Las luces decaídas de los atardeceres sobre el castillo: el lubricán, como Gerardo lo llamaba. Recordaba sus indecisos besos, sus caricias tímidas, los ojos de color de uva reflejando los míos de color de ojo. «Yo tengo el pelo de color de pelo y los ojos de color de ojo», le decía yo. «Pues si, además de eso, eres tan guapa, más mérito.» «Es que me gusta jugar sin truco. Quiero ser igual que todo el mundo.» «Igual, pero mejor... Así sois todos.» Y yo sabía a quién se refería aquel todos... Para evitar esa desigualdad se había ido de España.

Conocí a un muchacho, cinco o seis años mayor que yo, que estudió Farmacia en Granada. Tenía un tío en Zafra, y de ahí vino que se estrechara nuestra relación. Poco después él abrió, no lejos de mi casa, su «tienda», como la llamaba. Mi padre simpatizó con él. Lo invitaba a tomar alguna copa en casa. Yo adivinaba su intención. No me pareció mal. En el fondo, ¿qué más daban ocho que ochenta? Los días se rezagaban con una monotonía que hubiese sido insoportable si no fuese adormecedora. Lo quisiera reconocer o no, yo tenía una vida y una obligación de vivirla. Y la tenía que vivir yo sola. El hecho de haber encontrado a alguien que me quisiera acompañar debía animarme. Y en cierto modo me animó. Basilio me acompañaba a pasear por las afueras. Adoraba el pueblo, y a mí eso me complacía. Coincidía con él... Una tarde me tomó del brazo y me detuvo. Sin ningún circunloquio me dijo que me quería y que su intención era casarse conmigo. Yo le iba a contestar contándole mi triste historia; pero caí en la cuenta de que, si no la sabía ya, ¿para qué hacérsela saber? No tenía ningún sentido. No iba con él.

—Yo todavía no te quiero; pero supongo que acabaré por hacerlo. Tú eres muy buena gente.

No es que fuese de una u otra manera. Simplemente no era mío. Pero tampoco lo era ningún otro. Nos casamos año y medio después.

Pero sí fueron míos los hijos que él me dio: Gerardo, porque quise que el mayor fuese casi hijo del otro; Teodosia, porque siempre me había gustado ese nombre; María Montaña, porque fueron muy duros el embarazo y el parto, y me parecía un bonito nombre extremeño; y Basilio, porque su padre se llamaba así. Ellos sí eran míos. Aunque, considerándolo bien y a la vista de lo que sucedió, quizá tampoco ellos. Probablemente porque yo misma no era mía ni lo había sido nunca.

Los hijos nacieron bastante seguidos. Yo quería estar embarazada el mayor tiempo posible. Eso me ayudaba a concretarme en algo, a distraerme en el estricto sentido, y a sobrevivir. Los dos mayores se llevan un año. Los siguientes, uno y medio o dos. Yo cumplí, sin enterarme, los cuarenta; mi hijo más pequeño, once. El tiempo había desaparecido de mi alrededor. Se equiparaban tanto un día y el siguiente; eran tan semejantes las preocupaciones, ninguna de las cuales tenía que ver con la urgencia de dinero... Alguna enfermedad de los hijos, en cuyo caso pasaban a la jurisdicción de mi padre y del suyo; algún problema con el servicio, cada vez más difícil, en cuyo caso pasaban a la jurisdicción de las viejas criadas; algún viaje con Basilio, que resultaba bien, puesto que yo no pedía nada especial de él... Comprobé hasta qué punto el amor y el matrimonio no sólo no tienen que ver nada, sino que es mucho más prudente no hacerlos coincidir. La relación entre Basilio y yo, por parte mía, era de pura amistad, y a eso se había acostumbrado él. Los gestos de los que procedían nuestros hijos no tenían que ver tampoco con el amor, sino con una pasajera excitación, provocada por una cena acaso o por unas copas, o quizá, lo reconozco, por una forma mía intensa de mirar, forma seguramente provocada a su vez por una cena o por unas copas o por una sublevación de los recuerdos.

Gerardo no huyó de mi corazón. Se convirtió en un gran telón de fondo, delante del cual transcurrían los acontecimientos previsibles. Un telón de fondo que sólo en ciertas ocasiones, todas ligadas a episodios de mi infancia o de mi juventud primera, avanzaba unos pasos hacia delante, y lo borraba todo, y se erigía en absoluto protagonista de la escena. Pero los protagonistas sin presencia física son algo peculiares. La vida, sea cual sea, es lo único que vale la pena: lo sé ahora. Entre otras razones, porque no tenemos más que a ella, o porque por nada más que por ella somos tenidos. Ella es el recipiente, la conexión y la coherencia de cuanto nos sucede; sin ella, nada queda. De ahí que la primera exigencia de un ser vivo sea vivir. Se trata de un deber previo a cualquier otro: vivir a pesar de todo, a costa de todo, de la vida también en ocasiones: tan primordial es esa obligación. Y vivir no es respirar. Respirar es sólo la posesión de una posibilidad. La vida verdadera es lo demás: la intensidad, el riesgo, la apuesta permanente, el avance y la avanzadilla, la utilización de los recursos, el despliegue de las potencias... Una jadeante búsqueda de seguridad, un exceso de cautela o de prudencia o de olvido —por eso yo no me empeñaba en olvidar— empequeñecen la vida. Por el contrario, la curiosidad, la admiración, el desprendimiento, la aventura, la enriquecen, la multiplican y la ensanchan. Quien la transforma en una costumbre ha empezado a perderla. En ella es esencial la sorpresa y congénita la novedad...

Quiero expresar con todo este barullo que estaba relativamente viva, si es que es eso posible. O será mejor decir que estaba, por lo general, en el presente. Porque la vida es el presente nada más. Hasta la eterna, de la que con tantas precauciones se nos habla, es el puro presente. ¿Cómo vivir en el ayer? Sería una manera de morir. Mis días de ayer me han traído hasta aquí. Mis ayeres me han hecho como soy; pero quien vive es mi yo de ahora. No sé si se hace camino al andar o es el camino el que nos hace. Sé que hay que renunciar al camino ya andado, nos sea fácil o no esa renuncia. Hay que conceder una amnistía total a las culpas pasadas, nuestras o de los otros; dejarse de lamentaciones y de resentimientos. Eso es lo que a diario me propongo.

«De ahora en adelante los invitados al jardín serán cada vez menos. Entrarán más despacio. Hablarán en voz baja debajo del magnolio. Se oirá más apagado el cantar de la fuente. Irán enmudeciendo con lentitud los grillos. Un jazmín casi póstumo dará un breve perfume, semejante al que emana de una carta perdida. Habrá algún bache en las conversaciones, imperceptible al principio, como si todos simultáneamente nos hubiésemos distraído pensando en otra cosa. Alguien se levantará, entrará en la casa sin despedirse, no volverá a salir. Los demás nos miraremos sin decir nada, sin expresar temor...»

Estoy leyendo este libro pasando los ojos por sus letras, y no sé si me entero. Estoy aquí pero no estoy. Convendría que llegara Gerardo lo antes posible. Sé con certeza que corro no sé qué peligro. Fue la misma sensación que tuve aquel día de mi cuarenta cumpleaños cuando sonó el teléfono... Habían pasado las felicitaciones familiares y el almuerzo con unos cuantos amigos. Me había negado a ofrecer una copa al anochecer a más gente: sabía que me iba a encontrar harta, harta de saludar y de cumplir cuarenta años. Los regalos de Basilio y de mis hijos fueron enternecedores y predecibles. Eso es lo mejor que tiene una familia: cada uno de sus miembros es, en cierta forma, todos los demás.

Sonó el teléfono. Esperé que alguien lo cogiera. No fue así. Me acerqué. Lo tomé con mi mano izquierda. Se me alteró el pulso: fue preciso que lo tomara con la derecha.

—¿Sí?

—Julia. —Era la voz de Gerardo.

Y de repente yo tenía de nuevo veinte años. De ningún modo acababa de cumplir los cuarenta. Todo el resto había sido envuelto en un paréntesis y arrastrado por una inevitable corriente, por un huracán que no esperaba.

—Julia —repitió Gerardo.

—Sí —dije yo.

No puedo estar segura de a qué dije sí. ¿Porque era Julia yo? ¿O acaso porque era una mujer que estaba dando su consentimiento a cuanto le fuera propuesto de ahí en adelante? Quise recordar a Basilio y a mis hijos. Quise recordar la vida que había aceptado y construido a lo largo de veinte años. Quise recordar, letra por letra, la carta que un día digerí... O no lo quise. En cualquier caso, no la recordé. Levanté la mano y me atusé un poco el pelo: llevaba una melena corta; pasé mis dedos, como un peine, entre las crenchas. Ya no me flaqueaban las manos.

—Sí —afirmé de nuevo.

—Necesito verte. Necesito felicitarte tu cumpleaños.

—¿Dónde estás?

—Aquí. Muy cerca de tu casa. He venido a verte.

Su voz me sonaba distinta. Era el mismo timbre, el mismo color; pero tenía un leve acento extraño y algo que suavizaba las terminaciones. Aquella voz había sido educada.

—Pero yo tengo gente...

No me refería a los invitados: ni los tenía ni podía mentirle. Me refería a mi familia. Algo dentro de mí sabía que Gerardo era el enemigo de lo que no fuera él.

—He venido desde Innsbruck a verte.

La respuesta no podía ser más que una. Calle tal, número tal: en el otro extremo del pueblo, lejos de mi casa, lejos de la farmacia, en un café que estaría desierto. Dentro de media hora. Saqué mi coche del garaje después de haberme dado dos o tres toques en la cara. Veinte años no pasan en balde: sólo en los tangos no son nada. Yo debía hacer valer la mitad de mi vida, la mitad de mi vida sin él. Lo reflexionaba mientras conducía. ¿Quién no se ha reencontrado con alguien a quien amó? Los ojos por los que nos iluminaba el fulgor del mundo son unos ojos hoy corrientes: ni siquiera grandes, o de un tono verde especial como nos parecía, o sin la oblicuidad que nos emocionó. Las manos bajo cuyo tacto nos esfumábamos, hoy aparecen cruzadas, indiferentes, invisibles de puro normales. Los labios por cuyos besos fallecíamos nos hablan hoy de un tema tan poco interesante que miramos el reloj sin darnos cuenta... Qué experiencia tan terrible la de enfrentarnos con quien ayer amamos y con quien ayer fuimos... ¿Tanto habrá cambiado? Quizá no. ¿Y yo? Tampoco. Se ha evaporado quizá el aliciente del deseo. Voló el amor y se llevó consigo su milagroso atrezo. Pasó el tiempo y transformó aquel ayer en hoy. No podré quizá tomar entre las mías estas nuevas manos, inclinarme sobre esta nueva boca, reflejarme en estos nuevos ojos verdes. Nada ha muerto: quien amamos está aquí y nosotros también. ¿Sólo el amor no está? Estuvo, o sea, ¿ya no vive?

En la puerta del café me esperaba Gerardo. Todo lo que me venía diciendo en el coche cayó por tierra. Gerardo se había convertido en un hombre de cuarenta años perfecto en cuerpo y ropa, por lo menos. No supe qué decir: estaba allí cuanto yo recordaba, pero sucedía con él como con su voz: todo allí había sido cultivado en el mejor sentido; todo allí había sido elaborado y mejorado. Me tomó de un codo sin decir nada. Entramos en el café. Pedimos agua y un whisky. Yo no apartaba los ojos de los suyos, más de color uva que nunca, de su cara morena y rasurada, de su chaqueta deportiva carísima, de sus manos bien formadas y aun mejor cuidadas. Él, desde arriba, me observaba con una sonrisa llena de felicidad y de ternura, como la que surge ante un niño que ha cumplido nuestras esperanzas.

Echó a hablar sin que yo se lo pidiera:

—De ti lo sé todo. He investigado sobre ti y tu familia. Me faltaba saber lo que piensas, y eso ya lo sé ahora. —Yo callaba porque posiblemente, no, seguramente, tenía razón. En aquel momento no estaba yo para elucubraciones ni para hablar tampoco. Continuó:— Durante diez años trabajé con rudeza en diversas ciudades. Cambié tres veces. A los treinta me casé con una mujer viuda y muy rica. No la amaba sólo porque no podía amar. Me llevé bien con ella, que era bastante mayor que yo, y que tampoco exigía que la amase. Vivimos juntos con tranquilidad, más, con serenidad, que para mí era casi imposible de conseguir, unos diez años. Ha muerto hace dos meses. Yo he sido su único heredero. Creo que me he ganado la posición que tengo. Hoy vivo entre Plunds e Innsbruck, más cerca de Plunds, a la vera de un río, en una hermosa hacienda. ¿Qué puedo decirte además de esto? Sólo que he venido a poner lo que tengo a tus pies. Y cuanto soy. He venido a que tú decidas si quieres vivir o no conmigo. Aquí o allí o donde te parezca. Creo que tenemos derecho tanto tú como yo.

—¿Tienes hijos? —pregunté en voz muy baja.

Movió negativamente la cabeza.

—He alquilado un coche. Podemos ir en él hasta Sevilla. Allí decidiremos. Zafra no es buen lugar para que nosotros decidamos. Si quieres, llama a tu casa para informar a los tuyos.

Siempre había proyectado que mi primera noche de amor fuera en Sevilla. Conocía su luz de oro y su alegría. Basilio, en cambio, me propuso una luna de miel en París. Con él me daba igual, y allí nos fuimos.

Gerardo me estaba acariciando una mano. Me ofreció un móvil después de haber marcado el número de mi casa. Hablé. Era mi hija mayor, que salía en ese momento. Le dije que, por algo que le explicaría, me era forzoso irme de Zafra... Naturalmente que por propia voluntad. Que tuviesen la seguridad. Todo estaba bien, todo estaba lo mejor posible... ¿Mi voz? ¿Qué le pasa a mi voz?... No sé por qué, Teodosia, pero no te preocupes. Me he vuelto a encontrar con una persona que conocí hace tiempo. Me necesita. Voy con ella a Sevilla. Llamaré desde allí. Un beso.

«Todo en otoño tiene un ritmo distinto. El calor ya no está: se fue una tarde, y tampoco volvió. Los veranillos son sólo un recuerdo equivocado: algo de lo que se habla sin estar muy seguro, y ante lo que sonreímos, sin saber bien por qué, antes de que desaparezca... El otoño es también la armonía del mundo. Se acortará la luz, se ensanchará la sombra. Camino del solsticio, muy perezosamente —lo mismo que la sangre— camino del solsticio, con su música como un eco de lo que fue. ¿Como un eco? ¿Y la vendimia? ¿Y las sonoras ménades? ¿Y los frutos en medio de las hojas doradas? Las brumas abren las puertas a una piadosa luz; a nuestro alrededor es abundante el mundo, y el sol lo dulcifica y lo madura. ¿Por qué entonces nos araña en el aire con sus ortigas, la desilusión? La primavera está llena de dudas, de ásperos vientos y arideces. El verano es absoluto y abrasador y lúbrico; por el contrario, el otoño es la estación del cumplimiento... Es verdad, es verdad: la primavera y el verano son las de la esperanza. Por eso me pregunto: los solitarios, ¿qué esperan en otoño?»

De eso hace tres años. Hay tardes en que oigo caer la sangre de la única herida que me queda. No llamé a mis hijos desde Sevilla. Me enteré de la muerte de mi padre porque tengo una cierta informadora secreta. Sé que mis hijos están bien; que Basilio hace su vida de siempre; que la gente se ha portado con mayor generosidad de la que preveía; que no ha sido preciso llevarse la farmacia a otro sitio; que la muerte de mi padre fue por causas que nada tuvieron que ver con mi decisión, si es que fue una decisión aquello y no una adaptación a las circunstancias que se aceptan dando un suspiro... Escribí una carta, larga y sin remite, a mi familia en la que traté de explicar lo inexplicable. Traté de invitar a todos (procurando hacer el menor daño posible —es decir, no como yo—) a vivir cada día, a vivir apasionadamente sin cavilar demasiado, sin anticiparse a aquello de lo que cada cual podría luego arrepentirse... Arrimaba el agua a mi molino en la carta, estaba claro.

Hace tres años que soy feliz. No del todo. Hay esa herida que mana. Pero no sé si pienso así porque debo pensarlo, porque sería normal, cuando aquí y ahora en mi vida nada es normal. A pesar de todo, sé que estoy donde debo estar y con quien debo estar. No me hago ilusiones de que mis hijos me hayan comprendido y me hayan perdonado; el pequeño, menos que los demás. Quizá más tarde, un día, lo comprendan. Cuando su corazón entre también en el juego. Me gustaría, sin embargo, que distinguieran entre lo que a mí me ha sucedido y lo que sucede cuando una mujer se enamora de un hombre y abandona por él a su marido y a sus hijos. Gerardo fue anterior a todos ellos. Nunca me dejó del todo; nunca se fue del todo. Sólo desapareció y volvió a aparecer. Sé que esto no justifica mi comportamiento. También sé que no trato de justificarme...

Pero hay tardes como ésta, cuando se retrasa Gerardo, en las que no puedo impedir soñar en cuánto me gustaría acudir a uno de esos espantosos programas de televisión, en los que una mujer cuenta su culpa, sin arrepentirse, no es necesario, y de pronto aparecen sus hijos perdonándola, abrazándola, queriéndola... Sé que no se puede tener todo. No aspiro, por ejemplo, al perdón fraternal de Basilio ni a que él me entienda. Pero en tardes como ésta, sí me creo con derecho —o quizá no con derecho del todo sino sólo con la ilusión de que me entiendan mis hijos, de que intuyan cuánta es la fuerza de la felicidad, y qué difícil obtenerla del todo. No me he olvidado de ellos en estos tres años. Bastante he hecho con intentarlo sin éxito minuto por minuto.

«El mundo es siempre hermoso, es aún hermoso. Correctos, los invitados al jardín sonríen, ¿Quién falta hoy? Da igual. Pronto será el momento de la separación. Agoniza la tarde en torno a los cipreses con ejemplar serenidad. Dentro aguardan un libro con su marca, un folio sin concluir y una luz encendida... Antes de que el relente nos enfríe, plegamos las hamacas del verano, las cristaleras que hasta ayer nos deslumbraban, las puertas que dejaron pasar las intemperies. Todo está bien. El mundo es siempre hermoso. Pero está fuera; está ahí fuera... Nosotros tendremos que cerrar las ventanas. (No, no éramos la orilla desde la que mirábamos el agua tal como si bebiéramos; desde la que la mirábamos fluir mientras corría ya en el recuerdo sólo. El agua nos llevaba...)»

Está refrescando demasiado. Ha cambiado el tiempo. Esta mañana han retirado las hamacas blancas de la piscina. Ya no serán precisas. El agua conserva su fresco y atrayente color turquesa, pero ya no llama con sus húmedos gritos, ya no produce su lento escalofrío... Me voy dentro. Esperaré a Gerardo en mi cuarto de estar. Da igual donde lo espere. Me pondrá las manos en los hombros, me besará primero la frente, luego las mejillas, por fin los labios. Me besará las manos y los párpados. Se sentará en el brazo de mi sillón y me transmitirá la certidumbre de que no me he equivocado. De que cualquier vida entera vale lo que ese instante en que él me transmite tal certidumbre...

Basilio, que me localizó a través de un amigo del consulado alemán, me escribió una breve carta. En ella se mostraba indulgente. Y dolido, por supuesto. En un papel aparte, los cuatro chicos firmaban cuatro mensajes cariñosos. A menudo se me ha ocurrido pedirle a Basilio el divorcio, legalizar esta situación, darle toda la naturalidad del mundo. Yo creo que Gerardo es partidario; pero, en cuanto dejo de pensar en el tema, se me va de la cabeza. No logro saber a quién beneficiaría. Desde luego, a mí no. Claro, que mis hijos me visitarían en vacaciones, disfrutarían aquí con los caballos, con las instalaciones deportivas, no sé, con cuanto no tienen en casa. Y, llevando las cosas al extremo, aprenderían alemán, lo cual yo no he hecho... Estaría bien. Se sentirían más cómodos que allí. Quizá ha llegado el momento de actuar de tal modo. Pero estos años a solas, sin hijos ni juzgados, sin la intervención de nadie en nuestro orden o en nuestro desorden, estos años nos los debía la vida a Gerardo y a mí. Quien no lo reconozca es que ni nos comprende ni nos quiere... Sin embargo, este aire de ocultación, de apartamiento, este aire de estar solos en el mundo —lo cual no es cierto y lo sé— se perdería. Y yo perdería no toda la razón de estar aquí, pero sí alguna parte: nuestra luna de miel... Tengo que recapacitar con Gerardo sobre ello. Ahora cuando llegue. Ya no puede tardar.

Entretanto, concluiré de leer este capítulo.

«La soledad, sentada a nuestra mesa, nos abre el libro, nos señala la página con su invisible dedo, nos pone ante los ojos el folio que habíamos empezado, nos sonríe, y en silencio nos invita a recomenzar... Pero ¿qué? A recomenzar, ¿qué? No llega hasta nosotros el bienestar ruidoso del verano, su ufana algarabía, la exaltación que nos dificultaba el ocio y el trabajo: es el mejor momento. Es el mejor momento ¿para qué? La soledad sonríe. Pone una mano sobre nuestro hombro; nos indica el folio, el libro, la ventana, y se va de puntillas. La oscuridad, como una gruesa araña, se descuelga desde las vigas, se obstina en los rincones. Después de una gran pausa muda que eriza el lomo de los perros, hace el otoño, por fin, sonar su música. Y es un solo de cuerda.»

JÉRICA, LA VIDENTE

Jérica, como su nombre indica, había nacido cerca de Castellón. Sin embargo, su nombre no era ése; en realidad se llamaba Lledó. Pero se lo cambió cuando se dispuso a ejercer de vidente, porque estaba convencida de que Lledó, más que a nombre, sonaba a apellido. Y su traducción al castellano, aún peor: Lidón, que parecía una marca de colchones, o Almez, que nadie sabía lo que era. (Y si lo sabía, qué vergüenza: el árbol de la almeza, una drupa comestible, redonda, chiquita, negra por fuera y amarilla por dentro, con un hueso redondo también, que siempre había servido para que los niños, con trozos de caña usados como cerbatana, lo dispararan para luchar unos con otros, o para herir en el culo a las amiguitas que les interesaban, llamando de esa violenta forma su atención. Lo que es a ella, la habían apuntado con excesiva frecuencia, y encima tenía que sonreír, porque aquello no dejaba de ser un homenaje.) Por tanto, de Lledó, nada: Jérica, que le recordaba una cosa de Blasco Ibáñez, no leída por ella jamás, titulada *Jéssica, la cortesana.* Por ahí iban mejor los tiros: cortesana le sonaba muy bien, y de Jérica era su abuela.

La hija, al contrario que el nombre, la tuvo antes de dedicarse a la videncia. Quizá por eso se llamaba simplemente Amparo. Y la tuvo sin querer, enamoriscada de un chulazo levantino, rubio y moreno a la vez, que cuando supo que ella estaba embarazada, le confesó con sinceridad que no había sido su intención, que él ya estaba casado y que se largaba. Cosa que, acto seguido, cumplió sin el menor remordimiento de conciencia. La niña Amparo salió a la madre: blanca, rubia y con ojos dorados; pero no tenía ni la mitad del empuje de ella, ni la gracia y la marcha, en todos los sentidos, de su padre. Amparo era pavita y, contra lo que daba a entender su nombre, tendía a dejarse proteger, también en todos los sentidos.

La primera decisión que tomó Lledó o Lidón o como quiera que se llamara, fue trasladarse a Madrid, donde nadie sabía a ciencia cierta si ella era soltera, casada o viuda, aunque tendiera a dar a entender esto último para inspirar más simpatía. En Madrid encontró la ayuda interesada de un pariente lejano, gordo y mayor, lo que le permitió tomar un piso modesto en Chamberí. Necesitada y sin saber hacer maldita la cosa, hojeando una tarde una revista, tuvo una iluminación: se le ocurrió hacerse vidente. Fue revistiendo la ocurrencia con voces misteriosas, sugerencias de lo alto, vagas visiones y órdenes secretas que la conducían... Imaginación no le faltaba. Primero, dio la noticia en su propia casa, atizándole alguna propina casi espiritual a la portera; luego, en toda la calle de Santa Feliciana, donde se alzaba el edificio, no lejos de la plaza de Olavide; después ya, a través de la mercería, la farmacia, la panadería, algún ultramarino persistente, algún supermercado. Como por ondas en un remanso, su nombre fue resonando por el barrio, que no es pequeño.

Jérica no necesitó esforzarse en poner caras, mirar con fijeza a los ojos de la cliente, ensimismarse de pronto y quedarse abstraída como una estatua: era una buena cómica. Sabía sonreír sin que se notara, y destilar unas gotas de esperanza al final de un ambiguo diagnóstico; sabía destapar a la gente, y recibir sus tácitos mensajes, en los que ya estaba implícita la respuesta de lo que iban a preguntar... Poco a poco empezó a cundir su nombre y a enredarse la clientela. «Esto es como un canasto de cerezas», decía optimista. Le ayudó mucho una señora, de buena sociedad y hasta de buena fe, que creyó en ella, porque ella previamente creyó en ciertas apariciones de la Virgen a la tal señora. Funcionó bien el *do ut des.* Y más habría funcionado si de Jérica dependiera, porque ella estaba dispuesta a defender no sólo que la Virgen se le aparecía a la señora Verónica Argüelles, sino que incluso la señora Verónica Argüelles se le aparecía con frecuencia a la Virgen.

Jérica ni era tonta ni tenía tiempo de hacérselo. Aprendió, o ya lo intuía, a ser generosa según con quién; a transigir con novios si eran serios y exclusivamente productivos; a asistir a cenas estúpidas, en las que conocería gente que no lo fuese tanto, con la que ella aseguraba al día siguiente que se había producido un *feeling* o un flechazo; a insinuar, sin comprometerse, a un recién presentado aquello que deseaba oír, y prometerle ampliar el recado en su consulta; a aparecer, vestida de modo conveniente, en espacios poco serios de televisión, y a fingir asombro en ellos ante las chorradas de algunos otros invitados, con lo que quedaba por encima de éstos y del espacio. Tenía un don especial para saber dónde situarse y al lado de quién cuando divisaba una cámara. No le importaba que la tacharan de *pushing* con tal de lograr su propósito.

Los lectores habituales de revistas ilustradas comenzaron preguntándose quién era esa mujer rubia que podía pasar inadvertida pero que no pasaba, y concluyeron sabiendo a la perfección que era Jérica, la vidente. «Pero ¿lo es de veras?» «Dicen que sí.» «Dicen que emplea unas veces, como apoyatura material, el tarot o las cartas españolas o el I Ching; pero que, en realidad, es una auténtica vidente.» «Dicen que la expulsaron de su pueblo, y luego de Valencia, porque tiene tales premoniciones que vaticinó ruinas comerciales o matrimoniales, lo cual a casi nadie le conviene saber con anticipación.» «Vio el destrozo de negocios y advirtió a ciertos socios que se salieran de ellos. Quizá por eso los negocios se vinieron abajo.» «Mírala, con esa pinta de mosquita muerta.» «Pues creo que tiene una buena clientela de artistas y políticos. Es en las inversiones de dinero y en amor donde mejor funciona.» «No me digas, voy a ir a ver qué pasa.»

Así fue haciéndose popular Jérica entre un sector de la sociedad propenso ya a aburrirse y a que le adivinen la causa de su aburrimiento. La consulta la abrió muy pronto en un apartamento, bastante bien situado. Era una casa antigua y estratégica, no lejos del palacio de Fernán Núñez, remozada con buen gusto y con portero automático. Allí instaló a una muchachita que hacía de secretaria, le ordenaba las citas y cobraba los honorarios.

Su hija Amparo, ya con diecisiete años, se brindó a ayudarla. Pero Jérica, a esas alturas, quería otro porvenir para su hija. Amparito tenía pinta de modelo, o sea, era bonita y olvidable. Jérica soñaba para ella una iniciación en las pasarelas, para deslizarse después por una o dos experiencias televisivas, saltar pronto al cine, y, por fin, llegado el momento, no hacer nada. Ése había sido el ideal de su propia vida: una boda muy buena y descansar. Pero nunca lo consiguió.

Que Amparo era sosa saltaba a la vista. Un modisto que consultaba a Jérica le habló de la Pasarela Cibeles. Debutó allí Amparo, y su éxito fue perfectamente descriptible. Lo cierto es que no lucía la ropa: por eso el modisto dispuso que, cuanto menos ropa le pusiera, mejor. Pero tampoco sabía lucir mucho el palmito. Se movía, demasiado perceptiblemente, al ritmo marcado. No improvisaba ni un centímetro ni un gesto: hasta aquí le habían dicho que avanzara, y hasta aquí llegaba. «No traspasa. Tu hija no traspasa ni trasmite.» La verdad es que no miraba retándolos a los espectadores; no los ponía cachondos o celosas. Era una completa calamidad. Sin embargo, no todo el mundo pensó igual. Un buen mozo, que había quedado el segundo en una elección de Míster España o algo así, y que coincidió con Amparo en un pase; un buen mozo, que acaso no se moría por no tener donde caerse muerto; un buen mozo que, por si fuera poco, era ya divorciado, y debía pasarles, aunque no lo hacía, una pensión a su ex mujer y a un hijo, opinó que a Amparo daba gusto verla y que hacer algo más que verla daría un gusto mayor.

—Nada de amores: ése es el primer mandamiento —le había dicho mil veces la madre—. Las que no tenemos dinero estamos hechas para enamorar, no para enamorarnos. Cuando puedas costearte los amores, te los costearás; pero nunca antes, bonita.

En el momento en que la vidente se enteró, por las fotos de una revista, de que había algo entre dos guapos modelos, Amparo y César, ya era tarde. «César; pero ¿qué tiene César? ¿Qué has visto en César? ¿Cómo es ese César? Un horror. Fuerte, alto, bien hecho, guapísimo, con los ojos azules, arrebatacapas y sin dinero, es decir, un verdadero horror. Y para colmo de espantos, divorciado.» Esto fue lo que Jérica sacó de sus pesquisas. Además de lo que ya sabía, si bien le costaba reconocerlo: que su hija era idiota.

Jérica, a partir de ciertas coincidencias, había llegado a creer en sus propios vaticinios. Siempre que no la pusieran contra la pared preguntándole quién iba a ganar la Copa o la Liga, o cuál sería el número premiado en un sorteo —preguntas ante las que ella fruncía con desdén superior el ceño—, se bandeaba lo suficiente como para dar el pego y sentir la satisfacción interna del deber cumplido. Por otra parte, su hija Amparo, que desde su uso de razón, no demasiada, había asistido al éxito materno, también creía a pies juntillas en sus videncias. En el colegio lo suficientemente caro al que había asistido, y del que brincó sin transición a la pasarela, todas sus compañeras la envidiaban: tener una madre vidente al estilo de Jérica, que parecía hacerle un favor a la humanidad con su presencia, y que procuraba —a buenas horas: las mejores— mantenerse en la sombra, era un verdadero privilegio. A menudo, a la hora de cenar, si es que había llegado Jérica, Amparo desdoblaba unos papelitos en que algunas de sus compañeras proponían a su madre dudas escolares o del corazón: no en vano, enfrente de su colegio había otro, caro asimismo, de muchachos.

Pero Jérica, en el asunto César, por más que se exprimía los sesos y consultaba a otros arúspices o simples compañeros, no veía nada. El día en que Amparo se lo presentó, lo único que ratificó con claridad fue el porqué la puñetera niña se había enamorado de aquel moscardón de veintisiete años. Ocurrió en una cena, la primera y la última a la que las invitó César. Cuando las dos mujeres estuvieron de regreso en su casa, que seguía estando en Chamberí, ante la impaciente mirada de su hija, Jérica comentó:

—Espero que no te cases con él, pero me temo que lo hagas, aunque lo que a mí me gustaría es prohibírtelo de modo terminante —y después de un momento abrasador, concluyó—: te profetizo que te pondrá los cuernos.

Esa noche Amparo dejó de creer en los poderes de su madre. Al menos en cuanto se refería a la materia cuernos.

Por descontado, los jóvenes se comprometieron; se hicieron los regalos convencionales: un reloj y una pulsera prácticamente del serrín; y decidieron casarse. Por descontado, entre una pareja guapa y enamorada, a los inicios todo funcionó como una seda de color de rosa. La falta de fe de Amparo en los presagios de Jérica favorecía su felicidad.

César, que, en contra de lo que temía Amparo, no se

llevaba mal con la vidente ni viceversa, quiso enseguida comprar un coche.

—Sin cuatro ruedas no se puede vivir en Madrid, aunque sea en un sitio tan céntrico como éste.

Se refería al barrio de Chamberí, donde se había incrustado. El coche era de segunda mano, un Opel Astra o algo así, y se lo vendía un compañero de andanzas sin un euro. Jérica se lo desaconsejó.

—Cuando ese tío asegura que el coche es de segunda mano, por lo menos es de cuarta, y a saber la de veces que le han desvirgado el cuentakilómetros. —Tales razonamientos los hacía Jérica sin ninguna necesidad de escuchar a los espíritus—. Tendréis un accidente con él, ya lo estoy viendo.

Los jóvenes enamorados se miraron con ilusión y se sonrieron. Desde allí fueron directamente a comprarse el Opel.

No había pasado un mes cuando el «cochecito de los cojones, qué razón tenía la santa de tu madre», estornudó fuerte cuando iba a unos estudios de televisión de Villaviciosa de Odón, y los dejó tirados a un ladito de la carretera sin darles la más ligera explicación. Nadie jamás pudo volver a ponerlo en marcha.

—Es lo mejor que os podía suceder. Ha sido un accidente, pero no ha habido sangre —apostilló Jérica—. Lo que os pido ahora, por lo que más queráis, es que cuidéis mucho vuestras relaciones. No sé si me explico. —En privado, con su hija fue más patente—: Desde hace cuatro generaciones, niña, en nuestra familia no ha habido más que madres solteras. Mira tú por dónde pisas o por dónde te pisan, y toma precauciones. Porque malo será que te cases un día con el guapito ése, pero peor aún que te embarace de soltera. Yo por ahí no paso.

Pero pasó. Y Amparo volvió a creer en el don de su madre unos meses después.

Entonces César, en un gesto heroico, trató de buscar un trabajo que le hiciera un pizca más responsable a los ojos de su pareja y de su futura —sin entusiasmos— suegra: ojos que ya lo contemplaban como pidiendo cuentas. Pero no había trabajo para él, tan guapo, tan alto, tan fuerte, tan bien hecho y con los ojos tan de color turquesa.

—No lo encontrará —le previno Jérica a su hija, si bien ya no muy a toro pasado—. Le tendré yo que echar una mano. En el mejor de los significados, claro. Por ti lo haré, hija.

La muchachita que le ayudaba en su apartamento-consultorio, gracias a los auspicios calculadores de la pitonisa, se casaba con un cliente y se iba. Jérica pronosticó que tener en la entrada un tipo tan decorativo como César no funcionaría mal. A él, por otro lado, no le quedaba más recurso.

Amparo se aburría sola en Chamberí. Se empezaba a encontrar pesada, y no tenía quien le satisficiera los antojos, más abundantes cada día. Se le hundieron sus personales presentimientos y se le antojó todo un timo. Tenía demasiado tiempo para mirarse al espejo y para verse espantosa. No era zahorí para hallar, en el fondo de su corazón, el manantial del amor de madre que todo lo embellece y todo lo ilumina. Y, por si fuera poco, le ordenó el ginecólogo que hiciese mucho ejercicio.

Una tarde se echó a la calle. César había prometido llevarla a un estreno a la Gran Vía. Vendría a recogerla a Santa Feliciana, tomarían por ahí algo ligero y un taxi los acercaría al cine. Amparo creyó mejor darle una sorpresita. Anduvo hasta que no pudo más, que fue más bien pronto. Tomó un coche que la llevó hasta el consultorio en la calle de Santa Isabel. Todavía faltaba una media hora para que su madre terminara las consultas, que siempre se prolongaban algo, entre pitos y flautas. Pero Amparo no pudo esperar más. Estaba hasta el cucuné de soledad y de embarazo. Subiría, se sentaría en el sofá de la sala de espera, y leería las revistas del corazón, de las que hacía tiempo que ella y César habían sido abolidos.

Timbró en el portero automático. Volvió a llamar. A la cuarta vez, contestó Jérica con voz desconcertada.

—Soy yo —dijo Amparo—. Ábreme.

Tardaron en abrirle. Y le explicó su madre lo que había sucedido. La última consultante sufrió un desvanecimiento —«por la tensión y otras cositas: yo lo auguré en cuanto la vi»— y había tenido que llevarla César a una clínica de urgencias después de pedir la dirección en el Colegio de Médicos de enfrente. Amparo estimó todas aquellas explicaciones sin pies ni cabeza, pero además no le importaban nada. Lo que quería era bajar con César al bar de Ricardo, y cenar de tapas, que era lo que más le gustaba. Luego se irían al cine bien juntitos.

Y así lo hicieron, en efecto. Durante la película, Amparo, con tono de mema, le preguntó en dos ocasiones a César si todavía le gustaba, aunque ahora no pudieran hacer el amor como era su alegre costumbre, por culpa del «entorpecimiento». César contestó la primera vez que sí, que sí, tonta, de una manera puramente mecánica; la segunda, con mayor contundencia, le preguntó si quería dejarle ver la película, coño.

El médico insistía, a cada visita, en que Amparo hiciese ejercicio, tomara el aire y no estuviera acostadaza todo el tiempo en el estrecho piso de Santa Feliciana. Y dio la coincidencia de que, en el supermercado, donde entró una mañana a comprarse frutos secos, que comía sin parar y que la engordaban más que el embarazo, tropezó con una compañera del colegio que tenía un chalé en la Sierra. Se intercambiaron los teléfonos, y la amiga le ofreció su casa, con toda confianza, para un fin de semana. En cuanto llegaron su madre y su novio del oráculo de Delfos, se lo contó transida de entusiasmo. Ambos la animaron a aceptar la invitación para el más próximo fin de semana. César le marcó el número de teléfono de su amiga en su móvil. La compañera se manifestó encantada. Mejor saldrían el viernes, para tener más tiempo libre en la Sierra. De aquí a tres días pues. Adiós. Adiós.

El viernes a primera hora de la tarde la telefoneó la amiga. Amparo estaba sola en Santa Feliciana, rodeada por dos o tres maletas. Tendrían que aplazar la salida hasta el sábado a mediodía porque unos socios del marido pasaban por Madrid y se veían en la obligación de invitarlos el viernes a cenar, y acabarían muy tarde. Mejor salir los cuatro hacia las doce, y almorzar juntos en el camino. A Amparo todo le pareció de perlas. Y recordando que no había aclarado que César no iría con ellos, porque un noviete y una tripa, para un colegio tan caro como aquél, eran incompatibles, se echó en la cama y se quedó traspuesta.

La despertaron unos ruidos en la puerta de entrada. Se abrió y se cerró con estrépito, y las risotadas de Jérica y de César eran capaces de despertar a un muerto. Daban la impresión de que venían muy contentos, incluso de que hubiesen bebido. A Amparo le costó poner los pies desnudos encima de la alfombra. Se quedó aguardando que, como era habitual, entrara César en su dormitorio, para cambiarse por lo menos. No entró. Le pareció que donde entraban los dos era en el de al lado.

—¿Te sirvo un whisky? —oyó que preguntaba César.

—Sí; pero con coca-cola light: tengo que cuidarme.

—Anda ya, si tú estás más cuidada que la Cibeles.

Jérica se echó a reír:

—Adiós, Neptuno, que me voy preparando.

Volvían a lanzar carcajadas. Se oían golpes, ruidos de cacharros en la cocina, la puerta del frigorífico, y risas, muchas risas. Demasiadas risas. Nunca había oído reír tanto a su madre. Amparo no entendía. Prefirió esperar. Cuando se calmó el ajetreo, se puso en pie por fin y salió descalza de su cuarto.

La puerta del dormitorio de Jérica estaba abierta. Desde ella vio cómo, en cueros vivos, su madre y César hacían el amor mucho más salvajemente que ella. Amparo no dijo una palabra: era incapaz de decirla. Unos minutos larguísimos después, entre espasmos y vértigos, abrió los ojos Jérica y vio, por encima del hombro de César, a su hija. Se incorporó un poquito y gritó como una posesa.

—¿No te habías ido? Ya te dije que éste te pondría los cuernos. Para que me creas de ahora en adelante.

Amparo se dejó caer poco a poco hasta llegar al suelo. Sintió que estaba frío. En su tripa notó moverse al niño por primera vez. Pero calló. Quizá su madre interpretara que era mala señal.

CONTACTOS

Pedro y Javier rompieron el miércoles. Hacía tiempo que las cosas no andaban bien. Prefirieron separarse antes de que se pudrieran del todo. Los dos hicieron a la vez el mismo adocenado comentario:

—Fue muy bonito mientras duró.

Pedro tenía treinta y seis años y era activo; Javier, algunos menos, y era pasivo. Se conocieron, casi un año atrás, por los *contactos* de una publicación. En una cosa estuvieron ahora de acuerdo: cada uno de ellos había decidido no emprender una nueva relación. Lo que acababa de existir entre los dos había sido tan, pero tan importante... Aún soltaban alguna lágrima rememorando sus entrevistas del principio, en uno u otro pueblo de la Sierra, un par de veces por semana.

El domingo, a la hora del desayuno, los dos buscaron en el diario las páginas del *Buzón de amigos* y la sección *Chico busca chico.* En ella había dos peticiones seguidas. La primera: «Activo de 36 años busca chico, entre 18 y 29, en la provincia de Huelva o en Sevilla capital. Número buzón: 158571.» Inmediatamente debajo, la otra: «Chico joven, pasivo y de la Sierra de Huelva, busca hombres activos de alrededor de 30 años. Número buzón: 187744.»

Pedro y Javier, cada uno en su casa, sonrieron con una tristeza muy semejante.

—Hay que ver lo que hace el roce. Hasta para romper.

Eso pensaron los dos, mientras rastreaban absortos el resto de las propuestas.

PRINCIPIO Y FIN

Todo empezó el 4 de octubre de 1968. En los oídos de Acacia la algarabía que formaban las niñas en aquel primer recreo del curso pasó a un segundo plano, como si alguien le hubiera puesto una sordina. Al principio se preguntó por qué. Luego comprendió que los ojos le estaban ganando la partida al oído. Debajo del pinsapo, apoyada en su tronco —no, no apoyada del todo—, había una muchacha. Tenía una melena corta castaña, una blusa cruda de manga larga y una falda escocesa de cuadros verdes y azules. Sus piernas eran esbeltas, y el tacón de sus zapatos, bajo. Acacia no podía desviar la vista de aquella desconocida. Ella la miraba a su vez. Acacia, por fin, dio media vuelta, y deseó que el recreo concluyera. Se dirigió al aula que a continuación le correspondía. Profesora de matemáticas, no gozaba de demasiada popularidad entre las colegialas. Su gesto era adusto. Vestía un traje marrón tan sobrio que podía confundirse con un hábito del Carmen. La madre prefecta, su silbato colgado de una cinta negra sobre el pecho, se cruzó con ella. Un gesto de la monja le dio a entender que iba a tocar el fin del recreo. Menos mal, pensó Acacia sin comprender por qué sentía aquella opresión y aquella debilidad en los tobillos. Supongo que es igual cada principio de curso. Pero, ¿era eso de veras?

Después de la clase, que se le hizo cuesta arriba y en la que confundió dos o tres veces a unas chicas con otras

—se trataba del primer día y eran todas tan semejantes con el uniforme gris, los puños y el cuello blancos y las melenas sueltas—, las externas salieron entre gritos. Acacia permaneció debajo del retrato del Jefe del Estado y de una reproducción de una Inmaculada de Murillo. No se acostumbraba a esas imágenes tan distintas —contradictorias, se dijo— a uno y otro lado del encerado, que se dispuso a limpiar. Lo hizo despacio y con meticulosidad. No le gustaba dejar huellas de su lección, como no le gustaba encontrarse con otras anteriores al comenzar la suya. Después pasó unos minutos por la capilla, cuyas puertas se abrían a un patio interior de baldosas catalanas, y se dirigió al comedor.

En la puerta, como si la esperara, estaba la muchacha del pinsapo. Le dio las buenas tardes y le cedió el paso. Al fin y al cabo es más joven que yo. Acacia dio las gracias con un gesto de cabeza, y pasó. Tras ella escuchó una voz baja y bien timbrada.

—Soy Delia Roig.

Acacia se volvió. Perdón. Se encontró turbada sin motivo, porque no lo era haber evitado la presentación. De todas formas, antes o después, a lo largo de la comida, la prefecta o cualquier otra monja, puesto que la superiora estaba fuera, las habría presentado.

—Perdón —repitió—. Yo me llamo Acacia Rupérez. Éste es el tercer año que enseño en el colegio.

—Para mí, es el primero.

—Lo sé. No la había visto antes.

¿Qué edad podría tener esa Delia Roig? Creo que ha sido eso lo que ha dicho. Su aspecto es muy juvenil: ¿de qué dará clase? Lo más lógico sería preguntárselo a ella. ¿Por qué no lo hacía, entonces? ¿Por qué sentía calor de pronto y ganas de llorar? Espero que no empecemos otra vez con las mismas tonterías... Apresuró el paso, y se sentó a una de las mesas alargadas, en la cabecera, creo que ésta es la mesa del curso pasado, pero las niñas no serán las mismas. Quizá debí esperar a que la madre de turno me señalara un sitio. Miró hacia el fondo del comedor. Bajo el crucifijo, la madre prefecta y su silbato. Le hizo un gesto de que se levantara, le señaló otra mesa. Tocó el silbato para imponer silencio. Se santiguó en el nombre del Padre... Bendecid, Señor, los alimentos que vamos a tomar... Un par de internas hablaban por lo bajo. Acacia golpeó con tiento el cuchillo contra un vaso. Sonó de nuevo el silbato y se levantaron las voces y las risas de las chicas. Delia Roig no parecía haber cumplido los veinticinco años. Ostentaba una permanente sonrisa en los labios. Las internas que se sentaban a su mesa le hablaban con una naturalidad que ella, Acacia, nunca había conseguido. Era antipática y lo sabía. Quizá hubo un tiempo en que pudo elegir su actitud. Ahora ya no. Ahora tenía que seguir siendo antipática.

No se enteró de lo que comían ni de la conversación de las chicas. Vio, o creyó ver, en el primer servicio, signos y muecas de desagrado al comprobar que era ella la encargada del orden en la mesa. Lo de todos los años y lo de todos los colegios. No necesitaban conocerla. Su mal carácter se adivinaba. No tenía remedio.

—¿Es obligatorio entrar en la capilla antes o después de las comidas para dar gracias o algo así?

Se lo preguntaba Delia Roig. Acacia se quedó cortada. No sabía qué responder. Ni tan siquiera se había planteado nunca la cuestión.

—Si quiere que le diga la verdad, no lo sé. No creo. Yo lo hago de una manera maquinal.

—A mí no me gusta hacer nada de una manera maquinal.

—Hace muy bien. Es tan joven...

—No tanto. Parezco más joven. Tengo veinticuatro años.

—¿Y eso no le parece ser joven? Es usted una niña.

Ella misma notó un cierto desdén en su comentario. Pero, ¿por qué se dirigía a ella? Había otras tres profesoras seglares, más simpáticas todas. Que la dejara en paz... Pero, ¿quería en serio que la dejara en paz? Volvió la cara y le sonrió a Delia. ¿A qué viene esta estupidez de sonreír?, se reprochó.

—Usted no será mucho mayor que yo. Aunque me gustaría que lo fuese. Me inspira usted confianza, y como acabo de llegar...

Ya cantó la gallina: el egoísmo de las recién llegadas. Todo una pura coba para que yo la instruya y le despeje el camino, le esquive los tropiezos, la asesore... Pues va dada.

—La convido a un café. Tengo en mi alcoba —dijo Delia.

A Acacia le encantaba la palabra convidar, mucho más que invitar. Y la palabra alcoba mucho más que habitación o que cuarto. Quizá fue por eso por lo que aceptó. ¿O quizá no? No lo pasaron mal. La joven era atenta, bien educada. Se notaba que pertenecía a una familia buena. Acomodada, quería decirse Acacia. Vamos, rica.

Antes de cinco días volvió a invitarla —a convidarla— a café. Durante ese tiempo se habían saludado en el patio de recreo o en algún otro sitio por el que se cruzaran. Ya de palabra ya con la mano... Acacia sabía de sobra que no era conveniente, a ojos de las monjas, ninguna amistad particular. Ni entre las profesoras ni entre las alumnas. Había que espaciar las entrevistas y aún más las visitas. En este segundo café Acacia estaba un poco alarmada. Miró, antes de entrar en la alcoba de Delia, a un lado y a otro.

Por Dios, ni que fuera pecado, ni que se juntaran para cometer un delito, se había reconvenido.

Mientras servía el café en polvo y se calentaba el agua, Delia se echó a reír y contó una especie de anécdota, o de chiste quizá.

—Le sucedió a una amiga mía en Tenerife. En el baile de un pueblo pequeño. Estaban las chicas sentadas en un banco corrido, y se acercaban los muchachos para sacarlas a bailar. Mi amiga había ido con otras amigas o primas suyas de aquel pueblo, y se aburría soberanamente. Se acercó a ellas un canario moreno y guapo como suelen ser. Le pidió a mi amiga que bailara con él. «No, no. No puedo», dijo ella. «Pero, ¿por qué?» «No sé, no puedo, no me gusta.» «Entonces, ¿para qué has venido?» «No lo sé; pero a bailar desde luego que no.» «Una piecita sólo, no seas ruin.» «Y tú no te pongas pesado, ya te he dicho que no.» «Mujer, con lo guapa que eres, ¿no es una pena?» «No, no. Y es que no.» Ya había subido el tono. El canario insistía dispuesto a todo. «Pero dime por lo menos por qué. Yo te llevo si es que no sabes. No te toco si es que no quieres. No tengo mal aliento. Soy de Santa Cruz, de una familia decente...» «No es por ti, no seas cargante.» «Entonces, ¿por qué es?» «Porque soy lesbiana.» Mi amiga creyó que con eso resolvía la cuestión. Sí, ya, ya. Fue peor el remedio que la enfermedad. «¿Y eso qué tiene que ver? A mí no me importa. Yo estoy abierto a todo. Pues menuda bobada. Aquí los curas no lo prohíben. Vamos a bailar. Mejor todavía si eres eso.» Mi amiga, entre seducida por la amabilidad y harta, se levantó. Se dejó tomar por los brazos del muchacho, y giraron ya en la pista. Unos segundos después el canario le preguntó: «¿De qué sitio del Líbano me dijiste que eras?»

Delia soltó una carcajada para animar a Acacia a reírse también. A Acacia se le cayó al suelo la cucharilla del café. Fue un milagro que no se le cayera la taza con el plato. Levantó los ojos y vio la cara tersa y sonriente de Delia. Se dijo, ¿con qué intención ha contado ese estúpido chiste? Porque algo así no es posible contarlo sin intención. Pero de aquella cara no se deducía nada. Acacia tomó deprisa el café, se despidió y salió de aquel cuarto. Porque aquello era un cuarto mucho más que una alcoba...

Lo que le ocurría a Acacia es que no estaba, ni de lejos, acostumbrada a ser amiga íntima de nadie y a que nadie le hiciera la menor confidencia. Y menos aún hacérsela ella a nadie. Ni a ella misma. No estaba hecha tampoco a la alegría y a las bromas.

De tal manera se impuso la obligación de no tratarse con Delia ni pensar en ella que no cesaba de hacerlo. Por las noches, cansada, al cerrar el libro que leyera y apagar la luz de la mesilla, cuando cerraba los ojos, se le inundaban de Delia. De lo que le había visto hacer durante el día; de lo que adivinaba que había hecho; de la risotada que le oyó soltar en el recreo; de un comentario sobre Delia, favorable desde luego, que había escuchado a unas alumnas en un tránsito; de la mirada cómplice que la madre prefecta de estudios le lanzó a Delia a las puertas de la capilla... Delia se entronizaba en la imaginación de Acacia con sus gestos, sus ojos llenos de gozo (por cierto, ¿de qué color eran aquellos ojos?, porque de lejos parecían pardos, pero luego la luz los cambiaba en dorados, en amarillos casi, y por la noche eran verdosos), sus manos que no paraban de gesticular, de posarse en el antebrazo de la persona con la que hablaba, de revolotear delante de su cara tan atractiva, tan sincera... Y Acacia no podía dormir, y deseaba que llegara la mañana para encontrarse en la iglesia con Delia, que le sonreía mientras inclinaba en un saludo la cabeza. Saludo al que Acacia respondía con una seriedad un tanto huraña, porque esa jovencita no la había dejado descansar, y amanecía ahora tan tranquila, tan fresca, tan biendormida, Dios...

Por Navidad, Delia se fue con su familia a Elche; Acacia se quedó en el colegio, en la provincia de Sevilla, debajo del hermoso cielo de un azul imperturbable y envuelta por la luz dorada y tibia de un diciembre perfecto, aunque alejado de lo que un Nacimiento sugería. A Acacia le pareció que el mundo se había quedado sordo y mudo. Las horas de los días vacíos se alargaban interminables. Corregía ejercicios, leía, preparaba la continuación del curso, planeaba no sabía bien qué, y todo, todo, todo, acababa por recordarle a Delia, y en ella se confundía todo, se teñía todo con el color mudable de sus ojos, con la flor de su risa, con sus dientes tan parejos y tan blancos... Acacia decidió que aquella inclinación era enfermiza, y se prohibió soñar con Delia, recrearse en Delia, esperar los Reyes Magos que le traerían a Delia. Que se la traerían para que ella procurara de nuevo no verla, no escucharla, no atenderla, no estar pendiente de Delia...

Había anochecido muy pronto el día 6 de enero. Tocaron a la puerta de Acacia. Pase, dijo ella. Entró Delia. Seria, serena, un poco recogida en sí misma. Acacia se levantó, le señaló una silla. Delia no se sentó. Estaban las dos de pie, una frente a otra.

—Te he echado mucho de menos. —Acacia se dio cuenta de que la tuteaba, y lo encontró incomprensiblemente lógico—. Me he encontrado muy sola. Sola porque no estabas tú.

Acacia dejó pasar un tiempo que se le hizo infinito. Creyó que ya había transcurrido el momento de contestar, pero contestó.

—Yo también te he echado de menos a ti. También me he encontrado muy sola.

Delia se acercó un paso.

—¿Y qué hacemos?

—No lo sé... No lo sé...

—Pues tendremos que hacernos compañía. —Pasó un minuto—. ¿No te parece?

—Sí. —Después de un ratito, agregó—: Tengo treinta y cinco años.

—Es una edad muy buena.

—¿Para qué?

—Para empezar una amistad maravillosa.

Cuando no estaba Delia, Acacia se reprochaba todo lo que había hablado con ella. Le parecían blandenguerías, frases noveleras que siempre se había vetado a sí misma. Sin embargo, cuando llegaba Delia, Acacia se abandonaba, se dejaba llevar por las mareas de su gracia, de su humor, de su proximidad.

Al llegar Semana Santa, eran ya dos buenas amigas que se habían confiado la una a la otra intimidades de su vida. No se hubiera podido decir quién había comenzado a volcarse ni quién se entregaba más. El caso era que una estaba siempre pendiente de la otra, buscando los momentos libres para pasarlos juntas. Las dos adquirieron la certidumbre de que nunca habían sentido por nadie una amistad tan honda, tan rica, tan variada y tan segura. Acacia podía dormir ya a la perfección puesto que sabía que, abierto el día, contaba con la fidelidad y la lealtad de Delia. Y Delia no volvió a encontrarse más sola.

Hablaron de sus familias. Delia era la favorita de su padre, hasta que falleció haría un par de años dejándola heredera de cuanto podía disponer. Era una muchacha rica. No se llevaba bien con su madre, que sentía por ella una especie de instintiva aversión, como se siente por las hijas que acaparan el cariño del marido, ni con su hermano, dolido por la mutilación económica de la herencia paterna. Sin embargo, sí quería a su cuñada, una mujer vitalista y vivaracha, y a sus sobrinos, que eran tres niños guapos, despiertos y alegres. Se veía que eran más hijos de su madre que de su padre.

Un anochecer de primeros de marzo, Acacia le confesó a Delia el más cruel de sus secretos. Se lo confesó con el menor número de palabras posible. Ella había sido violada por su padre y por su hermano. No sólo una vez. Desde los trece años. Cuando se lo contó, entre lágrimas, a su madre, ella le gritó que era mentira; le reprochó que tuviese tanta malignidad para darse importancia y para hundir a sus ojos a su marido y a su hijo predilecto. Nunca, ¿me oyes?, nunca te creeré. Aunque fuese verdad lo que me dices. Porque una buena hija jamás le contaría a su madre semejantes miserias.

Acacia, sin sollozar, inclinó la cabeza sobre el pecho de Delia, y su cara volvió a inundarse de lágrimas. Se desahogó como una presa a la que colma el agua. Las dos estábamos tan solas, dijo... Delia, ante ella, le acariciaba los hombros, el cuello, le borraba con sus dedos las lágrimas. Acacia subió sus manos y apretó las de Delia. Las dos tenían la certeza de que no se encontrarían nunca más solas, de que aquello era la promesa más firme de amistad, y de que ya no serían precisas entre ellas las palabras.

El Jueves Santo decidieron asistir a las procesiones de la *madrugá* en Sevilla. Delia era buena conductora. Alquilaron un coche, y en muy poco se hallaron en medio del olor a churros, a incienso, a anís, a vino fino, a jamón y a queso muy curado que desprenden las calles de Sevilla en esa noche. Delia se cogió del brazo de Acacia. Lo miraba todo —era la primera vez que lo veía— con los ojos alucinados, casi redondos. Acacia había estado hacía dos años y le participaba, un poco engreída, su experiencia. Vieron por la calle Trajano a la Macarena. Pasó deprisa, porque estaba un tanto fuera de hora; pero a Delia le impresionó de tal manera ver moverse, con meneo y gracia andaluces, a aquel ser que tan a menudo había visto inmóvil en estampas, que oprimió entre su costado y su brazo la mano de Acacia, hasta casi hacerle chillar y reír luego. Vieron la Hermandad del Silencio, los Gitanos, el Gran Poder... En Andalucía, le contó Acacia, no es que este nazareno tenga un poder sobrenatural. Si lo tuviera, le daría con el hombro a la cruz y se la sacudiría de encima. En Andalucía, cuando somos niños, si nos quejamos de que no podemos hacer una cosa, nos dicen «pues haz un poder», y ese poder, ese gran poder, es el que está haciendo este nazareno... Delia estaba casi borracha de olores, de colores, de ritmos, de movimientos, de hermosura. Amanecía ya cuando vieron salir de la Catedral a la Esperanza de Triana, y escucharon los gritos de «Guapa, guapa, guapa. ¿De dónde vienes? De Triana. ¿Adónde vas? A Triana»... Acacia supo que Delia se iba a echar a llorar. Observó el temblor de su garganta; se contagió de su emoción; le puso la mano sobre el hombro, muy cerca del cuello... Delia se volvió hacia ella, cerró los ojos y la besó en los labios con los suyos entreabiertos. Acacia saboreó la humedad del beso de Delia y le ofreció a cambio su lengua.

El último trimestre de ese curso, las vacaciones de verano y el principio del curso siguiente fue el tiempo que ambas recordarían como el más feliz de sus vidas. A pesar de tener que andarse con pies de plomo, de tener que disimular ante las monjas, ante el capellán del colegio por causa de los actos religiosos comunes, de los que ellas, sin entender por qué, se sabían ocultamente eliminadas...

En el mes de noviembre, una profesora, compañera de ellas, por razones de caridad y para evitar el peligro del trato con las alumnas, las denunció a la madre superiora. El escándalo fue aterrador. La superiora mandó venir al hermano de Delia, y le expuso el porqué debía abandonar con vergüenza el colegio. A Acacia la pusieron en la calle sin darle explicaciones, que suponían que no necesitaba. Con ellas se cometió una de las mayores injusticias humanas: tratar de que se arrepintieran y se humillasen por su amor, que no hería ni ofendía a nadie, a no ser a quien fuese en sí mismo abyecto, despreciable o pusilánime. Como, en realidad, lo era la España visible de aquel tiempo.

La familia de Delia, resentida con ella a causa del testamento de su padre, por el bien de su alma y para salvarla del pecado en que vivía, la recluyó en un hospital siquiátrico, donde fue sometida a electrochoques que, en lugar de curarla de una enfermedad inexistente, le produjeron tales trastornos mentales que se vio obligada en adelante a contar con la asistencia de profesionales de la siquiatría que, pasado el tiempo, no entendieron quién y cómo había decidido intervenir en los procesos naturales, quiérase o no naturales, de un alma y de un cuerpo.

Acacia, hundida en su dolor, e indiferente a todo lo demás, se colocó de ama de llaves en casa de una familia conocida, numerosa y adinerada de Sevilla. Cumplía con sus obligaciones lo mejor que sabía. Luego, durante su tiempo libre, en su minúsculo cuarto, lloraba sin consuelo al recordar los felices días que sólo se le habían concedido para serle después arrebatados. Su memoria le atormentaba con unos versos del *Infierno* del Dante: *Nessum maggior dolore / che ricordarse del tempo felice / nella miseria.* La comunicación entre Delia y Acacia se hizo, en los primeros años, imposible, y después, casi imposible. Sólo a través de la cuñada de Delia pudieron lograr mandarse breves mensajes y protestas de fidelidad, añoranza y amor.

Cuatro años después lograron reencontrarse en Sevilla. La familia de Delia la había abandonado a su suerte en vista de que la ciencia, que mal interpretada la había perdido, la dejó luego por imposible. Acacia abandonó su puesto de gobernanta, y se fueron ambas a vivir al Pumarejo, un barrio muy humilde, no lejos de la Alameda de Hércules, donde, al ser desconocidas, podrían vivir juntas. La madre de Delia quiso y trató de incapacitarla para obtener ella la administración de sus bienes. Pero no lo consiguió, a pesar de que el estado anímico de Delia era, y seguiría siendo, deplorable.

Una noche de verano, acosadas por las cartas insultantes que recibían de todas partes; por las respuestas a sus peticiones de trabajo, rechazadas en razón de los informes que de ellas daban las monjas del colegio; abrumadas y sin más apoyo que el dolorosísimo que se proporcionaban la una a la otra, decidieron hacer un pacto de muerte. Cada ser tiene una misión señalada —se dijeron—: la nuestra es despedirnos. El siquiatra que por entonces trataba, por recomendación del de Elche, a Delia, procuraba entenderlas y animarlas. Pero ya era demasiado tarde y habían caído en una trampa mortal. Esa noche, bajo el calor insoportable, se juramentaron para darse siempre compañía mutua hasta el final, hasta la muerte que había de llevarse a las dos al mismo tiempo. *Auferat hora duos eadem.* Recordaba Delia el texto de Ovidio, que contaba la historia de Filemón y Baucis: que la misma hora nos lleve a los dos... Aquella noche, desvalidas y aisladas, estrenaron dos alianzas que llevaban inscritas, cada una, la mitad de esa frase. Después de prometerse amor eterno entre lágrimas, se quedaron, agotadas, dormidas una en brazos de la otra, en el reducido espacio húmedo y destartalado, que tenían por casa.

La muerte de Franco pudo haber cambiado su situación de no haber estado el daño tan avanzado. Acacia se dedicaba sólo al cuidado de Delia, cuya cabeza se hallaba repleta de obsesiones. A toda costa, incluyendo la muerte y la destrucción total, se negaba a que su madre pudiera heredar nunca ningún bien suyo, porque era a ese interés al que ella atribuía todo el mal que le hicieron. Oía voces en mitad del silencio. Voces que le ordenaban hacer esto o aquello, y a las que no tenía más remedio que obedecer, aunque la forzaran a extravagancias que horrorizaban o hacían reír a las vecinas de aquel patio. Acacia, incansable, la tranquilizaba, le daba con puntualidad la sarta de calmantes y ansiolíticos que debía tomar, la disuadía de sus pesadillas; pero también ella empezaba a estar fuera de sí, y se vio forzada a tomar la medicación de su amiga y a consultar con su siquiatra. Vivían como dos seres aterrados. Como dos seres olvidados de la vocación de felicidad de la que un día gozaron. Incapaces de quedarse solas, físicamente solas, iban cogidas del brazo a todas partes, hasta provocar la burla de los niños y la sospecha de locura de los mayores. Las llamaban las *tortilleras piradas* en aquel barrio.

Fue entonces cuando a Delia la invadió la peor de las obsesiones: la de que nadie, nadie, la quería, ni siquiera Acacia, que, si estaba a su lado, era para vivir a su costa y heredarla cuando hubiese muerto. Mátame, le decía. Mátame y así me heredarás... Se veía gorda sin estarlo, y cayó en una grave anorexia que la llevaba a no comer apenas, a vomitar continuamente, y, en definitiva, a transformarse en el campo ideal de toda clase de enfermedades físicas y síquicas.

Acacia, asesorada, la llevó a un sanatorio, donde Delia creía que iba a ser asesinada con la complicidad de su amiga. Tuvieron que sedarla largo tiempo para combatir sus fantasmas, cuyo origen era ya imposible de diagnosticar y eliminar. Acacia suplicaba a Dios que todo el horror aquel se concretase en enfermedades físicas, reconocibles y tratables, contra las que era más fácil luchar que contra las otras, enconadas dentro del espíritu, ya lesionado para siempre. El médico que se ocupaba de Delia advirtió a Acacia que tampoco ella estaba, ni mucho menos, sana. Cuando Delia mejoraba, empeoraba ella, al considerarse menos necesaria y poderse abandonar a su vez a los cuidados de alguien. Sus vidas se habían convertido en una atroz montaña rusa de altibajos y de aflicciones. Pasaban los años de mal en peor, con treguas cada vez más escasas. Las familias de ambas habían dejado de ocuparse de ellas como si hubiesen muerto. Y quizá habían muerto.

A la salida del sanatorio, mejorada la anorexia de Delia, se refugiaron en una casa a las afueras de Elche. Fue un capricho de Delia. Acacia recordaba siempre con cuánta ilusión y esperanza habían asistido, en el primer mes de noviembre, a una representación extraordinaria del *Misteri.* Acaso adormecidas sus propias heridas, se dejaron llevar por la anécdota de la muerte y asunción de María, por la dulzura y la delicadeza de los niños, por la fuerza de quienes interpretaban los santos personajes, por las voces y los gestos seculares de la representación... Y ahí estaban las dos, transidas de una breve alegría, como si todo pudiera de nuevo ser posible, como si el recíproco amor y la mutua empatía hubiesen merecido, a través de la música, por fin, su recompensa.

Pero no duró mucho ese sueño. Los años habían transcurrido dejando su huella no sólo en las almas sino en los cuerpos de aquellas dos mujeres. Era excesivo lo que habían sufrido. Se habían amado y odiado a la vez, como se odia lo que infinitamente se necesita. Eran seres razonadores e inteligentes, a pesar de que las circunstancias los presionaron y los pisotearon. Sus espíritus y sus cuerpos estaban en carne viva. Sólo con toda clase de miramientos y temores, que por otra parte tanto alejan, podían ser ambas tratadas por los de fuera y tratarse entre ellas.

Delia llevaba no ya exactamente un diario sino una especie de agendas que le proporcionaba cada año nuevo Acacia. Pero ella estaba convencida de que tenía que esconderlas, porque, si se las regalaba Acacia, era con el fin de leer luego lo que en ellas escribía. De ahí que a menudo escribiese aposta locuras y extravagancias, incluso insultos y malas palabras contra Acacia, para sorprender con su lectura a la que quería sorprenderla a ella. No obstante, por nada del mundo Acacia hubiese leído, quebrantando su reserva, tales escritos. Porque la intención que tenía al llevarle las agendas no era otra que procurar a Delia una distracción al trascribir sus proyectos y sus esperanzas. Quizá también en previsión de que a algún médico, llegado el caso, le fuese conveniente o útil consultar tales papeles.

En el mes de abril de 1998 Delia escribió: «Estoy llegando al último límite. No me queda ni el menor deseo de vivir. Todo se ha transformado en un solo dolor. Acacia aún confía. Cree que llegaré a curarme, como si todos los años transcurridos no demostrasen lo contrario, y no fuesen sino el vía crucis para llegar hasta aquí. Quiere que terminemos las dos, pero a mí no me quedan ya fuerzas. Tiene que ser Acacia quien lo haga. Quisiera morir aquí, en el lugar donde he nacido, en esta casa medio de campo medio de ciudad que ha llegado a ser la más nuestra, y que es lo único que podemos llamar así de verdad, porque se inscribió a nombre de las dos... No deseo que

Acacia viva sin mí. Yo he sido la justificación de toda su vida: ¿qué iba a hacer una vez desaparecida yo? ¿Quién la va a querer como yo la he querido? La convenceré de lo que proyecto.»

Desde muchísimo tiempo atrás, hacían el amor cuando y como podían. Cuando el sufrimiento las empujaba para resguardarse la una en brazos de la otra, refugiándose en el único burladero que les estaba permitido dentro de la implacable plaza de toros de su vida. Y se olvidaban, aunque no del todo, entre besos y caricias, de lo que las había llevado allí y de lo que las aguardaba después de la tensión en que los gestos amorosos concluían. En tales instantes, una tristeza agotadora se enmascaraba con el sueño a través de un desolado viaje de vuelta a la realidad. Concluían decepcionadas, no por lo escaso que había sido el olvido de la pena, sino por lo infinito que pudo ser en calidad y en extensión. Se producía, al final del amor, un atisbo de paraíso antes de que sus puertas se cerraran de golpe. Ahí yacían las dos, caídas, como Ícaros. La soledad extendía sobre el lecho su sábana incolora. Separaba los cuerpos de las víctimas, que fueron aliadas y cómplices en el asalto mutuo. No quedaba otra cosa común sino la soledad. Y el silencio de los cuerpos, que retornaban a adentrarse en sus murallas respectivas. No duraba el sentimiento, aunque era verdadero... ¿Esto es amor?, se preguntaban las dos, desanimadas ya y todavía jadeantes. Y las dos se contestaban en silencio que, pese a todo, sí lo era.

Llevaban años comportándose de esa forma desgarradora. Y, después de los gestos del amor, casi ajenos, se miraban con los ojos húmedos, se reconocían, se echaban a llorar juntas, se abrazaban de nuevo y hacían entonces los gestos del amor verdadero, aquellos gestos en los que la solidaridad y la amistad no dejaban perderse, como en los anteriores, el sentimiento compartido.

El estado de Delia empeoró de manera notable. Sin tener una enfermedad física concreta, todo su cuerpo era un puro dolor y una pura queja. Ésa fue la razón por la que no le costó tanto esfuerzo como creía convencer a Acacia de que las dos habrían de morir. Acacia estaba esencial e irremisiblemente cansada. Ambas miraban hacia el futuro, con sesenta y cinco años una y cincuenta y tres la otra, gastadas por el dolor moral y el físico, deshechas interior y exteriormente, solas a pesar de su irreductible compañía. Miraban al futuro y sólo veían la más profunda oscuridad. Se tenían una a la otra, y eso era todo cuanto tenían. Pero una a la otra se seguirían teniendo en la muerte... No, no le resultó a Delia tan difícil convencer a Acacia. Para ello utilizó un último argumento. Había buscado, comprado y mandado traer unos cajones con pólvora y cohetes, cosa nada difícil en aquella localidad. Amenazó a su amiga con prender fuego a todo, y que la casa entera volara por el aire. Nadie lo notaría hasta después, porque precisamente la noche en que quería morir era la del 23 de junio, es decir, la *nit del foc*, de las hogueras de San Juan.

Acacia le preparó, llegada la hora, un vaso de leche con una triple dosis de somnífero, la acunó contra su pecho como a una niña chica a la que se le canta una nana para que se abandone al sueño. Cuando se durmió, sintió Acacia un enorme sosiego. Comprendió cuánto tenía la muerte de liberación y de luz. Pero sabía que a ella le quedaba aún mucho por hacer. Y lo enfrentó, como la tarea con la que se atreve, después de remangarse la camisa y ajustarse la falda, una buena ama de casa que se propone hacer limpieza a fondo. La limpieza final. Cuando Delia se quedó dormida, Acacia fue en busca de un cuchillo grande de cocina y de un hacha que había en el garaje. Le asestó a Delia, en el torso y en la cabeza, quince puñaladas y cuatro hachazos. Después se percató de que estaba agotada. El sudor había empapado su blusa. La sangre la había salpicado por entero. Deseaba dormir, dormir, dormir. Pero aún no estaba concluida la tarea. Con fuerzas renovadas, se dio a sí misma cinco puñaladas en el tórax, se produjo en el cuello una herida de veintiocho centímetros y un corte de cinco en cada una de sus muñecas. Después se tumbó junto al cuerpo de Delia, miró su rostro hasta notar que se le nublaba la vista. Cerró entonces los ojos y se dispuso a morir a su vez.

Diez horas después volvió en sí. Aún estaba viva. Gritó, gritó lo más alto que pudo. Alguien, un vecino cercano, oyó sus llamadas y entró en la casa. Se horrorizó ante los charcos de sangre, las moscas, la disposición de los cuerpos y el hedor a muerte.

La Audiencia Provincial de Alicante condenó a Acacia, pero no por asesinato. Teniendo en cuenta lo escrito por Delia, entendió que se trataba de un delito de auxilio al suicidio. A petición de la fallecida, cuyos dolores y grave enfermedad incurable revestían entidad suficiente como para ser causa de una solicitud de eutanasia, la juzgada había actuado obedeciendo su súplica, que aparecía incluso escrita como testimonio. Acacia fue condenada a una pena de dos años y seis meses. Pasó por la prisión dos veces desde 1998. Pero el tribunal juzgó que había padecido un estado de locura inducida y de miedo insuperable para evitar un mal mayor, a la vez que una enajenación mental transitoria. En vista de lo cual se la declaró no dueña de sus actos.

Cerca de la casa donde habitaron últimamente las dos amigas, y en la que seguir viva le parecía a Acacia una traición inconcebible, había un paso a nivel. Acacia conocía, por haberlos escuchado años enteros, el horario de los trenes. Al salir la segunda vez de la cárcel, miró la hora; se dirigió a su casa; despidió a su abogada; se lavó las manos; se echó un poco de agua en la cara; se pasó los dedos mojados por el pelo, ahora blanco, atusándoselo; suspiró; se sentó unos minutos; volvió a mirar el reloj; y fue despacio hacia el paso a nivel sin barreras, que se encontraba a unos 500 metros. Allí se tumbó, atravesada sobre las vías; a un lado de uno de los raíles, en el que apoyó el cuello, caía la cabeza. No era cómoda la postura, pero Acacia estaba muy serena, casi contenta. Comenzaba el mes de junio. Había anochecido, pero el metal de la vía aún estaba caliente. No tardó en oírse el ruido del convoy. Acacia percibió en los raíles su llegada. Se abandonó a ese ritmo. «No quise hacerte esperar tanto», murmuró. Pero el estrépito del tren impidió que ella misma se oyera.

CÁTEDRA EN PRIMAVERA

Todas las ventanas estaban de par en par. En el aula, estrecha y larga, penetraba a oleadas el mes de abril, que había erigido, fuera, su monarquía. Los colegiales, de trece a quince años, se notaban inquietos sin saber por qué. El profesor de Ciencias Naturales, un hombre joven, no se había afeitado aquella mañana. Miraba al frente, sin expresión ninguna en los ojos. Parecía ensimismado y, en efecto, lo estaba. Le cubría el rostro, que la mayoría de sus alumnas calificaba de encantador, un visible velo de tristeza. Era evidente que sus oídos no escuchaban lo que, momentos antes, había ordenado leer al primero de la clase, sobre el cambio climático y su influencia en vegetales y animales. Se trataba de unos apuntes que, días antes, el mismo profesor había distribuido.

«La primavera —leía con mucha ponderación el alumno— es ahora más larga que hace veinte años: entre doce y dieciocho días. Las hojas de árboles y arbustos se precipitan por salir y se demoran en desprenderse. Las flores, según su especie, se adelantan entre siete y setenta días. Incluso el comportamiento de algunas aves, tales como la codorniz o la golondrina, ha sufrido transformaciones: hoy se retrasan más en llegar a nuestras tierras para reproducirse. Y eso se debe a la mutación del clima de las estaciones.»

El profesor giró con mucha lentitud la cabeza y miró hacia fuera. Una luz cegadora bañaba el patio y las trepadoras que cubrían la pared de enfrente. Al profesor se le olvidó girar de nuevo la cabeza. Daba la impresión de que había terminado por abandonar el aula.

El alumno lector continuaba: «No hay duda de que en estos cambios, más fuertes de lo previsto, actúa el calentamiento del planeta. De hecho, entre 1950 y 2000, la temperatura media mundial se estima que ha variado de 0,5 a 0,9 grados. La de nuestra península puede decirse que se ha incrementado, en Levante al menos, en 1,4 grados centígrados. Los meteorólogos del Centro de Ecología e Hidrología del Reino Unido aseguran que esta primavera es una de las más extrañas que se recuerdan, con temperaturas que sumen a la Naturaleza en una especie de desconcierto.

»El otoño pasado ya indicó que se contradecían las costumbres de ciertas aves migratorias que deberían haber emprendido su vuelo a África, y de mariposas que deberían haber caído en hibernación. De igual manera, prácticamente no ha existido el invierno último tal como era habitual. Hay árboles, así el roble, que han conservado hasta la primavera sus hojas. Ya se previó que sería mayor que nunca el número de especies animales que se quedarían en la Península a pasar el invierno. Una forma de primavera mortal las engaña. Es el caso del petirrojo, que competirá con pájaros más fuertes y agresivos en su busca de alimento.

»Lo que sucede en el Reino Unido es sorprendente. Los sabios que componen el *English Nature*, organismo que supervisa la fauna, están ideando fórmulas para trasladar especies íntegras a Escocia y al norte de Inglaterra donde las estaciones aún no han perdido la cabeza. La primavera triunfa en el mundo. Tanto, que en el sur de la isla de Inglaterra se disfruta de un clima mediterráneo;

quizá en cincuenta años los agricultores británicos cultiven viñedos en vez de cereales.»

El profesor parpardeó dos o tres veces como si fuese a despertar; pero permaneció ajeno a cuanto a su alrededor sucedía. Luego se llevó la mano al corazón con un gesto semejante al que hace quien se observa una taquicardia o una arritmia. Había vuelto su cabeza al frente. Sus ojos se cerraron un instante. Hasta el alumno lector cesó, de momento, en su actividad y atendió la expresión del profesor. Después siguió, al darse cuenta de que aquél no percibía su pausa.

«Quizá entonces les sorprenda a los británicos que la uva llegue una semana antes de lo previsto, como ya ocurre en los ecosistemas mediterráneos de nuestra península. Bastará con algunos ejemplos. La encina, que, junto con el roble, fue considerada árbol sagrado entre nosotros, es una de las especies que más acusa la mudanza climática. Florece, según las últimas observaciones, siete días antes, y su fruto, la bellota, adelanta cerca de un mes y medio su llegada. El melocotonero anticipa veinte días el brote de sus hojas, y su caída se retrasa más de dos semanas. El avellano se adelanta treinta y un días, las flores del ciruelo aparecen dos semanas antes de lo previsto, las hojas de la higuera se anticipan veintinueve días...»

Algo aburrido, tanto de lo que leía como del poco caso que le hacían sus compañeros, el alumno primero de la clase dejó de leer. Dos moscas se perseguían volando entre la luz. Uno de las últimas filas, con un cartabón transparente, se cargó a la más gruesa. Un murmullo leve inundó el fondo de la clase. Con un atlas se abanicaba una chica en silencio. Un alumno, sentado a horcajadas en su silla, y la espalda apoyada en la pared del fondo, comenzó a leer una revista en voz baja y fue subiendo el tono ante la indiferencia del profesor. Sus compañeros reprimían con dificultad la risa. El profesor no percibió la novedad, o no llegó a acusarla.

«La primavera, como sucede en épocas de exámenes, acrecienta la tasa de masturbación. La explicación reside en que el estrés, asociado a los cambios de temperatura, crece, y con él crece también el deseo. Pero, aparte de la solitaria práctica manual y artesana, también la primavera desata el sexo compartido. El cambio de tiempo, la ropa liviana, el exceso de claridad, el ocio... Las enfermedades de transmisión sexual aumentan y, frente a ellas, el nunca bien ponderado preservativo sigue siendo lo más recomendable. En resumen, la primavera multiplica los enamoramientos. Su luz tiene la culpa. Ella es la encargada, como dice un sexólogo, de estimular la hipófisis, esa torre de control de las hormonas sexuales instalada en el cerebro. En los hombres, son los andrógenos; en las mujeres, que se excitan tanto como los varones, son los estrógenos. Otras causas del apetito sexual son la pheniletilamina y la dhea. La phea es un neurotransmisor responsable del enamoramiento; la dhea es más responsable del deseo: por ella se generan las feromonas, que son las que provocan que los demás nos deseen o no.»

El alumno revoltoso se detuvo, asombrado de que el profesor ni lo hubiera mandado callar con furia, ni lo hubiera expulsado aún de la clase. En vista de la ausencia moral del profesor, continuó entre risas, ya menos sofocadas.

«Pero el sexo tiene también un lado malo. Abril es uno de los meses más difíciles para las relaciones sexuales. Tras la Semana Santa, abundan los miembros de parejas que aparecen en los consultorios para tratar de explicarse por qué lo suyo no funciona. La explicación es simple: el período vacacional suscita numerosas expectativas de revitalización sexual que, al no cumplirse, plantean el problema. Las consultas, a esas alturas, aumentan hasta un 30 por ciento. La estación del deseo ofrece todos los alicientes para la entrega carnal; el clima hace tomar más protagonismo al cuerpo, a las relaciones interpersonales, a la holganza; los estímulos visuales y sensitivos afloran a nuestro alrededor; la primavera nos ha alterado la sangre, y sin embargo...»

Pareció oírse un ruido proveniente de la tarima del profesor.

«Y sin embargo...»

No cabía la menor duda. El profesor, con las manos delante de la cara, se había echado a llorar. En el silencio que inundó el aula, se escucharon muy claros sus sollozos.

Y la voz del último de la clase, que aseguró en voz alta, sin la menor vacilación:

—Lo ha dejado la novia. Pobrecillo... Pues que se joda.

UN AMOR MUY DIFÍCIL

Jacobo procuraba no preguntarse para qué había estudiado la carrera de Derecho. Se había acostumbrado a hacerse el menor número de preguntas posible. Más que nada, por temor a las respuestas. Cuando consultó con su padre, un hombre taciturno y exigente, sobre qué oposición o qué salida le aconsejaba, se enteró por fin cuál era el destino de aquel despacho oscuro, siempre con luz artificial, que frecuentaban un par de señores con aspecto siniestro y sigiloso. También entonces comprendió el desentendimiento de su madre, cuya vida, es decir, cuya tristeza, poco a poco se fue apagando hasta extinguirse como una lamparilla, que vacila y tiembla y deja por fin de dar la escasa luz que daba.

—Me alegro de que me consultes —repuso el padre—. Ya es hora de que sepas por qué quise que fueras abogado. Quizá algún día, Dios no lo quiera, lo necesitemos tú y yo y la gente que depende de mí... Por el momento, quiero hacer de ti mi hombre de confianza. Vas a cumplir veinticinco años, y es conveniente que vayas incorporándote a mis negocios. —Con un gesto de la mano detuvo la curiosidad de Jacobo—. Hace algunos años actuaba de intermediario entre las mujeres que aspiran a un trabajo y quienes están dispuestos a ofrecérselo. En la actualidad, soy yo quien se lo ofrece. No es fácil, pero sí productivo. Por lo general son inmigrantes, el 66 por ciento y va aumentando. Les solucionamos los problemas, burocráticos y económicos, de viajes, estancia, pasaportes, puestos de empleo, etcétera, a cambio de un porcentaje de los beneficios que obtienen. Por supuesto, les proporcionamos también, al comienzo, ropa adecuada, protección y clientela garantizada y suficiente. Con su colaboración, claro...

—¿De qué trabajo hablas? —balbuceó Jacobo, con más temor que nunca a la respuesta.

—No juegues al avestruz conmigo, que no te he dado estudios para eso... La vida es muy dura con todos. Tú eres ya un hombre. No es bueno que te hagas el distraído lo mismo que tu madre. Eso no conduce a nada bueno... Te estoy hablando de algo tan viejo como el mundo: del deseo que el hombre siente por la mujer. Eso es todo. No lo he inventado yo. Te lo advierto, por si tú también ves algo malo donde no lo hay. No me gustan las hipocresías. En mis manos está favorecer a las dos partes. Vamos, a las tres, si me consideras parte a mí y, en consecuencia, a ti.

—Pero yo entonces...

—Tú has hecho tu carrera con los beneficios que mi negocio da. —Se echó a reír—. Con los beneficios que da otro tipo de carreras... Ahora te ofrezco ganarte la vida, una vez ingresado en la nómina que este despacho abona, con los beneficios que nos seguirá dando nuestra industria... Desde hoy serás el encargado de cobrar, el rendimiento que nos corresponda, a un grupo de prostitutas que Domingo, mi mano derecha, te indicará. Espero que tus estudios, por el momento, te sirvan sólo para eso. Y quizá, más tarde, para llegar a ser tú mi mano derecha... Ah, y no lo olvides nunca: tengo aversión a las cataplasmas y a los paños calientes.

Domingo, con una media sonrisa levantándole un extremo de la boca, puso en antecedentes a Jacobo. Él se ocuparía de ajustar diariamente las cuentas con una veintena de muchachas, unas de los países del Este y otras subsaharianas. Trabajaban en diversos lugares: la Casa de Campo, algún club de carretera de las afueras de Madrid, la Ciudad Universitaria, donde su «organización», así llamaba Domingo a la empresa paterna, que quizá Jacobo hubiese llamado «banda», había conseguido un sitio, en competencia con otras «organizaciones».

Jacobo, conociendo a su padre, no le planteó ni se planteó cuestiones morales. Tuvo, sí, una incomodidad que le duró unas semanas. Luego comprendió que todos y todas salían beneficiados, y que el resto se reducía a escrúpulos y cuestiones de conciencia, que estaban fuera de lugar.

Un par de meses después, Domingo lo telefoneó para pedirle que fuera al aeropuerto de Barajas con una mujer llamada Roksolana, con quien debería citarse previamente en un bar. Allí recibirían a dos muchachas que llegaban desde Frankfurt. Le dio la hora y el número de vuelo. Los nombres de las chicas eran Oksana y Nastia. No cabía confusión. «Para eso había estudiado una carrera», concluyó Domingo con cierto retintín, que solía emplear a menudo cuando se dirigía al *hijo del amo*: tal era su expresión.

Roksolana, a la que citó en un bar de la Avenida de América, era una mujer grande, de ancho caderamen, con el pelo casi platino y una falda demasiado corta.

—No sabía que fueses un chico tan guapo —canturreó con un acento de procedencia indescifrable.

Jacobo se dio cuenta de que se ruborizaba y se lo reprochó a sí mismo. Se encogió de hombros con fingida indiferencia.

—¿Vamos? Tenemos el tiempo bastante justo.

—Encantada de ir contigo si me dejas cogerme de tu brazo.

En Barajas había obras en el sector de llegadas internacionales. Tuvieron que preguntar cuál era la cinta por la que saldrían los equipajes del vuelo de Frankfurt, y esperaron.

—Veremos cómo son nuestras palomitas —comentó Roksolana.

—¿De dónde es usted? —preguntó, y pensó enseguida que indebidamente, Jacobo.

—Del Este, mi pequeño; pero llevo en España tiempo más que suficiente. Yo no ejerzo ya. Ahora lo que hago lo hago por amor. —Jacobo sintió un apretón en su brazo derecho—. Y lo hago muy bien.

El vuelo inexplicablemente no traía retraso. Comenzaban a salir los viajeros y a situarse a lo largo de la cinta.

—Ahí están —exclamó la mujerona.

Se acercaron a dos chicas, apoyadas literalmente la una en la otra. Una de ellas era más rubia y más menuda; la otra, más llamativa. La primera resultó ser Nastia, la segunda Oksana; Jacobo se acercó a ellas con un carrito.

—Qué galante —comentó la mujer mayor con ironía—. Este señor será el que os cobre —agregó desgarrada en un idioma duro e incomprensible que tradujo después. En el coche de Jacobo completó sus informes, que también le tradujo, más o menos, a éste—. Vais a trabajar en un bosque. —Ante una pregunta de Nastia, se echó a reír—. Dice que si van a trabajar de camareras en un bosque. Pensarán que esto es un cuento de Andersen o de Grimm o de quien sea... No, queridas caperucitas rojas, estaréis allí vestidas como se os indique para atender a los hombres que lo soliciten. El precio, con muy pocas oscilaciones, se os notificará oportunamente. Habrá allí quien os defienda, aunque escondido para no espantar la caza. De lo que cobréis, tendréis que reservar lo suficiente, lo que os parezca suficiente, para ir pagando la deuda que habéis contraído con quien os trajo. Asciende a algo más de 4.500 euros. Ya os iréis entendiendo con la moneda... Es todo muy sencillo.

Se volvió a Jacobo y le contó, en pocas palabras, su cálido mensaje de recibimiento. Jacobo miraba por el retrovisor la expresión de las dos muchachas aterradas, a la vez que sentía sobre su muslo la mano de uñas largas y pintadas en rojo oscuro de Roksolana.

Tres días después encontró —era una madrugada de abril y había refrescado—, cerca de un grupo de muchachas, sin formar parte de él, a Nastia. Se acercó a ella la última. Le asaltó una turbación extraña ante la tensión de aquellas facciones tan jóvenes. No tendría más de diecinueve años. Un sentimiento al que no se atrevió a darle el nombre de piedad. Nastia le alargó unos billetes.

—Ser todo —dijo. Él pretendió separar algo de aquel dinero y devolvérselo—. No. Ser todo. Pagar deuda. —Se le rompía la voz, pero Jacobo entendía que era contra su voluntad. Se le estremecieron los labios al repetir casi en un grito:— Pagar deuda.

—¿Y tu amiga?

—Decir no... Oksana decir no. Oksana vendida a Thanas. —Thanas era un albanés proxeneta, violento e inmisericorde—. Miedo... Yo, miedo. Vendida por 6.000 euros. No ver más.

Se llevó las manos a la cara y rompió a llorar. Las cuatro o cinco muchachas del grupo la miraban con benevolencia, como los veteranos miran a los novatos en cualquier oficio solidario. Luego se acercaron y le acariciaron las manos, la cara; le dieron palmaditas en las nalgas...

—Nastia, Nastia... Vámonos, ya ha amanecido. No

vendrá nadie más y hace frío... La tarde nos ha hecho confiar. Y hemos venido con demasiada poca ropa.

Jacobo lo verificó: Nastia llevaba sólo un top y unos pantaloncitos. Iba subida en unas botas de plataforma altísima. Uno de los muchachos de la organización silbó con dos dedos en la boca. Aparecieron un par de hombres que acompañaron a todas hacia los coches. Alguna rió. A Nastia se la notaba incómoda sobre los zancos. Cuando ya iban a perderse entre los árboles, miró hacia atrás. Jacobo levantó con timidez una mano.

Noche tras noche se encontraban. Sólo cruzaban unas palabras breves. Tampoco hacía falta más, se decía Jacobo. Nastia llevaba en su pequeño bolso un diccionario ucranio-español y viceversa. Lo consultaba en algún caso extremo. Jacobo debía cobrar después a las muchachas de un club en la carretera de Extremadura y, yendo por la M-30 a las de otro, en la de Valencia. Acababa rendido sin saber por qué y dormía hasta la hora de comer.

Como con cuentagotas fue sabiendo la historia de Nastia. Era una historia vulgar, «salvo para quien la haya vivido», se decía Jacobo, en cuyo interior ya asomaba la oreja una peligrosa contradicción. Había nacido en Kolsmija, entre Ivano-Frankiusik y Cernivici (a esto le daba Nastia una gran importancia no se sabía por qué), en una zona agrícola. Su padre fue campesino y había muerto. Tenía tres hermanos. La madre, que había perdido a su marido y a un hijo en el mismo año, estaba deprimida y enferma. Nastia quiso ayudarla y ayudarse. Aquélla no era una mala tierra: cerca de las fronteras de Moldavia, de Rumania, de Hungría, de Eslovenia, incluso de Polonia, en las faldas de los Precárpatos, insistía Nastia, como ofreciendo una importante tarjeta de visita que no llegaba a tarjeta postal... Pero la agricultura, ya se sabe, no es nada para el que trabaja una tierra que no es suya. Decidió, una fría noche de invierno, probar suerte fuera. Oyó hablar de la Unión Europea, de la facilidad de movimiento en ella, de la abundancia de trabajo en un sitio o en otro. Una amiga de Oksana se había instalado en Grecia. Les enviaba siempre buenas noticias. Les aconsejaba que salieran de aquel agujero: la libertad, la verdadera vida, el dinero, la buena ropa, no los encontrarían allí. Les mandó la dirección de una señora en Cernivici. Fueron hasta allí en un autobús. La señora era mayor y agradable. Muy optimista. Vivía en un piso lleno de espejos y de telas doradas. Les propuso acompañarlas hasta Frankfurt o Zurich, y les ofreció puestos de camareras en Grecia, no lejos de su amiga. Ellas, entre guiños y encogimientos de hombros, aceptaron sin reflexionar mucho. Hablaron, contando lo poco que sabían, con sus familias. Les mandarían dinero. Todo estaba resuelto. Sí; comenzarían a enviarles dinero muy pronto. Para ellas, con la ausencia de hombres y la pobreza, no había porvenir en Kolsmija... La familia lo entendía. La familia les deseaba suerte. Que volvieran si no les iba bien... Al mes siguiente salieron con la señora de los espejos, cuyo nombre era Marija, en un vuelo a Frankfurt vía Kiev. En Kiev tuvieron que pasar una noche. Llevaban muy poco dinero; la señora les aseguró que no debían preocuparse: ya tendrían bastante para pagar después. Ella las invitó a un buen hotel. Allí cenaron con un individuo. Hablaba un extraño idioma lleno de aes que le resultó duro al oído. El individuo las miraba, por detrás y por delante, cabeceaba afirmando y les sonreía. A las muchachas no les gustó nada. Al otro día, Marija y el hombre las llevaron al aeropuerto con los billetes y las reservas de asiento ya dispuestos. El hombre habló con el piloto en alemán. El ayudante de vuelo las miró con simpatía.

En Frankfurt las esperaba un segundo hombre. Enseguida las reconoció. Hablaba, con mucha parsimonia y defectos, su idioma. Eso las tranquilizó. Les anunció que lo de Grecia no había conseguido arreglarlo. Pero no debían preocuparse: saldrían ganando. Ahora irían de camareras a Madrid, una ciudad alegre, llena de luz y de optimismo, rica, trasnochadora y muy tranquila. En Frankfurt tuvieron que esperar dos días. El segundo hombre, que se llamaba Sebastián, las acompañó a comprarse algo de ropa. Nastia, más realista, consideró desproporcionado el traje elegido por Oksana.

—¿Crees que vas a ser presentada en alguna corte? —le dijo riéndose.

Ella adquirió ropa más práctica y ligera, porque la primavera acababa de llegar y es sabido que en España hace calor. El hotel de Frankfurt también era muy bonito y cómodo. Las muchachas ya habían tenido ocasión de comprobar que, en el resto del mundo, la vida era mejor y más fácil, mucho más fácil, que en Kolsmija.

En el aeropuerto de Madrid las aguardaba Jacobo con la horrible mujer llamada Roksolana. Ella las llevó a un piso por la zona de la Arganzuela. Allí vivían otras mujeres inmigrantes. Les entregaron una ropa ceñida y escasa y un calzado muy alto sobre el que era incómodo andar. Las otras chicas les dieron, entre bromas, nociones sobre cómo moverse de una manera que se les hacía indecente y complicada, y que les producía vergüenza y a la vez risa. Les advirtieron de que era preferible portarse bien de ahí en adelante, porque las estarían controlando en todo momento, igual que si estuviesen presas, tanto dentro como fuera de la casa. Oksana y ella se negaron a todo. Entendían mal, se sentían frustradas, se sentían sucias. Se miraban entre ellas a los ojos, llenos de lágrimas, con las bocas que el llanto hacía más infantiles, y, abrazadas, se comprometieron a no abandonarse nunca y a resistir juntas las proposiciones, o mejor, las órdenes, de los dos hombres y las dos mujeres que habitaban el piso con ellas...

Poco después uno de los hombres las amenazó, por separado, con un cuchillo. Les gritaba que iba a matarlas o a marcarles la cara para que nadie nunca las quisiera. Les pinchaba en los pechos, en el vientre, en los muslos, y se reía a carcajadas. Les pegó con toallas húmedas que no dejaban rastro; las azotó con cables eléctricos; las insultó mientras abusaba de ellas en todos los sentidos. Oksana y Nastia eran incapaces de comprender el idioma, las torturas, el porqué de todo aquello. Nastia gritaba con horror, alborotada la cabeza y los nervios perdidos. Trataron de darle cocaína, y se negó a tomarla. Los dos hombres tenían cuchillos y armas que ellas consideraban prohibidas y, al segundo día, les aseguraron que sabían dónde conseguir todo: todo lo malo, todo lo bueno, porque eran los reyes de Madrid y de ellas, y que más les valía someterse, ya que, como saltaba a la vista, se hallaban solas a su merced e indefensas. Oksana se negó a todo, enloquecida, y le arañó la cara a uno de los hombres que quiso toquetearla. El otro, a empujones, se la llevó de allí, y Nastia sólo la volvió a ver al día siguiente. Vino escoltada por un hombre y una mujer, a recoger su ropa para irse. Oksana no le dio ninguna explicación, la miró profundamente, con una inexpresable amargura, que jamás Nastia podría olvidar. Una amargura muy próxima a la muerte. Dijo adiós sin abrir los labios. Tenía caídas las manos a lo largo del cuerpo. Nastia quiso abrazarla, pero el hombre que la acompañaba, que no era de la casa y resultó ser Thanas el albanés, se lo impidió. Los brazos de Oksana ni siquiera se habían abierto para acogerla.

Nastia se deshacía en lágrimas la noche en que contó a Jacobo ese trozo de su historia. Sollozaba muy bajito, como si también le hubiesen prohibido sollozar. Jacobo les dijo a los dos vigilantes que se llevaran a las otras; que él haría el giro de los clubes con ella y la llevaría luego de nuevo a la Arganzuela.

Nastia era más débil que Oksana. Y además había visto, sin saber del todo lo sucedido, los efectos de aquel impacto siniestro, físico y mental a la vez, en su amiga de la infancia. Las dos habían sido derrotadas. La vida, que habían vivido juntas, las empujaba a la tiniebla más espesa, esta tiniebla de hoy... Nastia era cobarde. Nunca se había tenido que oponer a algo más fuerte que ella. Obedeció por miedo. Ese día de su pérdida fue aquel en que Jacobo la encontró, por vez primera, en el *bosque* de la Casa de Campo de Madrid.

Noches más tarde ocurrió algo que no dejó de sorprenderlo y desasosegarlo. Se dijo que si aquello continuaba así, tendría que hablar con su padre, cosa absolutamente excepcional. Porque ambos vivían en la misma casa, pero nunca se tropezaban ni coincidían. Y, si se saludaban, lo hacían como si estuviesen muy lejos... Al llegar esa madrugada Jacobo para hacer el cobro de la Casa de Campo, no vio a Nastia. Por ella empezaba a sentir una especie de honda lástima protectora. La luz se desprendía de levante y teñía ya las ramas más altas de los árboles. El verano llegaba, y se olía la hierba y un lejano aroma de flores. Al mirar a su derecha, descubrió a una chica que le pareció nueva, y entonces advirtió que era Nastia con una peluca negra. La interrogó con los ojos. Ella, con voz tenue y un castellano apenas emergente, le confesó:

—Ocultar pelo no ser reconocida. Mi hombre dar cuchillo a cliente por tardar en terminar conmigo. No querer irse y mi hombre, zas —hizo el gesto de asestar una puñalada. Después, con las cejas en alto suplicó:— Tú callar... Tú callar.

Jacobo la tranquilizó con un gesto. La miró detenidamente. Prefería a la Nastia rubia, frágil, inocente, con las tersas mejillas arreboladas y los pechos menudos tan erguidos... Fue en ese instante cuando le invadió la sospecha de que, el echar de menos a la muchacha que de verdad era, levantaba dentro de él un sentimiento desconocido, no sólo protector.

Desde el día siguiente, Jacobo llegaba antes del amanecer a la Casa de Campo, y se separaba con Nastia de las otras mujeres.

—Trabajar —insistía Nastia—. Trabajar. Si no, mi hombre pegarme.

—No te preocupes. Estás conmigo. Ya es hora de que descanses... No te preocupes.

Le posaba la mano sobre el hombro y paseaban muy despacio bajo los altos árboles. Nastia daba, ya más acostumbrada, con las grandes plataformas de sus zapatos, paditas a las piedras. Era igual que una niña que camina de su casa al colegio, con una ingenua pereza por llegar... De vez en cuando, al rosear la luz, Nastia volvía la cara y miraba de repente a Jacobo. Un amanecer, tras perdérsele los ojos entre la verde fronda que un vientecillo estremecía:

—*Bez Kalinae i werbae nema Ukrainae* —le susurró muy cerca—. No sé decir en español. Kalina y werba son plantas que sólo en Ucrania. Sin ellas, no hay Ucrania: eso querer decir... —Buscó una palabra en su diccionario—. Yo añorar, yo añorar.

Dos lágrimas resbalaron por sus mejillas. La mano de Jacobo las borró con suavidad. Pero dos nuevas ocuparon su sitio.

Otro día Nastia recostó la cabeza en el hueco del hombro de Jacobo, y cerró los ojos como si se hubiese dormido en pie. Entonces le confesó que no le era posible coger el sueño al amanecer y le daban pastillas para dormir. «No estoy segura de ser bueno, porque después tener negras pesadillas.» Jacobo inclinó la cabeza y la besó en la frente. Así fueron, abrazados, hasta el lago. La claridad brotaba del agua como si alboreara desde ella...

Su hombre, así lo llamaba Nastia, habló con Domingo. Los ingresos disminuían porque Jacobo «retiraba» cada noche un poco antes a la ucraniana. Lo habían comprobado infiltrando a falsos clientes. El hijo del amo se había enamorado de ella, y paseaban cogiditos de la cintura como dos tórtolos. Algo habría que hacer. Porque como cundiera el ejemplo, apañados iban a estar.

Cierta noche de agosto, a finales, cuando la prolongación de la oscuridad comienza ya a notarse y se retrasa impuntual la aurora, Jacobo no encontró a Nastia en la Casa de Campo. Preguntó a sus compañeras, y le confirmaron que aquella tarde no la habían visto. La gente de la Arganzuela tampoco sabía nada: salió a la hora de costumbre y nada más. Jacobo acorraló a «su hombre», como ella decía... Se sorprendió a sí mismo al usar el pretérito imperfecto, decía, como si se refiriera a alguien que había salido de su vida para siempre. El hombre, con una brusca cicatriz desde la boca a la oreja, se encogió de hombros.

—Mejor será que hables con Domingo. —Y le dio el número de su móvil.

—Yo no tengo nada que ver con este asunto —le aseguró Domingo. Jacobo se imaginó la media sonrisa maligna al otro lado del teléfono—. Y tú mejor sería que tampoco tuvieras que ver. Ha sido cosa de tu padre. La ha cambiado de destino porque le ha parecido conveniente. Para eso es el amo... De todos, ¿eh? Yo no sé dónde está. Si tienes agallas, habla con él. Al fin y al cabo es tu padre.

«Al fin y al cabo», reflexionó Jacobo. Y sintió un dolor y un abandono tan profundos como los que le habían aplastado a la muerte de su madre. A tientas, consideró que nunca, ni entonces, se había sentido de tal manera indefenso y aislado... Y dedujo lo que todos los de la «organización», antes que él, habían deducido: estaba enamorado de Nastia.

Casi todos los días, que habían vuelto a ser grises y monótonos, sin la ilusión de verla y hablarle a ella, se proponía Jacobo hablar con su padre. Con honestidad y con resolución. Contarle la extraña aventura de su corazón y su desconsuelo. Expresarle cuánto le torturaba la idea fija de que Nastia fuese ofrecida por dinero a otros hombres. Preguntarle, por misericordia, dónde la había destinado, y suplicarle, de rodillas si era preciso, que le dejase ir con ella. Casi todos los días... Pero renunciaba a hacerlo porque de sobra conocía la dureza de su padre, y con cuánto desprecio y cuánta guasa iba a responder a su sinceridad. «Ni cataplasmas ni paños calientes...»

Procuraba a menudo animarse diciéndose que, si no insistía en reabrir su herida, el tiempo suavizaría su martirio. Pero otra voz le aseguraba que no iba a ser así... El final del verano hizo sitio al otoño, y Jacobo sufría igual que aquella noche aciaga en que no apareció Nastia. Enfrió octubre la Casa de Campo, el *bosque* que a ella le prometieron, y se deshojaron las indiferentes enramadas. El lago tiritaba bajo ligeros soplos de aire, que también estremecían a Jacobo. Él cumplía con desgana, más, con asco, su deber de cobrar a las chicas, y observaba que la misma pena que le embargó ante el desvalimiento y la aflicción de Nastia, ya se extendía a las demás muchachas. De ahí que se planteara dejar aquel miserable e inhumano oficio. Tan sólo el hecho de que, si se alejaba, se alejaría para siempre de Nastia, lo mantenía en él.

Fue su padre quien, a finales de noviembre, lo llamó.

—Me siento avergonzado de ti. Que un verdadero hombre sienta lo que tú, y yo lo supe antes de que me lo contara nadie, por una simple puta extranjera, me produce tal repugnancia que, si no me repitiera que eres hijo mío, te plantaba ahora mismo en lo ancho de la calle. Yo te costeé una carrera; ejércela si lo que haces te humilla... Pero si quieres comer la sopa boba del cobrador de putas, arráncate de donde sea esa mariconada que te está enfrentando conmigo y con todo lo que yo significo. Me avergüenzas, ¿te enteras? Sal de aquí.

Comprendió que su padre, en el subvertido orden de lo que *significaba*, tenía razón. Y tan sólo la memoria y el anhelo de Nastia le hicieron permanecer en aquel puesto que odiaba. «Yo añorar. Yo añorar», la escuchaba decir...

No tuvo que esperar demasiado. En la mitad de diciembre, cuando los someros vestidos de las chicas les trasformaban la Casa de Campo en frigorífico, hasta el punto de consentirles llevar abrigos largos que debían abrir para enseñar sus cuerpos, una noche de luna nueva, en la mayor oscuridad, faltando aún bastante para que amaneciera, al acercarse al sitio en el que las muchachas se agrupaban como ovejas para darse calor, supo, sin saber por qué, que Nastia estaba allí. Sólo vio los faldones oscuros de los abrigos y algún gorro que recogía las melenas. Pero tuvo la convicción de que una de ellas era Nastia... En cuanto la identificó, corrió hacia ella.

Atropelladamente, después de apretarse contra él, le contó dónde había estado. Su español era mucho mejor. Jacobo la condujo, sin reparar en nada, a la orilla del lago. Con el presentimiento de que aquel nuevo encuentro no habría de durar. No osaba decírselo a ella, ni siquiera pensarlo, pero conocía a su padre. Quizá era sólo una prueba, o quizá era una trampa que le estaba tendiendo.

Nastia había sido conducida a un club de Castelldefells. Allí se vio más sola todavía, aunque su resistencia había aumentado. Las horas y los días resbalaban con una lentitud aterradora. Siempre eran iguales para ella, como iguales eran los hombres que se le acercaban. Trabajaba en el club de ocho de la tarde a cuatro de la madrugada. Tenía que conseguir que los clientes la invitasen. El acuerdo del dueño con lo que él llamaba *la red* era que la mitad del precio de la copa lo percibía él y la otra, Nastia, con el fin insaciable de seguir pagando aquella deuda.

La gente del padre de Jacobo controlaba todos sus movimientos. En un descuido, a últimos de octubre, había tratado de escapar. La cogieron y le dieron una paliza, hábil para no marcarle el cuerpo. Nastia se refugiaba en el sueño. Solicitó pastillas para dormir lo más posible, estirando las madrugadas hasta los anocheceres. Con frecuencia soñaba en el paisaje de su tierra. Las montañas de los Antecárpatos cerrando el horizonte con bosques sombríos de abetos y pinsapos: aquéllos sí eran «bosques verdaderos»; las altas y espesas acacias que bordeaban las carreteras; los tiernos brotes de roble que llamaban casi a la puerta de su casa; los saúcos de flores blancas y los cerezos en flor como ramos de novia, o cargados de gruesos frutos que no había vuelto a ver... Soñaba con su perro Bus, del que se había despedido llorando... Y tropezaba con él subiendo la desigual escalera de su casa: una casa en donde no veía a nadie más que a Jacobo que misteriosamente aparecía, después de haberla llamado, y llamado, y llamado desde fuera... Cuando se fundían en un abrazo, despertaba Nastia y comprobaba que estaba sola y empapada en lágrimas...

Esa misma noche supo Jacobo por *sus hombres* lo que había ocurrido en Castelldefels. El dueño del club grababa a los clientes con cámaras de vídeo, situadas en las zonas oscuras del local y alguna vez incluso dentro de las habitaciones. Las imágenes quedaban almacenadas en el disco duro de un ordenador durante treinta días, y, mediante un sistema de transmisión, podían remitirse a otros puntos o centros o clubes de España. Las fuentes policiales, alertadas, y muy probablemente *afectadas* también por este hecho, funcionaron con eficacia y se incautaron del equipo de control y gestión de las imágenes. Asimismo intervinieron en las relaciones laborales entre las mujeres y el responsable detenido. La mayoría de las veintidós chicas eran colombianas; había alguna brasileña y el resto, de Nigeria y Rumania. La droga era por cuenta de un colombiano y de un armenio. Todos ellos fueron apresados. Las tres muchachas que tenía allí el padre de Jacobo, gracias a sus buenas relaciones con la policía, fueron trasladadas con precipitación a Madrid. Una de ellas era Nastia.

Mientras ella le contaba, con voz entrecortada, sus sueños, Jacobo la acariciaba como se hace con un niño que dice tener frío o tener miedo. Y tramaba cómo evitar la amenaza de una nueva separación.

—Espera aquí —le murmuró al oído besándoselo y abrochándole luego el abrigo hasta el cuello.

Con un silbido llamó a uno de los hombres. En tono neutro y firme, que convencía por no pretender ser convincente, le avisó:

—He perdido mi móvil y necesito telefonear. Dame el tuyo. Y cómprate otro con esto. —Le puso en la mano cuatro billetes de 100 euros. El hombre sonrió—. No hables con nadie de esto. —El hombre asintió en silencio.

Jacobo volvió donde había dejado a Nastia—. Toma este teléfono y el número del mío. —Se lo anotó—. Si te sacan de aquí, llámame y dime dónde estás. Nunca más volveremos a separarnos. Déjame prepararlo bien todo.

A la otra noche se encontraron de nuevo. Caía un aguanieve, y pronto regresaron las muchachas al piso de la Arganzuela. Ya de día, telefoneó Nastia a Jacobo. Él sintió cómo le saltaba el corazón dentro del pecho. Antes de darse cuenta estaba de pie en mitad de su habitación.

—Sólo te llamo para decirte que te quiero.

Cuando Jacobo fue a la Casa de Campo aquel sábado, Nastia no apareció. Interrogó a sus compañeras, que ya eran cómplices de ellos, y los envidiaban y se emocionaban ante sus sufrimientos, su separación y su reencuentro. Ellas nada sabían. Una, que vivía con Nastia en la Arganzuela, le dijo que, cuando Nastia iba a acompañarlas, la mayor de las guardianas le comunicó que debía esperar.

A Jacobo, de retorno a su casa, le era imposible dormir. Daba vueltas por su dormitorio, como un león en un zoo, hasta marearse. Ya había amanecido cuando sonó el teléfono.

—Estoy en un club de San Fernando de Henares. Se llama La Playa.

—Voy para allá. Procura que no cierren.

A una velocidad superior a la permitida, hasta el punto de que tuvo que aminorarla para que no lo detuvieran, Jacobo se acercó al club. Estaba cerrado en apariencia; pero una luz roja parpadeaba dentro, tras los visillos de una ventana, al fondo. Jacobo llamó dos veces. Entreabrieron la puerta. Vio que, en el mostrador, un hombre hacía cuentas y apuntaba en un bloc rodeado de unas pocas chicas. Empujó la puerta y entró. Se dirigió a una de ellas, que era Nastia, y la tomó del brazo.

—Ésta —dijo.

—Es muy tarde.

—Pagaré el doble. ¿Dónde?

—La tercera puerta —afirmó el dueño señalando un pasillo.

Entraron en una habitación que iluminaba una bombilla amarillenta. Una cama estrecha, una mesilla, un sillón de mimbre.

—No tienes que temer —le aseguró Jacobo a Nastia.

Ella se abrazaba a él como una enredadera. Por primera vez, Jacobo la besó en la boca. Nastia apretó los párpados para olvidarse del sitio en el que estaban. Toda ella se concentró en sus labios. Se ofreció entera en ellos.

—No tienes que temer —repitió Jacobo. Le rozaba con ternura el pelo fino y claro; introducía sus dedos en las mechas, que se escurrían entre ellos—. Vamos. —Salieron a la parte del bar—. Me la llevo —dijo Jacobo al dueño o lo que fuera.

—Me han dicho que es usted el hijo de don Agustín —balbuceó el hombre.

Jacobo no se tomó el trabajo de confirmarlo.

—Me la llevo —desafió, con Nastia del brazo.

Montaron en el coche. Jacobo fue exponiéndole su plan a Nastia. Hay un artículo, el 59, de la Ley de Extranjería, que prevé una serie de medidas de protección a las inmigrantes explotadas. Pero a condición de que presenten una denuncia. Esas medidas favorables, que detienen la expulsión, se consideran una contrapartida por colaborar con las autoridades acusando a los delincuentes que violan los derechos humanos.

—Voy a llevarte a una comisaría para que hagas esa denuncia. Pero en ella me incluirías a mí si yo no hiciera mi propia denuncia contra mi propio padre y las personas de su banda. Los acusaré de asociación para delinquir, de inducción a la prostitución y de disfrute de ella como proxenetas... He dudado entre el respeto a mi sangre y la llamada de mi corazón... Ahora ya no. Ahora sé muy claro lo que tengo que hacer: terminar con esta mafia que ha envenenado mi vida y la de tantas de vosotras... —Separó una mano del volante y le acarició con suavidad la mejilla—. Haremos nuestras denuncias al mismo tiempo, pero por separado. Esta noche la pasaremos en un hotel. Espero en Dios que no me obliguen a quedarme en la comisaría. Mañana alquilaremos un apartamento... Yo tendré que comparecer ante la Justicia, pero creo que saldré bien librado. Algo malo me caerá encima; lo pagaré con gusto con tal de salir de este mal rollo... Cuando todo esté en orden, pondremos también en orden nuestra vida... —Dejó pasar un instante—. Nos casaremos, Nastia. Y seremos felices y comeremos perdices, como dicen los niños de España.

Nastia buscó en su diccionario.

—No me gustan las perdices —dijo riendo por primera vez delante de Jacobo.

EL REENCUENTRO

Bangkok es la ciudad del mundo con el nombre más largo. Sin duda se hallará en algún estúpido libro de récords. Llamarla la ciudad de las ciruelas amargas es emplear un diminutivo cariñoso. Su nombre entero es como un himno: «La gran ciudad de los ángeles / es la inmortal / que construyó el dios Indra. / La que aloja la imagen del Buda Esmeralda. / La capital de la Ciudad de Oro. / La tierra de las nueve piedras preciosas. / La urbe del rey, llena de propiedades y riquezas. / Un lugar extenso como un paraíso, por el que se reencarnó el dios y rey Vishnú para instalarse en él.» Esta sucesión de hipérboles constituye el apelativo de Bangkok.

Leyendo tales ditirambos iba entretenido con su guía en la mano, a punto de aterrizar el avión a primeras horas de la mañana, Lorenzo Villoslada. Y, después de tantas horas de viaje, aún se preguntaba qué hacía él allí.

Habían pasado pocos días desde la última vez que vio a Sidonia. Ella entró como siempre, pero sin su limpia sonrisa. Lorenzo debía de haberse figurado que aquella vez era distinta. Tan alta como siempre; tan hermosa que parecía mentira; con los ojos alargados hacia las sienes; tan joven y al mismo tiempo tan segura... Como siempre, pero de otra manera. Se sentó y encendió un cigarrillo.

Lorenzo nunca se cansaba de contemplarla. La imaginaba cuando no la veía; pero en ella la realidad superaba a la imaginación.

Sidonia se puso en pie. Fue hacia el balcón. Apartó el visillo y, sin volverse, dijo:

—Nuestra relación no va a más, Lorenzo. Necesito dejarla para poder crecer. —Él, en principio, no entendió. ¿Dejarla? ¿De qué hablaba? ¿A qué se refería? Como si lo escuchase, Sidonia continuó—: Voy a irme. Te dejo. He venido a decírtelo.

Lorenzo no se lo creyó. Así, tan de repente. Es una broma, ¿no? No, no es una broma. ¿Cómo se puede romper con alguien sin que, a quien rompe, se le mueva un pelo? No ya sin que se hunda el mundo, pero ni siquiera que la noche huela de otra manera, o que tiemblen las luces o una mano, o muden de forma los labios o las cejas.

—... No, no es una broma. He venido a decirte... No puede ser.

Sidonia gozaba —o a él le parecía que gozaba; ahora, ¿quién podría afirmarlo?— cuando hacían el amor. Lorenzo estaba convencido de que ésta era su fuerza sobre ella, el lazo que más la ataba. Quiso ejercitar su poder una vez más, apretar aquel lazo.

—Deja que hagamos por última vez el amor.

Estaba convencido de que se negaría. Por el contrario, si aceptaba, estaría ganada la batalla. Aceptó.

—¿Por qué no? Lo haré con el mismo cariño que siempre. No es eso lo que falla.

—Pero, ¿qué es lo que falla?

Ella inclinó la cabeza a un lado; encogió los hombros; comenzó a desnudarse...

Hicieron el amor como otras noches. Quizá Sidonia estaba más silenciosa, más concentrada, menos participante... Pero, en el fondo, era como otras noches.

Al terminar, Sidonia le acarició la cara, se levantó, encendió otro pitillo, entró en el baño. Lorenzo oyó correr el agua. Todo tan familiar... Salió ya vestida de allí. Apagó en un cenicero el cigarrillo. Le dio dos besos y se fue. Alta y bella. Casi alada igual que la Victoria, pensó Lorenzo. Volverá, llamará... No la había vuelto a ver.

En algún lugar había leído: cada ruptura es una liberación y es un fracaso. Lo comprendía muy bien. Recordaba su época de opositor a Abogacía del Estado... El opositor, sacadas las bolas frente al tribunal, abandona el examen y se larga contento a pasear al parque. Liberado y fracasado al mismo tiempo. Porque unas nuevas oposiciones se convocarán y habrá de presentarse: ¿qué otra solución cabe?... Ahí, sobre la mesa, está el diario que Sidonia traía bajo el brazo. Su aparato de oír casetes sin molestar... Todo dura más que el amor y sus naufragios: los restos en el vaso de la bebida que bebió, las dos colillas en el cenicero... Recordó a Henriette, su mujer, a sus dos hijos ya mayores, a las amantes que se sustituyeron... Y él, ¿seguía siendo el mismo? ¿En dónde descansar entonces? ¿Acaso en un amor que tuvo y que perdió, o que no tuvo y deseaba pero que no llegó?... Tenía una sensación de vacío. Cuando la vida se aleja como una muchacha que pasó cantando y aún la oímos, y algo nos dice que no volverá porque la canción no retrocede nunca, entonces nos invade la certeza de que quizá no tuvimos el amor que esperábamos. Porque no existe, porque quizá no existe...

Lorenzo se repetía: ya no aspiro a la ilusión sino al compañerismo... ¿Compañerismo con una muchacha a la que le doblaba la edad? Por mucho que lo digas, el amor en tu vida ha cambiado de objeto y de pretexto, de asiento o de postura, pero ha sido siempre el mismo: algo que va y que viene, una cosa accesoria... No te engañes, Lorenzo, tú a lo que aspiras es a que no te hundan súbitamente el mundo. El amor se desluce, se mustia. Como tú... El de Sidonia era tu último amor, y lo sabías. El enamorado es igual que un faquir. Tú no has amado de verdad; no te has acostado en su cama de clavos, ni has devorado sus antorchas. No hagas mohínes, Lorenzo: estás ileso. Ileso y moribundo. Tienes razón: tan moribundo como antes. Nunca has amado como si fuese la primera vez, como si fuese la última vez, como si fuese la vez única. Sidonia ha sido una más. La amaste, a tu manera, un par de años. Y, en efecto, te lo ha dicho ella, tu amor no iba a más... Porque no eres capaz de más, Lorenzo. Estás rodeado de ruinas; no obstante, reconócelo, entre esas ruinas no se encuentra tu cadáver. Tu estás moribundo, pero vivo; no ileso, pero vivo.

No era muy dado a hacerlo sobre los asuntos de su corazón. Sin embargo, Lorenzo no dejó de pensar, en los días que siguieron al abandono de Sidonia. A la edad de ella no se muere nunca... Pero Lorenzo estaba convencido de que, de un día para otro, había dado el *viejazo,* como dicen en México. Y por primera vez reflexionó sobre la muerte. Está sentada y me espera. Sin impaciencia, creo. Y yo voy acercándome. No sé dónde la encontraré, a la vuelta de qué recodo percibiré sus ojos y reconoceré sus manos transparentes... No, no se muere de improviso, sino que se va uno muriendo con cada cosa, con cada persona que se nos muere. Me he ido muriendo con tanta gente ya... No será muy difícil cortar los hilos. Pronto, no sé cuándo, no me sentaré más en este sillón, ante esta mesa de despacho; no bajaré más esa escalera; no veré más esos acantos del jardín, ni oleré este aire de principios de abril que mueve los laureles como diciendo adiós...

Quiso ver a sus hijos una tarde. Ya vivían en apartamentos, separados de su madre... No estaban. Volvió a llamar. La hija le dio una vaga excusa. Cuando escuchó al muchacho, de la edad de Sidonia, salía de viaje dentro de unas horas... Lorenzo se sintió solo, no abandonado —¿o sí?—, pero muy solo...

Aquella misma noche oyó rechinar una puerta en el piso de su dormitorio. El criado la había cerrado mal. O quizá es la última que queda abierta, se dijo. Oigo batir sus hojas. Abierta para salir, no para entrar. Después no hay donde ir, no hay otro lado. Ya desperté del bello sueño de la inmortalidad. Aquí me acabo yo. Y no es que tenga (se lo explicaba a un amigo que era también su médico), no es que tenga el presentimiento de la muerte: con eso se convive; uno nace y se muere, llega y se va. Se trata de otra certidumbre: de estar avanzando en la dirección más precisa, con una velocidad que se acelera sin poderlo evitar. Se trata de ser inundado por la idea de la muerte como por una luz bajo la que se trabaja y se come y se duerme... Ella se ha convertido, de repente, en la protagonista de mi vida. Todos los males físicos que me han sobrevenido son consecuencia de eso. Se han puesto en pie de pronto: ¿eso es o no es el viejazo?... Y recordaba, de su juventud, un verso de un poeta polaco o alemán: «Abril es el mes más cruel», y de otro, inglés quizá: «En abril, cuántas muertes.» ...Entonces era abril.

Hay —se decía— quien ha vivido momentos maravillosos en los cuales puede refugiarse; cuyo recuerdo puede iluminarlo. Yo, no. No he tenido un sentimiento que escribiera palabras prodigiosas, trazara signos, esbozara gestos, susurrara emociones imborrables... Al lado de este balcón, delante del que se puso Sidonia, a esta luz casi azufre de este atardecer de abril, debo reconocer que no he tenido a ninguna mujer del todo mía, ni yo he sido del todo de ninguna. El milagro del gozo y del amor no se ha producido en mi vida. Me asalta la estremecedora sospecha de haber vivido en vano. Ninguna intensidad amorosa me dio de vivir como se da el agua en las manos para que beba un niño. Y yo ya no tengo niños además. Ningún amor debe ser fútil; ninguna dicha, baldía. Pero yo sólo he tocado de oído en estos temas...

No deseo engañarme más: mi jardín, el pequeño jardín en el que me he movido, es lo contrario de la naturaleza, como lo contrario de un río es un pantano. Quizá el pantano sea más práctico y más útil, pero el río no es él; el río, con sus avenidas y sus estiajes, es algo vivo y fluyente. La naturaleza es la selva, la jungla, la aridez o la feracidad: lo opuesto a los recortados macizos de un jardín, lo opuesto a la artificialidad domesticada de los setos y de las podas. El desorden de fuera no lo entendemos porque es más grande que nuestro corazón. Lo que entendemos es el orden del jardín, siempre tan confortable...

Una noche, cenando con su amigo médico, Lorenzo se confesó. Cumplirse no es llegar a ocupar altos puestos en la escala social, satisfaciendo esperanzas propias o ajenas. Te lo digo yo: cumplirse no es alcanzar metas arduas deseadas por muchos, sino vivir de acuerdo con uno mismo y alcanzar así una serenidad luminosa. De ahí que gente con un gran éxito profesional sea tan desdichada, ¿me entiendes? El amigo lo miró con sorpresa; Lorenzo era un modelo de hombre logrado y ejemplar. Continuó: No es tarea sencilla ser fiel a uno mismo. Primero, hay que avanzar mirando el propio corazón, que señala el norte lo mismo que una brújula. Y has de crecer de acuerdo con él, lo que implica oponerse con denuedo a las contradicciones. Y hay que aprender que cuanto nos rodea o conseguimos, del amante al amigo, del colega al oponente, es una emanación de nosotros mismos de la que no podemos culpar a nadie. Y hay que encararse a los obstáculos que nos plantean desde fuera, para convencernos de la vuelta al redil de la superficialidad, que no es nuestro redil.

—Estás pensando demasiado —le reprochó el médico—. ¿Y todo esto por la ruptura con Sidonia? No sabía que te hubiese calado tanto... No lo dudes: tienes que hacer un viaje. Tienes que distraerte. Tómate unos días para centrarte y olvidar.

—Es decir, para volver al redil más cómodo; para volver a no ser yo; para mandar a paseo al yo mismo que he empezado a atisbar y con el que acaso empiezo a reencontrarme...

Aun pensando de esa manera, Lorenzo hizo caso a su médico. Calculó que, entre el primero de mayo y el día 2, que era fiesta en la Comunidad de Madrid, añadiendo un par de días hasta el domingo, era posible hacer un puente de ocho ojos. El destino daba igual. Quizá una ciudad exótica y lejana. Recordó Tailandia, donde estuvo hacía 25 o 30 años. Cuando aún todo estaba por hacer, o por deshacer. No había tenido malas experiencias. Tailandia estaba bien. Se decidió. No pensaba en el paraíso del turismo sexual. De eso, nada: se dijo con profunda desgana.

Lo recibieron en el aeropuerto con collares de jazmines y lotos, combinados con las orquídeas que allí llaman hijas del aire. Y vio, nada más salir, los árboles floridos: los flamboyanes, con los que rememoraba Puerto Rico, donde los descubrió, los palorrosas en que rememoraba México o Colombia... Respiró hondo. Se sintió a gusto. No fue sino un par de horas después, ya en su habitación del hotel Queen's Park, cuando se dio cuenta de que estaba solo, en un país monstruosamente extraño, y de que iba a vomitar el desayuno. Le habían ofrecido un *Khowton*. Lo componían arroz con pollo, cerdo, gambas y ajo, e iba acompañado de un huevo frito y pepinillos en vinagre. Era un desayuno thai. Tuvo que apartar los ojos de él y salir del comedor. Ahora acababa de vomitar el desayuno del avión. Todavía su equipaje no estaba deshecho.

Había llovido, durante media hora, de una forma violenta. Después Lorenzo paseaba por calles inundadas. Trataba de distraerse, de la ciudad llena de templos que recordaba, con esta de ahora, una agrupación inagotable de edificaciones bajas y míseras alrededor de inmensos rascacielos. Veía una capital contradictoria, irrespirable, ensordecedora, de fealdad sin remedio, habitada por gente pequeña que, a esas horas, almorzaba por las aceras, en platos de plástico, una comida maloliente, que le provocaba náuseas, llena de especias que a él se le hacían desconocidas y mortales. Sólo tropezaban sus ojos con tiendas minúsculas de comidas o flores, con pequeños puestos en el borde de los estrechos salvacoches, con anuncios de masajes, con algún sastre que cosía pantalones, entre los viandantes, pedaleando sobre una viejísima máquina... De pronto sufrió un golpe en la frente: era la armazón de un toldo calculado para la estatura de los nativos. Había salido para ver si se le abría el apetito con un paseo; sucedió lo contrario: una arcada le ascendía desde el estómago llenándole la boca de acidez. Dio la vuelta. Se cruzó con dos jóvenes monjes, mojados por la lluvia sus hábitos de color azafrán.

Entró de nuevo en el hotel. En la planta novena se anunciaba una piscina. Después de desnudarse descendió hasta ella. Nada más acercarse oyó hablar en español. Interrogó en inglés al muchacho que repartía las toallas.

—Hay casi dos mil españoles —le aclaró—. Llegaron ayer en tres aviones, me han dicho. Forman parte de una convención de seguros o algo así.

—¿Cómo se llama la compañía? ¿Lo sabe?

El muchacho, titubeante, dijo el nombre de una marca de automóviles. Era evidente que no lo sabía.

En la piscina vio, en la parte de menos fondo, a un tailandés, joven aunque muy canoso, con un niñito de un año más o menos. Pretendía enseñarle a nadar sosteniéndolo por la barriguilla. El niño reía sin cesar y jugaba con un avión que arrojaba y recogía y volvía a arrojar. Pateaba y palmoteaba en el agua transparente. Salpicaba a su padre sin cesar de reír. Pasado un rato, el tailandés lo envolvió en una toalla que le alargó una mujer callada y circunspecta, seguramente la suya. El hombre besaba al niño con una infinita ternura, y lo manejaba como se maneja un objeto de extrema fragilidad y de extremo valor. De vez en cuando, lo acariciaba con las yemas de los dedos como si no osara posar su mano entera, no muy grande, sobre el cuerpecillo moreno. En un menudo biberón le dio agua azucarada que el niño trasegaba golosamente... Lorenzo sintió envidia de aquel pequeño ser mimado. Y del padre también. De repente, supo que tenía lágrimas en los ojos. Echó de menos esa época de sus hijos, en la que nada de lo malo que sucedió después había aún sucedido.

Intentó comer al mediodía en el bufé del hotel. No estaba mal surtido; pero fueron inútiles todos sus esfuerzos. La náusea persistía. Le distrajo ver que una parte del comedor se reservaba a Miss Tailandia y sus damas de honor. Eran como juncos vibrátiles y sonrientes. Tenían rasgos más bien occidentales: allí era eso lo que debía de entenderse por belleza; masticaban chicle, y hablaban a través de móviles de colores alegres pegados a las minúsculas orejas. Todas tenían un aire modesto, como guapas de barrio.

Salió del bufé después de ordenar que le subieran a la habitación un surtido de frutas: era lo único que le apetecía de momento. Y quizá lo único que su aparato digestivo pudiera soportar. El resto de los platos estaba especiado en exceso. En lugar de pimienta, utilizaban casi siempre chili, y muchas hierbas frescas aromáticas, como el cilantro y la melisa. Y había gran diversidad de elaboraciones: ensaladas, sopas, salteados, pasta y múltiples platos de verduras cocidas *al dente*. El arroz no faltaba en ningún menú. Y el curry era diferente al indio: más rojo y parecía más picante. De momento, sólo pensar en comer cualquier cosa le repugnaba.

Tenía mucho tiempo desocupado por delante. Salió a la calle de nuevo por una puerta lateral. Ahora estaba lleno el Queen's Park. Preguntó a un portero del hotel qué fiesta era.

—Es el aniversario de la coronación, señor.

Respondió con las manos juntas delante de la cara, haciéndole sumisas reverencias. «El pueblo de la sonrisa», recordó haber leído en la guía. Y luego aventuró lo que se ocultaría detrás de esa postura, y qué sería lo que aquellos labios murmuraran entre las reverencias. Sin querer, sonrió.

Se cruzaba con gente que hacía ejercicio corriendo; con un grupo grande que practicaba el aerobic; con dos equipos de baloncesto en pleno partido; con patinadores en una pista inclinada... Presenciaba una especie de vida social y comunitaria que, sin saber por qué, le producía una desazón y una herida. Se encontraba aún más solo que antes... Miraba los arriates floridos, las canas de agua de color rosa, los coralitos en forma de seto de muchos más colores que vio nunca, pequeñas lantanas, desmesurados potos trepadores, crotos de matices insólitos, aquellos arbustos que en Venezuela nombran amapolas, con una variedad increíble de delicados tonos, bellas alpinias de hojas lanceoladas y macizos de boj, que un paciente jardinero podaba en figuras de elefante...

Comenzaba a atardecer y las chicharras espesaban el aire con su estrépito. De cuando en cuando lo interrumpían unos extraños mugidos: le costó reconocer la llamada de las ranas toro, que comenzaban su bravo concierto al retirarse las palomas entre crujidos de sedas rasgadas...

En bancos y en sillas reposaba mucha gente. Quizá atendían a un par de cantantes que actuaban sobre una estructura de barras como escenario, bajo tubos de neón coloreados. Casi todos tenían los pies desnudos: incólumes, carnosos, infantiles, sin la menor deformación, acostumbrados a una continua libertad. Evocó algunos grabados que había visto: figuras grotescas con máscaras aterradoras y violentas de lucha a muerte; sus pies, sin embargo, también eran infantiles como estos de ahora, como los del niño de la piscina...

Se cansó de escuchar las voces aflautadas de los indígenas, de las mujeres sobre todo, que eran chillonas como el aullido de los gatos o el parloteo de las cotorras. Qué difícil y enrevesado idioma, en que los tonos, altos o bajos, intensos o difusos, modifican el significado de las palabras. Regresó despacio al hotel. Imaginó que tenía hambre y se obligó a comer. Entronizado en su habitación había un hermosísimo bodegón con frutas de sorprendentes formas y colores.

La libertad interior —se sorprendió pensando— no es la libertad última, que creemos que no nos puede ser arrebatada, sino la primera, la previa a cualquier otra. Hace mucho quizá que no la tengo... Los peores enemigos no son los que nos odian: son los que nosotros odiamos. Los más poderosos enemigos de la libertad verdadera no son los tiranos ni los ajenos, sino los que conviven con nosotros, los que *son* nosotros, los que nos han ido haciendo como somos... Pero, ¿cómo soy yo? Lo ignoro. No sé cómo, he logrado olvidarme. Me he perdido —se repetía—, me he perdido. Me he convertido en una estatua de sal que no siente ni padece, que sólo aspira a una fortuna mayor y que ha extraviado la noción de lo que es de verdad la fortuna... La ambición me transformó en un esclavo suyo. Soy la víctima del impulso de cumplir un duro sueño, un sueño que ahora me impide dormir a pierna suelta y despertar después... He perdido la vida, y me he perdido... Porque aquello de lo que huimos y aquello que buscamos va siempre dentro de nosotros: es un equipaje demasiado agobiante para viajar con él... Ya no sé ni estar solo. El poderoso de veras no es el que gobierna o manda o sanciona, sino el que construye y ama y sabe obedecer. Libremente y, si es preciso, a solas. ¿Qué es lo que he hecho de mí? ¿En qué me he transformado? ¿Quién podría quererme como soy?

Mientras así reflexionaba, logró comer algo de fruta.

La segunda mañana la dedicó, como un turista complaciente, a ver templos. Le encantaba comprobar si, como sucedía en la mayor parte de los casos, estaban sus tejados de colores y oro coronados por el pájaro garuda o no. En este viaje se repitió la sensación que le había invadido hacía treinta años. Una incomprensión, una lejanía, una falta de respeto a cuanto sus ojos percibían. Se trataba de otra cultura, de otras manifestaciones; se trataba de un arte transformado en artesanía y repetido hasta la saciedad. Nada de cuanto visitaba (quizá excepto la reducida sala donde reinaba el Buda Esmeralda, en la que husmeó algo de devoción, incluso al humedecerse con el agua bendecida puesta en la flor de loto, y al pedir un deseo: «Que me reencuentre»), nada lo levantaba ni un palmo de la tierra. Ni la colección de budas del Templo de

Mármol, ni las arquitecturas reiteradas, ni las inútiles *stupas*, ni las cerámicas con lentejuelas... Todo aquello era como un Gaudí pueril; era como entrar en un todo a cien; era la reiteración de lo *dejà vu* elevada a la enésima potencia... Quizá llevarse, o llevarle a alguien, de pisapapeles, una dalia de cerámica de aquellas, la flor nacional, no hubiera estado mal; pero las había en cada templo a millares, a millones, y perdían el más mínimo interés. Intentó ver el salón del trono que no recordaba, pero no le fue posible: estaba cerrado por motivo de las ceremonias de la coronación. Se alegró de acortar así las voluntarias obligaciones que se había impuesto esa mañana.

Advirtió que llevaba dos días y medio comiendo sólo fruta. Y la recordó más bella que sabrosa. Los rambutanes, que eran como erizos de mar de color encendido, y un interior jugoso y fresco; los mangostanes, que sugerían berenjenas esféricas; los carambolos; los grandes *jackfruits*, con su defensivo aspecto antediluviano, que se suavizaba al verlos pendientes de su propio árbol; los tamarindos, semejantes a oscuras salchichas; toda la variedad de los lichis; el *long-kong*, igual que racimos de menudas patatas; las guaras, como manzanas de piel basta; la fruta del dragón, de cáscara carmesí y carne blanca punteada de negro, un poco sosa; los gruesos pomelos, mayores que melones cantalupos; las papayas, por el contrario, no demasiado grandes; el *sun-da*, parecido a un ramillete de dátiles velludos; los caquis, las peras, las naranjas, los plátanos tan gruesos, los melocotones, las sandías amarillas o rojas... Mordisqueaba entretenido un fruto examinando mientras el que a continuación iba a probar.

Quizá, de habérselo preguntado alguien, habría notado que se encontraba débil; pero no había nadie que se lo preguntara. Y además no tenía mayores esfuerzos que hacer. Sólo deambular vagamente. Sólo constatar lo que un desalmado capitalismo había hecho de una ciudad que lo enterneció hacía más de un cuarto de siglo. Sólo observar que los indígenas tenían escasas aspiraciones y preferían trabajar menos, aunque tuviesen también menos ingresos. Es decir, que eran lo contrario de aquel capitalismo que los utilizaba.

A primera hora de la tarde fue a visitar una galería de sedas y de joyas. Era una industria pública, bajo auspicios reales. Deseaba comprar un obsequio para alguna amiga, para su hija quizá... Fue entonces cuando recordó más que nunca por qué estaba allí: había venido para olvidar a Sidonia. Y, en efecto, la había olvidado. O por lo menos, ya no le dolía. ¿No le dolía ya? Sonrió conscientemente por primera vez... Al regresar al cómodo automóvil que lo había conducido hasta allí, dio la dirección del hotel. Fuera se percibía el calor espeso como una manta húmeda y pesada. Abigarradas nubes oscuras tiraban hacia abajo del cielo. De vez en cuando, las atravesaba un chorro puntiagudo de luz. Cuando llegó, reinaba un sol tamizado y poderoso. El atardecer, casi sin avanzar, se había instalado ya.

Entró en el vestíbulo, entre las reverencias de manos juntas de los conserjes y botones. A través de la máquina instalada no lejos del mostrador de caja, se conectó a Internet para leer un diario español. Oprimió las teclas oportunas, y aguardó a que ese milagro de la técnica se produjese. Se hallaba de espaldas a un largo mostrador, que debía de ser el de contaduría. Escuchó una voz de hombre que llamaba: ¡Sidonia...! Lorenzo no quiso volverse. El corazón se le aceleró. Se había impreso el diario, lo recogió y se dirigió al ascensor que le correspondía. Se equivocó de dirección. Había girado a la derecha, y ahora se hallaba en el ancho pasillo bordeado de tiendas lujosas. Ante una joyería, divisó, de espaldas, a Sidonia. Dentro del local, tras los grandes cristales, un señor de unos sesenta años, con el pelo casi blanco y muy bien conservado, le sonreía y le mostraba un anillo, como buscando su aprobación. Sidonia entró en la tienda. Tomó el anillo encantada y besó con ligereza a quien se lo ofrecía. Lorenzo estaba inmóvil. Desde el interior, al levantar los ojos de la joya, Sidonia lo miró. Por fin, él pudo moverse. Retrocedió hacia los ascensores y subió a su habitación.

Trató de serenarse. Bebió una botella de agua ligeramente gaseada. Llamó a recepción. Preguntó si había alguna habitación a nombre de Sidonia Yáñez. Le contestaron afirmativamente. Colgó el teléfono. Aguardó unos minutos. Volvió a bajar. Entró en la joyería donde había visto a Sidonia. Compró un pequeño elefante de rubíes. Preguntó por el nombre del señor que acababa de comprar un anillo.

—¿Uno con un zafiro muy grueso? —quiso saber la vendedora. Él afirmó—. Es el presidente de la sociedad de seguros que celebra aquí su convención. Su nombre es Nicolás Zumárraga.

Lorenzo no manifestó sorpresa alguna.

—Claro, claro —dijo, y salió.

En su cuarto se miró al espejo. ¿Había envejecido, o ya tenía ayer esas bolsas lívidas bajo los ojos, estriado el lóbulo de las orejas de las que desbordaban unos pelos, y tan poco firme el óvalo de la cara? ¿Era verdad que le temblaban las manos? ¿Era verdad que tenía la boca seca? Dejó de mirarse. Se mojó la cabeza. Secó con una toalla pequeña las gotas que le empapaban el cuello. Sidonia aquí, se dijo dos o tres veces... Y de pronto se acordó de una frase que le oía, de niño, a menudo a su ama. Ella la solía decir riendo a carcajadas: «Válgame la cananea. Huyendo del perejil, en la frente vino a darme.» Pero Lorenzo no reía. Intentó leer un libro que había traído de

Madrid. No pudo. Llevaba un rato sosteniéndolo al revés. Intentó ojear la guía de Tailandia: todo lo confundía; se le amontonaban los textos y las fotografías. Intentó comer un par de frutas; sintió un hastío espantoso; no las consideraba ya ni buenas ni siquiera bonitas... Intentó razonar: Sidonia había sido invitada por ese Zumárraga, cuyo apellido conocía y cuya casa de seguros era muy popular. Estaba claro que eran amantes. Él era su sustituto. Pero, para no comprometer su buen nombre, no ocupaban la misma habitación. A ella le habían asignado una individual, como a cualquiera de los buenos vendedores que asistían, en recompensa, a aquella convención anual. O quizá algo mejor que las de ellos... Y de noche, o a la hora de la siesta, coincidían en la *suite* de él, un vasco tonto que se llevaba hierro a Bilbao... Bien, todo eso estaba bien. Pero, ¿por qué misteriosa razón Sidonia coincidía en Bangkok con él? No había sido un acierto ir allí... A pesar de todo, Lorenzo no podía engañarse. Él no había amado, ni a Sidonia ni a nadie, como es preciso amar: igual que un jarro que se vacía sin que le quede nada dentro. A ciegas, sin prejuzgar, sin presentir. Como si fuese a terminarse el mundo, que de alguna manera se termina, y sólo existiera ya el presente. Sin temores ni proyectos. Extraviado y a la vez recuperado... No; él nunca había amado así. Lorenzo era incapaz de dejar de reflexionar ahora en lo poco que le había dado a Sidonia, en lo poco que se había sacrificado por ella. Hasta ese verbo, sacrificar, era un error... El destino aparecía, en efecto, como la luz de las estrellas muertas: ya se ha extinguido, y aún la vemos... La soledad —pero, más aún que la soledad, la ambición de cosas que no son el amor— es una viuda de ojos secos e insomnes que interrumpe el amable trabajo del amor... Y él es, sin embargo, lo único real: lo que él toca, lo que él teje, lo que él elabora; lo demás es sólo, como ya se había dicho, ruido y furia...

Lorenzo estaba emocionado como no recordaba haberlo estado nunca. Meditaba sin palabras. El corazón se cierra, como un portal, sin ruido. La vida, lo mismo que un niño que sonríe entre lágrimas, se va de nuestro lado... No sabemos por qué. Ni siquiera nos preguntamos por qué. Ni nos tomamos el trabajo de tocar las aldabas de la casa que había sido nuestra sin que la aprovecháramos... Se decía: yo he habitado un sueño del que me desahuciaron. Y no me daba cuenta de que era mío. Mío... Ahora, ante sus puertas, en una calle pública y ruidosa, en una ciudad que no es la mía, miro sus ventanas cerradas. Y no me siento morir. Simplemente he dejado de sentirme... Se acercó otra vez al espejo... Me pregunto quién soy. Porque, en cada guerra que el amor me declaraba, me disfrazaba yo. Era otro en cada una. Y el último ha tirado por fin la máscara. Se ha mirado al espejo, y no era nadie. Mira a su alrededor y ve ruinas tan sólo. Ya no puede ningún dios ni ningún enemigo destruirme: no me queda nada por destruir. Yo me he encargado de eso... Pero lo de hoy es otra cosa: porque con toda el alma estoy deseando que, entre esas ruinas, se encuentre mi cadáver.

Exageras, se dijo. Haces teatro, se dijo. Ahora vuelves a escribir en el aire poesías como en tu adolescencia, como cuando eras un opositor triste... No; no exagero. Puede que me recupere; puede que ni llegue a mañana lo que hoy estoy diciendo. Pero es verdad. Mucho más de lo que piense mañana, será verdad lo que ahora pienso...

Sonó el teléfono. En un primer momento, Lorenzo vaciló. No sabía dónde estaba. Ni él ni el teléfono. Sonaba en varios puntos a la vez. Cogió el de la cabecera de la cama. Ignorando la razón, no dijo nada. Vio, tras los cristales ahumados del ventanal, la ciudad nocturna y opaca. Oyó la voz de Sidonia: «Lorenzo.» Colgó. Miró luego el reloj. Era muy tarde. Qué deprisa había pasado el tiempo. Supo que tenía hambre, y supo que no se iba a mover de la habitación. Ya no era hora de cenar. Se sentó en un sillón no muy cómodo: ¿para qué quería esta noche la comodidad? Mañana, temprano, iría a ver el mercado flotante. Sin duda iría... Ya no estaba en el mismo Bangkok como aquella primera vez, cuando él era aún soltero y ni siquiera había conocido a Henriette, su mujer. Ahora estaba lejos, a un par de horas de coche. Y era un poco inventado, como todo ya aquí. El primero, el auténtico, habían tenido que cerrarlo porque concurrían a él tres veces más turistas que nativos... Funcionaba al revés: antes eran los vendedores los que ofrecían sus mercancías por las casas lacustres; ahora, los turistas iban en barca a comprar recuerdos en supermercados probablemente horribles... No, no iría. No iría a ninguna parte. Con el mercado flotante sucedía como con el amor: al cambiar de sentido, al transformarse en un sitio que se visita y no en el que se vive, cambió también de esencia... Ya no era, ya no era aquel que fue... Pero, ¿no estaría el amor por encima también de los malos amantes? ¿No sucedería con él como con el carisma de los sacramentos —ahora recordaba Lorenzo los curas de su adolescencia—, que era *difusivum sui*, independientemente de las imperfecciones de quienes los recibían? Recostaba la cabeza sobre el respaldo incómodo, su imaginación se había echado a volar. Contra su voluntad, le hacía sufrir... Ahora Sidonia estaría desnuda en la cama de Zumárraga, un viejo estúpido y presuntuoso que se creía con derecho a todo porque le acababa de regalar una joya ridícula... Pero, ¿por qué lo había telefoneado? ¿Para afrentarle diciéndole que estaba con el otro? Echada entre sus brazos, la cabeza buscando descansar sobre su pecho, en la postura que Lorenzo sabía bien... Acomodada, a su derecha, entre el brazo y el torso, para que, en un momento dado, sin previo acuerdo, él levantase el brazo y Sidonia pasara bajo ese brazo su cabeza y resbalara la mejilla por su vientre, hasta donde los dos sabían... Ese gesto, ¿lo estaría repitiendo Sidonia con Zumárraga? No, no era posible. El gesto era fruto de una costumbre, de una identificación. Lorenzo movió la cabeza con desconsuelo. Se levantó del asiento. Paseó por la habitación... Sidonia estaría abandonada a los deseos rápidos y egoístas de Zumárraga. ¿No había sido él también rápido y egoísta? ¿No había hecho el amor a menudo con la cabeza puesta en citas, negocios, asesorías, juntas, consejos de administración? Mal, mal, mal... Sidonia, insatisfecha, volvería su hermosa cara para dejar de ver a Zumárraga, que se apeaba de la cama triunfante y engreído. Sidonia buscaba el frescor de la almohada... ¿No le había sucedido lo mismo con él? Lorenzo suspiró.

Lorenzo suspiró. Muy pocas luces parpadeaban abajo, detrás de la luna mate de la ventana. Deseó no haber dejado de fumar... Estoy lleno de muerte, aunque no me muera. La muerte es la protagonista de mi vida, que a ella va destinada y a la que se dirige. Por el camino miro las flores. No, no miro las flores. Miro el dinero, las ocasiones de ganarlo, las inversiones hábiles, el éxito en los negocios que mide mi éxito ante mí y los demás. Miro el respeto que suscitan mi astucia y mis supercherías. No, no miro las flores, no me demoro con la música, no se me enreda el corazón entre las zarzas incombusibles de los enamorados... Me hago el desentendido. No quiero enterarme de que la muerte está al final de este camino. O interrumpe el camino. Y después, ¿qué? Dónde se va el dinero, los triunfos, la envidia ajena, el haber subido tanto y tanto... Deseó que aquel ventanal del piso 25 pudiera abrirse aquella noche...

Tocaron a la puerta. Lorenzo se acercó a ella despacio. Miró el reloj de nuevo. Ya era de madrugada. Supo quién llamaba. Abrió. Sidonia lo miraba no sonriendo, no alegre. Sidonia lo miraba con una dolorosa intensidad. Ninguno de los dos hizo ningún movimiento. Ninguno decía ni una sola palabra. Lorenzo se retiró y la dejó pasar. Cerró la puerta detrás de ella. Sidonia se acercó lentamente. ¿Dónde tenía las manos? Lorenzo no las vio. Sintió que apoyaba su cuerpo contra el de él, y que su cabeza buscaba su hombro derecho. En ese momento él subió los brazos y apretó aquel cuerpo reencontrado contra el suyo, reencontrado también.

—Bienvenida —le susurró al oído.

—Bienhallado —dijo ella.

EL AUTOBÚS

Diego Casanova no llamaba la atención por su aspecto. Era más bien bajo. Vestía correctamente siempre, sólo a veces con algún detalle de quien viaja más que los otros: unos zapatos o un suéter, que quizá no se habían visto aún en España; pero todo casi imperceptible. Ni guapo ni feo, con un rostro simpático y maneras un tanto huidizas, personificaba la esencia de la normalidad, el deseo de pasar inadvertido. Sin embargo era, en el estricto sentido de la palabra, un personaje, es decir, un sujeto de distinción, de calidad o de representación en la vida pública. Tal contradicción Diego la había salvado toda su vida —ya cumplió sesenta y tantos años— a fuerza de formalidad, de compostura, de discreción y de saber no sólo estar sino con quién estaba. Había sido el mejor director de teatro en España durante la dictadura. Lo seguía siendo después; pero, llegada la hora de los enanos, él supo hacerse menos visible todavía, para no exponerse a la acidez de los envidiosos, de los recién inventados y de los trepadores.

A fuerza de no querer aparentar se había convertido en un artista devorado por su vocación. Su vocación era lo más auténtico y sobresaliente que había en él. Pero es preciso reconocer que no sólo ella, sino también su sexualidad. Una y otra eran muy especiales. Tanto, como absolutamente definidas y separadas entre sí. Su vida se desenvolvía en el teatro y entre gente de teatro; pero nada más que a ciertas horas. Él, que era homosexual, jamás se había metido en la cama con ningún actor, a pesar de tener a su disposición los que hubiese querido, con muy escasas excepciones. Pero Diego Casanova no se acostaba con nadie si no era pagando. «Con el dinero en la mesilla de noche», repetía a sus cuatro o cinco íntimos amigos. El precio por los gestos del amor era en él un riguroso fetichismo. Muy cerca también de ser un fetichismo estaban los uniformes de los paracaidistas. Hasta el día en que un atraco de varios, que por muy poco no le costó la vida y la buena fama, pero sí una entrevista con el ministro de turno, que le echó un desgarrado capote y un desdeñoso rapapolvo («Es la última vez que usted y yo hablamos de este asunto»), le hizo volver la cara a otra clase de gente que supusiese menos riesgos.

Un soleado y frío miércoles de principios de enero estuvo en Chamartín resolviendo, con los inquilinos, problemas de unos pisos de su propiedad. Como se resistía con todas sus fuerzas a ser entrevistado en la prensa y, sobre todo, en la televisión, no se le reconocía, y podía darse el contradictorio lujo de usar los autobuses y el metro. Nunca había tenido coche y no sabía conducir: era un personaje en todos los sentidos. Subió a un autobús 51 que lo llevaba desde la Plaza del Perú, por todo Serrano, hasta muy cerca de su casa. Eran las cuatro y cuarto. Entre Hermosilla y Ayala se subió un chico de diecisiete o dieciocho años. Diego Casanova no se sentía atraído por la gente muy joven. Este muchacho, no obstante, le produjo una impresión inmejorable. Llevaba bajo el brazo una gran carpeta. Tenía piel clara, pelo negro y ojos oscuros, penetrantes, de un brillo acuoso y singular. Miraba de un modo a la vez directo, casi impertinente, y aterciopelado.

Diego Casanova se sintió invadido no sólo por el deseo sino por algo más. Algo tan parecido al amor como sólo un par de veces lo había sentido antes. «No empecemos con la literatura», se advirtió.

Por el muchacho no se apeó en la parada que le convenía. Continuó en el autobús hasta el fin de trayecto, que era la Puerta del Sol. Allí se apeó el chico y, detrás de él, Diego Casanova.

—¿Has quedado con algún amigo?

—No —respondió el chico, que ya había observado durante el trayecto el interés de aquel señor.

—¿Dónde vas ahora?

—A oír música. —Señaló unos grandes almacenes especializados en ella.

—¿Y qué llevas en ese carpetón?

—Unos dibujos.

—¿Quieres que tomemos un café, y así me los enseñas?

El muchacho, que dijo llamarse Raúl y eludió el apellido, se encogió de hombros en un gesto aquiescente.

Sobre la mesa del café, Diego abrió la carpeta con una insólita inquietud. Primero, porque le horrorizaba la idea de que el joven fuese torpe y desmañado en lo que hacía: nada podía detestar tanto como a un artista malo; segundo, porque recordó que hacía cuarenta años había abierto una carpeta semejante, de un joven escenógrafo y figurinista, por quien puso punto final a sus relaciones amorosas con la gente del teatro: no había sido, ni con mucho, una historia feliz.

Abrió, pues, la carpeta, y vio unos sorprendentes trazos. Componían muebles, perspectivas, planos, combinaciones de acuarelas diversas... Miró, en una silenciosa interrogación, al muchacho, que sonrió, lo que hasta entonces no había hecho.

—Estudio en una escuela de decoración.

Sin más, Diego Casanova cerró la carpeta y ató con meticulosidad las cintas. Después de un silencio tenso:

—¿Podríamos vernos otro día? —preguntó.

—No.

—¿Por qué? ¿Tan mal te he caído?

—No; no es eso... Es que mi familia me rodea de muchas exigencias. Me tiene muy marcado... Piensan que soy un chico difícil... —Hablaba con un leve acento extranjero, que no era ni inglés ni suramericano, y que agraciaba todo cuanto decía—. Esta escuela es la última oportunidad que me dan... Tengo las mañanas ocupadas en casa; las tardes, en la academia; y, al concluir la última clase, debo salir pitando. Mis padres miran al reloj todo el día. Como si no tuviesen otra cosa que hacer.

—Pero hoy...

—Hoy es miércoles. Los miércoles termino a las cuatro; pero no se lo he dicho a mis padres. Así tengo cuatro horas libres.

—¿Y no podríamos vernos algún miércoles?

—¿Para qué? —Raúl había levantado la cabeza y se enfrentaba a Diego con sus ojos enormes y profundos.

—Para lo que tú quieras... Podemos ver museos, exposiciones, algún teatro...

—El teatro acaba más tarde. Y además no me gusta. —Dejó pasar medio larguísimo minuto—. Bueno. —Diego creyó que daba por terminada la conversación. Llamó al camarero, pagó, se levantó.—¿Es que nos vamos ya?

—Creí que tú...

—Si quieres, podemos vernos el próximo miércoles. A las cuatro y cuarto. En una cafetería que se llama Bolonia. Está en Ayala, entre Serrano y la Castellana, a la izquierda, bajando. Si no llego antes de la media es que me es imposible. Ahora voy a escuchar música.

—Te acompaño.

—Tengo que hacerlo solo. Los cascos son para uno nada más...

—Puedo regalarte los discos que te gusten.

—No; sería imposible justificarlos en casa. Me vigilan demasiado. No lo olvides: soy un chico difícil.

Sonrió por segunda vez. Con una mínima alarma, Diego Casanova sonrió también. Se despidieron hasta el miércoles.

A partir de esa fecha coincidían en la cafetería Bolonia todos los miércoles a las cuatro y cuarto. Diego Casanova reservaba esas tardes tuviera que hacer lo que tuviera: ni ensayos, ni sobremesas, ni viajes, ni visitas. Hablaban; lo pasaban bien. Se entendían. No llegaban al contacto sexual a no ser que el muchacho lo insinuara, en cuyo caso iban al espacioso y diáfano apartamento de Diego.

—Sólo me quieres para esto —le había dicho un miércoles mientras Diego comenzaba a desnudarlo. Diego se prometió, y lo dijo en alta voz, que jamás volvería a suceder.

Visitaban museos y exposiciones, como él había dicho el primer día; comentaban, con artistas plásticos conocidos, ya su obra ya la de los demás; Diego apostillaba lo que veían desde un punto de vista escenográfico, como el buen director teatral que era: la escenografía enfocada desde las necesidades de la dirección, desde las exigencias de la obra, desde la aspiración del propio decorador, desde la opinión de los críticos de pintura... El muchacho no se aburría nunca con él. No le preguntaba qué era ni a qué se dedicaba. Diego, por su parte, ignoró siempre si Raúl lo había reconocido, o si, a lo largo de los primeros miércoles, dedujo su profesión. Un día sacó la conclusión de que el chico pensaba que era catedrático de Bellas Artes; otro, que era grabador o escenógrafo; y hubo tardes en que le pareció que pensaba que era arquitecto, o quizá pintor hiperrealista. Esto último le hizo una gracia extraordinaria.

Por supuesto, él tampoco sabía gran cosa de Raúl. En las primeras citas eso le divertía; era como jugar con alguien muy hermoso a la gallina ciega: se podía tocar, se podía hablar, pero era imposible saber del todo la verdad, tan sólo adivinarla, o mejor, imaginar lo que no podía ser adivinado. Después de esa primera fase de juego, trató de introducir otro, con su mayor experiencia y habilidad, que consistía en sonsacarle, sin que el muchacho lo percibiera, los datos que ocultaba. Fingía ciertos cuestionarios, ciertas pesquisas que le daban la impresión de que avanzaba, ciertos interrogatorios solapados... El chico, en cuanto percibía esa intención, se cerraba en banda. Y ni siquiera confirmaba que su deseo era guardar una zona privada, sino que simplemente cerraba la puerta en silencio...

Cuando pasaron unas cuantas semanas, lo que amaba ya Diego Casanova era al chico entero, con su misterio a cuestas, juntos e inseparables ambos. Ya no deseaba saber más. También él era partidario de la intimidad más rigurosa, y cultivaba el secretismo en su propia vida. Tampoco él se daba a conocer, salvo contadísimas excepciones, en lo más personal. Aquella relación llegó a subyugarlo así como era: tan literaria y tan teatral como era. Y se convenció a sí mismo de que no funcionaría de otro modo.

En la vida de Diego Casanova ya todo se sometía a la tarde del miércoles. Renunció a la oferta de dirigir un Coriolano en Viena. Renunció a dar un cursillo en el Open Stage del Lincoln Center de Nueva York. Renunció a los honores que querían ofrecerle dos o tres universidades en Gran Bretaña y Alemania a través de un nombramiento de Doctor *honoris causa*... Los miércoles eran días sagrados. Como mucho, sólo tenía para viajar los lunes libres; quizá también los viernes. Pero prefería disfrutar de la ilusión de la llegada de los miércoles y de la evocación de lo sucedido en ellos. Y entre la memoria y la añoranza de sus encuentros con Raúl, vivía en plenitud.

Una historia de amor tan feliz, tan exenta de celos —puesto que aceptaba el horario estricto de Raúl en su escuela y en su casa— y tan larga, ya duraba seis meses, no la había disfrutado nunca Diego Casanova. Se extasiaba ante la hermosura de Raúl: su rostro tan puro, su cuerpo perfecto de canon griego; ante las buenas maneras y la delicadeza de trato del muchacho. A veces le proponía tomar una raya de coca: el muchacho la rehusaba; fumar un canuto: el muchacho no fumaba ni tabaco siquiera. Se preguntaba a menudo por qué su familia lo tachaba de raro. Raúl le parecía un dechado, cuyo único inconveniente era el de haber llegado a él demasiado tarde. Trataba de formarlo como lo haría el mejor de los padres; trataba de complacerlo como lo haría el mejor de los amantes. «Por agradecimiento», se decía a sí mismo. Reconocía que Raúl lo había ennoblecido; lo había convertido en un ser generoso de sí y de cuanto poseía, cosa que no era antes; lo había hecho más comprensivo, más tolerante, más bienhumorado, más rebelde contra las injusticias, o sea, lo había hecho más joven. Nunca había previsto ni aceptado que el amor obrara tales milagros.

En la tercera semana de diciembre, Diego Casanova llegó a la cafetería Bolonia con bastante antelación. Le gustaba sentarse en un lugar desde el que viera la puerta para atisbar la llegada de Raúl, deprisa, con su gran carpeta bajo el brazo, un mechón negro sobre la frente despejada, riéndosele los ojos grandes y los gruesos labios a punto de sonreír también. Escuchó, entre los ruidos de la calle de Serrano, que se abría hacia las navidades, un frenazo y un alboroto lejanos. Su ansiedad no se detuvo ni un segundo en ellos. Toda su imaginación, toda su atención se concentraba en la dicha que iba a recibir. No acababa de sorprenderle el cambio que en él se había producido; el hecho de vivir en otro, para otro, en función de otro, le asombraba cada día más y cada día lo consideraba más desusado en él. «Ahora entiendo el *vivo sin vivir en mí*, de Santa Teresa de Jesús», se decía.

Aquel tercer miércoles de diciembre no compareció Raúl. Era la primera cita a la que no asistía. Al principio Diego se preocupó sospechando que estaba enfermo: había por entonces mucha gripe en Madrid. Pero enseguida desechó esa preocupación. Más bien se trataría de una gresca familiar: las vacaciones estaban ya muy próximas; o quizá ya tenía vacaciones y no le fue posible ausentarse de casa... El caso es que Diego se quedó con la tarde en blanco. El itinerario que había proyectado no tenía ya objeto. Fue a una sala de exposiciones dirigida por un grupo de amigos. Allí le preguntaron por Raúl. Los poquísimos íntimos sabían el cariz de la relación y se congratulaban de ella. Diego les informó de que Raúl no había aparecido; pero no era nada importante, suponía.

La semana transcurrió lenta y pesada. Diego preparaba un estreno para enero. De toda la actividad teatral, los ensayos era lo que prefería. En ellos se desplegaba su tiempo de reflexión, de hallazgos, de sorpresas, de moldear a los actores sin que lo notaran demasiado... En los ensayos todo se reducía a su cabeza: desde el tono de una réplica al color de la tapicería del mobiliario o a la caída de la tela de un traje. Iba a estrenar *La dama duende*, y proyectaba realizar algo realmente original, a pesar incluso de los actores, que siempre tendían a la monotonía de lo ya conocido; a pesar del escenógrafo, que perseguía su propio lucimiento; a pesar del productor, que regateaba en el montaje, que nunca es lo más caro y pronto se amortiza. «Lo caro de una puesta en escena no es ella misma, sino la nómina que debe sostenerse día por día.»

El miércoles siguiente tampoco apareció Raúl. Diego Casanova se dispuso a considerar lo que debió considerar desde hacía ocho días: Raúl había roto; Raúl estaba cansado; Raúl había jugado ya demasiado tiempo. Él le llevaba casi cincuenta años... Verdaderamente no podía durar. Habría encontrado un chico joven, o una chica de su edad, o alguien que le hubiese hecho tilín por cualquier causa. Ya había recibido bastante de él... Recordaba la advocación de una hermandad cordobesa o sevillana que hasta entonces nada le había dicho: Nuestra Señora del Mayor Dolor en su Soledad... El mayor dolor en la soledad, se repetía.

Tomó la costumbre de ir todos los miércoles a la cafetería Bolonia. Los camareros le preguntaron los primeros días por su joven amigo. Diego se encogía de hombros y no contestaba. No volvieron a preguntarle más. Allí estaba él por inercia, o por si Raúl cambiaba de parecer, o por si se producía el milagro del retorno. «Pero dos milagros no pueden darse seguidos, y el milagro de la felicidad ya se había dado... El milagro no tiene día siguiente.» No era un dolor agudo el que le desgarraba, ni acaso se sentía desgarrado. Se trataba de un dolor sordo y total. Se trataba de una permanente inquietud. Se trataba de buscar algo que se ha perdido, y que no es recuperable, y que no te deja de veras ocuparte de nada más que de seguir buscando.

Y buscaba Diego Casanova con el único dato que tenía: una escuela de dibujo, de diseño o de interiorismo, una carrera corta, de un par de años quizá; una escuela próxima a Serrano, próxima a aquella altura de Ayala en la que Raúl se montó el primer día en el autobús. Investigó a fondo, entregado a esa investigación de la que dependía todo él. Pasaron las navidades; pasó la nochevieja; pasaron los Reyes... Diego Casanova no se atrevía a fallar ni un miércoles, aunque en apariencia se hubiese resignado a la pérdida. A menudo, por las noches, soñaba con Raúl. El joven se acercaba a la cama sonriendo, alargaba la mano y le tocaba a Diego la mejilla, los dedos, el sexo también, con una expresión llena de gracia y picardía. El mayor dolor es la soledad, se decía al despertarse.

El estreno de *La dama duende* fue un éxito que no le consoló.

En el mes de febrero asistió a una cena que daba un escenógrafo, colaborador reiterado suyo. A la pregunta de uno de los comensales, una joven de unos treinta años, riendo, le contestó que sí, que por fin acababa de terminar el segundo y último curso de la carrera que estaba estudiando.

—¿Qué carrera? —preguntó Diego al escuchar lo de segundo y último.

—Interiorismo y decoración. Es una especie de carrerita corta... Un poco para gente más bien sensible, que no puede o no quiere estudiar otra cosa... Por cierto, me gustaría charlar con usted, bueno, contigo, sobre el proceso que se sigue para crear una escenografía. A mí siempre me ha interesado el teatro.

—Habla mejor con nuestro anfitrión. Es quien más sabe de eso... A mí me gustaría, en cambio, preguntarte dónde has terminado esos estudios; en qué escuela, en qué academia, no sé...

—En una que hay por Hermosilla, al lado de Serrano. En un piso. Es modesta, pero con un buen profesorado.

Diego dejó los cubiertos sobre la mesa. Respiró hondamente antes de hablar.

—Yo conocí a un muchacho que estudió allí mismo. Se llama Raúl, creo... Sí, Raúl... Lo vi durante un tiempo, luego dejé de verlo.

—¿Raúl de Contreras?

—Puede.

—¿Un chico muy guapo hijo de un embajador suramericano? Debe de ser ése, ¿no? Sus padres, como iban a trasladarlos, querían que estudiase una carrera corta, y lo mandaron allí.

—Supongo que es ése. Tenía una bonita voz.

—Sí; y un ligero acento italiano. Su madre era italiana... Bonita voz, bonitos ojos, bonita boca, bonito todo.

—No lo he vuelto a ver —dijo Diego en voz muy baja.

—Claro, como que lo mató un autobús no hace muchos meses. Al salir de una clase, un miércoles, a las cuatro. Yo intenté retenerlo, pero fue imposible. Tengo una cita, dijo... Quiso cruzar con prisa, sin mirar, y lo atropelló el autobús 51... Duró sólo dos horas. Era como nuestra mascota. Un chiquillo precioso, tan alegre y tan expresivo. Tuvimos un disgusto...

Diego Casanova había dejado ya de oírla.

UNA CANCIÓN DE CUNA

En aquella capital de provincia del Norte había dos familias poderosas. No se llevaban tan mal como los Capuletos y los Montescos, pero tenían sus rifirrafes: en el casino, en las procesiones o solemnidades de la iglesia catedral, en las actividades del ateneo, en los concursos hípicos, en los juegos o batallas florales y en la beneficencia.

De lo que voy a contar hará unos cuarenta años. A mí me lo contó alguien que entonces era un muchacho ejemplar, quiero decir formal y muy estudioso. Ponía un énfasis muy especial en su relato. Con el tiempo, no mucho, llegó a ser ministro de Educación y Ciencia. Allá él.

La ciudad era histórica y levítica. Sus habitantes se sentían encantados con una cierta moral no diré ñoña, pero sí alcanforada. La gente era oliscona y, para demostrar que no había nada que ocultar, se vivía cara al público, en una especie de incómoda galería. Si uno, por ejemplo, era huésped de una de las dos familias, la otra o se hacía la sueca para demostrar que el invitado no merecía la pena o, con el consentimiento de la familia anfitriona, le ofrecía un fiestón que dejaba en mantillas todas las atenciones de los adversarios, por muy cumplidas que fuesen. Es decir, cada una de las dos familias se atribuía, por entero o casi, la representación de toda la ciudad.

Y, de buenas a primeras sucedió algo inesperado. Un hijo de los Sayago se enamoró de una hija de los Cazorla.

La ciudad se estremeció. Sólo de pensar que un miembro de la comunidad pudiera llevar un día los dos apellidos se le hizo la boca agua. Los Cazorla, sin embargo, fruncieron un poco el ceño considerando que su apellido sería sólo el segundo; pero el muchacho Sayago, Martín, era tan buen estudiante, tan recto a pesar de su juventud, tan querido por todos y tan popular, que no vacilaron en aplaudir el noviazgo con la chica Cazorla, Rosalía. Ésta acababa de llegar de un largo internado que la había mantenido escondida a los ojos de todos, porque, cuando no estaba en el colegio, estaba en la vieja y solemne casa solariega. El chico había comenzado ya, con éxito, la carrera de Ingeniero de Caminos, Canales y Puertos, suma aspiración de cualquier joven de su edad. Y la primera vez que se les vio juntos y solos, en misa de doce en la catedral, los asistentes, encantados y sorprendidos, no pudieron de ninguna manera concentrarse.

Martín le llevaba a Rosalía tres años. La vida se había esforzado, con éxito también, en hacerlos el uno para el otro. Los dos eran esbeltos, los dos guapos, y los dos serios aunque no con exceso. Rosalía soltaba, de vez en cuando, una risa cautivadora y daba la impresión de que se burlaba con cariño de la severidad de Martín, ya en vísperas de ser todo un señor ingeniero. Él era rubio, y ella, morena; él, no obstante, tenía los ojos muy oscuros, y ella de un verde claro. Resultaba difícil imaginar una pareja tan atractiva, e imposible encontrar otra que hubiera reunido voluntades tan diversas, promesas tan grandes, tanto abolengo y tantos bienes materiales. En resumen, la ciudad entera se miraba en ese par de jóvenes de veintiuno y diecinueve años.

Tres faltaban para que Martín terminase sus estudios y para que Rosalía diese fin a una esmerada formación: aparte de las labores caseras y primorosas, completaba cursos de pedagogía, de puericultura y, sobre todo, de idiomas. Estos últimos la obligaban a pasar meses fuera de la ciudad, ya en Montpellier ya en Irlanda. Los muchachos se escribían cartas apasionadas mientras estaban separados. En ellas proyectaban una vida idílica. Quizá sólo con estar juntos y amarse la hubieran conseguido; pero además gozaban de muchas otras posibilidades: las que dan una buena raza, una buena educación, el sentimiento de superioridad, el de saberse envidiados y, ¿por qué no?, el dinero. Los dos eran hijos únicos y en los dos se miraban sus familias. Baste repetir, como suma de cualquier ponderación para los novios, que sus padres y sus abuelos habían dado complacidos el consentimiento a su amor. Ambas partes podían, por separado, haber aspirado a otros espléndidos enlaces; los rechazaron en vista del que la libre voluntad de sus vástagos les había propuesto.

Si se miran los años día por día, se hacen interminables; pero si se miran una vez transcurridos, de uno en uno, a pesar de la impaciencia que el amor despierta y espolea, pasan en el fondo volando. En este caso todo salió a pedir de boca y marchó por sus pasos contados y cantados. Cuanto grato era de esperar, sucedió. Cuanto hubiese sido terrible o peligroso, se abstuvo. Era como si Rosalía y Martín contaran, así lo hubiera dicho el Pemán de entonces, con el consentimiento de los ángeles, la complicidad de las rosas y el aplauso de los ruiseñores. Martín había cumplido ya los veinticuatro años y Rosalía los veintiuno. No deseaban esperar ni un día más. Ardían en deseos de ser uno solo, dos en una sola carne, como promete la Iglesia que es tan espectacular y tan optimista en cuanto no le atañe.

En el palacio de los Cazorla se exhibió el abundante y soberbio ajuar de Rosalía y, en otra planta, el cúmulo de regalos, procedentes de todas las clases sociales, que los prometidos habían recibido. A la cabeza de ellos, los que se entregaron recíprocamente en la petición de mano, con los que las dos familias pretendieron ser deslumbrantes: una botonadura de brillantes para la etiqueta fue el regalo de Rosalía a Martín, y un aderezo de rubíes *sang de pigeon*, con collar, pendientes, sortija y pulsera, el de los Sayago para Rosalía. Los valiosísimos presentes procedían de las viejas arcas familiares, tan por encima de los relojitos y las sortijitas habituales. La boda se prometía soberbia.

Así fue. Ningún habitante de la ciudad se la habría perdido ni por ver en cambio la de la reina de Inglaterra o la del príncipe de Gales. El ayuntamiento se vio obligado a trazar un itinerario desde los palacios de Sayago y Cazorla hasta la catedral, y desde la catedral hasta una finca próxima de los Sayago, a la que los novios llegarían, ya juntos, en una limusina blanca, obsequio de una sociedad de banca perteneciente a la familia de la novia. En esa finca se serviría, no muy tarde, una cena. Y en ella descansarían los novios, si podían, en su noche de bodas.

El día anterior al de la ceremonia, que oficiaría el arzobispo, las dos familias enviaron a las clarisas cientos de huevos para asegurarse el buen tiempo: muy probable, por otra parte, porque la celebración se realizaba a finales de julio.

Todo, desde lo municipal a lo arzobispal, fue perfecto. Y en lo impredecible, sucedió lo mismo. El día amaneció transparente y tibio. El suave calor de la mañana se enriqueció con una brisa en la atardecida. La ciudad parecía llena de calas, de hortensias blancas y de muguetes, flores de la felicidad. El altar mayor de la catedral era todo un ramo de lilios, margaritas y gladiolos de impoluta blancura. Cuanto estaba a la vista aludía a virginidad y a compromiso. Como si no sólo la ciudad, sino la naturaleza entera, se ofreciese con alegría para festejar la unión de dos jóvenes de quienes se sentía ufana. La música de Bach que se desgranó desde el órgano fue solemne y jubilosa. Y, cosa extraña, todos los asistentes desearon que la ceremonia hubiese durado un poco más. Pero, después de una salve, cantada por el coro de las Hijas de María, que sirvió de tránsito de vuelta desde el cielo a la tierra, los novios, de espaldas al altar, entraron en la bellísima sacristía para firmar las actas del juzgado. Al final, así como la novia y su padre fueron recibidos por Mendelssohn, ella y su marido salieron de la catedral a los acordes de la marcha de la coronación de *El profeta*, de Meyerbeer.

Los aperitivos y la cena se sirvieron con inigualable buen gusto en mesas no demasiado largas, revestidas de blanco lo mismo que las sillas, debajo de los copudos castaños, sobre el césped que, al anochecer, comenzó a enviar sus jugosos recados bienolientes. En competencia con el olor de los centros de rosas nevadas, entre las cuberterías de plata con el escudo de los Sayago, y la cristalería y la vajilla sacadas de las hondas despensas de la historia. Habían venido invitados de toda España, y en toda España es difícil que se sirviese, por extraordinaria que fuera la ocasión, una cena como aquélla.

Las dos orquestas, una frente a otra en la inmensa pradera, comenzaron, después de una pausa en que los novios cortaron la tarta nupcial, a disponerse para iniciar el baile. Éste se abrió con un vals ritual. Las primeras vueltas, sola la pareja de recién casados, emocionaron por su armonía y su ligereza a todo el mundo. Rosalía se había desprendido del velo interminable y de la larga y ancha cola, que cubrieron la escalinata del altar mayor, y aparecía sencilla y perfecta lo mismo que una flor. Giraba enlazada por Martín, con un chaqué gris no demasiado oscuro, que atraía las miradas, rivalizando con las que se fijaban en Rosalía. Alguien que asistió a aquella fiesta confirmó que todos los asistentes, de la familia o no, emocionados ante el espectáculo radiante de los dos muchachos, tan mimados por la fortuna y por la sangre y por la naturaleza, tenían los ojos llenos de lágrimas, y no se atrevían a bailar a la vez que ellos. Por el contrario, sin ponerse de acuerdo, rompieron a aplaudir. Es improbable que ningún matrimonio comience con tan buenos augurios.

La excitación y el deseo acicateaban a los novios. No veían el momento de retirarse. Sus padres, sonriendo, les otorgaron en silencio su aprobación. Se levantaron ambos cogidos de la mano. Aquello era como un sueño colectivo feliz: algo a lo que la humanidad aspira siempre y consigue en muy pocas ocasiones. Una ovación, a la que correspondieron con gesto de gratitud y afecto, los envolvió hasta el gran zaguán de la entrada. Acababan de sonar las doce. Las habitaciones habilitadas para ellos daban a la espalda de la casa, a los esmerados jardines traseros y a la piscina. Al fondo, la gran sierra, de color índigo, bajo los dedos plateados de una luna creciente. No hacía falta dar las luces para contemplar el jardín, enredado en sus azules fríos y en la sombra de los magnolios en flor. Apenas se escuchaba, con el balcón abierto, la música de la fiesta. Allí, en el balcón, se dieron un larguísimo beso los recién casados, mientras sus manos tomaban posesión urgente y ávida de sus cuerpos. Su respiración era tan agitada que no les permitía ni repetir sus nombres. Tomaban lo que se les había concedido hasta la muerte y más allá de la muerte.

En la penumbra, la mano de Rosalía rozó la erección de Martín, y los labios de éste, los pezones de ella que salían en su busca. Por encima del hombro de la novia vio el novio la botella de champán en el cubo con hielos.

—Entra tú primero al baño —dijo Martín casi sin aliento.

Rosalía le obedeció y no cerró la puerta. Enseguida se oyó el sonido refrescante de la ducha. Cuando salió, con un recto camisón que le daba un aspecto de cariátide, él la esperaba en ropa interior, con muestras muy evidentes de su deseo. Sus cuerpos se rozaron, temerosos de que todo empezara a concluir demasiado pronto.

—Vuelvo ahora mismo —aseguró él, y se volvió a escuchar el ruido del agua. Al regresar, Martín traía un pijama muy claro. Llevó a Rosalía hacia la cama y la tendió y se tendió junto a ella. Le desprendió la ropa de dormir, que allí estorbaba. Ella le desabrochó el único botón que él había prendido, y amagó con librarle de los pantalones, cosa que él hizo con su ayuda. Allí estaban, por fin, desnudos y fulgurantes, como dos animales bien cuidados, mudos y activos, bebiéndose las bocas uno a otro, los pechos, los ombligos, los muslos, lo sexos, las rodillas, ansiosos y satisfechos a la vez, convencidos ambos cuerpos de que su elección había sido acertada.

Después de juguetear con fruición y vehemencia, Martín, a punto de derramarse, penetró en Rosalía. El roce de su sexo recibió el de él con agradecimiento y con un fácil gozo. Tan fácil, que Martín, dispuesto a percibir y a superar un obstáculo, se retrajo. Separó de golpe su cara de la de ella y la miró de una manera que inconfundiblemente exigía una explicación. Martín sintió un temblor.

—Debí decírtelo antes, ¿no?

Pasaron unos segundos que no acababan nunca.

—Antes... Antes... ¿Cuándo? —Martín jadeaba. Rosalía lo miró asustada—. ¿Cuándo? —gritó Martín. Y se lanzó, sin preguntarse nada más, encima de ella como estaba, aunque se había deslizado levemente sobre el lado izquierdo como si le invadiese una cierta repulsión. Se lanzó igual que alguien que está en el agua y sale y vuelve a entrar—... ¿Cuándo? —repitió y tendió sus manos hacia el cuello de Rosalía, el mismo cuello que antes había besado y acariciado, y lo apretó con un odio que le estaba quemando el cuerpo entero, el mismo que hacía unos segundos ardió de otra manera, y apretó acechando tan de cerca los ojos horrorizados de Rosalía, que era su esposa, pero que había sido antes de otro, y se supo engañado, engañado vilmente, igual que el que compra un animal con un vicio redhibitorio, igual que el que es timado en plena buena fe, y apretó el cuello sin piedad, como si pudiera borrarlo así todo, cegándose a lo malo que estaba sucediendo, que acababa de suceder pero había sucedido hacía ya tiempo, ¿cuándo?, mientras él amaba a ojos ciegas, dedicado sólo a su amor pero engatusado, y apretó aún más, ya inútilmente, sabiendo y sin saber hasta qué punto llegaba el maligno dolo de aquella muchacha, de aquella niña, de toda la ciudad que acaso lo sabía, pero que él ignoraba, y apretó, y apretó, y apretó, porque en aquel momento no podía hacer otra cosa, ni defenderse de otra forma de lo que atentaba contra toda su vida, la que había vivido, la que vivía en ese minuto y la que dejaría de vivir de ahora en adelante, la vida que se prometía tan feliz y riente y llena de luces y de compañía, la compañía que había deseado con tanto ardor y echado tanto de menos, y apretaba, apretó más aún, la compañía prometida hasta la muerte y aun después, y era todo una farsa, una simulación en contra de él, que iba con la inocencia y la esperanza a entregarse por primera vez del todo a aquel cuerpo, al que apretaba ahora en el cuello, del que había desprendido el collar de rubíes hacía nada, donde él debería estar colgado, llenándolo de dulces mordiscos, besándolo, marcándolo, porque nunca había sido suyo, sino una simulación, una encerrona, una emboscada minuciosamente urdida para arrebatarle lo que nunca había sido suyo, y por eso apretó y apretó y apretó... esa superchería, ese fraude, ese ardid tramado para saquear su corazón, que él había dado previamente del todo sin saber, como un niño al que se embauca sin que conozca el porqué, ni dónde comienza la burla, ni hasta dónde fue verdad lo que se le decía, y apretó y apretó y apretaba sin poder hacer nada más... hasta que, exhausto, se retiró del cuerpo de Rosalía, y se dio la vuelta, mirando los adornos de la cornisa de aquella habitación que debería haber sido el cielo, sencilla y auténticamente el cielo con el que tanto había soñado, en el que había pensado en sus solitarias noches de estudiante, al que había entrado hacía poco sin darse cuenta de que entraba en el infierno... y dio dos vueltas y cayó de la cama al suelo, y se dejó estar allí, sobre la alfombra, con los ojos secos, sin mirar, mirando los dibujos de las escocias y el plafón en el techo, sobre la lámpara, y la luna que entraba por el balcón, y el sonido apagado de la música de su boda, de su propia boda con alguien que le había mentido, que se había entregado a otro, y sus noches a solas, sus inevitables masturbaciones imaginando el cuerpo de ella, que ahora estaba allí desnudo, más arriba, en la cama que no era suya ni de nadie, y odiaba todo, su pasado baldío, su presente y el escarmentado futuro, desconfiado ya para siempre, y sus noches oscuras pero ávidas antes de ésta, y sus largas cartas apasionadas, y el odio de ahora, y el dolor, y el odio de ahora, más odio que dolor. Se cubrió los ojos con las manos, no para llorar sino porque le escocían de no llorar... y ya no supo si pensaba o no, ni qué hacer ni dónde ir, no pensó en su madre, en nadie, sólo en el daño y en la mentira, en la cruel mentira y el desencanto, en un cuerpo desnudo que no fue suyo nunca, al que no quería volver a ver porque lo había amado tanto... y ya no supo más.

La hora de almorzar algo pasada, golpeó un criado la puerta sin hacer ruido apenas. Dos horas después, volvió a golpear por orden de la señora. A las seis de la tarde, la madre de Martín se presentó en la finca. Dio en la puerta con la palma de la mano extendida y una alarma en los ojos. Giró el pomo en vano. Ordenó al criado que empujara con el hombro. Se abrió por fin la alcoba. Entró la señora y entornó la puerta detrás de ella. Rosalía, con el rostro amoratado, muy abiertos los ojos y desnuda, yacía muerta encima de la cama. Su hijo Martín, sobre la alfombra, con la mirada perdida, inmóvil, ajeno a ella y a todo, canturreaba una canción de cuna.

UNA FAMILIA MUY BIEN AVENIDA

Conocí a Crisóstomo —boca de oro en griego: así lo llamaremos por causas más que justificadas— durante una estancia en Colombia. Presidía yo un jurado de cine y, cuando concluyó, quise revisitar determinadas zonas del país por las que había sido fascinado o en las que fui inolvidablemente feliz. Quebranté con ello una de mis reglas más acendradas: la de no regresar a ninguna ciudad en la que me hayan estrechado los brazos calurosos de la dicha. Concluía mi periplo en Bogotá. Allí me ofreció una fiesta un gran pintor, dueño de una inmensa, misteriosa y acogedora casa. En el mayor de sus salones, dentro de una vitrina de suelo a techo, guardaba una colección de pollas de diversas culturas precolombinas. Todas, de barro cocido y con dibujos geométricos. Sin embargo, en los dos estantes inferiores, las pollas que se exhibían eran de colores muy brillantes, y tenían la particularidad de ser reproducciones de las pertenecientes a individuos de la tierra, cuyo nombre o alias estaba escrito en las bases que las sustentaban.

El embajador de España me presentó a Crisóstomo Carrión. No olvidaré la cortesía con que me saludó, ni la sonrisa de complicidad que mostraba ante la enorme vitrina de la colección, que le pareció no sólo original sino impresionante y significativa. Qué lejos estaba yo de imaginar hasta qué punto era digna de crédito y corroborada su opinión. Ante tanto esplendor, a mí se me ocurrió comentarle a Crisóstomo el anuncio recortado de un periódico que me había regalado Bioy Casares en Buenos Aires. Su texto parece de ficción, pero es real y dice: «La señora de Pérez y sus hijas / comunican al público y al clero / que han abierto un taller de chupar pijas / en la calle Santiago del Estero.» Nunca se supo quién era el señor Pérez.

Crisóstomo era entonces un joven alto, con una cabeza llamativamente pequeña y de pelo claro, y unos ojos de un azul desvaído casi gris. Era doctor en Químicas, y su tesis se había basado en un trabajo muy innovador sobre sustancias venenosas. En aquel momento ocupaba una cátedra en una universidad del sur de España. Según me dijo, había nacido en Málaga, y sus estudios, desde el primer momento, fueron modélicos. Su bachillerato y su licenciatura consistieron en un cúmulo de matrículas de honor. Su doctorado lo consiguió *cum laude*, y su oposición a la cátedra se proponía, en su entorno, como modelo de brillantez y dotación intelectual.

Ese día me confió una afición suya muy diferente a lo que era su profesión: la de la música, concretamente la música de órganos y la restauración de los mismos, a la que dedicaba la mayoría de su tiempo libre. Precisamente estaba en Colombia reclamado por la puesta en uso de uno del siglo XVIII, bastante deteriorado, que se había descubierto por casualidad en una casa particular de Girardot, en Tierra Caliente. Del embajador de España que, después de presentarnos se había retirado, afirmó que tenía voz de nasardo y, ante mi cara de ignorancia, me aclaró que el nasardo es uno de los registros del órgano, llamado así porque imita la voz de un hombre gangoso o porque produce un sonido nasal.

Debo reconocer que Crisóstomo llamó mi atención como un hombre, a la manera de los renacentistas, en el que las ciencias y su posesión no estorbaban actividades ni conocimientos artísticos. Supe de él que era soltero, ingenioso, capaz de un gran sentido del humor, y que suscitaba, en el ambiente en que se desenvolvía, una ilimitada admiración. Quedamos en vernos ya en España; pero, como suele suceder, no fue así en mucho tiempo. Supongo que por causas idénticas: a nuestro regreso, los dos nos hallábamos demasiado ocupados y con trabajos pendientes que reclamaban con urgencia nuestro interés.

En una reunión lúdica y sabatina, relataba yo la insólita y abundantísima colección del pintor colombiano, y mencioné, de pasada, el nombre de Crisóstomo. Un catedrático de arte contemporáneo, paisano suyo, manifestó conocerlo a fondo. Me adelantó que pertenecía a una familia corta pero interesante. Su madre había muerto cuando él acababa de cumplir cinco años. El padre, alto funcionario de los sindicatos de la época, era en la actualidad un hombre lleno de curiosidades, de una amplia cultura, afectuoso aunque muy poco dulce, quizá por sus ascendientes de Castilla la Vieja. Ahora vivía con Crisóstomo en Granada, en un piso comprado por éste, a cuyo pago contribuyó el padre vendiendo el suyo de Málaga: un piso de una pequeña urbanización que, en la época del dictador, se construyó para empleados sindicales.

—Claro —añadió el catedrático llamado Urbano Íñiguez—, que no siempre fue así.

—¿Qué es lo que no fue así siempre?

—El carácter de las relaciones paterno-filiales. En todo caso, debo añadir que Crisóstomo tiene un hermano unos años mayor que él, seis quizá, abogado de renombre en la capital de España, con un espléndido bufete, casado con una mujer rubia, inglesa, esbelta e impresionantemente bien formada. Son padres de tres niños que conozco, educadísimos y deliciosos... Es notable cómo la vida puede sorprendernos, y qué lejos están sus simples espectadores de conocer la verdadera realidad.

—¿A qué te refieres cuando dices eso?

El catedrático frunció la boca en un gesto muy expresivo, subrayado con otro de la mano.

—Un día te aclararé el enigma.

Ese día se hizo esperar no menos de un par de años. Acaeció en La Marina de Elche, donde coincidimos, de un modo fortuito y agradable. Después de una cena, cuando logramos acostar a nuestros comensales, nos quedamos Íñiguez y yo solos, con deseos de hablar, y oyendo, ya sin verlo, el moderado mar, bajo un cielo al que la luna nueva permitía exhibir buena parte de sus joyas.

—¿Recuerdas que hace tiempo te hablé de Crisóstomo Carrión?

—Perfectamente. Es un hombre que me cayó muy bien y sobre el que tú diste a entender algo que desconozco, pero que me gustaría conocer.

—Pues dispónte a ello.

Pedimos que renovaran con liberalidad nuestras copas para que nadie nos interrumpiera. Nos trasladamos a una zona de máxima sombra en la terraza del chiringuito (miento, era un auténtico restaurante), y yo me transformé en puros oídos.

A los siete años, una noche en que Crisóstomo cumplía con toda aplicación sus deberes del colegio, y preparaba las clases del siguiente día con la responsable independencia de un niño que tiene que ordenarse a sí mismo por la sencilla razón de que no tiene madre y ve en su padre cierta afable lejanía, escuchó tras la puerta de su dormitorio, en una habitación cercana, unos ruidos extraños. Su hermano Roberto estaba estudiando en su propia alcoba. Al morir la madre, el piso, que no era pequeño, les proporcionó a los tres componentes de la familia una más que suficiente autonomía. Como el ruido, cuya procedencia y naturaleza Crisóstomo ignoraba, persistía, el niño se levantó, avanzó por el pasillo y se detuvo ante la puerta entreabierta del dormitorio paterno. Desde allí presenció cómo Roberto, de rodillas, le hacía algo a su padre, al que descubrió sentado en la cama, con las piernas abiertas y en pijama. Crisóstomo recibió una impresión que no podría calificarse de desagradable. Provocó, ante todo, una irresistible curiosidad. No obstante, regresó a su habitación y a sus deberes.

Dos días después, solicitó a su hermano Roberto que estudiara con él, por la noche, en su alcoba —nunca hasta demasiado tarde, porque el régimen y el horario de la casa eran muy estrictos—, para que le aclarase ciertas materias que, a pesar de ser elementales, Crisóstomo no tenía muy claras. Roberto se echó a reír y contestó que sí, «si es que yo las sé, que lo dudo». El hermano pequeño iba, en efecto, muy adelantado. La cuestión que planteaba se refería a quebrados. Roberto estaba, con gran lujo de ejemplos, satisfaciendo las dudas de su hermano: dudas que eran fingidas, supongo. Crisóstomo puso su pequeña mano sobre la del mayor, y le interrumpió.

—Hace dos noches os vi juntos a papá y a ti, pero no sé lo que hacíais. Me gustaría que me lo explicases, porque aquello me pareció más lioso que todos los quebrados juntos.

Roberto enmudeció. Pensó, en primer lugar, salir por los cerros de Úbeda; luego, en hacer un gesto y replicar que los niños, hasta llegar cierta edad, no deben saber ciertas cosas... Pero no estaba seguro de qué era lo que había visto Crisóstomo, y en cambio sí lo estaba de su precocidad. Se propuso ser lo más sincero posible, y tratar de explicarle lo que él no se explicaba del todo todavía. Lo intentó.

—Mira, Crisóstomo, papá, aunque sea papá, es un señor que nos parece mayor y que se ha quedado viudo. Los señores mayores, y más los que no lo son tanto, tienen ciertas necesidades. Primero, las de todo el mundo, incluidos nosotros: hacer pipí, comer, dormir, hacer popó, etcétera. Una de ellas es librarse de determinados humores... No me refiero al buen humor ni al malo, sino a una materia algo más espesa que el pis, que sale por el mismo sitio que él, y que, si no puedes librarte de ella, te produce ahogos y congestiones malignas. Por lo común es la mujer de uno la que lo libra de tales humores. Pero tú ya sabes que mamá no está con nosotros...

—A mí me gustaría ayudar a papá como lo ayudas tú.

—Por el momento no hace falta, no te preocupes.

—¿Y si tú un día has salido?

—Hombre, eso no es una cosa de aquí te pillo aquí te mato. Papá podrá esperar un poco.

—¿Y tú cómo te enteraste de que papá te necesitaba?

—Porque un día trataba yo de librarme solo de mis propios humores. Y, lo mismo que tú la otra noche, entró papá en mi alcoba, me detuvo la mano, me miró, me llevó mi mano a su bragueta, me ayudó a que se la desabrochara con mucha paciencia, me sonrió y comenzó así el rito de mi iniciación.

—¿Eso qué es? Has venido a aclararme una cosa, y la estás complicando más. Yo también quiero entrar en ese rito, o como se llame.

—Te enterarás de todo cuando te llegue la hora. Te aseguro que esta noche, por mucho que lo intentase aclarar, no lo conseguiría. Te enredarías más.

Crisóstomo, sin encomendarse a Dios ni al diablo, o quizá a éste sí, puso su mano sobre la porteñuela del pijama de Roberto. Roberto, con delicadeza, le tomó la mano y la colocó sobre la mesa. A continuación siguió explicándole los quebrados. Pero la mente de Crisóstomo, ya encendida, no estaba para ellos.

No había transcurrido del todo una semana cuando una tarde en que Crisóstomo vio entrar a su padre en el cuarto de baño sin cerrar del todo la puerta, se acercó muy despacio, la abrió un poco más, se tumbó boca arriba en el suelo, pasó a rastras entre las piernas abiertas de su padre que orinaba, y se quedó contemplando con fijeza aquella polla grande y el glorioso arco amarillo de la orina. El padre lo miró desde arriba. Tuvo la tentación de dejar de orinar y de cubrirse el miembro; pero temía mearse sobre la cara del chiquillo. Continuó, por tanto, haciendo lo que hacía y sonrió un poquito más que de costumbre. Al concluir, sin una palabra, se lavó las manos y salió del aseo. De ahí en adelante, si iba a orinar y estaba en la casa Crisóstomo, no echaba el pestillo. Entre los dos se creó un lazo secreto y mudo. Crisóstomo comprendió que él acabaría por entrar en el rito de su padre y de su hermano.

No tardó en hacerlo. La cuarta vez que entró boca arriba arrastrándose vio que la gruesa polla del padre se ponía aún mayor, se endurecía y se tensaba. El padre terminó con dificultad, se limpió con un trozo de papel higiénico, bajó la tapa del retrete, vació la cisterna, levantó del suelo a Crisóstomo, lo sentó en la taza y le metió con dulzura su polla en la boca. De una manera infusa, Crisóstomo supo lo que de él se esperaba.

Pasó el tiempo. Pasaron meses y hasta años. El señor Carrión y sus dos hijos estaban más unidos que cualquier otra familia que conocieran ellos del colegio. Por las mañanas iba a su casa una mujer que se ocupaba de la casa y les dejaba preparados el almuerzo y la cena. Ellos los calentaban y se los comían con la misma aplicación que el padre cumplía sus funciones en la oficina sindical, y los hijos sus quehaceres en las clases. Eran dueños de una especie de bienestar interior, de una silenciosa alegría compartida, de un patrimonio que los elevaba sobre los demás y que los demás desconocían: a eso llevaba su complicidad y su secreto. Entre ellos existía un verdadero y cumplido amor. Sin complejo alguno, sin llantos, sin remordimientos, sin celos ni reproches ocultos.

El padre llegó a preferir, en su oficio de desahogador, al pequeño Crisóstomo. Disfrutaba de una habilidad natural, de una boca aterciopelada y poseedora de un instinto del ritmo de los que Roberto carecía. Una noche, en ausencia del pequeño —porque entre los hermanos se abstenían de cualquier comentario al respecto—, el padre, con orgullo y ternura, se lo había comentado así a Roberto. Roberto no se ofendió en absoluto, pero no dejó de sentir una punta de celos. Después de decírselo, el contacto de las manos del padre se hizo especialmente intenso y cariñoso: con la mano izquierda siempre les acariciaba a sus hijos la cabeza, y con la derecha les acariciaba el sexo. Por descontado, Crisóstomo, para que esto último sucediera, hubo de esperar casi cuatro años.

Otro anochecer, Crisóstomo, que conocía por supuesto de vista la polla de Roberto, le preguntó si necesitaba desahogarse, y añadió que, si en aquellos precisos momentos no lo necesitaba, podría recurrir a él cuando quisiera. Roberto le dio las gracias y, con una sonrisa comprensiva, negó con la cabeza. Eso convenció del todo a Crisóstomo de lo que ya suponía: entre ellos, los hermanos, no debían producirse los mismos contactos que entre cada uno y su padre.

Lo cierto es que habitaban en paz en aquella casa. Sin la menor estridencia, sino con un sosiego inalterable. Y asimismo en un ambiente relajado y un poco hermético, lo que añadía un mayor atractivo. Los muchachos no solían ni querían llevar compañeros para que copiaran sus deberes ni su solución de fórmulas y problemas (cosa a la que todos se apuntaban porque ellos eran los primeros de sus cursos). Muy al contrario, estaban deseando durante el día volver a casa y encontrarse, en silencio pero con la certeza de saber lo que sabían, los tres varones juntos. La asistenta, por su parte, estaba encantada de servir y ayudar a un señor tan respetuoso con la memoria de la muerta, que sólo vivía para sus hijos, y de estar con unos niños que no daban guerra ninguna: ordenados, respetuosos, obedientes y listísimos. Ante los vecinos, la opinión de Mari Paz era la mejor propaganda de la familia.

El señor Carrión, que en los tiempos iniciales había actuado, o dejado actuar, sentándose en la cama con su hijo mayor agachado, en cuclillas, delante, cambió su costumbre con el más pequeño. Levantaba en el aire a Crisóstomo y lo sentaba en un aparador bajo del comedor, con un espejo de vastas proporciones en el respaldo. De esta manera, el niño se encontraba más cómodo, y el padre se situaba despatarrado ante él, con la polla a la altura de su boca, viendo repetida la escena, que lo excitaba hasta el límite de lo resistible, en el espejo de atrás.

Roberto, cuando cumplió diecisiete años, se echó una novia de su edad, alumna de un colegio de monjas situado frente por frente al suyo. Fue el padre el que se lo comunicó a Crisóstomo.

—Tu hermano tiene novia. Me la ha presentado, y es muy guapa y muy buena. Mañana va a venir a comer con nosotros. Desde ahora, tú y yo nos vamos a quedar un poquito más solos. Pero nos tendremos el uno al otro todavía, ¿no te parece bien?

Roberto temió que su padre y su hermano reaccionaran contra la intrusión que suponía la entrada de Merche en escena. No ocurrió así. Justamente al revés: la introdujeron con presteza y amabilidad en su hermetismo, si bien el gran secreto no fue, por descontado, difundido. Al contrario, Roberto terminó por olvidarlo y se entregó con alma y vida a sus estudios —empezó aquel mismo año su carrera— y a su amor por Merche. Luego ese primer amor se evaporó y él acabó casándose con una inglesita, con la que practicaba el idioma y alguna que otra cosa.

Las relaciones del señor Carrión y Crisóstomo prosiguieron de la forma más normal y sabrosa. Pero Crisóstomo cumplió, casi sin darse cuenta, catorce años. Fue el día exacto de su aniversario cuando invitó a merendar al más íntimo de los compañeros del colegio. El padre no llegaba a casa hasta las ocho. Roberto había salido con Merche. Y Crisóstomo sintió la tentación de levantar una punta del velo de la iniciación, y de lucirse ante su amigo. Lo estaba haciendo con la maestría acostumbrada, y al compañero le parecía que se iba a diluir en la boca de aquel niño tan despierto en todos los sentidos, cuando se oyó la llave de la puerta. Los adolescentes no estaban para ruidos. Entró el padre en la habitación, separó a los dos enganchados, echó al compañero a la calle, y le lió una escena cumbre a Crisóstomo. La abrió con la siguiente pregunta:

—Pero, ¿es que tú eres maricón o qué?

Crisóstomo, que ya tenía algunas ideas sobre la vida en general y sobre la propia en particular, pudo decir que sí pero no dijo nada. Ignoraba si aquella escena era cuestión de celos, o sencillamente una cuestión moral. Lo que sí tuvo claro, porque saltaba a la vista, es que la relación con el padre había terminado, y había terminado el sentarse en el aparador.

Unos días después, el padre, sin hablarle apenas, lo llevó del brazo hasta la iglesia del Cristo de la Sangre para que se arrepintiese ante él. Olvidaba aclarar que el señor Carrión y sus hijos componían una familia muy religiosa y cumplidora de las normas de la Iglesia. Ni un domingo se quedaban sin misa justamente en aquella iglesia, ni una noche sin el rosario por la salvación del alma de su madre, de la que los tres estaban convencidos. «Pero por si acaso», decía el padre: «Nunca se está seguro. Dios es muy exigente.»

Cuando el padre, por averiguaciones cuyos términos nunca supo Crisóstomo, se convenció de que los escarceos de su hijo con el compañerito de marras no habían concluido, dejó de dirigirle la palabra. Sólo volvieron a hablarse, a pesar de la constante intervención de Roberto, cuando Crisóstomo, ya doctor, quiso comprar en Granada un magnífico piso, en el corazón del Albayzín, y su padre le propuso colaborar en el pago, no sólo para tener allí un rinconcito lo mayor y más cuidado posible, sino porque nunca había dejado de querer y admirar a Crisóstomo. Y porque, además, el buen piso de Málaga se le venía encima. Y es allí, en Granada, donde viven, muy bien avenidos, padre e hijo en la actualidad... Lo cierto es que el padre puede faltar cualquier día porque está muy mayor. Roberto los visita con frecuencia. Comprende, sin comentarios, que todo, todo, está perdonado para todos, si es que algún día hubo algo que perdonar. Y sus tres hijos, tan rubios como el lino, son la alegría de la familia.

Así concluía la historia que me contó Urbano Íñiguez.

No mucho después me volví a tropezar por casualidad con Crisóstomo en una pequeña iglesia de la provincia de Palencia, donde restauraba un viejo órgano casi deshecho. Hacía las reformas y la reposición de piezas gratis, por el gusto de trabajar en lo que le entusiasmaba, y por generosidad hacia sus semejantes. Continuaba ostentando su buena pinta, su cabeza menuda y sus ojos muy claros.

—¿Y tu padre? —le pregunté de forma que pudo resultar impertinente y que me hizo morderme los labios.

—Ha muerto el mes pasado. La restauración de este órgano la ofrezco por el bien de su alma.

Quedamos de nuevo en vernos, y de nuevo no nos vimos. En esta ocasión quizá por voluntad suya, porque me advirtió, al quedarse otra vez con mi teléfono, que pasaba con frecuencia por Madrid.

La última noticia que tuve de Crisóstomo fue también a través del catedrático de arte contemporáneo. Después de la muerte de su padre, Crisóstomo perdió, no del todo pero sí notablemente, las ganas de vivir. Se sentía un poco inútil y el espléndido piso del Albayzín se quedó muy vacío. Él además no tenía un hijo con quien compartir el precio de otro y reanudar una nueva historia... Su hermano Roberto le ofreció un apartamento que él usaba como estudio, cuando sus niños eran más pequeños y revoltosos, que estaba en el ático del edificio donde él vivía, y que ahora le era en realidad innecesario. Pero parece que las cosas estaban previstas de otro modo.

Crisóstomo, después de restaurar, al verano siguiente, el órgano de un convento de dominicos, con la ayuda de un joven padre de la Orden de Predicadores, había solicitado el ingreso en la comunidad. La petición le fue naturalmente concedida. En ese convento de Valladolid es donde, en la actualidad, habita Crisóstomo. No lejos del joven padre, llamado Lesmes Arencibia.

UNA FIESTA ANDALUZA

—¿Por qué, siniestros? —había preguntado ella en mayo cuando se le ocurrió a él la idea.

—Yo creo que es más divertido... Disfraces siniestros es más divertido que disfraces blancos, o en rojo y negro, por ejemplo. Eso está más visto.

—Pero va a parecer una fiesta de *halloween.*

—Si te parece que, con el solazo y el calor andaluces, una fiesta en La Realenga el 15 de agosto puede parecer *halloween...*

—En principio, mejor será eso que las andaluzas vestidas de flamencas.

—Tienes una idea muy pobre de la buena gente de esa región.

—Pues en *La feria de los discretos,* de Baroja, no sale muy bien parada.

Ernesto se echó a reír:

—Ya salió la literata. —La besó con precaución, como si fuese una gatita muy capaz de sacar las uñas—. Es tu santo, mujer, celebramos tu día. Para eso vamos a Trasierra ¿no? Entonces, tú eliges.

—No, no; si a mí lo de los disfraces siniestros me parece bien. Es más imaginativo... Seguro que tú has pensado ya en el tuyo.

—Yo iré de Larra.

—¿Mariano José de Larra era siniestro? A mí me

parece irónico, humorístico, crítico, no sé, pero siniestro...

—Mujer, se pegó un tiro... Yo voy a ir de Larra suicida. Me llevaré el revólver de mi abuelo, por si no hay ninguno allí...

Los condes de Fontibre eran una pareja grata y seductora. Y joven, desde luego. Ernesto tendría poco más de treinta años, y Chon aún no los había cumplido. No tenían hijos, a pesar de llevar casados varios años. A los ojos de todo el mundo se llevaban muy bien. Tenían mucho dinero; él lo tenía, y, entre otras posesiones, una grandísima finca de recreo cerca de Santa María de Trasierra, en Córdoba. La atravesaba el río Guadiato, y la casa de los señores era un verdadero palacio de arquitectura semicampesina del siglo XVIII.

Habían proyectado celebrar en La Realenga el santo de Chon. En realidad, se trataba de quedar bien con medio centenar de andaluces, de Córdoba, Jaén y Sevilla, con quienes tenían alguna deuda social. La organización de la fiesta no era fácil, salvo que Chon lo encomendara todo a algún restaurante conocido de Córdoba, y una agencia le proporcionase el servicio casi completo. Y eso era lo que había decidido. La puesta a punto de la casa, un poco abandonada, como todas las casas de campo no vividas, sería cuestión de un par de meses. Un arquitecto de Madrid se encargaría de ella. El nombre del arquitecto lo había dado, sin vacilar un instante, Chon. Era un amigo suyo de toda la vida, con quien se reencontró un año atrás. Contaba con la amistad de Ernesto y, cosa muy oportuna, no con un trabajo insoportable.

Llegaron a La Realenga sólo con una relativa anticipación. Se lo encontraron todo hecho y a su gusto. Chon besó en las mejillas a Alfredo el arquitecto, y le dio con efusión las gracias. Cuando Ernesto desapareció entre sus obligaciones, volvió a darle las gracias aún con mayor efusión. Y le murmuró al oído:

—Tengo la impresión de que Ernesto me engaña.

—Trae mala suerte hablar de eso. Siempre he oído decir que sólo lo piensan los que a su vez engañan.

—Qué tonto eres —replicó Chon restregándose con él lo mismo que una gata.

Chon era menuda, con el pelo rojizo y grandes ojos verdeazules. Su cutis, pecoso y sonrosado, no soportaba el sol. A La Realenga había venido a regañadientes y tenía previsto regresar lo antes posible a Biarritz, desde donde llegaban. Le roía, no mucho, la sensación de que su marido le ponía los cuernos con alguna de las amigas andaluzas con las que se veía en cualquier parte y con las que tan bien lo pasaba. La mano en el fuego no la pondría por ninguna. Pero había una recién casada cordobesa, Rafaela Martel, a cuya boda asistieron el invierno pasado, a la que Ernesto miraba con ojos de cordero degollado. Era una mujer convencional, como pintada por Romero de Torres: la encarnación de la cordobesa: pelo negrísimo con reflejos azulados, ojos de moradas ojeras, en los que no se distinguían la retina del iris, pechos como *naranjas* y *limones*, y manos interminables. Se entretuvo un momento Chon imaginando de qué iría vestida a su fiesta Rafaela Martel y se le ocurrió que de Petenera: más siniestro, imposible.

Chon y Alfredo fueron a bañarse al día siguiente. En coche, hasta que tuvieron que apearse.

—Quizá deberíamos de haber cogido dos caballos.

—En las cuadras he dejado a Ernesto. Qué faena. Si lo sé, no vengo. Ha sido llegar aquí y perder la ilusión por todo. Desde ayer no ha salido de las cuadras. Yo diría que ha dormido allí con una yegua vieja a la que adora.

El camino estaba trazado entre una vegetación fresca y umbría de pinos piñoneros, encinas, alcornoques, lentiscos y acebuches.

—Con una rama de acebuche se cubrió Ulises su virilidad cuando se despertó, desnudo, arrojado por el mar a una isla, y vio a Nausicaa —dijo riendo Chon. Alfredo la besó en la boca.

—Espero que fuera una rama grande, porque si no...

—Muy grande —lo interrumpió ella—. No creo que la princesa Nausicaa estuviese para menudencias. Ella ya tenía un novio... Igualito que yo.

Alfredo y Chon habían sido algo más que amigos. Un verano, en el que él se fue a Alemania, Chon, despechada, había aceptado a Ernesto. Lo conoció en Biarritz. Él fue a levantar la casa de sus padres, pero Chon lo evitó. Cuando se lo presentaron, miró sus ojos y le dijo, en francés no sabía por qué:

—*Mon dieu, des yeux gris. Ça n'est pas humane.*

Cuando el otro regresó de Alemania, Chon ya estaba prometida. Los cuerpos de ella y Alfredo se conocían bien. De hecho, no habían dejado de tratarse. A pesar de todo, Chon era una mujer celosa. Sólo imaginar que Ernesto estuviese interesado por otra la sacaba de quicio.

En una vaguada que quedaba a su derecha, donde se sentía la humedad a pesar del mes de agosto, se veían madroños, quejigos, tilos y una alfombra de brezos. Era una vegetación noble y vieja, pero llena de brío y de frescura. Las parras silvestres y los líquenes crecían por doquier, y el aire iba perfumado por un sutil aroma de jaras, alhucemas, tomillo, romero, orégano e hinojo.

—Verdaderamente este campo es como para llevárselo —exclamó Chon.

—¿Para qué? Es tuyo.

—No sé... Me gustaría quedarme embarazada.

—Que asociación más rara, hija.

—De Ernesto, digo. Entonces sí sería esta finca, con certidumbre, mía.

Entre las ramas anidaban pinzones, herrerillos y currucas.

—Son los pájaros predilectos del cuco para que empollen sus huevos disfrazados de okupas —dijo Alfredo, que había salido con el casero a pasear a veces y se había ambientado.

Llegaron a una pequeña playa de arena basta. El río, verde y transparente, se ofrecía como un vaso de agua en el desierto. Tan diáfano que se veían los peces a la perfección.

—Hay barbos, bogas y percasoles.

—Hijo, parece que llevas aquí toda tu vida... Yo pensé que los arquitectos érais exactamente los más enemigos del campo. Para acabar con él es para lo que os inventaron.

Muy cerca de la corriente se alzaban sauces, adelfas y juncales. Los vencejos y los aviones volaban a ras de agua a la caza de mosquitos. Se escuchaban las declaraciones de amor, un tanto monótonas, de las tórtolas. Y de un árbol a otro, saltaban los rabilargos.

—¿No son de aquí las avellanas cordobesas?

—Sí; tienen su feria... Y los avellanares están por todas partes.

Chon se desvistió y entró, «con temor y temblor», dijo, en el agua fría.

—Venga, cobarde. —Alfredo, enjuto y moreno, lo que se dice un buen galán, se demoró exhibiéndose en la orilla—. Ven, o te tiro una piedra.

—Siempre tuviste mala puntería. Si apuntas a uno, das a otro —Alfredo soltó una carcajada.

—Qué mala baba tienes. Ven si te atreves.

Entró Alfredo, y los cuerpos se rozaron en el esmeralda claro del río. Después de unos minutos, al echarse a nadar, repitió Chon...

—Estoy segura de que Ernesto me engaña.

Al deshacer el equipaje, su doncella había colgado en los grandes armarios del dormitorio, entre el resto de las ropas, el traje de Larra para Ernesto. «Te va a dar un calor horroroso». «No te preocupes, por la noche aquí refresca.» Y el de bruja galesa que se pondría Chon. «No he querido romperme la cabeza, la verdad. En realidad, me habría gustado ir de Juana de Arco, pero la coraza me asustó. Y ella, de paisano, era sólo un paje... Claro, que podría haber traído ropa de Dolores Armijo. Sin embargo, aquí nadie habría sabido quién era Dolores Armijo... Y además tú nunca te suicidarías por mí.» «No me pongas a prueba.»

El 15 de agosto, día de la Asunción de Nuestra Señora, fiesta en tantos pueblos de España, caía en viernes. Los invitados se quedarían en La Realenga todo el fin de semana. Los dormitorios y los baños estaban ya dispuestos. Un alto zócalo de almagre unificaba los muros, con un dibujo azul orlándolo. Contrastaba bien con el ocre de las paredes. Todo eso lo aprobó Chon de pasada. Y entró en su dormitorio después de mirar a un lado y a otro. Cerró la alta puerta y echó el pestillo. Dentro del armario de Ernesto, inadvertida, en la cajonería de las camisas, estaba lo que venía buscando: la cartera de mano de la que Ernesto no se desprendía ni un momento. En Madrid la había registrado Chon en un par de ocasiones. Buscaba en ella papeles, testimonios, cartas, pruebas de que su marido le era infiel con otra. Hasta ahora no las había encontrado. En Madrid existían otros sitios donde esconderlas. Aquí, y seguro que Ernesto las había traído consigo, de haberlas, tenían que estar en la cartera. Sabía cómo abrirla. La colocó sobre la cama y manipuló con una minúscula ganzúa falsa sacada de su neceser. No ofreció apenas resistencia. Allí, clasificados, estaban los documentos que Ernesto consideraba imprescindibles y especiales. Fue pasando apartados: los cheques, las tarjetas de crédito, los planos de una construcción que ella desconocía, pero que acaso eran de La Realenga, la topografía de las tierras que la configuraban con un altísimo número de hectáreas, el apartado de correspondencia personal: los remites no le decían nada, todos eran de aspecto profesional, quizá para supervisar la labor del secretario; sobres y papeles con el escudo del condado, la lista de los invitados a la fiesta con sus direcciones y teléfonos, obra sin duda del secretario que aprovechaba los viajes de ellos para tomar vacaciones... Sujeta con una solapa del mismo cuero que el exterior de la cartera, había una cuartilla. Estaba escrita a mano. La letra era de Ernesto. Decía así: «Estoy triste y no puedo confiárselo a nadie. Por esa razón escribo esta nota: para desahogarme. A. debe morir. Y tengo que ser yo quien la mate. Creo que, en el fondo, mi viaje aquí no tiene otro sentido. La fiesta es una excusa. Antes de la vuelta a Biarritz, aunque a mí me gustaría que fuese a Madrid, tengo que resolver este asunto. Me alegro de haber traído la pistola. Lo de mi disfraz ha sido útil. Acabaré con ella de un tiro. No quiero que sufra.»

Chon sintió que la sangre se le caía al suelo. Al levantar la cabeza, se vio en el espejo interior del armario. Absolutamente pálida. Las pecas resaltaban sobre la blancura de la piel. Tenía dificultad para respirar, y sufrió como una congestión en la cabeza... Ernesto tenía previsto matarla... Se le habían erizado los vellos rubios y apenas visibles de los brazos. Estuvo a punto de gritar. Estuvo a punto de correr hasta la habitación de Alfredo. Estuvo a punto de llamar a la policía... Tenía que contenerse. Tenía que pensar. Ahora que lo sabía, era imprescindible planear la defensa. Siempre se había dicho que la mejor defensa era un buen ataque... Pero ¿cuál? Ante todo, cogió la cuartilla y la escondió en su neceser, entre los estuches del maquillaje: constituiría, llegado el caso, una buena prueba de cargo. No estaba firmada, pero daba igual... Se preguntó por qué alguien, tan frío y preciso como Ernesto, había escrito semejantes líneas que lo acusarían. Corrió el pestillo en sentido contrario. Tocó un timbre. Entró en el cuarto de baño, y se miró, todavía pálida, en el espejo sobre los dos lavabos. Apareció la doncella.

—¿Dónde está el señor?

—La última noticia de él me la dio José, el mozo, señora. Estaba en la cuadra.

—Voy a darme un baño. Prepáramelo, Carmen, por favor.

Se echó agua en la cara. La tarde estaba avanzada, pero vio la luz inmóvil tras de la ventana que daba al jardín interior. Oía correr a su derecha los grifos de la bañera. La doncella disponía las toallas, vertía las sales... Un vapor húmedo brotaba lo mismo que una niebla. Alargó una mano y se la mojó casi en vapor.

—Está bien. Gracias, Carmen. Vete.

Se quedó sola. Debía pensar. Debía adelantarse, se le ocurrió de pronto. Luego es que ya estaba la decisión tomada. Fue por instinto —se dijo—, un instinto de conservación. Si la pistola (o el revólver o lo que fuera) estaba allí, era para ser disparada. Si Ernesto iba a acompañar con ella su disfraz de Larra, que fuese hasta las últimas consecuencias... Pero era necesario que lo preparara ella sola. Alfredo tenía que quedar al margen. En estos trances, los cómplices son siempre peligrosos. Antes o después, o cantan o chantajean... No, no, ella sola... Se dio cuenta de que no se había metido en la bañera. El agua estaba ya sólo tibia... Lo primero era buscar el revólver que había traído Ernesto. Y las balas. Antes de la fiesta no iba a actuar: sería un disparate y un escándalo enorme.

En la fiesta, tampoco. Él habría tramado una intriga que lo liberase de cualquier sospecha: ¿cuál sería? ¿En qué consistiría? A lo mejor estaba enterado de lo de Alfredo y trataría de que la culpabilidad de su muerte recayera sobre él. Ésa sería una buena carambola... Ella no estaba convencida de que la mente de Ernesto diera para tanto. Era bastante infantil: la cuartilla escrita lo demostraba. En último término, se hacía necesario preguntarle a él por la pistola. Peligroso: denotaría algo, daría una pista de que ella había leído...

—Asunción —dijo Ernesto al otro lado de la puerta.

Nunca la llamaba así. Sólo el día en que le anunció la muerte de su padre. Asunción. La A...

—Dime. Estoy en el baño. Estaba un poco cansada del calor.

—De acuerdo, has hecho bien. Venía a proponerte salir a cenar fuera. A Córdoba quizá si no tienes demasiado calor; pero por lo que veo...

—¿Con Rafaela Martel?

—¿Qué dices?

—Que si querías cenar con Rafaela Martel.

—¿Por qué no? ¿Te apetece a ti?

—Sí; podemos dar luego un paseo por la Judería y la Ribera.

—De acuerdo. Vamos de trapillo, ¿eh?

—Como quieras.

Lo odiaba. Hasta ahora no había advertido cuánto... ¿Luego antes lo había amado? ¿No rompió por despecho con Alfredo, sino por amor a Ernesto? Nadie odia lo que no haya amado. Por lo menos, no tanto... Le seguía importando lo de Rafaela, pero sólo por amor propio: ¿sólo?... ¿Por qué quería matarla Ernesto? ¿Por causa de Alfredo? ¿Y por qué no lo mataba a él? ¿O por qué no a los dos? Qué antiguo todo. Matar por celos. *El médico de su honra. El pintor de su deshonra...* «Qué mal descansa un dolor.»

Calderón en pleno. En el campo, el escenario perfecto... O quizá mejor en la Judería, dentro de un par de horas, como un caballero veinticuatro, como el de la Torre de la Malmuerta. Qué antigualla, por Dios. Qué dramón... Basta, no es hora del sentido del humor... ¿Y no podría enseñarle la cuartilla? «Lo sé todo. Me pregunto por qué. ¿Qué te he hecho? Cambiemos los dos. Empecemos de nuevo...» No, no; el que ha cargado una vez la pistola... Había salido del agua. Se ciñó la sábana de baño. Se atusó el pelo; se dio unos toques en los ojos, en los labios, muy leves... Estaba decidida.

—Ya salgo. Por cierto, Ernesto, ¿dónde tienes el pistolón ese que has traído?

—En el cajón de mi mesilla.

—¿Y lo vas a usar?

—Yo creo que sí. —¿Se le ahogaba la voz?—. Pero no me gusta hablar de ese tema.

—¿Es que me vas a dar una sorpresa?

—No creo que a ti te pueda sorprender ya nada.

Le sonreía mientras se ceñía el cinturón. Chon se puso un vestido rosa y blanco. Tomó una rosa roja de un florero. Le cortó el tallo y se la puso en la cabeza.

—Estás muy guapa. —Su marido se acercó y la besó. «Nunca hubiese creído que Ernesto fuese tan buen actor.»

En Córdoba, a mediados de un agosto asfixiante, no quedaba nadie conocido. Los invitados irían llegando a lo largo de la mañana siguiente. Cenaron los tres solos en un restaurante famoso, próximo a la Mezquita. Chon se sentía, escoltada por sus dos hombres, más sola que nunca. Estaba asustada. Trataba de convencerse de que todo era una broma. Ahora preferiría no haber mirado en la cartera de su marido... Su marido y su amante: un trío. Y ella absolutamente sola debajo de aquella noche espesa, caliente y estrellada. La próxima, era la de su fiesta. Al otro día, o sea, pasado mañana... «Viuda de ti me he casado.» Otra vez Calderón...

La luna rielaba sobre el Guadalquivir. A este río afluía aquel en donde se bañó ayer. ¿Fue ayer? La Calahorra estaba también sola, pero firme al otro lado del Puente Romano. Firme, no como ella. Era necesario dejarse llevar por sus instintos. Ellos son los que nunca engañan: el de conservación, el de defensa, ¿y el de reproducción? Si hubiera tenido un niño... Uno de los dos le estaba hablando. No sabía cuál, ni lo que le decía... Que si estaba cansada.

—Un poco, sí. Volvamos.

Alguien, un hombre o una pareja, los saludó. Una pareja. Chon besó mecánicamente a la mujer. Tendió la mano al hombre. Sonrió. «Hasta mañana. Que vayáis muy guapos.» Ernesto le había dicho que en el cajón de su mesilla de noche. Tendría que tomar una dosis muy grande de somníferos para poder dormir. Tendida junto a su asesino... Pero matar, ¿por qué?

Ernesto, mientras se desnudaba, la miró de una forma que ella entendía bien.

—¿Estás de veras muy cansada?

—No sé. Creo que sí. Por lo del río de esta mañana. Hay que andar un trecho...

—Lo que estás es más linda que nunca. Se te ha subido todo el sol a la cara... Y ya es tu santo.

Se acercó, la besó. Le puso entre las manos un estuche alargado. Era un collar. Unos brillantes montados de una forma poco lucida, que ya no se llevaba. Una buena joya de familia. Qué raro que no la hubiese descubierto antes...

—Te lo agradezco tanto. Siempre estás en todo. Gracias.

—Estrénalo mañana.

Estaban un cuerpo contra el otro. Él le dejó caer los tirantes del camisón. Le deslizó los labios sobre un hombro, sobre un pecho... Chon tomó la cabeza de él y la apretó contra ese mismo pecho.... Hicieron lentamente el amor... ¿Estaba loca? Como si no sucediera nada. Pero sí sucedía. Era la última vez. Y salió bien.

En todo caso, no pudo dormir. Sólo de madrugada, poco más de una hora. Fingió estar aún dormida cuando Ernesto se duchó cuidando de no hacer ruido, y se fue de puntillas. «Para la cuadra seguramente... Aquí sólo lo llama la querencia.» Entonces Chon se levantó y se acercó descalza a la mesilla del otro lado de la cama. Allí estaba el revólver. Y tres balines. Lo hizo funcionar, y respondió... Supo de repente lo que iba a hacer. Cuando se estuviera vistiendo Ernesto, le llevaría el arma cargada con los tres balines. Sería una especie de ruleta rusa. Delante de todo el mundo, él se pegaría el tiro. Igual que Larra delante del espejo. A posteriori, nadie se extrañaría de que hubiese elegido tal disfraz. Todo estaba previsto. Todo casaba, todo ocurriría como era debido... Fue al armario de él: los pantalones ceñidos por abajo, la levita, el chaleco, el plastrón, la camisa igual que la que ella había visto en el Museo Romántico: la última camisa... Había una diferencia: el pobre Larra no medía más de uno sesenta; Ernesto, uno ochenta y cinco. Era lo único que desentonaba del personaje. Pero la gente de allí no sabía cuánto medía Larra, acaso ni quién era. Habría de decirles que se levantó la tapa de los sesos. Antes de que pasara, por supuesto... La otra diferencia con la camisa del museo se iba a resolver aquella misma noche: ésta también estaría ensangrentada.

En el baile no habría más de cincuenta personas, pero daban la sensación de muchas más. El colorido, el movimiento, la música de la orquesta, la animación, el murmullo de las conversaciones... Retumbaba todo el salón, cuyas cristaleras daban al jardín, abiertas de par en par. Y entraba por ella el denso olor de las damas de noche y los jazmines, el enigmático olor de las daturas. «Embriagador», se dijo Chon con retintín por dentro. «Los tópicos son verdades repetidas. Un olor embriagador... O quizá he bebido. No, no tanto...» La gente no sabía muy bien qué era un disfraz siniestro. Muchos lo explicaban para que se entendiera. Brujas había bastantes. Nerones, dos. Un Felipe II. Una duquesa de Éboli: «Por lo de tuerta, será; aquí son muy supersticiosos.» Había un señor intrépido, bajito y mayor, disfrazado de Francisco Franco; su esposa iba cargada de collares igual que Carmen Polo. «Ése tiene gracia.» De distinta forma, había varios esqueletos: tres. Y cuatro demonios si no había contado mal. Alguien, de verdugo. Más de uno de víctima: un ahorcado con su soga colgando, un martirizado con un hacha hendiéndole la cabeza... Un Manolete, con manchas rojas en su vestido de color heliotropo.

—Tu marido, ¿qué viene, de romántico?

—Sí; pero de Larra, que se mató. Mariano de Larra, el escritor, ¿sabes? Se suicidó por una cómica. Bueno, y porque no sabía qué hacer consigo mismo.

El olor de las flores en el salón era demasiado intenso. Mandó abrir además todas las ventanas. Un airecillo movía las cortinas de lona fina.

Para dar facilidades, Ernesto se había pintado una mancha roja en la sien derecha. De todas formas, en mitad del baile se iba a pegar el tiro: lo había advertido... Chon bailaba con Alfredo, que iba de Mefistófeles y que estaba muy guapo. Chon titubeó, sintió la tentación de decirle lo que pasaba. Pero no tenía valor ni confianza en él. Prefería no hablar de nada. Prefería no hablar...

—¿Qué te pasa? Te noto taciturna.

—Estoy taciturna. Deseando que se vayan todos.

—Pero si esto acaba de empezar...

—Lo mejor de las fiestas, para mí, es cuando se comienzan a ir los invitados.

Las señoras no habían renunciado a ponerse bonitas. Lo de siniestras les importaba menos. Romanas caprichosas, trajes largos, trajes ajustados, trajes con miriñaque o bullarengue...

—Voy de Charlotte Cordaire —dijo Rafaela Martel, que debía de ser, contra lo que opinaba Chon, la intelectual del grupo, y que llevaba una ancha camisa que le permitía enseñar los hombros tan redondos.

—Señores —gritó Ernesto. Mandó callar la orquesta que continuaba tocando—. Señores, gracias por asistir. Ya sabéis que Chon y yo os queremos. Os estamos agradecidos por vuestra presencia, por vuestra compañía y por ser testigos cariñosos de nuestra felicidad y de algo más.

Levantó sonriendo la mano derecha. Se apoyó el revólver en la sien. Sonó un disparo. Saltó por el aire un chorro de sangre y una sustancia espesa. El cuerpo se mantuvo de pie una eternidad —más que una eternidad pensó Chon—, luego cayó pesadamente al suelo. Durante otra eternidad se oyó el eco del tiro y nada más. Después, un grito de mujer. Y un alboroto. Chon, sin necesidad de fingirlo, se desmayó en los brazos de Alfredo. Todo había salido a pedir de boca.

Demasiados testigos, demasiados trámites, demasiadas preguntas, demasiados justificantes, demasiadas coartadas, demasiadas pruebas... ¿Dónde estaba situado usted en el momento...? Y eso que el hecho había sucedido ante más de cien ojos. Alfredo quiso hacerse cargo de los procedimientos para aliviar a Chon. Pero Chon no lo aceptó. Había previsto ya su separación del arquitecto. Una vez desaparecido Ernesto, su necesidad se evaporaba. La policía interrogó a un par de médicos invitados, que resultaron chocantes respondiendo con sus disfraces, ridículos ahora mucho más que siniestros...

¿Cabía la posibilidad de que alguien hubiese cargado el arma con la que el conde se disparó? ¿Tenía usted la impresión de que el señor conde deseaba acabar con su vida? ¿Podía presumirse, por su actitud previa, que no ignorase el estado del revólver? ¿Con quién había conversado inmediatamente antes de que los hechos sucedieran? ¿Qué conversaciones había mantenido? Cuando aseguró que, en la mitad del baile, se dispararía, ¿en qué tono lo efectuó? ¿Cabía la broma, la simulación, el juego, un error, o empleó un tono de seguridad y decisión?

Las horas resbalaban despacio. En medio de un silencio con fondo de susurros, de frases incipientes, de interrogaciones sin respuesta. De repente, se oyó otro tiro. El corazón de Chon se detuvo unos segundos. Toda la gente que había en el salón miró en idéntica dirección. El comisario, llegado de Córdoba, interrogó con los ojos a la dueña de la casa, que se encogió de hombros. Con los ojos también, el comisario dio una orden. No tardó un número en regresar acompañado del casero: un hombre mayor, de pelo casi blanco y abundante, que gozaba de la total confianza del conde. Él era quien había disparado.

—He hecho lo que el señor conde habría querido. Él vino, más que nada, a despedirse de su yegua. La montó desde niño. Era muy vieja ya, y últimamente había tenido problemas graves de salud. Era preciso terminar con su vida. El señor conde, desde que llegó, estuvo haciéndole compañía. Le hablaba, la acariciaba... No se atrevía a darle el tiro de gracia. He tenido que hacerlo yo. Muerto el señor conde, era lógico que su cabalgadura predilecta lo acompañase. Como en la antigüedad. —Hablaba como si fuese él el destino—. La yegua ya está tranquila. Azara y el señor están juntos ya para siempre.

—¿Azara? —preguntó Chon.

—Sí, señora. Le había puesto el nombre por Medina Azahara, que está aquí cerquita. —Se le rompió la voz—. Azara era una prenda. De joven fue una preciosidad. El señor conde la adoraba.

—Azara... Azara... —repitió Chon.

Y veía una A mayúscula escrita con fuego donde quiera que miraba. Gritó una vez más «Azara», y se desplomó su cabeza sobre el respaldo del sillón que ocupaba. Alfredo pidió permiso para llevarla a sus habitaciones. En ellas, la asumió un llanto sollozante inagotable. Alfredo mandó llamar al médico de mayor confianza. Él recetó, por descontado, un tranquilizante. Casualmente era el que Chon tomaba para dormir.

Una vez cumplidos todos los requisitos, el cuerpo del conde de Fontibre fue trasladado a Madrid. Su esposa decidió que no se le cambiase de ropa. Quizá a él le hubiese agradado ser inhumado así.

En una notaría de la calle de Lista se realizó la lectura del testamento. Era hológrafo y muy sencillo. Aparte de unas mandas en favor de los criados más antiguos, que formaban casi parte de la familia, todos los bienes que se enumeraban, tanto por legítima como por mejora y libre disposición, pasaban a ser propiedad de su muy querida esposa doña María de la Asunción Fernández de Gondomar y Bayona.

Los sollozos de la viuda interrumpieron la lectura del documento. Chon se presintió rica y sola el resto de su vida. El horror cansa demasiado.

LA PAREJA DE LA TELE

—

La boda la patrocinó un conocido programa de televisión. Mariona era de la provincia de Lérida; Leandro, de la de Orense. Los guionistas del programa se vieron en la necesidad de urgir los acontecimientos por miedo a que otra cadena se llevase el fruto de sus investigaciones. La incapacidad de Mariona no es que fuese evidente: era desagradable y ofensiva. Sentada, o mejor, amontonada en una silla de ruedas, se movía de una forma espasmódica. Sus gestos eran sísmicos. Salvo el lado izquierdo, que lo tenía inmóvil. El cuello y la parte derecha, la mano más que nada, le producían al espectador una impresión estremecedora. Y el rostro, más que rostro, era una pura distorsión; en medio de él, la boca, de manera incontrolable, separados los labios o más bien dislocados, emitía roncos sonidos difícilmente inteligibles. La incomodidad de los espectadores del estudio era manifiesta. La causa del éxito que aquella boda había otorgado al programa no lo era tanto.

Allí estaba de nuevo esa pareja. Volvía del viaje de novios por Italia, y querían agradecer a la cadena y a sus espectadores las delicadezas que con ellos habían tenido.

Para poner en antecedentes a quienes no los conocían, se emitieron fragmentos de la ceremonia de la boda y de la fiesta que la siguió. El ramo de la novia por el suelo; la alianza que el novio no lograba introducir en la mano convulsa; el traje largo blanco, con blondas y con tules, arrugado en la silla de ruedas y rebosando de ella; los zapatos blancos de tacón, muertos encima de los pedales; la benigna repulsión que reflejaba la cara del sacerdote oficiante; sus palabras arrastradas en la breve homilía... «Estamos aquí reunidos para vincular en santo matrimonio a esta pareja ejemplar. Ella nos demuestra que el amor no admite límites ni fronteras, y salta por encima de cualquier dificultad. Cuánta ilusión han contagiado estos dos seres humanos a todos sus semejantes, y cuánta ilusión proporcionarán todavía. La esperanza que cabe en esta ceremonia, en estas dos vidas, y en la bondad del corazón humano es inmensa. En una época, en que todo se reduce a números y se mide con materialismo, estos dos seres que se aman nos dan una lección inolvidable. Aceptémosla, y aprendamos de ellos... Horas estaría hablándoos, hermanos míos; pero ya sabéis que en la televisión el tiempo se cuenta por segundos, el tiempo es más que oro. Que seáis muy felices en la salud y en la enfermedad, en la oscuridad y en la luz, en lo bueno y en lo malo. Y que los dos constituyáis siempre un solo cuerpo como dice el precepto: *erunt duo in caro una.* Yo os bendigo en el nombre del Padre, y del Hijo y del Espíritu Santo.» Amén, respondieron todos los asistentes.

Luego aparecían los granos de arroz, arrojados como una lluvia espesa, sobre ellos; Leandro, que empujaba la silla, era más bien bajito aunque de rostro agraciado; la ovación cerrada de los familiares invitados; la ristra de latas atadas al coche, en el que de ninguna manera fue fácil introducir a Mariona, aunque esta dificultad no se vio reflejada en la pantalla...

Tampoco ahora se había visto su entrada en el plató. Aparecían en él, ya instalados, con las manos unidas y un apenas perceptible brillo oscuro en los ojos de Leandro, que lo mismo podría provenir de su satisfacción que de una natural simpatía o de una malicia solapada.

Venían a enseñar a las cámaras testimonios de su luna de miel. A Italia habían viajado en un barco crucero. En él los recibieron con palmas y ramos, y les dieron una cariñosa fiesta de bienvenida y de enhorabuena. Se les veía bailando: con muy buen humor. Leandro dirigía, al ritmo de la música, los movimientos de la silla. Se les veía contemplando la noche, enamorados, sobre la cubierta: el viento marino despeinaba a Mariona que, con la mano derecha desmandada, se apartaba el pelo de los ojos. Se les veía en un camarote, donde apenas había sitio para la silla y ellos... Se escuchaba, sobre la imagen, la risa de Mariona, lo mismo que un graznido, tratando de explicar las delicias del viaje. El esfuerzo que se tenía que hacer para comprender algo producía en los telespectadores una grave tensión. Ella contaba, porque se empeñó en explicar lo que había visto y lo razonaba con una naturalidad a su manera, la llegada a Nápoles, su visita a la ciudad por las cuestas arriba; por las cuestas abajo, el esfuerzo de Leandro que procuraba no ser arrastrado por el peso de la silla. Los barrios típicos, las calles con ropa tendida, la orilla del mar junto al Castillo del Huevo... Todo ilustrado con fotografías en las que la pareja ofrecía sus caras del lado más alegre que le era posible. Después estaban en Roma, delante de la Fontana de Trevi. Aquella mano disparaba una moneda ya europea, unos céntimos de euro o un euro, que de ninguna manera caía en el agua, sino que golpeaba a otra turista, que se la devolvía a Leandro para que la arrojase con mejor tino y con la petición de volver. No quedaba muy claro si Leandro la tiraba a la fuente o se la guardaba en un bolsillo.

—¿Os gustaría tener niños? —preguntaba la presentadora con una sonrisa más falsa que Judas.

—Por supuesto, por supuesto —contestaba Leandro.

—Dos —apuntaba ella con la boca, mientras su mano levantaba tres dedos.

—¿Niño y niña? —apuntaba la presentadora bondadosa.

—Sí; niña y niño —concedía, con expresión ausente, Leandro.

De pronto, aquel hombre respiró hondo y se atrevió a decir lo que venía decidido a decir.

—En nombre de Mariona y en el mío, quiero agradecer los regalos que esta emisora de televisión y multitud de espectadores nos han hecho. Os lo agradezco, con todo nuestro corazón, en nombre de los dos... Pero también quiero aclarar que Mariona y yo no formamos una pareja distinta de las otras. No somos especiales. Somos dos recién casados normales que nos proponemos con todas nuestras fuerzas ser felices, con la misma felicidad —no había en su voz ninguna ironía— que deseamos a todos los que han sido amables con nosotros.

A la empalagosa presentadora le entró una prisa grandísima por concluir. Tuvo unas palabras de gratitud «para aquella pareja fantástica y genial y, sobre todo, maravillosa» por el ejemplo insigne que nos daba a todos. Y a la gente, que había sido «maravillosa» con ellos, le garantizó que la vida se lo pagaría. Hechos «maravillosos» como estos, son los que nos convencen de la parte de Abel que hay en todos nosotros. De la parte «maravillosa» de ángel que le gana la batalla al mal en el alma de cada mujer y de cada hombre. Con esta «maravillosa» historia nos despedimos hasta mañana.

Algunos meses después, no muchos, se publicó en la prensa que una mujer discapacitada se había despeñado en un lugar agreste de la costa gallega. Era Mariona.

La cadena de televisión que emitió el conocido programa y que se ocupó de casarla y de amueblarle la casa y la vida, no dio la noticia. Ni siquiera la prensa siguió el caso, con lo cual nos quedamos sin saber cómo había ocurrido la tragedia. Desconocemos, por tanto, si Leandro condujo las ruedas de la silla, y si Mariona estaba embarazada. Por lo tanto, tampoco nos enteramos de si, de estarlo, una ecografía habría designado el sexo del nasciturus.

De Leandro nunca más se supo.

UNA DECLARACIÓN EN REGLA

Su señoría me perdonará.... Me han dicho que a usted lo llame su señoría, ¿es verdad o no? Pues su señoría me perdonará, pero yo creo a que a su señoría no puede interesarle nada mi vida. Esto es una idea del señor fiscal: ya me parecía a mí que abría unos ojos como platos cuando me tomó la declaración. Seguro que es el fiscal quien le ha metido a su señoría los perros en danza. Él es muy simpático, desde luego, y su señoría también tiene aire de serlo; pero de eso a importarles mi vida... Si no me importa ni a mí, se lo digo en serio. Treinta y cinco años en la cárcel, ya usted ve; la mitad de la vida. Quién me lo iba a decir. Yo, que me metí en el convento porque tenía vocación de mística: los éxtasis y la oración mental y las divinas nupcias... Qué envidia, madre, quién pudiera. A mí enseguida me despabilaron: a trabajar desde la madrugada. Tiempo para meditar, ojalá lo hubiera pillado. No digo yo que de vez en cuando no me acuerde de Dios... Claro, que él lo dejó dicho: porque estuve preso y me visitasteis. Una de las bienaventuranzas. Yo es en lo que más fe tengo. Si no haces el bien a los que te pillan cerca, si no amas a los vecinos, ¿cómo vas a amar a Dios, que en general queda tan lejos?... Mire usted, su señoría, la verdad es que yo no tengo vida propia, para qué nos vamos a engañar.

Tengo que mirar muy atrás, muy atrás, para acordarme de algo sólo mío. De que nací en Ujíjar, en las Alpujarras de Granada, en el año 31 del siglo pasado... O sea, que nací republicana. Fíjese su señoría qué vueltas da el mundo. Pero, de aquellos episodios y aquellos lugares tan antiguos, ya no me acuerdo. Me acuerdo de la posguerra. Yo cumplí ocho o nueve años, y pasábamos hambre. Cómo se nos clava el hambre en la cabeza, eso sí que no se olvida: lo malo está siempre ahí dentro, dando la lata. Quizá viene de ahí que comprenda tan bien a los presos, a los que la vida se les ha parado, como una película que se rompe, en la peor escena. Y no es que yo vaya mucho al cine, no, señor...

Hay noches, cuando duermo o me parece que duermo, en que me acuerdo de un olor, mire usted: el olor de Granada en primavera y en verano. El olor, su señoría, es igual que el alma de las cosas: nunca resulta el mismo, y quizá en el recuerdo no sean tampoco las cosas las mismas. El olor, sin embargo, para mí, es lo que más resiste: el olor de la niñez, de una tarde de mayo, de un día de Corpus Christi, de una feria, de una calle... Parece que todo se lo lleva la riada, pero queda el olor. Hasta el olor de la riada queda...

Nos fuimos a Granada porque mi padre allí tenía un tío guitarrero, al que iban a fusilar pero luego no fusilaron. Porque tenía amistades a las que les había hecho alguna guitarra, y entonces ya mandaban... Guitarrera quería ser yo, ¿cuándo se habrá visto una mujer guitarrera? Con diez años no salía del taller. Y sabía distinguir (qué empecinamiento en lo que se aprende de chica, ¿verdad?) entre una tapa armónica hecha de abeto de Alemania o de cedro rojo del Canadá. Entonces todo llegaba por recomendación y con cuentagotas. Mi padre me explicaba que, con la madera de cedro, se saca un sonido más redondo, más tierno; con la de pino, el son es más brillante y se proyecta más. Porque el sonido... Señoría, perdóneme usted que sea tan pesada, pero es que al sonido hay que darle calidad y equilibrio, a la vez que distancia, porque el tocaor quiere que se le oiga hasta en la última fila del teatro. Cómo somos de vanidosos los mortales: queremos que nos oiga cuanta más gente, mejor. Fíjese usted en mí...

Pero, ¿de qué estoy yo hablando igual que una cotorra? Si lo que estoy es acusada de meter droga en la cárcel... ¿Que siga hablando de guitarras?... Bueno, yo sigo si es su gusto. Todas las mañanas, tempranico, allí estaba sentadita en el banco: cepillando, puliendo, barnizando, aprendiendo. Mi padre sonreía. Con una sonrisa más bonita... Era rubio. Yo soy morena como mi madre. Y me decía: «Alhambra»... Él me había puesto Alhambra porque ya le dije que nací en la República; el cura me puso María de la Alhambra; y ahora soy sor María, pero sólo para quienes saben que soy monja... «Alhambra, éste es un trabajo lento y muy delicado. Una vez que la guitarra está acabada, ya no puede cambiarse.» Como en todo, ¿verdad, su señoría? Como en todo: el camino se hace a fuerza de equivocaciones. Y él seguía: «Mira, aquí va lo que se llama el abanico (unas varillas dispuestas así en oblicuo, y medidas a la décima de milímetro), de él depende el 80 por ciento del sonido de la guitarra, según se abra o se cierre, y hay que dar con el punto.» Qué cosas, Dios. Qué cosas inventa el hombre que es el mismo que hace luego las guerras... Y después había que domar los aros y cepillarlos para darles las dimensiones perfectas... Un día vino un señor desde Amberes, que está en Bélgica, para consultarle a mi padre; fíjese usted, mi padre, que era de Albolote, lo que son las cosas...

No; lo de mi vocación fue después. Me parece que la sentí al ver tanta pena, tanta miseria alrededor. Comprendí que lo de la guitarra estaba bien, pero donde se pudiera estar al lado de los necesitados... No me fue fácil; no vaya usted a suponer, su señoría, que entré en el convento por la sopa boba. A los principios lo pasé fatal. Me encontraba muy sola, porque las otras monjas no me echaban cuenta. Por las mañanas, después de la misa, mientras se desayunaba lo que hubiera, que tampoco era tanto, se interesaban unas por otras. «Sor Micaela, ¿cómo va ese reuma?» «Pavoroso, sor Araceli, muchas gracias, ¿y su brazo derecho?» «¿Cómo va esa espalda hoy, sor Elvira?» «Un poquito mejor, parece.» «¿Y sus pies, sor Marta?, porque con este frío...» Y así, a través de sus achaques, se entendían. A mí, tan joven, no me miraba nadie: mi obligación era estar estupendamente... Fue duro. ¿Qué iba a hacer? Aguantarme y llorar a escondidas delante del sagrario. Pues incluso eso le estorbaba a una tal madre Catalina. Con razón decía una vieja de Granada que ni Pedros ni borricos negros, ni casa que haga esquina ni mujer que se llame Catalina. Qué poca caridad tenía. La misma que yo ahora, dirá su señoría... A lo que iba. Así aguanté hasta que me vino una idea. Tenía que inventarme un alifafe, algo que no pudiera comprobarse. Y me dieron unas jaquecas mortales. Yo, callada, calladita, con los ojos en el suelo una semana, hasta que la superiora me preguntó: «Hermana, ¿qué le pasa que la veo tan triste? ¿Es que echa de menos a su familia?» «No; no me pasa gran cosa. Es lo de la cabeza...» «¿Qué es lo de la cabeza?» Y ahí ya le conté todo: los dolorazos que me tundían, que no me dejaban rezar, que era lo que yo le ofrecía a nuestro Padre, mi única oración... Huy, mano de santo. Desde aquel día, todas las hermanas: «Sor María, ¿qué tal esa cabeza?... Pobrecita, tan joven y qué bien lleva el tormento. Es un modelo esta novicia...» Me salvé. Ya estaba acompañada. Todavía me da risa esa mentirijilla. Ahora no habría tenido que echarla. Con mis setenta años estoy llena de achaques, tire por donde tire. Me duele todo el cuerpo; pero no hay ya hermanitas que me pregunten cómo va la salud. Por eso muchas veces, a fuerza de callarlo, se me olvida el dolor. No es mala receta, señoría. Puedo recomendársela.

Pero volviendo a lo que me ha traído aquí, su señoría, no entiendo cómo ese sindicato, con ese nombre tan raro, me ha denunciado por traficante de drogas. Porque el frasco de cincuenta pastillas de ese medicamento, que me lo tuvieron que escribir, porque también tiene un nombre muy raro, tranquinosé, su señoría lo sabrá, ese frasco lo llevé del convento, o del hospital, no me acuerdo. Se lo pedí al médico, que me dio una receta, o a la hermana enfermera, que es tan seria y un poquito antipática, pero muy buena en lo suyo; es médico también... Ya, ya sé que ustedes no piensan que yo sea una narcotraficante, porque mire usted cómo voy: hecha una facha, con esta rebeca y esta falda que me cuelga de atrás y estos pelos de bruja. Si tuviese dinero, me vestiría mejor. Eso sí se lo juro, porque hace un rato, esta misma mañana, viniendo para acá, al pasar por el espejo de un escaparate, me he mirado y me he dicho: «Hija, María de la Alhambra, vas que da asco verte. Su señoría se va a reír de ti.» Y algo sí le he notado al entrar, que le ha dado una risa por dentro, y se ha dicho «pero dónde va esta pobre vieja mendiga, que ni parece una monja, ni una traficante, ni siquiera una persona decente», ¿a que sí? Pues tiene su señoría razón: no parezco nada de eso porque no lo soy. Soy un despojo. Soy, como me decía una monja de Santander, un raque que está tirado en una playa. Qué le vamos a hacer. El que nació para triste, ni que le canten canciones...

Murieron, sí, murieron. Hace bastantes años. Como había pasado muchos sin verlos no noté el cambio. Dentro de mí los tenía, y dentro de mí los tengo. Igual que si fuesen mi hígado o mi estómago, señoría. No digo ya mi corazón, sino una cosa más diaria, más sencilla, no más inferior, ¿eh?, sino de más brega: algo que es imprescindible pero que no quiere señalarse: como si fuese yo misma, a ver si me comprende... Eso eran y eso son mis padres para mí. Murieron de una forma muy triste y muy bonita a la vez. Estaban cogiditos de la mano. Era un camino de tierra todavía. Habían cruzado la mitad y se pararon en la mediana, esperando para cruzar del todo. En Madrid, cerca de la M-30. Iban a La Mimbrera, ya usted ve, un poblado muy pobre y muy humilde, a llevarles un dinerillo a unos parientes a los que las cosas les iban muy mal. Y vino un coche a mucha velocidad, conducido por uno que estaba bastante bebido por lo visto. Los golpeó. Los cuerpos de mis padres salieron despedidos, y otro coche que venía en sentido contrario les pasó por encima. «Han venido volando hacia mí, decía el segundo chófer. Han venido volando, y no he reaccionado.» Murieron en el acto... De la manita estaban, igual que habían vivido. Las cosas es que están escritas, señor juez... En cuanto empezaba el buen tiempo, mi padre cogía la guitarra y le cantaba a mi madre, que parece que lo estoy oyendo:

Dale que dale que dale,
toma que toma que toma,
tengo una novia que vale
más que las fuentes de Roma.

Y mi madre le decía: «Calla, tonto, calla, qué dirán los vecinos...» Y luego ella, que tenía una voz muy flamenca, una voz *afillá*, le cantaba como burlándose:

Tú ya no mandas en mí:
me peine como me peine,
ya no me peino pa ti.

Hablaban mucho de flamenco con las manos cogidas. Les gustaba con locura. Y entendían. «Hoy no cantes, Pantaleón, que no tienes buena la garganta.» «Cuando no se está bien, sólo pueden cantar los que saben.» «No te oigo muy bien, papá», le dije una tarde yo desde la azotea. «El cante no es para sordos.» «Ya eres muy mayor, Pantaleón.» «Sólo se canta bien desde los cincuenta y cinco para arriba. Antes, lo que se hace es gritar...» De la manita estaban cogidos, señor juez. No; no tengo padres ya. No tengo a nadie.

Pido perdón a Dios: sí tengo, señoría. Tengo a mi gente de la cárcel Modelo. Los conozco a todos; en cuanto llegan los nuevos, vuelo a ponerme a su disposición. Y como me he recorrido todos sus recovecos: la enfermería, la capilla, la lavandería, la cocina, todo, pues los conozco bien... Son maravillosos, eso se lo tenía que decir a usted. Porque la libertad es una cosa muy grande. Hasta para mí, que no la uso apenas. Así que, si a las criaturas se les quita, son como el rabo cortado de una lagartija: se mueve y salta, parece que está vivo, pero ya no, ya no es lo que era. Igual que un pájaro sin alas, o un perrillo sordo y ciego y cojo. Sí, seguirá siendo un perro pero, ¿cómo va a ser lo mismo? La libertad es saltar y alegrarse con el sol y la vida, y sentirse envuelto por el sol y la vida. Pero estar siempre entre cemento y hierros y ladrillos y rejas, y allá arriba un cuadradito gris o azul, para recordarnos sólo que el cielo existe y que es de los demás... Eso es una cosa muy dura, señoría. Es igual que si a un agonizante, alguien le dijera: «Anda, levántate, que está el parque precioso. Te pones tu buena camisa y tu mejor chaqueta y un pañuelito blanco en el bolsillo, y nos damos un paseíto...» El agonizante no se quiere mover, porque sabe que se lo dicen para que se amortaje él solito por su cuenta. Las cosas como son.

Yo los miro. Yo me fijo mucho en ellos. Y preveo a quién le va a dar el ataque de aburrimiento mortal que los desbarata. Algo que está cerquita de ese tropiezo tan dañino que llaman depresión, Dios nos libre de ella. Están vivos, usted los ve, parece que están vivos, pero es como si ya estuviesen muertos, como si ya no les quedaran deseos ni energías. Nada más que una tristeza muy grande, infinita diría yo si me atreviese, sin esperanza, Dios mío, con lo que eso es, sin esperanza de mejora. Ésta es la razón por la que a alguno de ellos les resulta tan fácil, al final, deslizarse en las tinieblas, y salirse de una vida que les ha vuelto las espaldas... Yo creo que los conozco porque sufro con ellos. Por eso les escribo, cuando les veo mal, una cartita anónima. Porque los he visto a veces, por una simple carta que esperaban y que no recibieron, entrar en un estado de tanta violencia... Lo mismo que un ataque de locura, señor juez. O al contrario, abandonarse a una especie de muerte anticipada. En cambio, la llegada de una carta... Y es que el exterior se manifiesta a través de las palabras: ellas son como unos ojos con los que mirar lo de fuera, aquello de lo que están privados... ¿Por qué piensa usted que me quieren a mí? Pues porque yo les hablo, les canto en voz bajita, les transmito lo bueno, qué poco, y lo malo de fuera. Soy su puente romano... Ya no trabajo en ningún sitio concreto. Voy como una tonta de celda en celda, o salgo al patio con los que pasean. Y al gimnasio también voy, porque ¿a quién se le va a ocurrir que mi intención es mirarles los músculos? Qué risa, ¿no es verdad?

A menudo les cuento la historia de la araña. Ya se la saben todos. Se la recuerdan entre ellos... ¿Que quiere su señoría saberla? ¿No será una chufla, con perdón?... Pues mire usted. Cuando la araña llegó al mundo, se alegró. Era una mañana calentita y muy pura. Olía, como en Granada, a dama de noche y a la pequeña flor del arrayán. La araña se adentró (en los cuentos, a mí me gustan unas palabras que no sean corrientes, porque mantienen la atención mucho mejor), se adentró en una extensa pradera, y todo lo encontró bueno y hermoso. Pero, con cada ser que se tropezaba, iba disminuyendo su alegría. Los escarabajos se partían de risa porque llevaba ocho patas; a los ciempiés, en cambio, les parecía que ocho era una ridiculez. Un gusano opinó que la araña andaba lo mismo que un fantasma, y la mariposa aseguró que nunca había visto un bicho tan horrible. El hombre, por supuesto, exclamó: «Ay, qué asco, y adelantó su pie para aplastarla...» Al final, la pobre araña se quedó tan triste y desilusionada que se escondió debajo de una hoja. Y allí se habría quedado si el hambre no la hubiera hecho salir. Necesitaba ir por algo para comer a toda prisa. Pero, por mucho que quisiera, comprendió que nada podría conseguir contra los demás, y, por más deprisa que movió sus patas, no obtuvo ni el más pequeño mosquito. Al anochecer, desconsolada, decidió volver al cielo de donde había venido. «El cielo está allá arriba», se dijo, y con las últimas fuerzas que le quedaban se puso a trepar por el tronco de un pino. Cuando llegó a la primera rama, un pájaro posado en ella quiso devorarla. Al ver la araña que alargaba el pico, le entró un miedo espantoso y se dejó caer desfallecida. Cuando al otro día la despertó el sol resplandeciente, se vio colgada del extremo de un hilo que había salido de su propio cuerpo. Entonces trepó por él, hasta ver que un mosquito estaba aprisionado en el hilo. Y por fin entendió la arañita lo que el cielo trataba de decirle. Desde aquel día teje sus redes, que son enrevesadas y tan crueles como el mundo, y que son tan hermosas como el cielo... Éste es el cuento, señoría. Los presos, mis amigos, se enteran muy bien de la consecuencia que tienen que sacar. Todo es así, todo tiene dos filos. Y nadie está del todo sin amor.

Ojalá sirva también para convencerlos a ustedes de que no soy una narcotraficante, y de que también, como en la arañita, hay en mí una parte que no es mala... Me río porque no sé cantar; pero había una canción que decía: «Soy mala porque el mundo me hizo así...» Ésa es la verdad del cuento. Ésa es la verdad de mi gente en la cárcel. Allí tienen su ley. Y su honor, señoría. A quien le falta el *peta* hay que ponerlo en su sitio, como a los *violetas* y a los *chotas* de los *boqueras*. Allí se va, hasta el crimen, contra los criminales asesinos de viejas o de niños. Y eso asciende de categoría. Es lo que venía a decirle a su señoría de usted. A ver si me entiende: los presos son los menos peligrosos; lo malo que tienen lo tienen a la vista. Pero lo que es los otros... Los policías, mire usted, sin ir más lejos. Yo no puedo con ellos. Le voy a contar un caso de los que hay tantos. En un pueblo de la costa, el jefe de la policía local le dio a un amigo mío, un muchachillo, 50.000 pesetas para que comprara dos kilos de hachís, y coger así con las manos en la masa al que se lo vendía, un traficante del pueblo. El muchachillo, asustado, lo intentó; pero el otro, que era un tío listo, se olió la tostada y se fugó corriendo. Y se quedó mi amigo con los dos kilos de costo: un costo buenísimo, quiero decir muy suave, poco perjudicial, que se llama *ahogahíto* porque es el que los narcos tiran a la mar cuando los sorprenden, y luego lo recogen un poco insulso ya. Y entonces los polis le dijeron a Agustín, mi amigo, que vendiera el hachís, porque ellos tenían que devolver al ayuntamiento el dinero, porque lo habían sacado como gasto a justificar, no sé si usted me entiende. Y se formó un lío del carajo. ¿Quién cree usted que pagó el pato? Mi amigo Agustín. En la cárcel está, con veintidós añitos, hijo de mi vida. Porque los polis lo acusan de haber dado al otro un soplo para que se largase. La criatura... Lo que hizo fue comprar el costo media hora antes de la que quedó con los guardias. Entre hombres no se hacen jugadas, ¿no, su señoría? Y eso que mi amigo les juró a los maderos que les traía las 50.000 pesetas si le daban mil durillos para sacar adelante a su familia. Y los de la gorra chillaron, y aceptaron, y lo cogieron en plena venta de los dos kilos y lo enchironaron y dejaron sin quien le ganara el pan a su gente, y encima con el sambenito puesto a un hombre honrado de ser un confidente. Una gentuza. Eso no se hace, su señoría. Eso no es de hombres... Para mí que, por tales porquerías, hay tantos presos que se atan una manta o una sábana al cuello y se cuelgan de donde sea, o se cortan las venas: para terminar con las injusticias.

Y los carceleros, ¿qué? Rechazan todas las peticiones de la población reclusa, como les gusta llamarlos; les registran los objetos personales, los amontonan, los pisotean, los tiran dentro de otras celdas para que se forme un cacao del demonio y peleas y dar ocasión a los guardias para que usen sus cachiporras. O echan por el aire gases para probar cómo reaccionan. O ponen cosas que no son buenas en el agua y en las comidas... No es gente legal. No hablo yo de todos, pero así, en general, hay que tener la sangre muy gorda para ser carcelero.

Claro, que los funcionarios no los deje usted atrás. Hay algunos que se quedan con los remites de quienes escriben a los presos para convencerlos de que dejen de escribirles, o para establecer una relación con las novias o las mujeres... Yo no debía decirlo, pero sé que es verdad: les prometen mejorar el trato de sus hombres, el oro y el moro, y luego para nada o para lo que me callo... Yo conocí a uno que era de Sevilla, qué malito era el pobre mío, qué malito. Ése sí que tenía la mejor droga. La sacaba de un fielato que había instalado: todo pasaba por sus manos. Mire usted, yo me enciendo cuando veo esas cosas. Hacer la rosca: que si yo te dejo pasar tanto, que te traigan cuanto, siempre que tú me des un dinerillo... Y luego, el dinero y lo otro. Engañar a un preso es como pegarle a un hombre con las manos atadas atrás: un crimen, señoría.

Ni los médicos son buenos en las cárceles, Virgen santísima. ¿Qué tendrán, que mandan a ellas lo más malo?

Son como sacamuelas a los que nadie quiere, y que en la cárcel les dan la última oportunidad. Los que echan de hospitales y ambulatorios por alcohol o por drogas; y los que dimiten por problemas que los de arriba quieren silenciar. Qué penita más grande, señoría: todo lo peorcito de todas partes va a parar a la cloaca, hala...

¿Cómo quieren que nadie se redima, que nadie se reinserte? Qué gracia me hace a mí esa palabrita, yo es que me meo —ay, perdón—, reinsertarse. Como yo digo: reinsertarse, ¿dónde?, si ellos ya le han visto las orejas al lobo. Y saben que no hay más que lobos fuera y dentro; y saben que los lobos acechan en la mismísima puerta del penal para devorarlos a mordiscos, ¿qué reinserción cabe, señoría? Si lo que no sabían fuera, se lo enseñan dentro. Si uno entró por cometer un delito, y aprende a cometer dos mil quinientos. Pobreticos míos. Amontonados, apilados, sin saber dónde se acaba cada uno, con esa unión que el peligro y la asechanza les da hasta a los animales... Lo que hacen con los más jóvenes, lo que hacen entre ellos, ¿qué remedio tiene? Que los separen, que no los aglomeren. La carne es la carne, señoría. Hasta en los conventos, no sólo en las cárceles. Y que yo he conocido en la mía una pareja de novios que a mí se me caía la baba. Nunca he visto tanta ternura, tanto detalle, tanto guardar el mejor bocado, el mejor cigarrillo, el mejor canuto... Qué lindo, señoría, cuánto le hubiera gustado a usted presenciar el amor de esa pareja. Dos hombres como dos castillos, qué alegría más grande.

Yo le digo, siempre que usted me lo permita, que la cárcel, cuando no se pone terrible, es muy curiosa y se aprende muchísimo. El mes pasado he conocido yo a un jovencito que trabajaba de Don Tancredo: esos que se pintan de blanco, se visten de blanco, se suben a una peana blanca y hacen de estatua. Él se ganaba un dinerito limpio, bueno, completamente blanco, y tan blanco, con esa profesión. Y a la vez, la usaba de burladero todo el tiempo que le dejaban libre sus robos, sus atracos y sus otras actividades liberales. Como no podía reconocerlo nadie con tanta pintura encalándolo, salió adelante un tiempo largo. Qué gracioso, ¿verdad? Lo que inventan. Qué cabezas, Dios mío... Sí, señoría. Lo cierto es que yo siempre estoy con los que pierden. Yo no defiendo los pecados, pero a los pecadores, sí: me tira la sangre. Una señora muy importante, que he visto yo su retrato y parecía un cura con melenita corta, Concepción Arenal se llamaba, tenía un lema: Odia el delito y compadece al delincuente. A mí odiar me parece atroz, y compadecer me parece también muy fuerte: ¿quiénes somos nosotros para compadecer? Si fuese padecer con el otro, bueno; si no, amar, amar, amar...

Ay, perdone usted que me haya reído de esa manera tan loca: es que me dice usted unas cosas... ¿Que si yo querría que hubiese sacerdotisas? ¿Ser sacerdote yo? Ay, no, señor, qué despropósito, de ninguna manera. Eso Dios no lo manda. Yo, a ayudar. Yo, a servir. Yo, a estar a un lado y de su parte... Yo estoy muy contenta como estoy. No tengo por qué confesar a nadie, ni por qué bautizar, ni casar, ni decir misa. Cada uno en su sitio. Yo tuve una vez un abejaruco, qué pájaro tan lindo... De chica, me moría de quererlo. Y él me quería también. ¿Usted cree que a mi abejaruco le hubiera gustado ser un elefante? Ni un águila siquiera, no, señor. Todo tiene su razón de ser, hasta la araña... Quiero decirle, que aunque hubiera mujeres sacerdotes, yo no sería una. Qué pregunta tan rara. Me ha desconcertado usted, su señoría; me ha dejado sin habla.

¿Sacerdote? Con tal de que no me hayan echado de mi orden por este proceso de narcotraficante... Aunque yo creo que ya se han olvidado de mí. Como yo no soy nadie, ni he servido jamás para gran cosa... He observado que las noches que no voy a dormir, al día siguiente no me dicen nada. Yo creo que he vuelto al principio, cuando tuve que inventarme las jaquecas. Unas hermanas creerán que me han trasladado, y dirán: la ordinaria, se fue sin despedirse; otras, que me habré muerto; y otras, las mejor pensadas, que tengo pase de pernocta, como los quintos de antes... Es que, cuando hay trabajo de madrugada, prefiero dormir en la cárcel y no andar de noche por ahí con los peligros que siempre hay fuera... Bueno, perdone: lo que digo es que, en el fondo, yo tengo vocación de presa. Por eso, cuando me cogieron de rehén en un motín, yo se lo decía a ellos: «Que estáis equivocados; que estáis tontos; que nadie va a creer que me mataréis si no os conceden un espacio mayor. Ni nadie va a creerse que a mí me preocupa estar con vosotros. Tenéis que coger a un jefe, o a un par de funcionarios...» Pues no, señor, cogieron a los más desgraciados, al sicólogo y a mí. Si es que no tienen picardía ninguna. Menos mal que, entre el sicólogo y yo, convencimos a los jefes, a gritos, de que el personal recluso tenía toda la razón... No como un periodista, que, según me contaron, temía que me violaran. Ni que los presos, además de presos, fueran idiotas.

Porque ya estoy muy vieja. Ahora ya no sirvo ni para rehén ni para nada. No puedo ni agacharme... Y me acuerdo cada vez más de mi infancia. Mala señal, ¿no? Anteayer me decía un amigo allí: «Cuando llegue mi hora, me gustaría volverme a mi casa, al sitio en el que crecí, y no sentirme en un lugar extraño, donde me metieron porque no fui bueno y donde sólo veo oscuridad y desdén...» Si no muero en la cárcel de repente, que sería lo razonable, me gustaría morirme en Granada, ya ve usted qué capricho. Cuando san Juan de la Cruz fue a fundar allí, quiso que santa Teresa lo acompañase. «El tiempo es caliente», le decía, «y cantan los ruiseñores y huele el aire a flor.» «Por eso», le contestaba ella, «ya no estoy para cosas tan bonitas. Soy muy vieja, fray Juan...» Pues a mí, sí, a mí me gustaría morirme en el convento de Granada. El olor de sus patios lo tengo intacto aquí. No necesito, para sentirlo, usar las narices. Ay, señor, la albahaca... Lo que sí me daría mucha conformidad es aprender antes a tocar un poco la guitarra. Si me meten ustedes presa por lo del frasco de pastillas, quizá me diera tiempo de aprender. Aunque tengo las manos, con la artrosis...

A su disposición estoy. Que sea de mí lo que Dios quiera, y lo que ustedes manden, porque para mí el que manda, si manda bien, es un delegado del Señor. Pasa como con la muerte, señoría: cuando llega a su hora es uno de los nombres de Dios... Cuánto he hablado, cuánta palabra suelta y sin sentido. Usted es el culpable, señoría. Me ordenó contarle mi vida, y le he contado todo menos eso. Que la Virgen de las Angustias me ampare. Qué burra soy, usía. Con su permiso, ya me voy... Ah, ¿querrá comunicar a mi congregación esta especie de proceso? Es posible que así se enteren de que no me he muerto. Muchas gracias por todo. Y, si algún día necesita, por orden médica, algo de droga, no dude en pedírmelo. Podría disponer de la mejor. De veras, señoría. Pero hágase usted cargo: de dentro afuera, no de fuera a dentro... Ya usted me entiende, ¿no? Que usted lo pase bien.

UNA MUJER COMPLETA

Valentina Ledesma era lo que se dice una mujer completa. ¿En qué sentido? Si se lo hubiesen preguntado a alguien que la conociese por encima, habría dicho que en todos. Valentina Ledesma era una mujer avanzada. ¿En qué sentido? Si se lo hubiesen preguntado a una amiga superficial, habría dicho que en todos. ¿Debe deducirse de esto que Valentina Ledesma no era completa ni avanzada? No; debe deducirse que quizá era imprescindible conocerla mejor.

Valentina Ledesma estaba convencida de que tenía en su cabeza las cosas muy claras. De la no muy lejana oposición a cátedra, se le había quedado una cierta manía archivadora y clasificadora. Le irritaba que algo —una definición, un amigo o una opinión— saliese de repente por peteneras. De ahí que pretendiese controlarlo todo y de la forma más sencilla posible. Incluyendo, por supuesto, el corazón humano. Sin embargo, le había tocado vivir en una época en que se estaban introduciendo notables mudanzas y visibles e invisibles transiciones. Por eso, para sacar sus resultados y deducir las consecuencias, separaba drásticamente el mundo exterior del propio. Lo cual no es siempre el mejor camino para utilizar la razón. Cosa que Valentina Ledesma procuraba ignorar.

Yo la oí, en cierta ocasión, pronunciar una conferencia. Fue en el Círculo de Bellas Artes de Madrid, en un ciclo titulado «Sociología y sexología». Eran, resumidas, las ideas que ella manejaba de costumbre: una ideas que admiraban sus alumnos y los padres de sus alumnos, si bien estos segundos algo menos. Venía a decir lo siguiente, que guardaba relación con su propia vida, aunque exactamente al contrario de lo que Valentina Ledesma habría jurado:

«Se avizora en el horizonte —quizá mucho más cerca— un nuevo modelo de hombre, que se aproxima no sabemos si por su propio pie, o a remolque del nuevo modelo de mujer que ha llevado a los varones a la defensiva. La libertad sexual, la identidad de oportunidades, la independencia económica, la maternidad elegida, el respeto intelectual y la participación paritaria en el diseño del mundo común, han conducido a la mujer a un puesto positivo e inamovible. Frente a ella, más que junto a ella, se pregunta el hombre qué va a ser de él. Y esta cuestión lo desconcierta, porque navega entre el modelo de masculinidad que heredó y aquel que asoma y va a ser su futuro.

»Se trata de una transición que él no ha iniciado, pero que presiente irrevocable. Todo muda en su entorno: el concepto del amor, el ejercicio de la paternidad, la pareja, la fidelidad y la tolerancia. Ha de reconocer que la mujer invade sus áreas seculares y él comparte las tareas del hogar. Rechaza ya los prejuicios basados en posiciones contrarias, o en la práctica de papeles distribuidos de antemano. La mujer obtiene mejores notas en los exámenes, su sexualidad es más rica y poderosa, y las virtudes castrenses ya no se cotizan. Ni siquiera requiere hoy a un hombre para salir de noche ni para ser madre. Por el contrario, el varón se perfuma o se desodora, se hidrata la piel y se muscula, o sea, como antes la mujer, se transforma y embellece no tanto para gustar como para gustarse. Incluso la heterosexualidad se ha debilitado. Es evidente, pues, que el hombre pierde terreno; pero estoy convencida de que los más agudos de vosotros os preguntaréis si de verdad lo pierde, y qué ventajas encontrará en el cambio inminente. Porque soléis comprender bien a la mujer nueva como ser humano, pero os sentís con frecuencia lejos de ella emocional y sexualmente. No es malo que sea así, porque la identidad no debe llegar hasta la alcoba, ni anular las diferencias esenciales. Pero, ¿cuáles son éstas? Lo visible biológico existe; sin embargo, ¿es tan determinante? Hay mujeres que buscan un tipo de hombre que no aparece todavía, y hombres que aún buscan una mujer que ha desaparecido ya. He ahí la encrucijada.

»Lo cierto es que el modelo que los padres personificaban no rige hoy ya. La falta del padre, o el hambre del padre, ha cuajado en dos símbolos suyos contrapuestos: el inaccesible y el desvirilizado. Ambos han de ser sustituidos. En la Grecia clásica, la virilidad se transmitía no a través del padre sino del mentor: consistía en un sólido y enorgullecido sentimiento y en una sabiduría adquirida por medio de las relaciones iniciáticas e íntimas con los mentores. Curiosamente era la homosexualidad la que daba paso a la virilidad más honda. Superadas las pruebas, se tranquilizaba para siempre la identidad masculina, que ahora —en lo más escondido de vuestros corazones— está desazonada. Para alcanzar el sosiego, lo mejor es que os quedéis a solas con vosotros mismos y que, sin el menor prejuicio heredado o impuesto, descubráis vuestro lado femenino (que no es, contra lo que se piensa, vuestro lado más blando). Hay hombres que, en los desvanes ya el tipo supermacho, renuncian a los tradicionales valores masculinos y se adormecen sobre los femeninos, creyendo ir así más veloces al encuentro de la mujer, que en general los rehúye porque ella misma renunció ya a tales valores. Son los hombres que se asustan de cualquier compromiso definitivo; que prefieren romper una relación a guerrear por ella; que se deprimen cuando fracasan, y que no se comprenden a sí mismos.

»Pero entre estos hombres y aquellos cinematográficos supermanes, hay un tercer espécimen, que reúne lo mejor de los dos. Supongo que es el tipo de hombre que quieren las mujeres: andrógino en espíritu y mentor de sus hijos, acepta la derrota de la virilidad patriarcal y machista, se encara con sencillez a la vilipendiada feminidad del macho, y, con todo coraje, inventa una masculinidad realmente nueva y comprensiva. Una masculinidad que será fuerte sin ser hostil, sensible sin ser blandengue, defensora sin ser autoritaria, apacible sin ser cobarde, dirigente sin ser dictatorial. Claro que, por este camino, cada uno de vosotros, improvisando, avanzará en cabeza. Pero con la pareja que haya elegido pendiente de su brazo y de su corazón.»

Valentina, además de una mujer completa y avanzada, era una mujer joven. No había cumplido aún los cuarenta años. Estaba, puede decirse, en su plenitud. Lo que no podría decirse es que fuese una belleza, o al menos no lo que entendemos al escuchar esa expresión. Para ello le sobraba un poco de nariz y le faltaba un poco de estatura. En cualquier caso, era atractiva aunque poseía una seguridad en sí misma que no a todo el mundo le resultaba simpática. Estaba hecha a imponer sus opiniones, a que se la respetara intelectualmente y a que, en el mundo en que se desenvolvía, se la considerase un modelo. Si además hubiera sido una modelo, seguramente no habría llegado tan alto.

Se había casado, a los veintiséis años, con Jacinto Guzmán, un hombre paradójico por distintas razones. Tenía ideales comunistas, y había sostenido y aún sostenía, a ese partido y a sus gentes; pero no negaba que su vocación y sus facultades notorias lo llevaban a la creación de capital. Y no sólo del propio, sino de quienes con él participaban en las aventuras económicas que de continuo emprendía. Por otra parte, en lo personal, era un hombre lleno de ternura que trataba de encubrir con una gran dosis de rigidez y hasta de aspereza. Jacinto era recio, fuerte, con una voz tonante que le costaba atenuar y con un peculiar hechizo de cielo protector: era un hombre también casi completo. Grandón, aunque de aspecto algo infantil, quizá por sus ojos claros y su risa frecuente. La gente lo juzgaba como mejor amigo que amante, y solía ver acertado ese matrimonio, en el que ella aparentaba ser mejor catedrática que esposa. Estoy seguro de que, si alguien le hubiese preguntado sobre este tema a la propia Valentina, ella habría respondido que tal era también su opinión. Aunque fuera sólo por no dar su brazo a torcer.

Yo poseía más elementos de juicio que el resto de quienes rodeaban a ese matrimonio. Por causas puramente fortuitas: mi edad y el lugar de mi nacimiento. Valentina Ledesma y yo habíamos nacido el mismo año, y habíamos sido íntimos amigos de otro paisano y coetáneo nuestro, Silvano Luna, el famoso pintor. Desde que tengo uso de razón, cosa que a veces dudo, comprendí que Valentina estaba enamorada de Silvano. Se trataba de un sentimiento que, con los años, en lugar de aminorarse, creció. Silvano, desde pequeño, tuvo muy claro que sería pintor, o mejor, que *era* pintor. Los olivares que rodean y configuran a Jaén fueron pintados por él cientos de veces: bajo todas las luces, en todas las estaciones, desde todas las perspectivas. Hacía dedos pintando olivos. Lo mismo que Valentina creaba neuronas leyendo y emboscándose tras sus libros. Los dos tenían la convicción metafísica de lo que habría de ser el servicio de sus vidas; pero Valentina, no además, sino a la vez, amaba a Silvano. Nunca se lo había dicho porque no era en absoluto necesario. Silvano, sin embargo, no le correspondía hasta ese extremo. Los tres éramos íntimos amigos, pero no había más lazo amoroso que el que unía, sin reciprocidad, a la estudiosa con el artista.

Cuando ella conoció a Jacinto Guzmán, que nos llevaba unos pocos años, éste destacaba ya en el mundo de las finanzas. En aquellos meses Silvano trabajaba en Italia. Valentina y él se hablaban a menudo por teléfono. De forma inesperada, ella decidió casarse con Jacinto: ya no era ninguna niña, y había perdido la esperanza de que Silvano le pidiese que lo hiciera con él. Tal decisión fue un último dilema que Valentina le planteó a Silvano. Por entonces tuve la ocasión de ver un telegrama que le envió a su dirección de Aquila: «Dentro de tres días me casaré en Madrid con Jacinto Guzmán. Hasta el cinco de mayo a mediodía esperaré una llamada o una noticia tuya. Si quieres, suspenderé la boda. Besos, Valentina.» Silvano no remitió ninguna noticia en contrario, y la boda se realizó. Fue bastante íntima, a pesar de que los dos contrayentes eran muy conocidos y admirados cada cual en su mundo. Por descontado, de distinta manera. Porque a Valentina, entonces todavía auxiliar de cátedra, sus alumnos, y más aún sus alumnas, la adoraban, o lo que es más difícil, la respetaban, mientras que a Jacinto, sus contrincantes y aun sus compañeros, lo envidiaban tan sólo. O envidiaban su suerte, que es lo que suele explicar a nuestros ojos el éxito de nuestros adversarios.

Cuando, un año después, Silvano hizo una gran exposición en Madrid, fue a Valentina, en contra de lo que imaginábamos todos, a quien le solicitó unas palabras de presentación. Valentina accedió halagadísima. Tengo delante de mí el catálogo al que me refiero y comienza así: «Razonar la obra de un pintor es difícil; razonar su sentido de la pintura, imposible. La pintura, como toda emoción estética, es inefable. Para definirla se precisa utilizar términos perifrásticos; aproximarse a ella a través de rodeos. La pintura *está ahí*; se la siente, no se la expresa; ella, en sí misma, es su expresión. De ahí que varíen sus efectos según quién la percibe, sea o no explícita la intención del pintor. Porque la figuración, en pintura, es siempre ilusoria; más ilusoria, por más empecinada e imprudente, en el hiperrealismo que en ningún otro estilo. La realidad como tal no la procura el arte. El arte participa una realidad ya asimilada empleando, de manera personal, medios convencionales. De esa desoladora dificultad, de esa consciencia de riesgo y de limitación y de denuedo, de esa certeza de manejar realidades artificiales surge la creación humana.»

Ignoro si, entre Valentina y Silvano, hubo alguna entrevista a la vuelta de Italia y a solas. Y, por supuesto, ignoro si Silvano dio alguna explicación de su silencio. Un silencio que no fue total. Porque a aquel telegrama decisivo de ella, él correspondió con un cuadro de regalo de bodas y una nota anexa que sí leí, en la que le deseaba «Una convivencia interminable, venturosa y fructífera, como la que yo soñé para mí mismo un día». Con lo cual dejaba, una vez más, la sigilosa pelota en el tejado.

A lo largo de unos cuantos años, se demostró que las vidas, tanto de Valentina como de Silvano, eran vidas repletas. Y lo mismo podría decirse de la de Jacinto Guzmán. Yo suponía, sin total certidumbre, que, a pesar de todo, subsistía en la de Valentina un hueco más o menos grande, que nada llenaba: ni sus actividades profesionales, ni su convivencia matrimonial, ni su movilidad social, que no era escasa. Y suponía también que, cuando algo no le iba bien, ella se refugiaba en ese hueco y esperaba que un día misteriosamente se llenara. Tal actitud la preservaba joven y dispuesta, como una persona a la que no se le han concedido todas las plegarias y está mantenida en tensión por algo que aún desea.

Yo tuve siempre —quiero decir antes de que sucediera lo que sucedió— una sospecha. La relación que Valentina deseaba con quien *debería ser* su posible marido *debía de ser* una relación casi incestuosa, entre fraternal y desentendida, llena de cariños, palabras en voz baja, susurros al oído y caricias recibidas con ansia pero con disimulo. El ideal de Valentina, creo yo, habría sido un amor como de perfil, entre puro y un poco rijoso: en una palabra, un amor adolescente. Era ésa la única experiencia que ella había compartido con Silvano, no Silvano con ella. Insisto: sólo son sospechas mías. Pero, a mi entender, cuando ella comprobó lo que era el amor físico junto al corpachón de Jacinto Guzmán, procuró hacerse, en efecto, la desentendida. No del todo la forzada, no del todo la violentada, pero sí la que piensa en su interior, con un asomo de vergüenza, que, en el fondo, le gusta lo que jamás creyó que fuera así. Y sentiría cierta irritación al comprobar que, una dureza que al parecer ella misma provocaba y que se erigía entre las piernas de su marido, conseguía que ella se olvidase de sí misma y perdiera el respeto propio. Ya que había extraviado aquella niñez que iba de la mano de Silvano, Valentina se resistía también a perder la independencia. La recíproca entrega, la confusión y penetración de los cuerpos y la generosidad sin haber ni debe de los humores, se le antojaba una cochinada: no podía evitarlo. Que en la cama, llegado un momento, no pudiera distinguir el cuerpo del espíritu, se le hacía muy duro de tragar. Y que, pensando como ella pensaba, llegado ese momento, se abandonara a las olas del deleite, le parecía aún peor. Tal era el origen de una especie de resentimiento que Valentina sentía hacia Jacinto. Y que Jacinto perdonaba, probablemente, porque era el único que sabía cuál era su origen y también el modo de conseguir, aunque fuese por un tiempo bastante corto, eso sí, su desaparición.

Para borrar el mal sabor de boca que el gusto del sexo le provocaba, Valentina no cesaba de tener toda clase de atenciones con «el inútil de Silvano, ese solterón que siempre anda en manos de no se sabe qué servicio, es decir, dependiendo de los dependientes». Con cualquier motivo de santo, cumpleaños, Navidad o Reyes, le hacía regalos íntimos: desde juegos de sábanas a camisas, desde pijamas a calzoncillos, desde suéteres a calcetines. Y Silvano, que andaba siempre absorto y pendiente de su pintura, los aceptaba encantado, dejándose querer. Entre ellos dos subsistía, como a espaldas del mundo y sus realidades, una especie de infancia prolongada, de adolescencia a deshora, de juventud mantenida a viva fuerza, o a fuerza de ignorar que el tiempo había pasado por encima de todo y de todos. Sin excluir sus personales, e intransferibles en apariencia, sentimientos de amor o de amistad.

Más aún, en la gran casa, muy próxima a Madrid, de Valentina y de Jacinto había una habitación exquisitamente cuidada que ella llamaba «el cuarto del huésped», y que cuando un visitante corregía: «Será el cuarto de huéspedes», Valentina, sin tomarse siquiera el trabajo de sonreír, insistía: «Yo sé lo que me digo.»

Si no hubiésemos sido tan uña y carne los tres, si así puede decirse; si no hubiera existido una involuntaria transparencia total entre nosotros, yo habría puesto en entredicho la heterosexualidad de Silvano. Porque no sólo es que no dejase a Valentina ni pisar el umbral de su corazón, sino que tampoco se le conocían, o muy ligeros, escarceos con otras mujeres, líos de amantes, compradoras que apareciesen en su estudio con un afán distinto del de llevarse un cuadro. Sobre todo, teniendo en cuenta el agraciado físico del pintor, que mantenía un cuerpo tan esbelto como el de un chico joven, unos ojos pardos de espesas pestañas, una boca infantil y abultada y un pelo desordenado, largo y rubio, que apetecía acariciar.

Conviene reparar en la contradicción que se adivinaba entre la mujer completa y avanzada que era Valentina, y ese hueco, que ella no ahondaba pero tampoco enrasaba, en su vida. Sus alumnos tomaban apuntes de sus afirmaciones de cátedra: «Las mujeres han obtenido una vida sexual propia, el dominio sobre su cuerpo y el descubrimiento de sus placeres personales. Saben lo que son y lo que quieren. Pueden decir *no, eso no, así no.* Pueden decir *así.* En los años 50 la sexualidad era masculina; ahora el capitán y el timonel de esa nave es sin duda la mujer. Ya no hay esclavas del Señor... Al contrario, hoy en día el hombre va a la cama preocupado, lleno de tanteos y vacilaciones, tratando de conseguir que su compañera tenga el mayor número de orgasmos posibles». Y añadía con una sonrisa maligna: «El hombre va a la cama, más que para gozar, para quedar bien; más que para que le hagan llegar al cielo, con el temor de no estar a la altura de su compañera. Que es más baja que él, pero que es la que controla todos sus miedos: a la infidelidad, a la impotencia, a la eyaculación precoz, a no resultar bastante atractivo, a no recibir no ya el sobresaliente sino ni un mísero aprobado. Perdónenme los chicos, pero ellos saben a la perfección la verdad de lo que digo.» Y en unos días en que las revistas del corazón publicaron que el guapo Silvano salía con una jovencita francesa, Valentina llegó a decir que «a los hombres les dan pavor las mujeres fuertes. Eligen, por eso, muchachitas a quienes dominan con el vigor de la edad, para no tener que pasar el examen de las experimentadas, de las decididas y de las inteligentes, con las que es más difícil cumplir en ese campo».

Las mismas afirmaciones de la cátedra se las oí, u otras muy semejantes, en una cena. Yo sabía por dónde iban los tiros: precisamente Silvano se había excusado porque tenía un compromiso *surgido de repente*, que no era otro que el de la muchachita. Fue cuando le recordé a Valentina el verso de nuestro paisano andaluz Góngora: «A batallas de amor, campo de plumas.» «Yo no hablo de colchones», me replicó ella con desabrimiento. «Ni yo tampoco», rebatí: «Hablo de que, durante mucho tiempo, las feministas, lo que quisieron era darle la vuelta a la tortilla y sustituir ellas a los varones en el plano superior. Creo que ahora son mucho más eficaces: no es que quieran darle la vuelta, sino hacer, entre los dos sexos, una tortilla mejor. Y si el campo no es de plumas, es decir, de alianza, de comprensión, de fusiones, de compenetración más que de penetración, mal nos va a ir a todos.» Valentina me miró desde su torre, frunció el ceño, y se volvió hacia el comensal de su derecha, que era un banquero gordo, viejo y gruñón.

Veía yo cierta sombra, un contraste inamistoso entre las teorías de Valentina y lo que era, o así yo lo imaginaba, su vida íntima con Jacinto. Y la mirada de Jacinto en aquella cena, cazurra y aprobatoria, vino a darme la razón. En el fondo, a treinta años de la revolución sexual femenina, todavía las mujeres se parecen más de lo que desearían a sus madres. Y más de lo que quieren reconocer en público —pensaba yo, sin frotarme mentalmente las manos: puedo dar mi palabra de honor—. Quizá Valentina me ponía frenético, a pesar de conocerla muy bien, o quizá por eso. A la hora de los licores, ella, que estaba disparada, llegó a afirmar que ya se había terminado eso de hablar de *cosas de putas.* No sólo el coito, sino el sexo oral, la masturbación recíproca e incluso el sexo anal han dejado de ser tabúes para incorporarse a la luz, han dejado de ser condenados al sótano para ser recibidos en el salón con todos los honores. Ya no se puede hacer el chistecito de que la mujer española es cocinera en el salón, puta en la cocina y señora en la cama. Ahora está todo en otro orden distinto: el orden aconsejable, en el cual por cierto no sorprende encontrarse al señor en la cocina. Entre las señoras tuvo un gran éxito. Yo volví a buscar la expresión de Jacinto. Esta vez sonreía con una manifiesta incredulidad.

Quizá lo que vino a aliarse conmigo fue un acontecimiento que nadie, creo, habría deseado. Por descuido de Silvano, se produjo en su estudio una inundación grave. Me telefoneó. Yo me interesé, ante todo, por su obra. Nada que no fuese remediable le había sucedido. Luego, lo invité a instalarse en mi casa el tiempo que fuese necesario. «Te lo agradezco de todo corazón, ya lo sabes. Por supuesto, habría aceptado incluso antes de que me lo propusieras; pero creo que quedaría como el culo con Valentina. Ya sabes que en su casa hay un cuarto del huésped, y también sabes quién es el huésped. Espero que no te importe que acepte, antes que la tuya, la invitación que me hará ahora mismo en cuanto la llame.»

Por descontado, así fue. Se trasladó con unas cuantas prendas de vestir que quedaron más o menos secas, un caballete, unos rollos de lienzo y una caja de pinturas. Valentina se creía en el séptimo cielo. Hasta dejó de asistir un par de mañanas a sus clases de la universidad. «Bendita inundación que ha traído la montaña a Mahoma. Voy a dar una cena para que te sirva de bienvenida.» Yo asistí a ella con muchos otros invitados. Daba gusto ver moverse, femenina más que feminista, a una Valentina radiante, rejuvenecida, que iba de grupo en grupo, a ser posible del brazo de Silvano. En un momento de la noche nos encontramos los tres juntos: al principio también estaba Jacinto, pero luego, con una admirable discreción, se retiró. Los tres hablamos de recuerdos comunes, de lo que echábamos de menos, de cómo se habían cumplido los proyectos de vida de ellos dos...

—No todos —dijo Valentina colgándose del brazo de Silvano.

—No sé si debes coquetear de una forma tan descubierta —comenté echándome a reír.

—Es que, si no es así, Silvano no se entera.

—No me entero ni así —bromeo él—. No está bien que te aproveches de un pobre náufrago como yo.

Cuando los invitados empezaban a retirarse, Jacinto se acercó a Valentina y le comunicó que, pasadas unas horas, es decir, muy temprano, salía para Pamplona, donde tenía una importante reunión de negocios. Al día siguiente tendría otra en Barcelona. Es decir, que pasaría tres días fuera. Yo estaba delante cuando él se lo advirtió a su mujer. No sé por qué me sentí cómplice de tampoco sé qué; pero tuve la impresión de que Jacinto me lo estaba insinuando.

—¿Te veremos por aquí ahora que tenemos a Silvano de huésped? —me preguntó Valentina.

—Por descontado que no —dije más en serio de lo que aparentaba—. Tendremos muchos días para vernos. Si te cansas de él, ya sabes lo que tienes que hacer: lo empaquetas y me lo mandas a casa por una agencia puerta a puerta.

Lo que de veras ocurrió no lo supe enseguida ni sólo a través de una persona. A continuación contaré lo que deduje de los diversos relatos incompletos, sobre todo de los de Silvano y Jacinto, porque Valentina, salvo con su expresión y su notable cambio, de nada me informó.

Al día siguiente al de la fiesta, salieron Valentina y Silvano a comprar ropa para él, porque había traído menos de la imprescindible. Ya en la calle, ella quiso ser testigo de la inundación del estudio. Ambos pasaron por allí. Aún no estaba seco. Había incluso algún obrero. Valentina, con una manifiesta autoridad de dueña y con la eficacia de la que siempre alardeaba, dio unas cuantas órdenes e hizo unas cuantas sugerencias pertinentes. Silvano aceptó todo de mil amores. Él tendía a escaparse de ese tipo de obligaciones.

Comieron después en un restaurante de la Cava Baja, al que habíamos ido con frecuencia los tres juntos. Llovían, pues, recuerdos sobre los recuerdos.

—Creo que la primera vez que te vi —contó Silvano— llevabas un babi blanco con cuadritos azules.

—El que llevaba un babi así eras tú.

—Bueno, en realidad, lo llevaríamos los dos porque era el uniforme del parvulario aquel de doña Pez.

—Por cierto, nunca supe por qué a doña María Luisa la llamábamos doña Pez.

—Porque tenía una pechera enorme, y luego el cuerpo se le afinaba hacia el sur. Como si fuese un rodaballo en pie que se deslizara por el suelo con la cola.

—¿Y ya sabías tú eso de la pechera, tan chico?

—Lo que me extraña es que no lo supieras tú.

—Pues ya ves... —Valentina puso con cariño su mano sobre la de Silvano—. ¿Y qué me dices de la niñita esa con la que te he visto tan retratado?

—Fue una bobada. Ni que yo fuera corruptor de menores; eso es cosa de curas, hija mía... Por cierto, venga o no a cuento, aquella presentación tuya de mi exposición antológica, ¿te acuerdas?, la he utilizado para una exposición nueva en Berlín.

—Pues págame royalties.

—Ya lo haré. ¿Por qué te crees que te he invitado a almorzar?

Regresaron a casa de Valentina. Él fue a dibujar un rato y ella, mientras, echó un vistazo a unos exámenes que le había traído su auxiliar el día anterior. Luego tomaron un té juntos. Leyeron una hora. Silvano preparó unos martinis.

—Nadie los hace tan secos como tú. Te participo que a mí se me saltan las lágrimas.

—Pero eso es por otras razones —bromeó él—. ¿Dónde quieres que cenemos?

—Aquí. Yo preparo un platucho combinado que me sale muy bien. Voy a decirle a Elisa que salga con su novio. Estaremos más tranquilos sin ella.

Bebieron un segundo martini. Se fueron con el tercero, éste ya compartido, a la cocina. Valentina lavó y peló unos tomates, unas lechugas, una cuantas zanahorias y un apio. Hizo una ensalada a la que acompañó con un huevo apenas cocido y unas lonchas de un jamón bastante bien cortado, no sin alardear de ello. Comieron con un vaso de vino de Rioja, que la dueña trajo de su surtida bodega. Hasta ella la llevó, porque no andaba con excesiva seguridad, Silvano.

—No quiero beber ni una gota más. No sé qué será de mí si lo hago.

Al subir de la bodega, se echó prácticamente sobre él. Cenaron muy juntos, haciéndose carantoñas, entre bromas y veras. Después, cuando él fue hasta el cuarto del huésped para recoger cigarrillos, ella lo acompañó, y allí se armó la marimorena. Sin saber exactamente cómo ocurrió, Silvano y Valentina se vieron desnudos en la cama. Por rigurosa primera vez.

—¿Y cómo fue la cosa? —pregunté.

—Un caballero no habla de ese tema.

—Un caballero, en general, no habla de nada que lleve a ese tema.

—Bueno, para mí fue bien. Imagino que, para Valentina, también...

Ella esperaba demasiado, pensé yo. Ella lo esperaba todo. Y llevaba demasiado tiempo esperándolo. Y además era la mujer en ejercicio de un hombre muy cumplido por dentro y por fuera.

El hecho es que, en los dos días que tardó en regresar aún Jacinto, nunca volvió a suceder nada semejante. Ninguno de los dos aludió a lo ocurrido. A lo que sí aludieron, con mucha vaguedad y exageración, fue a los malos efectos del alcohol. Lo de los malos efectos me confirmó Jacinto que Valentina, aunque sólo respecto a la resaca, lo había confesado.

Probablemente Jacinto sabía lo ocurrido mejor que nadie. Hasta me atrevería a decir que Jacinto le puso el arma a punto, para acabar de una puñetera vez con la literatura, las imaginaciones, las añoranzas y otras mariconerías por el estilo. La teoría sobre el amor siempre es inútil. Valentina se las daba de muy enterada; pero confundía, y saltaba a la vista, el culo con las témporas. El amor no es estar con los ojos en blanco y los brazos abiertos: ése es el mejor camino para la costalada. Amor es el apoyo en todos los sentidos, la carne y la sangre, la verdad desnuda: todo aquello que le producía a Valentina, mientras no lo estaba practicando, una honda repulsión.

Desde aquel día, de un modo notable, Valentina estuvo más atenta con Jacinto, más interesada por su trabajo, más respetuosa con las opiniones del marido contrarias a las suyas, más amigable y más ufana del éxito de él. En una palabra, más enamorada. Una noche —ni siquiera una noche, media hora— fue suficiente para que Valentina llegara a tener la edad que ya tenía. Y para que se diera cuenta de que le había tocado el gordo, asimismo en todos los sentidos que se quiera, el día en que se casó con Jacinto en vez de casarse con Silvano.

EN EL BÚNKER

—

A Lothar Machtan, gracias

Desde el subterráneo del Ministerio de Información y Propaganda, Joseph y Magda Goebbels, con sus hijos, cruzaron por uno transversal al de la Cancillería. Hitler, cuando los vio acercarse, se reafirmó una vez más en que la guerra estaba perdida. Él había telefoneado a Goebbels para comunicarle su decisión de dar en Berlín la última batalla. Era el 22 de abril de 1945. El Führer tenía los ojos desorbitados, congestionado el rostro y tembloroso todo el lado izquierdo. Eva Braun no conseguía que se irguiera ni que se aplacara. Había ordenado una fantástica ofensiva contra los soviéticos. Ese domingo conoció, en la sala de mapas del búnker, los resultados: pésimos. Caería Berlín, y caería en manos de los rusos, lo cual era perder dos veces la guerra.

Aquel sótano olía sin remedio a moho y a humedad, a pesar de los ambientadores y de los perfumes de Eva, en el fondo encantada de compartir la suerte del ser que la había deslumbrado. Era incapaz de olvidar aquella tienda, ahora lejana, de Hoffmann el fotógrafo, en Munich, desde 1929, donde ella actuaba primero de modelo y luego de recadera de las fotos de Hitler. Ahora, por fin, se iban a acabar sus sufrimientos. Era para estar muy contenta, porque había llegado el instante de que, a su ruina personal, que sólo ella había sufrido, se soprepusiera la ruina total, que ocultaría la otra. De ninguna manera aceptó un avión que la llevase a Baviera. «Ojalá mis generales fueran tan valientes como tú», la había encomiado Hitler.

Faltaban sólo unas horas para que se consumara la traición de Göring, que aceptaba la permanencia del Führer en el búnker de Berlín siempre que él asumiese inmediatamente la Jefatura General del Reich, «como lugarteniente suyo, conforme a su decreto de 29 de junio del 43, con completa libertad de acción tanto en el exterior como en el interior.» Hitler se negaba a aceptar que fuera había medio millón de soldados soviéticos, dos mil cañones y morteros que producían un fuego incesante, y un bombardeo ininterrumpido. Todo ello sobre una población civil arracimada en sótanos, túneles de metro y refugios, rodeada de hambre y terror. Las noches se intercambiaban con los días. El 24 entraron en Dahlem y se apoderaron del uranio de la que llamaban *Casa de los Virus.* El 25, del aeropuerto de Tempelhof y la ciudadela de Mitte. El 26, cayó el barrio de Zehlendorf, cuyas Juventudes Hitlerianas fueron carbonizadas por los lanzallamas. El 27, fueron conquistadas Spandau y Pankov, y se avanzaba hacia Köpenick...

El 28, el general Von Greim alcanzó por fin la Cancillería, donde había sido convocado, en la avioneta Fieseler *Storch,* después de aterrizar con mucha dificultad en el eje Este-Oeste de la ciudad. Pero llegó en unas condiciones tan penosas, que fue preciso operarlo de urgencia en la enfermería del búnker. A ella se acercó el Führer para entregarle el mando de la Luftwaffe. El general lo agradeció sin decir que aquel arma no tenía ya ni aviones, ni gasolina, ni municiones, ni aeropuertos. En realidad, el Führer sólo quería tener siquiera un aviador con quien lamentar la traición de Göring. «No ha habido deslealtades, ni faltas al honor, ni desengaños de los que yo no haya sido víctima, Ritter. No ha habido traición que no me haya visto obligado a soportar.» Hablaba sentado a los pies de la cama del general, que se había jugado varias veces la vida por llegar hasta allí. Hasta allí, donde a Hitler le llevaron un teletipo de la Reuters. Daba cuenta de las negociaciones abiertas por Himmler con la diplomacia sueca para llegar a una paz separada con los angloamericanos.

Hitler se incorporó de un salto. Dio orden a Von Greim de que abandonase Berlín, capturara en Estocolmo, o donde fuera, al traidor que, durante diez años, había tenido en sus manos la seguridad del Reich. Era la orden de un enajenado. Salió de la enfermería. En la puerta recibió una información del general Weidling: todo estaba al caer; el enemigo había cruzado el puente de Moltke sobre el río Spree; el búnker del Zoo estaba siendo asaltado; los soldados del V Ejército soviético habían alcanzado y rendido la Puerta de Halle y Belle Aliance... Fue entonces cuando Adolf Hitler tomó tres decisiones: casarse, hacer testamento y suicidarse.

La boda era un acto de obligada gratitud a Eva Braun, a quien jamás había amado, y con quien jamás se había metido en una cama. Una gratitud por catorce años de fidelidad y de ficciones. También una forma de legalizar su situación a efectos testamentarios: Hitler había sido una urraca ladrona; cobró por todo, y amontonaba, a esas alturas, un verdadero dineral. También, a esas alturas, no pudo evitar decirse a sí mismo: «Cuánta idiotez para nada», pero se corrigió al instante. Si él no seguía creyendo en sí mismo, ¿quién lo iba a hacer? El testamento y la boda serían muy sencillos. La muerte, también.

Ahora, con un pantalón negro y una chaqueta azul con botones dorados, esperaba. Sólo llevaba puesta la Cruz de Hierro ganada, de cabo, en la Gran Guerra. Ni una condecoración más. No podía dejar de recordar cómo se la dieron, aunque procuraba evitarlo. No podía dejar de recordar la época en que una chaqueta azul como ésta, pero rozada, raída y usadísima, había tomado un color casi morado... «No; recordar ahora, no. Necesito disimular. Hasta el fin.» Charlaba con sus últimos incondicionales, Martin Bormann y Goebbels. Cerca, en otro grupo, Eva, Magda, las dos secretarias y la cocinera vegetariana, Fräulein Manzialy. Eva vestía un traje de seda negro, muy sencillo, con escote en pico y una medalla de oro. Estaban en el corredor central del búnker, que vibraba a causa de los disparos de la artillería soviética. Cada vez menos, porque cada vez quedaban menos blancos. El corredor, de tres metros de ancho y diecisiete de largo, estaba forrado de madera y decorado con cuadros italianos. A su extremo, en un aparte, los generales Krebs y Burgdorf, respectivamente jefe del Estado Mayor y ayudante del Führer.

Era la una de la madrugada del 29 de abril. Aguardaban la llegada de un funcionario municipal que cumpliera los trámites legales. Nada más verlo, Eva y Adolf fueron hacia el cuarto de los mapas. Allí firmaron los documentos matrimoniales. Después salieron a recibir la felicitación de una docena de personas. Eva sonreía, feliz en apariencia. Sin embargo, era una boda *in articulo mortis.* Alguien tomaba unas fotografías. Hitler posó con seriedad, procurando no denunciar su estado de ánimo; de su brazo Eva, con su animada carita redonda; detrás, Christian y Junge, las secretarias. En la antesala del despacho habían dispuesto una cena fría con champán. La conversación se animó, tratando casi todos de que no pareciese obligada a animarse. Los Goebbels, con la memoria vuelta demasiado atrás, cuando el futuro no iba a ser esto, hablaron de su propia boda, apadrinada por Adolf. Adolf miró peligrosamente también hacia atrás. Era imposible que esa Magda, pálida, enferma, mal maquillada, fuese la misma elegante y bella mujer del año 31, cuando le subió el sueldo a Joseph para que pudiera casarse con ella, aunque acaso ella hubiese preferido otra cosa... «Me prefería a mí. Ah, qué boda, qué ceremonia wagneriana, dirigida por Granzow, el director teatral... Aquélla sí fue una boda...» Miró a su alrededor. Apretó los dientes. Comió tres dulces —«Menos que nunca», pensó Eva— y bebió sólo agua.

De repente, aparecieron los coroneles Günsche y Below, ayudante personal y ayudante para la Luftwaffe. Eva los invitó a brindar con ellos. Adolf se mojó apenas los labios. Luego dio media vuelta y se apartó con Bormann y Goebbels. Los tres estaban obsesionados por las traiciones de los camaradas que creían más fieles. En el grupo restante, ni el champán podía ya alargar la conversación. El fragor de fuera ponía un fondo a los silencios.

El 29 amaneció azul y suave. Los soviéticos estaban a menos de un kilómetro del búnker. Tales eran las noticias que llegaban de fuera hasta él, bajo seis metros de tierra apisonada y tres metros de hormigón armado. Al anochecer, Hitler se enteró de la muerte de Mussolini: su cadáver, junto al de Clara Petacci y algunos colaboradores, colgaba por los pies de la marquesina de una gasolinera de Milán. «Mi cuerpo será incinerado. Ni vivo ni muerto caeré en manos de quienes me odian.» Ya de noche, un telegrama desde Plaen anunció el colapso de Alemania. *«Über alle, in der Welz...»* Wenck había sido derrotado en los suburbios. Berlín no recibiría socorro desde ninguna parte.

Al leerlo, se levantó y dictó a Junge, la secretaria, su testamento político. Después confió a Bormann la misión de hacerlo llegar a los más íntimos y al almirante Dönitz, que regiría los destinos de la patria cuando él muriera.

También escuchó unos minutos a Goebbels: deseaba comunicarle su resolución de envenenar a su hijos —el de Magda, el mayor, estaba preso en Inglaterra— y, a continuación, suicidarse con ella. Hitler afirmó con la cabeza varias veces. Acto seguido, regresó a su despacho y cerró con cuidado la puerta. Le ponía los nervios de punta la mirada, la sonrisa y la insistencia de Eva para que comiera algo. De improviso, se había transformado en una atenta esposa. Hitler se sentó en un sillón de piel, y apoyó, lo más abandonadamente que pudo, la cabeza en el cómodo respaldo. Creyó que iba a dormir. Pero poco a poco, a su alrededor, comenzaron a surgir y a moverse personajes. A escucharse murmullos... Cerró los ojos. Trató de relajarse. Pero quienes lo cercaban también lo atraían. Eran los que tuvieron que haber sido protagonistas de su vida. De aquella vida bohemia de artista que iba a ser la suya y no lo fue. De aquella vida auténtica, informal, caprichosa, irresponsable, un tanto romántica y un tanto transgresora... Antes de que se hiciesen necesarias la simulación, la desconfianza y la falsedad apretando sus nudos... El naufragio y el verdadero fracaso habían comenzado mucho antes de ahora...

Oigo la voz, tan joven, de Gust. Adi, me llama... Vivíamos en Linz. Yo tenía diecinueve años. Él me llevaba uno, pero parecía más joven que yo... Era empapelador; sin embargo, su pasión por la música enaltecía su vida... Me amó tanto, me amaba tanto... Yo me fui a Viena; él, para estudiar música, también. Llegó unos días después que yo. Cuánto le eché de menos esos días... Hablábamos sin parar, sin dormir. Bueno, era yo quien hablaba; él se alelaba mirándome... Yo no consentía que saliese con otros chicos, ni que sintiera interés por algo que no fuese mi cariño. «Adi», decía, y yo lo miraba, tan guapo y armonioso... Vivíamos en la gran ciudad igual que una pareja de artistas: para eso habíamos nacido... Qué grandes emociones... En el año 40 nos volvimos a ver, ¿te acuerdas, Gust?, la última vez. Yo me ocupé de ti, pero ya no te amaba, no podía amar a nadie... Para nosotros Viena fue el paraíso. Nuestros largos paseos por sus inmediaciones eran semejantes a los que dábamos del brazo en Linz. Solíamos llegar a un lugar a orillas del Danubio que sólo nosotros conocíamos, y a solas nos besábamos... Todo iba a durar siempre. Cuatro meses duró...

La amistad entre hombres era algo tan hermoso en ese tiempo. Y lo seguirá siendo... A todos nos gustaba la música de Wagner y los Niños Cantores y Bayreuth... Te esperé en la estación. Éramos jóvenes y ardíamos. Te besé en el andén... Y en aquella excursión al monte, cuando nos sorprendió el desaforado chaparrón y tropezamos con una cabaña solitaria... Tú, que eras un lince, encontraste, en un altillo, grandes paños de tejido muy grueso. Me desnudaste, me secaste, me abrigaste con ellos; te tendiste a mi lado; dejamos de temblar... Éramos atractivos. A veces nos invitaba algún hombre mayor a merendar. ¿Te acuerdas del hotel Kummer? Tú me veías comer pasteles —siempre los he comido por kilos— y reías a carcajadas: «La pasión de tu vida.» Y el señor nos miraba complacido. Le dábamos igual uno que otro: él quería juventud. Era un industrial de Vöcklabruck. Su dirección la quemamos en nuestra pequeña y sólo tibia estufa... Nos abrazábamos para darnos calor, y no sólo para eso... Nada más cuatro meses. Quizá tú eras demasiado bueno para mí. Fracasó el sueño compartido... Pero no como ahora, no: la vida entonces proseguía... Yo busqué nuevas amistades. ¿O acaso era incapaz de amar?

Era entonces tan dulce el ambiente de Viena, tan propicio. Se vivía para el amor... Y también para el chantaje a los enamorados: no dejaba de ser un oficio rentable. Yo comenzaba entonces a pintar... Me alojé en un albergue masculino. Casi todos teníamos menos de treinta años, y era sencillo entablar tiernas amistades. Tan sencillo, que allí pasé tres años. Allí, donde tenían su techo los sin techo y también sus parejas... Primero fue Hanish. Era un gentil ladronzuelo. Pero muy pronto discutimos y aquello se acabó. Me hice camarada de Neumann, mayor que yo, judío, un hombre de negocios al que no asustaba ninguna clase de trabajos. Fue un muy complaciente amigo. Con él pasé una semana fuera de la residencia. Hanish murió de celos y me declaró la guerra. Hasta el final... Siempre (no siempre, no: luego, cuando mi vida verdadera se acabó) temí una extorsión suya... Neumann me había enseñado muchas cosas. Por ejemplo, al albergue iban viejos buscando carne fresca. Yo les ofrecía mis cuadros. Ellos me los compraban creyendo comprar todo...

Hasta que llegaste tú, Rudolf Häusler... Bueno, sí, Rudi, claro. Con tus diecinueve años; yo ya tenía veinticuatro. Eras un burguesito despechado que te instalaste allí. Qué enigmático resultabas y qué atractivo con tu pelo rubio ceniza y tu cuerpo de dios... Oveja negra de tu familia, te expulsaron de la escuela por una chiquillada, y tu padre te echó de casa el día de tu dieciocho cumpleaños. Bendita chiquillada que te trajo hasta mí. Adi y Rudi... Nos trasladamos a Munich, al distrito de Schwabing, Eldorado para nuestra forma de entender el amor. Pintores, poetas, escritores, modelos, filósofos, sicólogos, sicoanalistas, sexólogos, estudiantes, vagos, todo lo que el río vibrante deja en sus orillas, todos los que los otros llaman raros y son los nuestros... Seguí pintando; pero, ¿por qué no podía llevar vida de artista?... Te cansaste de mí, Rudi. Yo sé que hablaba demasiado... Nueve meses compartiendo la misma habitación. Quizá yo no estaba hecho para compartir. Pero esas óperas juntos, cogidos de la mano; esa locura por Wagner que yo te contagié...

Y vino un tiempo en que viví de ofrecer cuadros por las mesas de los cafés. Los caballeros de la buena sociedad no se resistían a comprar mi obra. Ni a mí... He olvidado sus nombres. ¿Todos? Schirmer, el médico; Snell, el fabricante de jabón; y por fin Hepp, asesor judicial que fue protector mío, el protector que ansiaba. Tuvimos una estrecha relación... Hasta que fue forzoso cumplir con el servicio militar. Yo no quería hacerlo en Austria, donde me correspondía: allí la homosexualidad en el ejército no estaba muy bien vista. Qué fuerza mía la de entonces... Conseguí abordar a Luis II cuando daba un paseo, y al general Leonrod que iba con él; le dije que quería servir allí, en Baviera... Lo conseguí. Entré en el regimiento List. Nunca me gustó el ejército. Nunca me gustó el servicio militar. Nunca me gustó el vano orgullo de los oficiales... Pero tuve la suerte de encontrar un compinche, Ernst Schmidt... Ernst... Dormías conmigo cada noche...

¿Te acuerdas, Ernst? En la fábrica de cerveza Le Fébre, en Fournes... Dormíamos en montones de paja, que amortiguaban los crujidos de nuestra vehemencia... Fueron cuatro años de solidaridad y de unión. Éramos inseparables. Tanto en las faenas del frente occidental como fuera de él... Los alojamientos compartidos, tu carne tirante y musculosa. En los correos del campo de batalla, con las órdenes de los oficiales del regimiento para un brigada de otro o para un batallón, siempre juntos los dos. En la vanguardia y en la retaguardia... Ay, aquel maldito 5 de octubre del 16, aquel maldito bombardeo en el alojamiento de los correos... Ay, Ernst, nos separaron. Nos mandaron a hospitales distintos... Cuánto te eché de menos. Aquellas navidades no tuve gana de fiestas; sólo quería saber si volveríamos al mismo regimiento en el frente. Yo suplicaba al oficial adjunto, Wiedemann se llamaba, que no me destinaran a otra parte, sólo al XVI Regimiento de Infantería de Reserva. No tenía otro deseo que volver a tus brazos. No me extraña que todo lo nuestro quedara claro, demasiado claro. Yo ya tenía la Cruz de Hierro de Segunda Clase; con ella te hacía rabiar. Desde las navidades del 14. Porque Bachmann y yo recogimos al coronel Engelhardt herido y lo llevamos a la retaguardia... Eso fue en Bezaillères, cerca de Ypres; qué trabajo costó. Fue bien ganada la medalla... No querían dármela. Porque lo lógico era haberme ascendido antes o después de la condecoración. Pero sabían lo nuestro, Ernst, y eso no les hacía ninguna gracia... ¿Qué me importaba entonces ascender a sargento? Yo te quería a ti, mi aprendiz de pintor, pintor de brocha gorda... Traté de reengancharme en el ejército. Tú fuiste licenciado, y buscabas trabajo. Tenías una habitación donde nos veíamos cada día y cada noche; comíamos juntos; nos hacíamos una privilegiada compañía... Pero empecé a pensar que mi vida de artista había acabado. No sé por qué me llamó la política. Tenía treinta años, Ernst, ¿lo comprendes ahora? Y todo estaba lleno de seducciones a mi alrededor. Tú eras más fiel que yo. Yo no he sido fiel nunca. A nadie. A nada. Ni a mí: menos que a nadie, a mí... Tú también ingresaste en el Partido de los Trabajadores, donde yo ya influía. Pero acabaste yéndote, herido por mi versatilidad, a Garching, a cien kilómetros de Munich... Aún te amo, yo creo. Siempre se ama lo que se amó... Después de mi golpe fracasado del 24, me visitaste en la fortaleza de Landberg. Coincidiste tú, que eras mi pasado; Hess, Rudolf Hess, que era mi presente; y Emil Maurice, que era mi futuro. Hablo tan sólo de mi corazón, del que nunca debí dejar de hablar, al que nunca debí poner mordazas... Qué alegría cuando en el 33, tú ya rico, Ernst, te empujé para que fueses, en tu pueblo de Garching, el teniente de alcalde... Aún hoy te echo de menos... Echo de menos al que fuiste al principio. O quizá me echo de menos yo... Me acuerdo aquella mañana en la Marienplatz, junto al quiosco de periódicos, con tus ojos brillantes, hablándome de arte, de literatura, tan dispuesto a aprender. Ay, tú, mi tercer intento veraz de materializar los sueños...

Y apareció Ernst Röhm. Cuánto influyó en mi vida. Conocí a su través a soldados y a potenciales miembros del partido. Era un aguerrido soldado, un oficial de Estado Mayor. Casi de mi edad, siguió su camino del corazón sin vacilaciones, no como yo. Estaba él, juzgándome y aplaudiéndome, al final, cuando di mi primera charla pública. Hizo su carrera, como yo pero de verdad, en la Primera Guerra. Luego entró de adjunto en el Cuerpo de Voluntarios, cuyo jefe era su amante, Von Epp. Ya entonces todos conocían su homosexualidad... Fue con él con quien yo hablaba de «la estilización combativa del eros entre hombres, contra la imperiosidad feminista y semítica»... Ahí empezó todo. «El reverso de la heroicidad masculina es el afeminamiento.» El homoerotismo fue un objetivo político, la contribución a la formación de un Estado masculinamente estructurado. El erotismo y la sexualidad entre hombres, cargados de ideología (no quiero engañarme ahora y aquí), fueron el primer pilar de la cultura nazi antes del 33... Y en Röhm, tan distinguido, las fantasías masculinas militantes contrastaban con su sensibilidad artística. Cuánto aprendí de él. Nadie lo sabe. Quizá ni yo. Ni antes ni ahora...

Röhm vivía su sexualidad como me lo enseñó a mí. «El contenido esencial de una relación amorosa entre hombres no es el *coitus per anum, per os* o *inter femora.*» Luego, el artículo 175, el célebre artículo 175, se olvidó de la masturbación mutua... «La esfera privada no concierne a nadie más. Lo esencial es cumplir el deber como soldado y camarada.» A quien obrara bien así le estaba permitido todo en privado, siempre que escapara a la vista del público... El mundo de Röhm, como el mío, era el masculino de las trincheras y de los voluntarios...

Él me decía... Espero que me puedas oír, Röhm, ¿Dónde estás ahora, después de que yo mandara asesinarte? Me decías: «Soy inmaduro y malo. Me atrae la guerra y perturbar el orden burgués, tan soso. No me cuento entre los honrados ni los formales. No los quiero. La moral no me importa. En el campo de batalla, lo que exijo de un soldado es que sea buen camarada...» Yo fui tu camarada. Pero se suscitó el conflicto, tú entiendes. No estábamos de acuerdo en las secuelas del golpe del 23. Cuando saliste de prisión el 24, te nombré comandante de las Secciones de Asalto, las SA; pero, consolidándose la república de Weimar, y a eso llevaban tus movimientos, nos metíamos en un callejón sin salida, Röhm, por eso me opuse. Y tú, que exigías, para el movimiento nacionalsocialista, la primacía de lo militar sobre lo político, opinaste que yo pisaba tu terreno. Por eso, en el año 25 se separaron nuestros caminos. Tú te dedicaste a diversos trabajos que no eran lo tuyo. En el 30, te ofrecí la jefatura de las nuevas SA. El 5 de enero del 31 tomaste posesión. Y creciste Röhm, creciste... En el 33 te nombré ministro del Reich... Eso, en el fondo, fue lo que te llevó a ser víctima del asesinato ordenado por mí. Ya mi carrera era otra. Tenía que preservarla. Al reinstalarte corrí un riesgo político. No te elegí a pesar de tus inclinaciones, que eran las mías, sino por razón de ellas. Yo situé, como siempre después, en los puestos claves, a quienes tenían puntos débiles por los que se les pudiese embridar. Necesitaba total acato y dependencia. La intervención mía era siempre la misma: fascinación, halago, corrupción y extorsión... Pero tenía que estar preparado por si alguien actuaba igual, solo que en contra mía. Muchos miembros del partido opinaban que tu nombre y tu pública homosexualidad me manchaban...

Ay, ay, ay, en ese punto fue donde se inauguró mi doblez: por un lado contribuí a tu descrédito; por otro, no estaba dispuesto a prescindir de mi Jefe de Estado Mayor. La lealtad no era una palabra vacía para mí: tenía que dar ejemplo para exigirlo luego. Eso me dio una gran popularidad. Ya la esperaba: les había lanzado el hueso que eras tú, Röhm, para que se entretuvieran y no viniesen contra mí. Perdóname, Röhm, Ernst... Nunca te enamoré a pesar mío. Ya tú entonces eras amante de Karl Ernst, al que nombraste tu ayudante, tu jefe de la sección de Berlín-Brandeburgo: así elevabas a un camarero a casi un general. Claro, que yo, en asuntos tales, no puedo hablar muy alto... Por eso tuve que ceder. Se comenzó a opinar que mi debilidad por ti estaba impuesta por lo que tú sabías de mí. Tú eras quien mejor conocía los comienzos de mi carrera política, y sabías también mi tendencia sexual. Tú, previendo lo que se avecinaba, intentaste armar a tu gente. Me acuerdo ahora, como si lo reviviera, del 16 de mayo del 34, cuando tú quisiste saber el grado de mi hostilidad hacia las SA. Yo te pedí que concedieras un mes de vacación a todas tus secciones; a ti te convencí para que te fueses varias semanas al balneario de Wiessel... Lo medité. Intenté salvarte. No pudo ser. Del 30 de junio al 3 de julio tuvisteis que ser asesinados ciento cincuenta opositores al régimen. Hubo que hacer la limpieza total. Yo ya estaba demasiado en tus manos, Ernst Röhm. No podía depender de ti; te conocían todos; siempre fuiste muy explícito... Estabais, los jefes de las SA, a punto de acusar a la más alta dirección del partido de anormalidad sexual. Teníais que morir, o ser encarcelados, o amedrentados con mucha rigidez quienes sabíais de mí lo que yo precisaba ocultar... Fueron los días de los cuchillos largos los que alejaron de mi vida la luz. Todos, todos, todos, sin piedad. Y ahí estaban mis mejores amigos. Qué difícil, en adelante, lograr amigos para mí. ¿Qué son las traiciones de hoy comparadas con aquella de entonces? Todos, todos, todos. Os tuve que acusar de traidores para poder mataros, para que, por la sangre, aumentara la confianza en mí y en mis seguidores. Por el artículo 175 fuísteis a la otra vida. Por la inmediata ley contra la insidia me protegí de quien quedaba vivo... Y ya hubo que implantar una sistemática persecución de los homosexuales: con la tortura, con el campo de concentración y con la muerte... Me tuve que salvar haciendo desaparecer todas las bocas, cortando todos los dedos que podían señalarme, haciendo desaparecer a todos los que en realidad habían sido mis hermanos, con los que había vivido mis mejores horas. Ya no era yo Adi, ni siquiera era Adolf: sólo era el Führer. De la homofilia pasaba el país a la homofobia. Y todo el poder recaía en mis manos. Me convertí en señor de los hechos en un mundo que, de hecho, quedaba al margen de la justicia. Todo por mi terror a ser desenmascarado. Desde entonces mi rostro fue mi máscara. Cuánto dolor, cuánta soledad detrás de ella. Cuánta soledad hasta llegar aquí...

Pero, hasta rozar el filo de aquellos cuchillos, aún me quedaba un poquito de amor. Me lo dio Ernst Hanfstaengl. Era un par de años mayor que yo; pero había viajado, había estudiado en Harvard sicología, lenguas, historia del arte y de la música; había tenido en Nueva York una galería de arte... Se casó y tuvo un hijo. Nada más... Hasta 1922 era un artista: yo lo envidiaba. Yo lo metí en política. Se ganó mi confianza en poco tiempo. Me hallaba atractivo, brillante, magnético y deseable. Y tocaba el piano para mí con un temperamento desbordante. *Los maestros cantores de Nuremberg* o *La muerte de Isolda...* Yo lo besaba como quien besa a Dios. Cada uno tenía un medio de expresión: él, el piano; la oratoria, yo. Entre nosotros, la política llegó a ser secundaria. Hasta que él empezó a quejarse de mis ausencias dentro y fuera del partido, de mis esparcimientos con otros artistas más jóvenes que él, de mi doble vida, siempre mi doble vida en todos los sentidos... Lo cual era muy cierto. Todavía en el año 23... Él me decía que yo no era del todo homosexual ni del todo heterosexual. «Tu sexualidad, Adolf, tiene un fuerte matiz autoerótico, cosa que no me extraña, querido mío, querido.» Ernst Hanfstaengl se volvió a sus estudios de historia. Regresó a mí en el 31, pero ya era otro hombre. Ya no confié en él: algo me decía que me odiaba, y yo conozco a la gente en el mirar. Se proponía sacar de mí todo el provecho. Sabía mucho de mí, lo sabía todo. Y vivía en el extranjero. Cuánto riesgo...

En el año 35 quiso obtener por la fuerza mi solidaridad. Pidió la Medalla de Honor y la Orden de la Sangre, por su larga permanencia en el partido y por sus méritos. Era una apenas velada amenaza. Yo me erguí frente a él... En el 37, el día de su cincuenta cumpleaños, lo conminé a reunirse con los periodistas que cubrían la guerra de España. Cuando despegó su avión, se le comunicó su misión verdadera: saltar en paracaídas tras el frente de las tropas rojas. Presintió el atentado, y consiguió, qué listo, un aterrizaje en Suiza. La guerra entre él y yo estaba declarada. Me lo decía Göring, el que también me ha traicionado al final: «Si ése larga, dejará chicos a todos los emigrados. Es un cerdo capaz de cualquier cosa.» Yo lo odiaba. Escribía libelo tras libelo contra mí... Consiguió, a su costa, publicar en un diario inglés, que a él se le conocía aquí como el *Hitler's boyfriend*, el novio de Hitler, hasta que fue víctima de una intriga palaciega. Y tuvo la desfachatez de demandar él mismo al periódico, porque quería implicarme: yo tendría que defenderme. No lo hice: *boyfriend* en alemán es camarada, una palabra noble, y *Jugend freund* es amigo de la juventud. Pedía, para no seguir su querella contra el periódico, el abono de todos sus gastos en el exilio, la recuperación de su puesto en el Tercer Reich, y ninguna sanción. Yo preferí esperar el proceso. Me sentía seguro y sentía asco. Supuse que —yo lo conocía bien— él se echaría atrás. Y así fue. Cómo el amor puede convertirse de tal manera en odio...

Pero, ¿de qué comenzó esa fiera enemiga a tener celos? De unos jóvenes con quienes compartía yo una cena o un té. Michet... Josef... Franz... Todos acababan convencidos. A todos los incluía en el partido. Qué fuerte y qué amante me sentí... La época en que no me conocía nadie fue para mí la mejor. Fue para mí la única. No había retratos míos, sólo mi voz y mi ternura. El homoerotismo, como a mí antes hacia arriba, me ayudaba ahora a saltar hacia abajo las fronteras de clase. Sin esas escalas privadas, que tanta ilusión me producían, toda mi carrera pública hubiese fracasado... Ahora me doy cuenta de que habría sido mucho mejor para mi felicidad.

Menos mal que te tuve, Rudolf Hess, con tus ojos tan claros, tu cuadrada mandíbula, tus brazos opresivos. Equilibrado y desequilibrado, tan singular, tan lleno de Mozart, tan limpio y tan tumultuoso, tan vital y tan apacible, tan exaltado y tan sumiso, tan áspero con todos y para mí tan suave... Otros hombres te habían amado antes, pero tú me esperabas. Tú te convertiste en un trabajo conmigo y para mí. En el año 21 ya eras mi amigo íntimo: habías viajado y eras culto; te llevaba sólo cinco años; pero tú eras hermoso y parecías aún más joven... Desde el principio te odiaron mis amigos, porque yo te cobijé bajo mis alas, bajo las alas de mis águilas. Te pusieron motes ofensivos porque yo te adoraba. Antes de hablar en público, me retiraba unos días contigo y tú me ponías en el estado de furia que enardecía a las masas... A pesar de todo, Ernst Hanfstaengl procuraba apartarte de mí por celos... Cuando mi golpe del 23 en Munich tú estabas en tu sitio. Ante el fracaso, no obstante, huiste a Austria; pero volviste pronto, te presentaste, te enviaron preso a la fortaleza de Landberg donde yo te esperaba. Y te adoré.

«Hitler, el Tribuno», me llamabas, amor. Nosotros ocupábamos, junto a otros, el ala de los generales. Un amigo íntimo de entonces, mi chófer Emil Maurice, nos enlazaba con los *lanskenetes.* Aquello era una mezcla de casino de oficiales y albergue masculino. Ni depresiones ni arrepentimientos. Qué dichosos fuimos bañándonos desnudos en la piscina, haciendo deporte, practicando la camaradería y amándonos a oscuras. Tú eras un puro júbilo cuando me tenías para ti solo... Aunque Maurice también me compartía... Aquellos meses hicieron que tú me vieras resplandeciente. El sueño, el aire libre, el amor físico... Tú inventaste allí el papel de Führer del Pueblo Alemán; me construiste el mito; charlamos sobre lo que fue luego *Mein Kampf.* Tú querías servirme hasta la muerte. Eras mi secretario personal; ah, sí, completamente personal... Te casaste para evitar el qué dirán. En cuanto a las alegrías matrimoniales, Ilse aseguraba que era una novicia. Me reía tanto... ¿Qué importan las mujeres? Después de celebrar tu boda, me recogió en sus brazos Emile Maurice, pero sólo esa noche... Me acuerdo un día en que te relataba unas aventuras mías de soldado, y al evocar un dolor tan de hombre, me puse a sollozar. Cuánto me amaste entonces, cómo me abrazaste, cómo te entregaste a mí gritándome tu amor, llamándome tu héroe y tu semidiós... No lo he olvidado, Rudi mío. Tú has sido la mayor dosis de idealismo que he tenido en mi vida... Hace muy poco he vuelto a hablar contigo. Todo era ya tiniebla y se cernía la derrota común y colectiva. La nuestra personal se produjo en el año 1930. Quién sabe los porqués. Quizá porque tú me empujabas demasiado arriba...

Yo jugaba, durante ese tiempo que era tuyo, con Emil Maurice, mi galgo corredor. Para facilitar nuestra amistad, lo hice mi chófer. También se reía alguna noche en mis brazos en Landberg. Era tan divertido. Viajábamos con traje montañero como dos tiroleses... Se reían tus ojos cuando te llamaba Maurice, a la francesa; cuando te llamaba Morel... No lo puedes haber olvidado... Tú me llamabas *mi querido Hitler.* Tú disponías mi ropa como un ama de llaves; me defendías cuando había jaleo; te metías por medio en cualquier riña. Tenías encanto y masculinidad. Emil... Eras bisexual y contigo había que estar ojo avizor, gallardo Emil... Cuando apareció mi sobrina Geli, tú organizaste un triángulo amoroso. Todos creían que el amante era yo, y tú, mi chófer. Pero tú eras su novio y el mío al mismo tiempo. No pudo salir bien. Geli se suicidó con mi pistola y yo te despedí. Fue en la Navidad del año 27... Luego me quiso hacer algún chantaje. Y año y medio después de la muerte de Geli, tras la toma del poder por los nacionalsocialistas, se ofreció otra vez a su *querido Hitler.* Yo le pedí perdón por lo pasado. Se lo pedí para que callase aquello que sabía. Después lo nombré consejero de la ciudad. Le encantaba ponerse el uniforme de las SS con la cadena de consejero al cuello... ¿Es necesario aclarar que tenía antepasados judíos? Sólo lo salvó, excepcionalmente, el amor que me tuvo y que le tuve.

A él lo siguió otro chófer, Julius Schreck, mi inseparable desde el año 28 al 36. Cuánto sentí su muerte. En su entierro emocionó a todo el mundo mi emoción... Era grande de cuerpo. Me abrazaba lo mismo que un gigante. Siempre sabía si lo que debía usar era su fuerza, su astucia o su destreza conduciendo. Conduciendo y no sólo en el coche... Alguien dijo que nos parecíamos, quizá fuese verdad. Hacíamos excursiones con frecuencia, solos los dos, y almorzábamos y dormíamos en hoteles pequeños, sin ser reconocidos... Contéstame, Julius, ¿has olvidado la navidad del 31? Me aguardaban los Wagner, en Bayreuth; pero Sigfrid y Winifred me aguardaron en vano. Nos quedamos tú y yo en el amado hotel Bube, de Bernek, mi lugar preferido. Allí tú y yo, mano a mano, pasando nuestra Navidad. Éramos huéspedes únicos. Cómo te quise entonces... En mi residencia de verano, en Obelsalzberg, junto al retrato de mi adorada madre, tenía una fotografía tuya y nada más.

Y después de Julius Schreck, otro Julius, Schaub, mi segundo factótum. Me sedujo su afición al cine, al teatro, a las variedades, sus informaciones culturales si yo no había podido asistir a un estreno. Él me proporcionaba mi espacio vital, mi propio *lebenraum*, donde podíamos ser nosotros con libertad, donde yo me abandonaba a mi afición por lo trivial y por lo primitivo. Era aliado, fiel, fiable... Como a todos, algún antecedente lo sombreaba; como a todos. Su mujer fue acusada de prostitución y de proxenetismo: Julius disolvió su matrimonio. Su mujer lo tachaba de una grosera falta de amor; sería a ella... También era aficionado a la bebida; ¿qué iba a hacer yo? Lo denunciaron por corrupto; yo lo compensé incluyendo un legado en mi testamento de 10.000 marcos y una renta mensual de 500. Eso fue en el 38; en el 43, por su fidelidad, le regalé 300.000 marcos... Hace nada, unos días hace sólo —y tanto, sin embargo—, lo mandé de Berlín a Baviera para quemar el contenido de mis cajas fuertes de la casa de Munich y de la de Obersalzberg. Me obedeció. ¿Qué habrá sido de él?

Gustoso me llevaba, años atrás, al hotel Kaiserhof, de Berlín, a media noche. Me sentaba a mi mesa entre un grupo de hombres fieles. Sentía entre mis discípulos, en medio de los que siempre aparecía algún joven desconocido y guapo, que me miraba con asombro comer pasteles con ese gracioso juego que hacen mis manos, sin que yo me dé cuenta, cuando sé que me miran... Hasta el año 34 todo era despreocupación en ese aspecto; pero luego cambiaron las cosas. Con la noche de los cuchillos largos, la liga masculina debió mudarse de nombre y de rostro. No sé si a lo que vino puede llamársele doble moral o hipocresía. Tampoco me preocupa. Todos los hombres tenían que comportarse como yo. Fuera del servicio, libertad total: el amor entre hombres podía funcionar como una fuerza constructora del Estado. Le di mayor alcance al artículo 175 contra la homosexualidad, por medio de una policía especialmente adiestrada contra ella. Porque esa fuerza básica podrían usarla contra mí mis enemigos, homoeróticos igual que yo. Aunque entre mis seguidores no había restricción alguna... Toda esa actitud debía ser el secreto de Estado más riguroso y más estricto... ¿Qué quiere significar lo que se ha dicho: que la homosexualidad fue perseguida y alentada al mismo tiempo por el Tercer Reich? Todo es distinto según desde el punto en que se mira...

Eso lo sabía muy bien Hans Severus Ziegler, uno de mis predilectos. Desde que lo conocí en Weimar fue mi continuo acompañante. Era algo mayor que yo, un ario puro... Qué añoranza de mis días en Weimar, cuyo teatro él dirigía. No iba yo allí ni por Goethe ni por Schiller ni por Herder o Liszt, ni por los arquitectos de la Bauhaus, ni por el círculo de Harry Graf Kessler, ni tampoco por Nietzsche. Iba por el teatro y los cafés de artistas, y el hotel Elephant y el parque Belvedere. Y por Ziegler también, testigo de más de cuarenta de mis visitas... «Cómo me subyuga la intensidad de tu presencia. Cómo resplandecen tus ojos cuando hablas de cuestiones personales e íntimas....» Lo nombré Comisario de Estado para el teatro de Turingia. ¿Te acuerdas, Hans, cuando me acompañabas a Obersalzberg? Te invité a ir conmigo los tres días de representaciones de óperas de Wagner en Munich, como un paseo nocturno, justo cuando el plenilunio se libera de nubes. Tuvimos, hasta la hora del teatro, dos horas para nosotros solos. En el palco se nos sentó Eva Braun, tan poquita cosa como siempre. Luego nos fuimos al café Heck. Tú me esperaste un cuarto de hora mientras dejaba a Eva en su casa; y tú y yo, después de otro café, mirándonos a los ojos, regresamos a mi casa de verano. Dos semanas estuvimos allí. «Qué privilegio», repetías... Hasta mayo del 33 me tuviste y te tuve. Desde entonces me separaron otras obligaciones con la jefatura del partido y del Gobierno. No tardaron en acusarte de lo que ya sabíamos. El ministro del Interior de Turingia tuvo que defenderte: a órdenes mías, por supuesto... Te vi un par de años después. El embrujo había muerto. Nada dura; sólo una sed de nuevas aguas. Cambian los escenarios y el texto que recita nuestro corazón... Me quedaron no más que breves aventuras.

Y me quedó Bayreuth, con esa especie de *ménage à trois* de Sigfried y su mujer en blanco, Winifred: él, mi amante; su mujer, mi amiga. Cuánto apasionamiento envuelto por la música de su padre... Ah, Weimar, Bernek y su hotel Bube, y Bayreuth, por supuesto. Mis tres puntos mágicos, el triángulo donde se ha esponjado mi corazón que esta noche va a dejar de latir... Desde el año 1934, sin embargo, sólo me quedó mi refugio de Obersalzberg. Ahora veo el hundimiento de mi vida política; el de mi vida íntima lo vi hace mucho tiempo. Todo habría sido tan distinto si hubiese habitado el campo del arte que me llamó al principio. El campo sosegado y en tensión de los camaradas, sin tener que construir sobre mentiras, sin tener que disfrazarse, en aquella Alemania de Munich y de Viena, cuando era todo posible todavía. Aquél ha sido, y no éste, mi principal fracaso...

Se abrió la puerta con sigilo. Era Eva Braun.

—¿Has dormido algo, querido?

—Un poco. He soñado...

—Descansa aún algo más. Ya amanece casi.

Le acarició el pelo y salió como había entrado.

Antes de las cuatro, en la madrugada, Eva reunió a las mujeres en el pasillo de la planta alta. Se alinearon contra la pared. Hitler había seguido pronto a Eva. Les fue estrechando la mano. A sus mensajes de esperanza, respondía con frases ininteligibles. Se escuchaba a los soldados y a los oficiales de las SS beber y gritar, en una orgía con la que daban sus adioses a la vida. Se había perdido la fe en el liderazgo y el sentido del mando. Por las casas del entorno encontraron alcohol y mujeres. Entre voces y risas, se alejaban del mundo en el que habían vivido y de los ideales en los que creyeron.

Al mediodía, Hitler comió un poco ante los ruegos de Eva: espaguetis con salsa de tomate. Los colaboradores se acercaron al comedor para irse despidiendo. Eva abrazaba a las mujeres. Adolf Hitler, tenso, sin mirar a nadie, entró con su reciente esposa en el despacho. Todos se retiraron salvo el ayudante y el mayordomo, que habían recibido órdenes taxativas de quedarse en la puerta hasta que todo hubiese concluido. Eran las tres y media. Magda Goebbels intentó despedirse en privado; pero le fue impedido... En esos momentos el capitán ruso Neustroev ocupaba la Königplatz en la que se levantaba el Reichstag, símbolo y emblema del Imperio. No tardaría la bandera roja en ondear sobre su terraza.

A las cuatro menos cuarto, el mayordomo Linge convenció al ayudante Günsche de que debían entrar. Sólo se había escuchado un único disparo. Entreabrieron la puerta. Les salió a recibir un olor especial...

Ambos estaban muertos. Eva, descalza, sentada en el sofá con los pies sobre él, y la cabeza apoyada en el hombro de Hitler. Había mordido la cápsula de cianuro potásico. Quizá fue el veneno el que provocó una contracción en sus piernas. Sobre el velador, una pistola sin disparar y un jarrón con flores artificiales volcado. Hitler, sentado también en el sofá, la cabeza contra el respaldo. En la boca torcida, los restos de su cápsula. La mano derecha, abandonada, había soltado la pistola Walter 65 sobre el suelo. El disparo que se escuchó desde fuera le había perforado la sien. En ella, un orificio oscuro y pelos chamuscados. Su mano izquierda apretaba el retrato de su madre, que había conservado con él toda su vida.

En una alfombra envolvieron su cadáver que seguía sangrando. Condujeron a los dos hasta el jardín de la Cancillería por la escalera de emergencia. Depositaron los cuerpos en el embudo que había producido un obús. Los rociaron con gasolina y les prendieron fuego. Algún proyectil continuaba cayendo sobre el jardín. El cielo, sereno y azul, contemplaba indiferente la escena, rodeada de un destrozo infinito.

UNA PAREJA NORMAL

«Ya no sé si lo odio o lo quiero», dijo la mujer del acusado, Benisa Lamas, ante el Tribunal de la Audiencia. Esa misma ambigüedad predominó en las declaraciones de los dos implicados. No obstante, la historia del crimen, con alguna zona de confusión, resultaba bastante verosímil. Los puntos oscuros no afectaban a lo esencial de ella ni a su reconstrucción.

Benisa había enamorado al que después fue su marido, Cecilio Duque, con artes bastante elementales, procedentes de una primitiva manera de entender la feminidad. Benisa, en aquel tiempo y aun después, era esbelta y atractiva, con almendrados ojos oscuros, prominentes labios y un cutis sedoso. Lo que más destacaba de Cecilio, además de su buena posición, era un cuerpo rotundo y una nariz pequeña y respingona que proporcionaba a su rostro un aire infantil no del todo aceptable. Sin embargo, en lugar de debilidad, aquella nariz denotaba, sin que se supiese explicar la razón, tesonería y tozudez.

Benisa, durante su noviazgo, había sacado el mejor provecho posible del interés de Cecilio. Nunca dio el primer paso en nada. Se abstuvo de proponer cualquier cita, de telefonear por un natural impulso, de anticiparse en el beso o la caricia, de tomar la mano que se le ofrecía. Se mantuvo siempre un tanto alejada, auténtica o ficticiamente llena de ocupaciones, incapaz de devolver las llamadas, las insinuaciones o las ternuras. Y se despedía un poco antes de la hora en que las citas debieran concluir. Es decir, su intención era sostener aquellas relaciones en el aire, para multiplicar así e incentivar el sentimiento de Cecilio.

Una vez casados, supo conectar la misma actitud de desapego con otra de sumisión, o de diplomacia al menos. Si Cecilio prefería ver un partido de fútbol en lugar de salir a cenar como había prometido, Benisa, aunque ya estuviese vestida, se acomodaba, al lado suyo, en el sofá. Si Cecilio llegaba tarde y la cena se había enfriado, Benisa la calentaba no ya sin discusiones, pero aun sin el menor reproche. Y aceptaba todos los pretextos que su marido atribuía al exceso de trabajo, sea cual fuese el incumplimiento consecuente. Las amigas de Benisa no sabían a qué atribuir una postura tan prudente: si a la indiferencia, a un amor refinado, o a un cinismo de pura conveniencia. El caso es que aquella pareja se consideraba una pareja normal y que aquel matrimonio funcionaba bien. De él había nacido un niño, Iván, que ya contaba diez años.

Los amigos de Cecilio, por el contrario, le envidiaban la duración de un matrimonio florido, la inmutable apariencia de su mujer, su dedicación a la casa en exclusiva, sin pretender buscarse a sí misma fuera, y el cariño de su hijo, nunca usado en su contra por Benisa. Cecilio estaba orgulloso de lo que, según él, había conseguido. El ápice de ese orgullo sobrevino en una cena de colegas con sus esposas, al final de la cual uno de ellos le cantó una jota segoviana:

Alameda bien plantada
siempre parece alameda.
La mujer de buen marido
siempre parece soltera.

Cecilio miró a Benisa, que sonreía a toda la mesa con la afectuosa distancia, nunca comprendida del todo, de una reina.

A la ciudad llegó, en el mes de diciembre, un compañero de colegio de Cecilio. Su nombre era Casiano, Casiano Columbres. Era un hombre ya cuajado, enjuto y alto, con unas manos de dedos largos y nudosos, y una manera calculadora de ser serio. Su corrección era admirable. Se manifestaba atento a cuanto se le decía, sin eliminar por ello la impresión de que le importaba un rábano. Cecilio sentía por él un cariño evidente, como el de quienes echan de menos los años ya perdidos y no están muy seguros de que la vida, al correr, haya mejorado.

A Benisa no le costó mucho averiguar que le gustaba al visitante, cada vez más asiduo a su casa, que era un chalé bastante céntrico. Tampoco le costó mucho reconocer que el visitante no le era indiferente a ella. No habían pasado tres meses cuando los dos, un anochecer, durante un rato en que Cecilio atendía una llamada en su despacho, se miraron fijamente y suspiraron luego, con o sin intención y con o sin consciencia. Ya estaba dicho todo. Benisa llamó junto a sí a Iván y lo abrazó con tal fuerza, mientras seguía mirando al forastero, que el niño se quejó.

—Ay, mamá, me haces daño.

Casiano encontró, harto de la vida de hotel, un piso agradable, con balcones a un parque urbano. A instancias de su marido, Benisa le ayudó a comprar la ropa de casa, a reordenar los muebles que ya existían en la vivienda, a distribuir mejor los mediocres cuadros... Siempre iba acompañada por Iván, al que recogía a la salida del colegio. Un día Iván fue a una fiesta de cumpleaños, y Benisa apareció sola en el piso. Aquélla fue la primera vez que hicieron el amor. Un amor adúltero que saltaba por encima de la amistad, es decir, enloquecido, apresurado, impetuoso, que quizá no dejó muy satisfecho a ninguno de los dos, pero que significó un aperitivo extraordinario. A partir de él, sus ojos se buscaban; se rozaban, con o sin justificación, sus manos y sus cuerpos; las miradas de él se concentraban en los pechos de ella, las de ella en los muslos abiertos de él, sentado enfrente junto a Cecilio, o con Iván apoyado en una de sus piernas. Cecilio sólo percibió, sin darle ninguna trascendencia, que Benisa gemía con mayor fuerza en la cama, que se entregaba más, o que se ponía a tiro, después de la cena, con más facilidad que de costumbre. Eso lo satisfizo.

La amistad de los hombres se renovó y creció. Tenían la misma edad, treinta y cinco años, aunque no los mismos gustos ni los mismos hábitos. Entre otras razones, porque Casiano era soltero. Precisamente, contra su soltería, Cecilio le daba abundantes consejos. La felicidad del hombre estaba en hallar una mujer apacible, sana, sencilla, obediente y buena amante. «O sea, una asiática», le interrumpía Casiano. Que se fijara y aprendiera de él... Y, sin desánimo, él y Benisa le presentaban amigas solteras, hijas de matrimonios ya entrados en años, muchachas que trabajaban en la empresa de Cecilio en categorías altas... Casiano se lo agradecía, sonreía y callaba.

Las dificultades para realizar su amor por Benisa no eran insuperables, dadas la ciega amistad de Cecilio y la ciega seguridad en que fundamentaba el amor de su fiel esposa. Así transcurrieron tres meses. Los amantes cada día se mostraban más insaciables, y comenzaron a correr riesgos que ponían en peligro, más que su amor, que gozaba con ellos, la estabilidad del matrimonio de Benisa. Por fin sucedió lo previsible. Un miércoles Benisa, prometiéndose una sesión larga de lujuria, pidió a su madre que recogiese a Iván. El tiempo se detuvo para los amantes, cuya pasión se renovaba una y otra vez. El cuerpo de Benisa jamás se había tensado, resplandecido, aupado, abierto y otorgado con tanta intensidad. Sus manos, su boca, sus pechos, su sexo, sus nalgas y sus piernas jamás vibraron tanto, ni tuvieron tanta percepción de sí mismos. Pero no sólo juntos, formando parte de ella o siendo ella, sino por separado, como si a cada miembro o fragmento de carne le correspondiera un gozo individual y diferente. Abandonada a las provocaciones y a los embites de aquel hombre, cuyo rostro ya no distinguía, Benisa lo acariciaba, hundía sus dedos en él, lo lamía, lo succionaba, lo oprimía, lo cubría con su saliva, insatisfecha y exigente... Se había hecho de noche y, sin advertirlo, continuaban los amantes trabajando uno en otro, sembrándose uno en otro, reclamando uno de otro... Sonó un timbre. Casiano miró la hora. Benisa, cubierta con una sábana, se introdujo en el baño. Él enfiló unos pantalones y fue a abrir abrochándoselos. Era Cecilio. Su expresión denotaba inquietud, pero no una sospecha.

—Iba a telefonear, pero he preferido venir para que me acompañaras por si acaso... O para acompañar a Benisa si es que está aún aquí.

—Sí; se nos ha pasado el tiempo con los asuntos de la casa... Proyectando un mobiliario nuevo para este salón que está hecho un baratillo.

—Pues podíais habernos avisado. Menuda preocupación tenemos su madre y yo. Como no dijo dónde iba...

Benisa que, desde el aseo no oía a los hombres, creyó que todo estaba descubierto y se consideró en el deber de salir en defensa de su amor. Apareció en el salón desafiante, a medio vestir con faldas y en sostén. Y gritó de un modo algo melodramático.

—Sí, sí, sí... Estamos liados. Ya era hora de que te enterases.

El desconcierto casi borró las facciones de Cecilio. Miraba a su mujer y a su amigo sin verlos. Luego, inopinadamente, descansó su mirada, sin saber él mismo por qué, en una fotografía de un niño con un perro que había sobre una consola.

—¿Quién es? —preguntó señalando.

—Yo, soy yo —contestó Casiano sorprendido.

En el colmo de la irritación, quizá aún no del todo ahíta, o deseosa aún, y desde luego sintiéndose humillada y eclipsada por aquella pregunta insoportable, Benisa gritó:

—¿Ves? Tienes que estropearlo todo. —Lo dijo como si un pésimo actor le hubiese arruinado una hermosa escena en la que ella, la actriz, tenía que brillar—. No piensas nada más que en ti y en tus amigos. Eres un ser abyecto. —Ella misma pensó un segundo qué significaría exactamente esa palabra, y por qué la arrojaba lo mismo que una piedra—. Me alegro de que todo lo nuestro haya terminado. Me separo. Me divorcio. Amo a Casiano, y Casiano me ama por encima de todo. A mí. ¡A mí! ¡A Benisa Lamas!... No soy para él una mujer cualquiera que se toma y adiós. Me libraré de ti. Me has llenado de veneno hasta el aire que respiraba al lado tuyo. He llegado a convertirme en una mujer amargada y esclava... No, ni siquiera una mujer: un mueble, una silla, un pobre cuerpo... Has conseguido que me despreciara... —Sollozó.

Casiano, sobrecogido por aquel consciente escándalo, dio dos pasos hacia ella. Miró a Cecilio, que lo miraba, encogiéndose de hombros. Benisa, ya lanzada, prosiguió su brillante monólogo:

—Nunca me has amado. Jamás. El amor es otra cosa... ¿Qué te creías?... Tú has ido y has venido; te has leído millones de periódicos; has visto por televisión millones de partidos; has llegado a tu casa a la hora que te salía de los huevos. No me has dado ni explicaciones ni conversación. Me has tratado como a un animal al que se le acaricia de paso cuando nos cruzamos con él... Por eso preguntabas por ese perro de la fotografía... Pero se ha terminado: ya soy libre... No te quiero; no te querré. No has sido ni un compañero leal, ni un amigo, ni siquiera un imbécil que hace lo posible por complacer... Fuera, fuera. Yo ya me quedo aquí. —Cecilio dio a su vez unos pasos sin saber bien en qué dirección. Al ver que se movía, Benisa se alborotó de nuevo—. No se te ocurra pegarme; no me toques; no me empujes... Aléjate de mí. Te odio. Aquí me quedo yo... ¡Vete a la mierda!

Se adentró, pasillo adelante, en el piso. Se metió en el dormitorio y cerró de un portazo.

Casiano miró a Cecilio, cuyos ojos miraban al suelo. Cuando los levantó, Casiano volvió a encogerse de hombros. Sin decir una sola palabra, Cecilio abrió la puerta de entrada, salió y la volvió a cerrar con discreción.

Cuando Casiano entró en su dormitorio, boca abajo en la cama, sollozaba Benisa con tanta fuerza como si fuese ella la ofendida. Casiano, sin saber qué hacer, le puso una mano sobre la espalda desnuda. Su amante movió con violencia el hombro y se zafó de la mano.

—Soy yo, Benisa —dijo él.

—Sí, ya sé que eres tú; pero, ¿quién eres tú?

Aquella noche cenaron sólo unos restos que había en el frigorífico: un frigorífico de soltero no buen aficionado a la comida. Casiano deseaba dar y recibir alguna explicación; plantearse el presente y el futuro si ése era el caso; aclarar su postura de aparente depredador; confirmar, a pesar de todo, su amistad por Cecilio; ponerse de acuerdo en qué habría que decir y en cómo actuar... No logró arrancarle a Benisa ni una sola palabra. Cuando él, dándola al fin por dormida, cesó de intentar leer un libro, cuyo nombre había olvidado o nunca supo, y apagó la luz de su mesilla, fue cuando Benisa deslizó su mano sobre su rodilla huesuda, ascendió por su muslo delgado y fuerte; entreabrió el pantalón de su pijama y se esforzó en endurecer su miembro... Benisa jadeaba. Con violencia le hizo volverse hacia ella. Con violencia le mordió los labios. Con violencia le arrastró las manos hacia sus senos... Se quitó a tirones una camisa de él que se había puesto para acostarse, y se montó después sobre el cuerpo de Casiano cabalgándolo con la incierta omnipotencia con que una bruja cabalga en una escoba... Casiano tardó algún tiempo en responder.

Pasaron siete días. Casiano había telefoneado a su oficina comunicando que se hallaba enfermo, y que iría en cuanto mejorase. A la asistenta que le limpiaba la casa le hizo una lista de provisiones imprescindibles, sin otra justificación, y le dio unos días de vacaciones pagadas: ya la avisaría él. Desconcertado e indeciso, colocó donde le fue posible toda la intendencia que subió la estupefacta mujer.

—Si usted no se siente bien, don Casiano, me quedo. Yo lo atenderé.

—No, váyase, gracias. Váyase.

Benisa se reducía a estar en el dormitorio o en el baño. Tendida ya en la cama, cuyas sábanas renovaba de cuando en cuando, ya en la bañera, entre sales y humos. El piso comenzó a oler de una manera por lo menos extraña. Casiano, al que por cierto arrebataba el cuerpo abrasivo de Benisa, pasaba por momentos en los que se arrepentía de haber traicionado a un amigo y de haberlo hecho tan a costa suya. Porque las exigencias de Benisa eran literalmente inagotables.

Transcurridos estos días, oyó Casiano, desde su despacho, a primeras horas del atardecer, que Benisa lo reclamaba. Se acercó muy despacio al dormitorio. Al pasar, se vio reflejado en un espejo que había en el vestíbulo. Era como la sombra de sí mismo.

—Voy —musitó.

Al entrar en el dormitorio se encontró a Benisa con una pistola en la mano.

—¿Qué vas a hacer? —preguntó casi sin voz y horrorizado.

—He encontrado esto debajo de tus jerséis en el armario.

—Pero, ¿qué te propones?

—Que vayas a casa de tu amigo Cecilio, con esto en el bolsillo por si fuera necesario, y te traigas, por las buenas o por la malas, a mi hijo Iván.

—Te has vuelto loca. ¿Crees que te lo va a dar después de la escena que le montaste... o que le montamos aquí?

—No te he dicho que te lo dé sin resistencia. Por eso te pido que lleves la pistola.

En el fondo, Casiano agradecía la posibilidad de poner un pie en la calle, cualquiera que fuese su destino. Ansiaba comprobar que la ciudad seguía existiendo, las calles y los árboles, el gorjeo tardío de los pájaros, la gente, apresurada y demorada, las altas casas, los cielos que absorbían ahora más la luz, la libertad...

Cuando Cecilio abrió la puerta, se miraron los dos hombres a los ojos. Quizá se comprendieron. Estuvieron a punto de abrazarse, pero les dio vergüenza.

—Benisa me manda a por el niño.

—¿Por qué? El niño es mío.

—Y de ella.

—El niño es de esta casa. Ella se ha ido. —Casiano movió un poco la cabeza, sin afirmar del todo, pero entendiendo a la perfección lo que se le decía—. Además, Iván está en casa de su abuela.

—¿Y cómo le has contado a doña Amelia lo ocurrido? —Cecilio no contestó. A su suegra le había mentido con un enredo de viajes de oficina y de visitas a otras sucursales, acompañado de Benisa—. ¿Qué opina ella?

—¿Qué coño va a opinar? Se siente avergonzada. Como tú.

—Doña Amelia vive cerca. Ve tú por el niño, Cecilio, te lo ruego. Yo no soy capaz de volverme sin él.

Sacó de su bolsillo la pistola de una forma incoherente. No quiso apuntar a su amigo, pero le apuntaba.

—¿Me matarías? —exclamó Cecilio en el colmo del estupor.

—No sé nada, Cecilio. Yo no sé ya nada... Pero Benisa quiere a su hijo. Quiere tenerlo allí con ella. Yo te lo ruego, ve por él.

Cecilio, que no había dejado de mirar al arma, obsesionado, preguntó:

—Pero, ¿qué haces con esa pistola? Soy yo, Casiano. Soy Cecilio Duque, tu amigo de la infancia y de toda la vida... Suelta eso. Vamos a hablar. Hace mucho tiempo que deberíamos haber hablado.

—Quizá está todo dicho... —Casiano tenía las lágrimas saltadas—. Y de todas maneras, yo no sé qué decir.

—Dame eso.

Se adelantó Cecilio. Tendió la mano.

—Por favor. —Casiano retiraba la pistola. Había una súplica mojada en su voz y en sus ojos—. Por favor, no te muevas.

Cecilio no se detuvo. Cogió a Casiano por la muñeca. Se la retorció para que dejara caer el arma; repetía el nombre de su amigo, casi llorando él también. Sin explicarse ninguno de los dos cómo, el arma cambió de mano. Se produjo una detonación. Cecilio, sin mirar, supo qué había ocurrido. Lo vio en los ojos de su amigo, llenos de desconcierto y extrañeza. Se dijo que eso sólo pasaba en las novelas. Oyó el ruido del arma al chocar, por fin, contra el suelo. Casiano resbalaba entre sus brazos. Gritó su nombre dos veces, despavorido. Cayó del todo Casiano, escurriéndosele de las manos. Aún lo miraba desde abajo. Su mano cubría el orifico de la bala, cerca del lado izquierdo de su pecho. Comenzó la sangre a correr entre los dedos. Su cabeza se desplomó de un modo demasiado siniestro para ser natural o fingido. Cecilio prefirió pensar que era una argucia, que se proponía desconcertarlo, obligarlo, chantajearlo... No sabía, no, no sabía... Los ojos de Casiano estaban clavados en el techo. Cecilio repitió de nuevo el nombre de su amigo. Era inútil. Casiano estaba muerto.

—No puede ser. —Fue como un alarido—. No puede ser.

Sin darse cuenta de lo que hacía, corrió al teléfono. Marcó el número del piso de Casiano.

—Diga —era la voz de Benisa.

—Ven. Ven. Ha sucedido algo terrible.

Colgó. Se sentó sobre el parqué junto a su amigo. Le tocó el cuello como había visto hacer en las películas. Le cerró los ojos como había visto hacerlo... Se echó a llorar tapándose la cara. A través de los dedos, de cuando en cuando, volvía a mirar aquel cuerpo tendido por si se producía alguna novedad. Pasados diez minutos, oyó la llave de la puerta. Era Benisa. Miró a los dos amigos desde arriba.

—¿Dónde está Iván?

—Está bien. Con tu madre.

Inesperadamente, Benisa se inclinó. Besó a su marido en los labios con especial suavidad.

—¿Por qué no me dijiste que me querías tanto?

—¿Qué voy a hacer ahora —sollozó Cecilio—, sin mi amigo y sin ti?

—¿Por qué no fuiste siempre tan valiente? —Benisa se puso de rodillas al otro lado del cadáver—. Ya ha dejado de sangrar. O casi. Es necesario salir de él. Como si nunca hubiese venido... —Cecilio la contemplaba, con los ojos mojados, sin entender. Todo él era abatimiento y desesperanza. Benisa le pasó un brazo por los hombros—. Cuántas noches hemos desperdiciado... Ven.

Lo levantó. Tiraba de él... El dormitorio suscitó en ella recuerdos imborrables, noches no del todo perfectas, momentos en que, a pesar de uno, se olvida el mundo, el calor acostumbrado de un cuerpo muy bien conocido... Ahora acariciaba ese cuerpo. Él se dejaba hacer. Con una u otra mejilla recorría el vello del pecho, la curva de los hombros, los brazos, el vientre... Le desabrochó el cinturón. Le abrió los pantalones. Encontró el sexo acobardado, y lo besaba, lo besaba, lo enardecía con la lengua... Empujó a su marido hasta la cama.

—Tómame, tómame... Soy más tuya que nunca. Ábreme igual que un hacha. Hazlo. Fóllame. Estamos solos. Ahora sí que estamos solos. —Ella misma no sabía si susurraba o si clamaba—. Te he echado de menos... Házmelo.

Cecilio, como quien escucha una voz lejana e imperativa, obedecía. No estaba seguro de si la estaba haciendo suya, o ella lo poseía a él. Era de noche ya... Los dos estaban con los ojos cerrados. La luz de la calle que entraba por el balcón no caía sobre ellos.

Hasta el amanecer estuvieron ocupados en una delicada faena. Benisa desnudó el cadáver de Casiano. Miró el cuerpo con el que había gozado. Se detuvo en el sexo, marchito sobre un muslo, como un fruto caído y enigmático. Metió las ropas en una de las bolsas de basura que había traído desde la cocina. De repente, como si obrara al dictado, cambió de idea.

—Hay que llevarlo allí.

—¿Adónde?

—A la cocina, ayúdame... No dudes, Cecilio. Cecilio, no vaciles. Necesitamos todas nuestras fuerzas.

Lo dispusieron sobre la larga y estrecha mesa de mármol blanco que ocupaba aquel cuarto. Benisa buscó en los cajones. Desechó un cuchillo de media luna de los que llaman los carniceros de deshuesar. Escogió el que llaman cuchilla: de hoja rectangular, casi cuadrada, más gruesa que ninguna otra. Lo puso en manos de Cecilio. Él, lo mismo que un autómata, con mayor fuerza a medida que usaba aquel extraño machete, fue cortando por donde Benisa le decía. Ella metía cada despojo en una bolsa anudada después... El trabajo fue largo. E inenarrable. Nadie podría relatar el esfuerzo, la monotonía de repetir el crimen, de reanudar los golpes secos, su ruido, el montón creciente de las bolsas oscuras. Mientras Cecilio las bajaba a su coche, cerrado en el garaje, y las depositaba en el portamaletas, Benisa limpió de sangre y de jugos la cocina, el pasillo, el vestíbulo, la casa entera. En aquellos dos seres había en común sólo, y repetida, una constante idea: que aquello era mentira, que llegaría el momento de despertar de aquella pesadilla. Pero faltaba tanto...

Se encontraron en el garaje. Benisa ordenó, como quien cambia de postura las maletas para que quepa alguna más, el cúmulo de talegas de plástico. Cecilio puso en marcha el coche. Salieron de la ciudad. Benisa consultaba una guía de viaje. Buscaba ríos y embalses próximos. En ellos, en varios de ellos, en muchos de ellos y a diversa altura, fueron arrojando los restos de Casiano. Cuando la aurora asomó sus sonrosados dedos por levante, Benisa y Cecilio se encontraban exhaustos. Había desaparecido la tensión que los mantenía. Pero su tarea estaba concluida. Regresaron a su casa. Durmieron uno en brazos del otro. Ninguno de los dos soñó nada.

En el juicio, ella negó que hubiese pedido a Casiano que le trajera a su hijo. También negó que hubiera visto jamás la pistola. Cecilio negó que participase en el descuartizamiento del cadáver y, lo mismo que su mujer, negó a su vez que hubiese mediado una pistola. La historia verdadera no se supo. Ante el Tribunal de la Audiencia, cuando la interrogaron sobre sus sentimientos, Benisa dijo después de una ambigua mirada a su marido:

—Ya no lo sé. No sé si lo odio o lo amo. Sólo sé que éste es mi marido.

UN TRISTE CASO

—

El verano estaba siendo un poco peculiar. Un día después de san Juan había sido luna llena. Eso inspiró cierta confianza a los malagueños. Esperaban un verano caliente, pero oreado. Sin embargo, no fue del todo así.

El calor se descolgó demasiado pronto y se retiró demasiado deprisa. Los días de fuego no abundaron; las temperaturas no ascendieron con el ritmo de otros años; y la división clasificatoria y sucesiva de siempre —el calor, la calor, los calores y las calores— no sirvió para mucho. En las semanas, y hasta en los días, se mezclaban sin ton ni son los cambios. Soles radiantes y achicharradores, brumas por la mañana que desaparecían a mediodía, bochornos plomizos y desesperantes, y ni cuatro gotas de agua que aplacasen el polvo y calmaran los nervios.

Los hechos sucedieron en un día de terral. No se movió en ningún momento una sola hoja. Los árboles de la Alameda, del Parque y de la Plaza de la Merced parecían pintados. Era un terral tan fuerte que, a quienes andaban a la intemperie, refugiándose en las breves sombras de los balcones, les escocían las ventanillas de la nariz y las comisuras de los labios y se les secaba la piel hasta picarles.

Juanmi, de veintitrés años, alto, flaco, simpático, con vivos ojos de marinero irresponsable, se había propuesto no salir de una tabernita —o mesón o las dos cosas— fresca y umbría. La cortina de su entrada, bien corrida a esas horas, da a una calle, la de Medina Conde, que lleva, haciendo un ángulo recto, desde la Plaza de la Merced a la calle Granada. En la primera yacen, bajo un monolito, los restos del general Torrijos y sus hombres, que murieron por la libertad en las orillas de una mar libre; en la segunda, sólo se veían a aquella hora a quienes no tenían más remedio que hacer alguna acuciante tarea. La calle del Álamo, con sus aceras de granito, aparecía también desierta, y por ninguna de las que comunican la plaza con el mercado o con el Teatro Cervantes circulaba casi nadie.

Pura, en su casa del barrio de La Epidemia, conectó su móvil. Era Juanmi. La invitaba a un café con hielo en la tabernita fresca y en sombra. Se habían conocido dos semanas atrás. Pura tenía diecinueve años. Menuda, graciosa, con cara de chiquilla traviesa y una sonrisa aleteándole siempre, como una mariposa inquieta, por la cara. Se acababa de levantar de la siesta. Era viernes. Se había echado agua fría por la cabeza; el pelo húmedo le chorreaba sobre la espalda. «Ahora voy», dijo riendo. Recordaba la última noche... La había pasado en los brazos de Juanmi, en casa de él, muy pequeña y locamente amueblada, encima de un colchón tirado encima de un suelo de mazaríes... Tuvo la súbita certeza de haber encontrado al hombre de su vida.

Araceli no sabía que hiciese tanto calor. No se enteraba de nada. Sólo tenía cabeza para su desazón y su desgracia. Era novia de Juanmi desde hacía dos años, cuando cumplió los veinte. Lo quería con virtudes y con defectos. Incluso le hacían más gracia sus defectos. Hasta los mayores. Y le ofrecía continuamente la segunda oportunidad. Debía de ir ya por la vigésimo quinta segunda oportunidad... Pero la sostenía la certeza de que era, en el fondo y a pesar de todo, su novio y cosa suya... Y ahora acababa de llegar una prima de no se sabe quién desde Madrid, y había hecho así con el capote, nada, a mediados de julio, y Juanmi se había distraído... Eso sí que no era capaz de soportarlo Araceli. «Qué calor», decía todo el mundo. Qué cojones le importaba a ella el calor. En los bajos de su casa, donde su padre tenía el almacén de transportista, donde se almacenaban las cajas y los bultos, y que era por otra parte el sitio menos caliente del edificio, Araceli meditaba y mordía su pena, sentada en un cajón, con el codo derecho sobre el muslo y el puño debajo de la barbilla.

Pura llamó al móvil de Juanmi, no sin antes leer el último mensaje de Araceli. «Voy a pelarte el coño, madrileña de mierda.» Llevaba diez o doce días recibiendo semejantes lindezas. Ahora le dijo a Juanmi: «Voy hacia allá. Me lleva un primo mío. No tardo nada. Te quiero...» Procuró no acordarse de los mensajitos que le mandaba Araceli. Sin firma, desde luego. El primero fue un aviso: «En verano aquí hay tregua. Los novios, quietos.» Luego subieron de tono: «Si tienes ganas de follar, hazlo con tu padre.» «Con las putas yo me limpio. Última vez que te lo advierto.» «Lo que tú estás chupando es sólo mío.»... Pura no estaba acostumbrada a una guerra tan áspera; cuando se quedaba sola, la sonrisa se le caía al suelo. Había concluido con buenas notas primero de Derecho. Salía en Madrid con los compañeros de la facultad, con los del recién terminado bachiller, con los de su barrio de Chamartín. Esto era otra cosa: más directa, más ardiente, más dura. Para lo malo y para lo bueno. Los quince días que llevaba con Juanmi la compensaban de todo. Hasta llegar a él, sólo había imaginado lo que podía ser el amor. El jueves, ayer sólo, por fin, se había entregado a un hombre. Aún le sabía la boca a besos y a un regusto de sangre; a carne sudorosa y a semen; a caramelo de menta que él le había pasado desde su boca a la de ella, después de terminar.

Araceli no pudo resistir más. Se puso en pie. Se estiró la falda. Se atusó el pelo y, sin subir siquiera a mirarse a un espejo, se echó a la calle. No había dormido durante la noche anterior. La cama se le convirtió en un lecho de espinas, empapado en sudor, o en sangre, en sangre suya, y en lágrimas. Mordió la almohada después de llorar en ella. También era Juanmi su primer gran amor. Con él, por primera vez, se había planteado casarse... Juanmi no tenía oficio ni beneficio. Su padre no andaba mal de perras. Pero, ¿qué importaba todo eso? Ella sentía con él lo que no había sentido con nadie y lo que se convenció de que no sentiría nunca. Estaba dispuesta a defender lo suyo... La llamaron al móvil. Era Mati: «Juanmi está tomando copas con la Pura. Acabo de verlos juntos riéndose en los bajos de un mesón que hay en una bocacalle de la Merced. Te espero.» A Araceli se le abrieron las carnes. Con razón le había caído siempre mal la dichosa placita de la Merced. Tantos liberales, tanto Torrijo, tanto Picasso y tanta hostia. Tomó un taxi. El taxista iba medio dormido, pero el aire acondicionado le hizo ver a Araceli el calor que hacía fuera. «Me cago en Mariana Pineda», dijo en alto sin saber por qué. El taxista la miró por el retrovisor, y se echó a reír.

La calle del mesón estaba aún desierta. Los clientes del almuerzo habían desaparecido y aún no llegaban los extranjeros de la cena. Eran las seis, y las paredes exteriores despedían fuego. El pavimento ardía. Para la noche, preparadas, unas cuantas mesas. Un cocinero de contrachapado, con un cartel de platos y de precios, obstruía la entrada. Araceli llegó ya arrebatada de por sí y soliviantada por Mati. Levantó la cortina del local.

—Ven acá, puta, que te vas a enterar de lo que vale un peine. De nácar, ¿sabes, guarra? Sal a la calle, que es tu sitio.

Juanmi se acercó para evitar la ruptura de hostilidades. Detrás de él, Pura con su primo, un muchachito casi adolescente todo ojos y susto. Juanmi levantó las dos manos, para acreditar que no iba armado. Un gesto inconsecuente. O quizá quería decir que iba en son de paz.

—Quita tú, mequetrefe, que no sabes lo que quieres... Pura, la tía se llama Pura, y tiene vistas más pollas que un meadero... Venía de Madrid, de vacío, el putón ese, y ahora lleva dos semanas con todo eso dentro.

Los dos muchachos intentaban dominar aquella marejada. Otra cosa no podían hacer: ni llevársela ni darle un puñetazo ni un empujón siquiera. Pura, ofendida y harta, se acercó a Araceli y le largó un revés en mitad de la cara. La que se armó. Se agarraron del pelo. Se arrastraron. Gruñían, graznaban, jadeaban. Los dos chicos tiraban cada uno de un cuerpo. Mati, que había llegado en plena refriega, les daba a ellos puñetazos en la espalda para que las dejaran pelearse. Ella apostaba a gritos por su amiga Araceli... Ahora se levantaban arreboladas, guapas las dos, con los pelos descolgados sobre la cara y las faldas torcidas. Pura se quitó una sandalia y le golpeó en la cabeza a la otra. ¡Viva Madrid! Araceli se volcó sobre ella, y le mordió en un hombro. «Ladrona, pelleja, zorrona, perra.» Mati la jaleaba. Pura dio un grito. Juanmi, ya sin respeto al sexo débil, tiró del cuerpo de Araceli, que conocía muy bien, y lo trajo a mitad de la calle.

—Llévatela, hija de la gran puta —le chilló a Mati.

—Llévatela tú, que es tuya, no esa cerda —le contestó la amiga.

—Venga, Araceli, vámonos ahora mismo.

Tiró de nuevo de ella. Había comprendido que era la única forma de terminar aquello. Le hizo a Pura un gesto no de adiós sino de que aguardara. A veinte pasos, en la plaza, había una somnolienta parada de taxis. Embutió a Araceli en uno, se subió casi en marcha y se alejaron.

Mati, la malmetedora, viéndose en peligro a solas, corrió hacia la calle Granada.

Dentro del coche, Araceli, hecha llanto, se derramaba sobre Juanmi.

—¿Por qué me haces esto, cabrón? ¿Por qué, por qué, por qué...?

Era todo lo que podía decir. Juanmi le pasaba, como a un perrillo enfermo, la mano por el pelo mojado de sudor. Se lo apartaba de la frente en silencio. No sabía qué decir, ni quería decir nada. Estaba entre dudas, navegaba entre dudas. Habría preferido que Araceli no se enterara de nada; que le diese tiempo para aclararse consigo mismo; que dejara que pasase el verano... La madrileña era una monada. Nueva, sin estrenar, tensa y dura como una manzana recién cogida de la rama. Y qué leche, que le gustaba, hoy por hoy, más que Araceli. Sobre todo, después de estas escenas.

—¿Por qué, por qué, por qué...? —Seguía musitando cada vez más imperceptiblemente Araceli. Parecía que se hubiese dormido.

—Esta chavala, ¿no es la que se iba a cagar en Mariana Pineda? —Era el mismo taxista que la había traído—. Ten cuidadito tú, chavea. Yo no me he movido de aquí porque hace muchísimo calor para meterse donde a uno no le importa, pero hombre... Hay que hacer bien las cosas.

—Se hace lo que se puede —contestó Juanmi con desabrimiento—. No baje la bandera. —El taxi paró en casa del padre de Araceli. Juanmi la ayudó a bajar—. Dúchate, tiéndete un rato. Descansa, mujer, ya se te pasará el sofocón. —Le dio un beso y la metió en el portal, que daba gusto entrando de la calle. Salió de nuevo y se metió en el taxi—. Cosas de hombres... —Le explicó al taxista—. Qué le vamos a hacer... ¿Me lleva usted de vuelta al mismo sitio?

—De la ceca a La Meca. Lo que es por mí... Pero yo no creo que ésa sea la mejor idea. Un minuto tardamos. Ahora no hay nadie... La gente está recogida en su casa, que es lo bueno. Menos algunos chavalitos que le quieren dar la vuelta al mundo. En sentido vertical, quiero decir.

Cuando Juanmi llegó a los bajos del mesón no estaban ya ni Pura ni su primo. Marcó el número del móvil de la muchacha. Estaba fuera de servicio. Pidió otro café con hielo. Se sentó en un taburete con las piernas muy abiertas.

—Qué número, niño —le dijo el camarero—. Se fueron nada más irte tú. La muchacha moqueaba como una niña chica. Y me parece a mí que el muchacho también. Son dos criaturas... Qué numerazo, madre.

Juanmi callaba. Se bebió despacio el café. Volvió a marcar el número. Escuchó la voz pequeña y estremecida de Pura.

—Pura, amor mío, ¿cómo estás, corazón?

—Más tranquila.

—¿Me lo dices de veras? Quiero verte, cariño. Dime una hora tú. Voy a buscarte y nos vamos a mi casa, a estar solitos, a que yo te diga sana sana culito de rana... —Una risilla de Pura lo emocionó—. Así me gusta, que te rías conmigo, mi vida... Qué chiquilla más mala. Yo no sabía que te dedicabas tú al boxeo profesional. Qué paliza le diste, Dios. Te he tomao un miedo... ¿Te has duchao tú, mi amor?

—Sí.

—¿Me quieres?

—Sí.

—¿Estás tú segura, segura?

—Sí, segura.

—¿A qué hora te recojo?

—¿A las ocho?

—A las ocho... Mientras, compro yo cositas buenas y cenamos juntitos: mi niña, campeona de los pesos pluma, y un servidor. ¿Me quieres tú? Dímelo sin pensarlo.

—Sí, te quiero. Si no, ¿qué iba yo a hacer?

—Dedicarte al pugilismo, hija mía... Conmigo no te entrenes, corazón, ¿me lo prometes?

—Tonto.

—Hasta las ocho, vida mía.

—Adiós, cariño.

Como era de temer cenaron muy mal: unas raciones de tortilla fría, unos boquerones templados y dos vasos de helado de turrón casi caliente. Pero qué importaba eso. Entre tanto se besaron. Se tocaron los cuerpos. Él le mostró a ella un mordisco en su hombro, que ya se amorataba. Ella se lo besó muy largamente. Le mordió, suave, el otro. Él le chupó muy despacio los pezones de los pechos menudos; le abarrotó de besos el ombligo, la cintura, el pequeño sexo rodeado de un vello casi rubio... Ella se dejaba hacer. Se movía como al son de las olas y le besaba el pelo... Después bajó la mano y rozó el miembro erguido...

Pasadas las doce llegaron a la Plaza de la Merced, no lejos de Beatas, donde vivía Juanmi. Se hizo un brevísimo silencio cuando aparecieron, el brazo de él sobre los hombros de ella, en el grupo de amigos. Algunos de ellos, mujeres que estaban de parte de Araceli, se hicieron a un lado, con un móvil, para darle la infeliz noticia. Mati, más que ninguna, le calentó los cascos. Araceli, que había vuelto a bajar al almacén para evitar toparse con nadie de su familia, sintió cómo se le incendiaba el cuerpo. Dio un puñetazo contra un cajón y se hizo daño en la mano. Cayó algo que había encima. Era el cutter con el que su padre cortaba los flejes de los palets y las cinchas de plástico. Con un gesto mecánico, se lo guardó en un bolsillo del liviano traje sin mangas que se había colocado después de la ducha. Salió a la calle. Andaba deprisa. Decidió ir a pie. Necesitaba desahogarse. Un poco antes de llegar a la plaza —ella estaba al tanto de dónde solían estacionarse sus colegas— tropezó con Mati que la estaba aguardando.

—Está bebiendo con él en la esquina de la farmacia. Han cenado juntos en casa de Juanmi.

Araceli se acercó a ellos lenta y por la espalda. Pura llevaba el pelo recogido en un moño. Embebidos como estaban uno en otro, ni Pura ni Juanmi percibieron la llegada. El tirón en el pelo hizo casi caerse a la madrileña. Juanmi la sujetó por la cintura.

—Quieta, mujer, ¿qué haces?

—A ti qué te importa, maricón, chulo de putas.

Pura se repuso. Veía, como de lejos, la gente que se acercaba. No era mucha. Sería la una menos cuarto. Juanmi empujaba a Araceli.

—Cálmate, coño. Tenemos que hablar. No puedes estar siempre formando escándalos.

Ella se desasía pretendiendo volverse contra Pura.

—Suéltame. Suéltame, tío... Ésa se va a enterar.

Mati se interpuso entre Araceli y Juanmi.

—Tú no te metas. Éstas son cosas nuestras.

Mati lo retenía, lo sujetaba, lo apartaba de Araceli que, libre ya, se lanzó contra Pura.

—Es mío. Juanmi es mío y me quiere —gritó no demasiado alto Pura.

Juanmi corrió y se introdujo entre las dos mujeres. Por encima de su hombro salió el brazo de Araceli. Fueron dos golpes secos los que dio, con el cutter, en completo silencio. Un diluvio de sangre tiñó la cara linda de Pura. Su pecho blanco, su talle... Le había acertado en el ojo derecho y en el cuello. El cuerpo de la muchacha se deslizó al suelo. El grupo de colegas se había disuelto antes para no tomar partido por ninguna de ellas.

Un transeúnte de unos cuarenta años, sin preguntar nada, sin pedir ni dar explicaciones, cogió en brazos el cuerpo ensangrentado, lo metió en un coche rojo aparcado en batería, y salió calle arriba hacia el Hospital de Carlos Haya.

Junto al charco de sangre, el primo, que tenía las manos delante de la cara, llorando y vacilante, se echó encima de Juanmi. Araceli, con Mati, desapareció en otra dirección. Iba con los ojos secos y fijos como un autómata inexpresivo. Mati la conducía hacia su casa.

Apareció pronto la policía, llamada por alguien, o quizá atenta a la movida. Separaron al primo de Pura y a Juanmi, que estaban enzarzados, aunque el segundo sólo quería apartarlo de él para que no lo golpeara.

—¿Sabéis quién era la herida?

Juanmi lo contó todo. Le flaqueaba la voz. El primo de Pura había desaparecido sin que nadie supiera cómo.

—Llámala —decía a Juanmi un policía—. Llama a tu novia y dile que la esperas en tu casa.

—¿A cuál? —dijo desconcertado Juanmi.

—A la agresora, joder: la víctima ya estará en el hospital... ¿Y el otro muchacho que estaba aquí?

—Se lo ha llevado un policía. Iba a la comisaría provincial.

—¿Dónde vive tu novia?

—¿Cuál? —volvió a preguntar Juanmi.

—La agresora, requetecoño. ¿Tienes una fotografía?

Juanmi sacó la cartera y le dio una. También le dio la dirección de Araceli. El policía llamó a otro por un teléfono para que recogiera la foto y fuese a identificarla a casa de sus padres. En ese momento estaba llegando a ella Araceli. Recibió la llamada de Juanmi y sin dudarlo se dirigió adonde él estaba. Adonde él, por fin, la estaba ya esperando.

Un vecino de los que habían bajado, con una chaqueta de pijama, le señaló al policía el arma ensangrentada. El agente la recogió y se fueron en un coche con sirena a casa de Juanmi. No tardó en llegar Araceli, espantada y a la vez satisfecha. Allí fue detenida. Con la cabeza baja, después de una mirada donde brillaba un sentimiento, el del odio por Juanmi, se dejó llevar.

A las dos menos cuarto murió Pura en el hospital. Tenía saltado un ojo y un corte profundo en el cuello que le partió la yugular.

En el juzgado de guardia declaró Araceli, acompañada de un abogado que llamaron sus padres. No tenía ni la menor intención de hacer nada de lo que le contaban que había hecho. No quería hacerle daño a nadie. No conocía a Pura. No recordaba nada. Todo había sucedido como en un trance, en la feroz inconsciencia producida por los celos. Alguien le había puesto en la mano aquel arma que no había visto nunca. Pura se había acostado con su novio. Le hablaba pestes de ella, de Araceli, para que la dejara... El abogado aseguró que su cliente estaba presa de los nervios, que era víctima de un trauma sicológico grave... Pidió la comparecencia de un siquiatra. Por la tarde, después de cinco horas menos diez minutos de declaraciones, Araceli ingresó en la prisión provincial.

Una hermana de Pura, en la comisaría, declaró la ilusión que toda la familia tenía puesta en ella. Cómo se abría un porvenir muy claro en su vida, qué bien llevaba los estudios, qué discreta y querida por todos era...

Después de la autopsia, el cadáver de la muchacha pasó al tanatorio Virgen de la Victoria. El domingo por la mañana, ante más de trescientas personas se dijo una misa a las once. Cuando el ataúd abandonaba la capilla, hubo momentos de tensión. La familia de Pura gritaba su dolor inesperado: la muchacha había venido a Málaga a casa de sus tíos a pasar unos días de vacaciones cerca del mar. Apenas lo había visto. Pasadas las once y media, llevaron el cadáver al Parque Cementerio. Todo era allí lágrimas, todo incredulidad.

El féretro fue introducido en un nicho ante un centenar de acompañantes. Eran las doce en punto. Los familiares abandonaron el cementerio los primeros. La madre dijo en voz baja a su hermano:

—No querría encontrarme con ese hombre. Él es el más culpable.

Algunos miembros de las pandillas de Pura y de Araceli, éstos con Mati a la cabeza, se quedaron allí. Una chiquilla de unos diecisiete años, rompió a llorar. El chico que la acompañaba la consolaba:

—Ella no habría querido verte así... Así no.

—Así no, así no, ¿por qué así no? —lloraba a gritos la adolescente estremecida.

Unos pocos se sentaron en corro bajo el nicho sin hablar. Aplanados bajo el tórrido calor del mediodía y el vuelo espeso de las moscas. Se miraban de refilón unos a otros. Trataban de poner orden en el desorden y acostumbrarse a la sorpresa. Dos de ellos se levantaron. Se acercaron a un quiosco de flores, y trajeron tres o cuatro ramos. El nicho estaba en alto. Uno se subió a hombros del otro y colocó las flores delante del cemento recién echado.

La juez había prohibido la incineración del cuerpo por si era necesaria una segunda autopsia. Alguien corrió la voz de que a lo mejor Pura estaba embarazada. La instrucción del triste caso se atuvo al procedimiento de la Ley del Jurado: uno popular lo juzgaría.

Juanmi no fue al entierro.

HA PASADO UN ÁNGEL

El Ministerio de Defensa emitió un escueto comunicado. En él informaba del fallecimiento de Emilio Veronés Melgar, soltero y de veinticinco años de edad, durante un ejercicio de instrucción en el que participaban los alféreces alumnos de la Enseñanza Militar para la Incorporación a la Escala de Oficiales.

Cualquiera que hubiese conocido a Emilio Veronés, varón o mujer, tendría que lamentar que un ser tan perfecto hubiese sido arrebatado a la vida tan temprano. La belleza, así lo demuestra su breve historia, cuando es excesiva, siempre es un mal negocio.

1

—Ave María Purísima.

—Sin pecado concebida. ¿Cuánto tiempo hace desde tu última confesión?

—No sé, padre, si esto que voy a hacer es una confesión o un desahogo. Sé que no puedo sobrellevar a solas el peso que me estruja la cabeza y el corazón. Necesito participarlo; necesito compartirlo con alguien. Con alguien que quede vinculado por el silencio conmigo... En ese sentido, sí es una confesión, porque le exijo, aquí y ahora, el sigilo sacramental.

—Cuenta con él, hijo mío.

—Cuando llegué a hacer este cursillo, llegué animado y lleno de ilusiones. El ascenso consiguiente me proporcionaba una sensación de triunfo y esa placidez mezclada de exaltación que proporciona el éxito. Yo tengo veintiocho años. Estoy casado y soy padre de una niña de tres. Quiero a mi mujer y soy correspondido. Mi hija constituye para mí la suma de todos los fervores, mi verdadera razón de vivir, de luchar, de medrar. Con ella recibí el auténtico sentido de mi vida... Supongo que, en lo que le estoy contando, no soy nada especial. Tampoco en lo que no le cuento. Soy un hombre corriente, del montón. En la ciudad en que vivo tengo buenos amigos; me aprecian quienes me conocen; hago una vida poco apasionante, pero respetable y serena. Mi mujer, que se llama Elisa, y yo constituimos un matrimonio sin altibajos; sabemos cuáles son nuestras responsabilidades recíprocas; nos prestamos mutuo auxilio; estamos pendientes el uno del otro; y sabemos que, se extinga o no el amor, hemos formado una sociedad que, a lo mejor no es sustancialmente indisoluble como dice la Iglesia, pero sí que ha acabado por ser indisoluble al no ofrecernos nada preferible a ella cuanto ha quedado atrás o fuera.

»Todo era sosegado cuando llegué a la Academia. Y de repente, casi a la entrada, lo vi a él. De espaldas era normal. El uniforme está para asemejarnos a todos, para anular nuestras peculiaridades. De todas formas, se percibía que él estaba desnudo debajo del uniforme. Se apreciaban sus hombros fuertes y redondos bajo las trabillas de las hombreras. Se notaba su esbelta cintura, aun ensanchada por la sahariana; sus nalgas incluso, tan ocultas y preservadas. Se adivinaban sus muslos y sus piernas bajo los pantalones no ajustados. Se volvió. Sonreía. Me tendió la mano. Yo sentí, sin pensarlo siquiera, que era la primera vez en mi vida que veía a un hombre así. Y que no habría otra.

»Mi historia no ha tenido ningún antecedente homosexual. No turbaron mi infancia juegos confusos: ni el de ver quién hace un arco más grande con la orina, ni el de mostrar con sigilo los genitales, ni ninguna de esas amistades demasiado íntimas que en los colegios suelen ser frecuentes. En el laberinto de mi adolescencia tampoco me encontré, de sopetón, con un compañero con el que deseara compartir mis secretos, ni con el que me escribiese en vacaciones solapando un sentimiento acobardado entre las frases de las cartas. Mi juventud fue ya militar, viril e irreprochable. Me eché enseguida novia; con ella me casé. No fui mariposeando de una a otra como a menudo sucede a quienes no le gusta lo suficiente ninguna porque sencillamente no le gustan las mujeres...

»Le digo todo esto para que comprenda qué grande fue el impacto que me produjo Veronés. Me dejó sin palabras. Me dejó sin defensas. Lo miraba y lo miraba como un hidrópico que cuanto más bebe más sed tiene. No podía dejar de mirarlo. Procuraba hacerlo a hurtadillas para que él no se enterase; pero en ocasiones me sorprendía mirándolo y en lugar de preguntarme, con hastío o con impertinencia, «¿qué es lo que miras?», se sonreía con la leve complicidad de quien está por encima y no quiere imponerse sin embargo.

»Estaba convencido de que, pasadas unas semanas, me acostumbraría. Veronés llegaría a ser alguien que está ahí siempre, con el que se cuenta, alguien con quien te tropiezas en la gimnasia o en las aulas... Por desgracia, no fue así. Ni muchísimo menos. Se transformó en la meta de mis estudios y de mi actividad. Sólo quería agradarle, que me tuviese en cuenta, que me dirigiera la palabra aunque fuese para reprocharme. No; no me acostumbré... Y además estaban las duchas, donde él se manifestaba como un Cristo en la Transfiguración, glorioso y flamígero. No era capaz de dirigir mis ojos a aquel cuerpo, y no obstante era incapaz de despegarlos de él... Sus gestos eran la elegancia y el equilibrio, la síntesis de todo lo hermoso que yo hubiese podido imaginar. Y su cuerpo, la suma de lo deseable. Jamás me había atraído un cuerpo de hombre. Jamás me había fijado en la musculatura bella y ordenadamente distribuida, ni en la tersura de la piel, en la distribución del vello, en la suavidad de los movimientos que demuestran la vivacidad de un brazo, de una mano, de una pierna, de un pie... Cuando el jabón se resbalaba y caía, él se inclinaba sólo para que yo muriese más deprisa. Y me mostraba las nalgas estrechas y abultadas, capaces de cortar la respiración al más reacio a ellas.

»Comencé a tener sueños húmedos. Él se acercaba a mi cama, levantaba la sábana y se introducía bajo ella desnudo. Su cuerpo se rozaba con el mío, y yo me volcaba, me derramaba sintiendo un placer no sentido jamás... Pronto no tuve bastante con los sueños, y empecé a masturbarme. Me figuraba que era su mano la que cogía mi miembro, la que lo agitaba y lo alegraba. Me figuraba que su boca se pegaba a la mía, y que saboreaba yo su lengua. Me imaginaba que con su brazo me enlazaba, y que mi mano, tanteando, buscaba su pene, que estaba, igual que el mío, dispuesto y duro. Nunca pensaba en el cuerpo de Elisa, que tanto gozo me ha proporcionado. No pensaba en sus pechos, en sus caderas, en su sexo donde he entrado o que he acariciado, al que he besado tantas veces. Sólo era Veronés quien revestía de oro mis masturbaciones... Yo bajaba los ojos cuando me lo encontraba de frente, asustado de que pudiera leer en ellos las escenas de calor que, a solas, tenía yo con un fantasma suyo.

»He llegado a cometer actos peligrosísimos. Porque alguna mañana me quedé paralizado bajo el agua de las duchas, todo yo ojos mirando a Veronés. Y alguna noche me he despertado y me he apeado de la cama para acercarme a la suya y contemplarlo en sus sueños... Dormía como quien ha dejado de vivir: sin el menor agobio, sin otro movimiento que el de una respiración acompasada y plácida. Con la nuca sobre la almohada, y las manos cruzadas sobre el pecho. Una vez levanté la sábana, a costa de todo lo que hubiera podido suceder, para mirarlo entero. Vestía unos pantalones de pijama de una ligera tela cruda, y el sexo le sobresalía entre las piernas despierto y, me pareció, avizor. Volví a cubrirlo enseguida. Esa noche fue la que me tropecé con el capitán Mengíbar, que estaría de imaginaria o algo semejante, y que al verme expresó un seco «buenas noches, vuelva a su sitio», y se alejó de allí... Ya le digo que he corrido peligros.

»De ahí que cuando sucedió lo imprevisible, cuando tuvimos la noticia de su muerte, algo en mí respiró. No es que me alegrase, no, sino que me sentí liberado de repente de un peso demasiado grande para llevarlo yo solo toda la vida... Por eso estoy aquí, porque ese peso no puedo compartirlo con Elisa ni con mi niña, los dos únicos seres a los que quiero con mi mejor amor... Creí que su muerte, la de Veronés digo, me liberaría. No ha sido así. Estoy en un infierno en el que él no aparece. No ha muerto para mí. Sigo presintiendo que lo voy a ver en un pasillo, junto al encerado de un aula, en medio de alguna maniobra no mortal... O acercarse a mi cama en silencio, sonriente, levantando como antes el cobertor. Sigo masturbándome con su nombre en mi boca. Porque antes no fue mío y ahora tampoco lo es, o sea, no veo la diferencia. Su muerte no ha afectado mi ardor ni mi deseo. Quizá es peor su ausencia, ya que ahora sé que nunca voy a verme libre de su recuerdo, y en su ausencia lo siento más mío y más cercano: ya no será de nadie.

»No aspiro a que me diga nada, padre. Sólo he querido contarle el estado en que me hallo. Ya sé que nadie, nadie, puede ayudarme en esto. Supongo que lo mismo le ocurrió al muchacho Tobías una vez que desapareció el ángel: ya no era capaz de vivir para otra cosa, entre su recuerdo y la esperanza...

—Dios te ampare, hijo mío y te dé fuerzas. Yo te absuelvo en el nombre del Padre, del Hijo y del Espíritu Santo. Ve en paz.

2

Quizá lo que ahora pienso se lo debí hacer explícito a aquel alférez que vino a confesarse... Quizá compartiendo mi secreto, tan semejante al suyo, hubiéramos sentido —o él hubiera sentido— una mitigación de nuestras tensiones... O quizá no, al contrario, habría supuesto una excitación nueva, como una competitividad en nuestros desconsuelos. Mejor ha sido callarme y esperar. Esperar, ¿qué?

A mí siempre me atrajeron, aunque no pueda decirse que de una forma física, los muchachos más que las muchachas. Me parecían más estrictos, más sinceros, más camaradas, más leales. Me sentía más a gusto entre ellos, en los campamentos de verano, en los que pasé de soldadillo a jefe: junto a las hogueras tan alegres, rodeado de gente muy semejante a mí, entre los lazos de amistad masculina, un poco bruscos, un poco taciturnos, casi nada expresivos pero dejando adivinar su hondura.

No me costó conservar la castidad que, luego, por razones del celibato, mi consagración sacerdotal me impuso. Ser capellán castrense fue mi aspiración continua. Y la recompensa que significó, cuando en el obispado me nombraron, fue indescriptible. Desempeñar mi oficio entre varones sólidos, decididos, arrogantes, dedicados a su patria, desdeñosos de las blanduras feminoides, superiores a los demás en cuanto poseídos por altos ideales; ocuparme de sus almas tan claras; cumplir mi misión religiosa respecto a unos feligreses tan uniformados en todos los sentidos, y saberme uno de ellos, con su graduación, sus posibles condecoraciones, su respeto y su compañerismo... Era feliz de esta manera. Una felicidad que no dice su nombre, sencilla y pura, quizá un poco infantil, pero habitual y sin fragosidades ni recovecos.

Nada más ver a Emilio Veronés, el día que ingresó en la Academia, avanzar por el pasillo de la iglesia, entre los bancos, esbelto y algo rígido, nada más verlo, comprendí que Dios me había creado para otorgarme aquel don. En un primer momento lo consideré como una gran blasfemia: supeditar mi espíritu a un cuerpo, aparecido de repente, cuya alma ni siquiera conocía... Algo más tarde advertí que era cierto que Dios es más grande que nuestro corazón, de una manera real e indiscutible, y que yo no debía opinar sobre nada, sino aceptar mi cruz y llevarla camino de mi Gólgota. Por entonces yo no tenía ni la menor idea de cuál era esa colina en la que yo debía ser crucificado. Lo fui sabiendo poco a poco, cada día con mayor intensidad.

Siempre he admirado un tipo de mujer: el de las amantes, que son más cercanas a los hombres de mayor estatura. Santa Teresa, la monja portuguesa Mariana Alcoforado, qué sé yo cuál más, Gaspara Stampa... No sé cómo, había venido a mis manos un libro de poemas de la última. Me sentí subyugado por la forma de exponer sentimientos que yo no había aún sentido, ni preveía sentirlos jamás, pero que comencé a sentir poco tiempo después. Cuando vi a Veronés por vez primera, comenzaba a decir una misa de tarde, y se me vino a la cabeza un verso en italiano. *Si lontan l'un e l'altro il corpo e'l core!*, tan lejos uno de otro el corazón y el cuerpo... Acababa de tomar conciencia de algo que, sólo como un instrumento dócil y obediente, había pensado tener: mi cuerpo. Me resistí a esta certidumbre, la contradije; pero cuanto más me empeñaba en negarla, más clara se me aparecía. Cuanto más me revolvía contra ella, más me aprisionaba. Como la pieza de caza que se debate en una red y más se traba en ella.

Empecé a comprender lo que es el infierno, la contradicción que el infierno supone y el descabalo en que consiste. Mi vocación, al principio, estaba incólume, pero mi alma vacilaba. Al dar la comunión durante la misa iba pendiente de Veronés, por si se aproximaba al comulgatorio. Entonces se me prendían los ojos de su cuerpo. Pretendía cerrarlos, pero necesitaba mantenerlos abiertos para distribuir las sagradas formas. Me acercaba a él, postrado, con la cabeza baja, y me poseía el temor, y me poseía una especie de desgarradura. Veía su lengua como una desnudez nueva, como un ofrecimiento: el don de lengua, lo llamé algún domingo. Él era un joven religioso y sereno. No beato, no gazmoño, sino convencido y sensato. Poseía una fe sencilla y práctica, que no se planteaba las grandes teratologías de la Trinidad, o de la virginidad eternas. Era un hombre, el hombre: enjuto y aplomado.

Cuando lo presentía en la cola del confesionario, perdía yo la vista y el oído. Pasaba sin reparar en los que estaban antes que él; se suspendía el mundo hasta que él llegaba. Y me asaltaba algo semejante a un don de llanto, una impotencia, una debilidad. *La mia vita è un mar; l'aqua è l'mio pianto.* Fingía pasarme, por el sudor, un pañuelo por la cara; así me secaba las lágrimas, me cubría la boca, me aireaba la frente... Y se acercaba él. Me lanzaba su aliento fresco y bienoliente como hierba. Yo interponía el pañuelo, pues temía que mi halitosis lo alejara de mí. Y, recostado para alejarme de él, la cabeza en el borde del respaldo para no sucumbir... Su confesión era mi confesión. Su presencia era mi pecado... Un día me atreví a tender una mano y depositarla sobre su hombro. Noté cómo su carne y su hueso reaccionaban, probablemente extrañados de mi proximidad... Otro día, cuando en lugar de darle a besar la estola, le di a besar mi mano, con la que me quedó libre le rocé el pelo casi rubio. Alzó los ojos, que me parecieron de color violeta en la penumbra del confesionario y me dijo adiós con ellos. «Ve en paz, hijo mío. Que nuestro Señor te proteja.» Por fin, en otra ocasión sucedió lo que temía en todo momento: cuando ya había trazado sobre él la cruz de la absolución, cuando él casi se incorporaba, fingiendo una incomodidad en mi asiento, también yo me alcé un poco y le besé los labios. No creo que lo atribuyera a una casualidad. Después no vino a confesarse más conmigo.

Fueron días muy duros. Una acidia espiritual, llena de escrúpulos, me invadió como una enfermedad infecciosa. Oraba y hacía una dura penitencia física. Todo en vano. Lo que mi corazón anhelaba era su presencia. Cuanto me alejaba de él era lo malo, y lo bueno, aquello que me conducía a verlo aunque fuese de lejos. *Sempre il cor fra vivo e morto.* Siempre entre vivo y muerto el corazón...

Luego sucedió su muerte en aquellas maniobras. Murió de un tiro en la cabeza. De alguna forma, de alguna forma incomprensible, mucho de mí murió con él. Leía en la Biblia el *Libro de Tobías,* que también le llamó la atención a aquel alférez. Lo contemplaba en compañía del ángel disfrazado de mancebo, sin adivinar quién era ese divino compañero. Sólo al final lo supo cuando ya era muy tarde. Vivió hasta los ciento veintisiete años. Nunca osó narrarle a nadie, ni a su mujer ni a sus íntimos siquiera, su aventura increíble. Era un asunto de hombres. O de hombres y algo más. Muchas tardes, a la puesta del sol, en Nínive o Ecbatana, aguardó el descenso del ángel... Yo también lo he aguardado. Él lo confundiría a veces con una palpitación del aire en el verano, y la ternura se le pondría de pie. Pero el ángel no volvió nunca más. Llegó Tobías —y yo también— a imaginar que todo había sido un sueño. Él, de su adolescencia; yo, de una madurez no bien llevada... El sueño más emocionante de la vida. En sus últimos años, Tobías deseaba morir para comprobar que el ángel existía. Yo, contra mi voluntad, tengo el total, el esencial convencimiento de que por mi vida, tan oscura y tan sin méritos, ha cruzado un ángel.

3

Fue precisamente a mí al primero que los compañeros llegaron a decírselo. «Capitán Mengíbar, el alférez Veronés está muerto. Vimos que no avanzaba y retrocedimos. Ha muerto de un disparo en la cabeza.» Las maniobras siguieron todavía unos momentos. Hasta que yo me hice de nuevo con las riendas de todo. Al fin y al cabo yo era el responsable... Sí, de todo; de las maniobras y de lo demás.

Era muy diferente de los otros. Nunca conocí a un muchacho semejante. Yo tiendo a entenderme mejor con los serios que con los simpáticos y graciosos. Éstos no me gustan, los tengo por payasos que quieren conquistarme con sus ocurrencias o sus bromas. Yo soy serio también. Yo no sonrío. El alférez Veronés era, y es la primera vez que digo esta palabra aplicada a un hombre,... era tan bello que no necesitaba nada más. Ni sonreír ni ser gracioso. No tenía que demostrar nada; sólo mostrarse. Lo mismo que una rosa, me arriesgaría a decir. Es cierto: se presentaba él, y todo el resto del mundo daba un paso hacia atrás.

Para mí fue como una droga. Como una droga que se toma en secreto, a escondidas. Creó en mí una adicción. Las horas que pasaba sin verlo se prolongaban, vacías, hacia las horas felices en las que lo veía... No; no puedo arrepentirme. Había llegado demasiado lejos.

Le disparé en la nuca procurando no errar ni un milímetro el tiro. No lo hice por evitar el escándalo en una vida recta, clara, aburrida, militar como la mía. Si él me hubiese correspondido, si él me hubiese mirado con algún tipo de sentimiento cuyos nombres ignoro, me habría dado igual. Me habría sumergido en el escándalo como el que se sumerge en verano en un remanso fresco. No, no, no me condujo ese temor. Lo hice por liberarme de la obsesión que suponía. Me había cambiado en otro, en otra persona que ni yo conocía, y a la que, en cierta manera, yo despreciaba por su debilidad y su dependencia. El tiempo en que él estaba ausente de mis ojos, mis ojos no me servían de nada: sólo para verlo reaparecer. Era un tiempo perdido. Yo había extraviado, dentro de mí, la autoridad. No era capaz de ejercerla con los alumnos. Una flojera y un desentendimiento me invadían. Yo había dejado de ser yo, el exigente capitán Mengíbar, el temor de los recién llegados, el más severo de los profesores, el conductor más recto y más arriesgado de las maniobras... Era un ser ya vacío, sin voluntad ni para mí siquiera, indefenso igual que un niño... Abandonado a algo que ni siquiera sabía si era lascivia.

Cuando en la clase, con la cabeza gacha mientras tomaba apuntes, yo veía las curvas de su cuello, sus orejas morenas, su pelo claro, me trabucaba, me confundía, tartamudeaba como un pobre tonto. Pero cuando, al oírme balbucear, levantaba la cara y me miraba con sus malditos ojos violeta, cualquier sonido se negaba a salir de mi boca... No me arrepiento.

Podía quizá haberme pegado el tiro yo. Eso fue lo primero que pensé. Pero era imprescindible evitar sufrimientos o alteraciones a los otros. Yo notaba su promoción alrededor de él. Lo notaba a él ajeno a sus poderes, gentil y generoso con los otros, con los otros que, sin caer en la cuenta de que se deslizaban por una rampa abajo, dependían de él... En cualquier caso, quizá sea conveniente que remate la faena quitándome la vida. Primero, porque no encuentro ya motivo de vivir. Segundo, porque sólo consistirá en mirar hacia atrás, cuando él todavía estaba. Tercero, ay, porque él todavía está. Y con una omnipresencia aterradora. Hasta en los lugares en que, cuando vivía, no entró nunca... Si estoy en mi alcoba, escucho cómo penetra en ella sin llamar; si salgo al aire libre, en el aire él respira; si estoy en clase, en su lugar, que otro ha ocupado, veo alzarse su mano para consultar algo... He ordenado que su sitio se deje libre por respeto a la memoria del compañero, pero es falso: no puedo consentir que otro cuerpo se siente, se apoye, se acomode, donde se acomodó, se sentó y se apoyó su cuerpo inolvidable... No, no he logrado olvidarlo. Nunca lo lograré. Era un día de octubre tan hermoso. Dieron las cuatro y media de la tarde. Empezaba la luz a replegarse con una condescendencia enternecedora. Estaban realizando los muchachos los ejercicios previstos por el suelo con un fuego real. El campo de maniobras parecía redimido, entre el humo, por la tamizada luz que temía tanto ausentarse como deslumbrar. Todo era un sencillo ejercicio de instrucción, una sencilla forma de adiestrarse. Nunca sucede percance alguno... Se hallaban en el pasillo de fuego, en esa instalación prevista para acostumbrar a los alféreces a acompañar, viéndolo en vivo, a sus soldados. Una serie de alambradas que habían comenzado a sortear los muchachos hasta llegar a la trinchera de resguardo... En ese pasillo se escuchaban, como tantas veces, los disparos de las ametralladoras M 642 del calibre 7,62. Lo de siempre. Pasaban por encima de sus cabezas, a una altura más que prudente. A la vez que hacían estallar, como era habitual, pequeñas cargas de explosivos para simular las condiciones reales del combate. Las medidas de seguridad eran, igual que siempre, extremadas... Cuando localicé, al principio, a Veronés, no separé más mis ojos de su cuerpo. A las cinco menos diez de la tarde, temiendo que disminuyera desde entonces más deprisa la luz, alcé mi pistola de reglamento, desde donde yo estaba, en el inicio del pasillo, y disparé. El sonido se fundió con los otros... Cayó de lado. Hizo un brusco gesto con la cabeza hacia atrás y se quedó absolutamente inmóvil. Cuando sus compañeros vinieron a advertirme, yo había recuperado mi impasibilidad. Tan sólo la exterior, naturalmente. Supongo que mi estado interior me llevará, en el momento en que no pueda resistir más, a dispararme en la sien con la misma pistola. No sé, ni lo sabré jamás, qué es lo que en mi vida ha acontecido. Quizá ha pasado un ángel.

Dado que el fallecimiento del joven aspirante a oficial se produjo en acto de servicio, se solicitó del ministro de Defensa la concesión de la Cruz de la Orden del Mérito Militar con distintivo amarillo. El ministro tuvo a bien otorgarla.

El juez de guardia inició, sin pérdida de tiempo, una investigación sobre las causas del accidente. A continuación decidió sobreseer la instrucción sumarial dado que era evidente la inexistencia de delito.

Por su parte, la Academia, realizó una investigación paralela a la judicial. Y asimismo decidió archivar, por no existir causa penal, las diligencias emprendidas.

UN «QUID PRO QUOD»

—Cada día se come mejor en vuestro restaurante —dijo después de almorzar el subsecretario, un cliente habitual que atraía a muchos otros, dados su puesto y sus amistades—. Pero me gustaría saber de una puñetera vez qué es El Licopodio.

Así se llamaba aquella casa de comidas, sin ringorrangos pero con una comida excelsa, a cargo de la mujer de Román, el dueño. El nombre de ella, tampoco muy corriente, era Anatolia.

Román, con un paño blanco al brazo, mientras depositaba la factura delante del político, lo expuso con la mayor seriedad y sencillez:

—Don Luis, licopodio es una palabra que viene del griego: *licos*, lobo, y *podos*, pie, es decir, pata de lobo. Se llama así a una planta de la clase de las licopodíneas, por lo común rastreras, que crece ordinariamente en lugares húmedos y sombríos.

—Pues gracias por la aclaración, de la que no me he enterado en absoluto, y enhorabuena por el almuerzo.

Después de pagar se despidió el subsecretario, don Luis Monzón, que se ocupaba del orden público.

Si Román había salido del seminario de Segovia a los veinte años, no fue por falta de vocación, sino porque no se podía quitar de la cabeza a Anatolia, una muchacha aproximadamente de su misma edad y de su mismo pueblo. Se conocían desde chiquillos. Habían arruinado un melonar juntos, catando melones sin madurar con una navajita que guardaban igual que un tesoro; habían cogido juntos algunos cólicos de muerte por comer garbanzos verdes; habían seguido al pregonero cuando tocaba su trompetilla anunciando la llegada de pescado a casa de la Juliana; se habían pasmado ante los charlatanes que, en la plaza, vendían toda clase de ungüentos, crecepelos, linimentos y masajes; habían llevado a la rastra sus taburetes para colocarlos, en la primera ringla, ante la pantalla del cine que se daba también en la plaza. El padre de Anatolia, con la edad, se trastornó un tanto, si es que es trastorno llorar cuando se aleja el día y levantarse al alba para verlo volver. Ella se lo contaba a Román, su compañero preferido en la escuela. A su curso había llegado él, desde Millana, en Guadalajara, sabiendo leer, mientras los otros estaban aún con el abecedario. Y, cuando lo pasaron al curso cuarto, donde no estaba Anatolia, se ganó el último puesto de la clase porque no le daba la gana contestar a las preguntas del maestro. Lo que pretendía era que lo devolvieran al curso de Anatolia. Y eso acabó por ocurrir.

Román entró en el seminario de la mano del párroco y sin hacer aspavientos. Cada invierno se le formaban sabañones con el agua helada. Cada verano volvía a Cantalejo, y se tropezaba con Anatolia con más fuerza. Cuando pasaba la breve libertad de la vacación, regresaba a Segovia dejándose, año por año, un trozo más grande de corazón en el pueblo. Todo ocurría sin que él lo percibiese de un modo consciente. Hasta el día en que lo percibió. Y de tal modo y con tanto ímpetu, que supo de forma irreversible que era incapaz de seguir viviendo sin aquella muchacha: nada del otro jueves por otra parte, pero con una sonrisa blanca y contagiosa, y una alegría y un empuje contagiosos también. Román no tomó precauciones, quiero decir que ni siquiera le preguntó a Anatolia si ella lo quería o si le apetecía casarse con él. Colgó la sotana, se salió del seminario, y se volvió a su pueblo. Por fortuna, Anatolia supo atenerse a las consecuencias, y le dijo a todo que sí. Conque se casaron, y se fueron a Madrid, al barrio de Lavapiés. Allí alquilaron un local pequeño, con no más de seis mesas, y se pusieron a la faena con un entusiasmo y un tesón ejemplares.

El restaurante El Licopodio lo tenían más limpio que una patena. Con unas cortinillas de cuadritos azules y verdes en las ventanas a la calle; con manteles y servilletas de la misma tela; con una cubertería muy decente; con percheros de madera clara; y con una cocina que se veía desde el comedor, para que los clientes observaran que allí ni había gato encerrado ni se daba gato por liebre.

Sus esfuerzos empezaban al amanecer con la compra de los géneros, porque ellos no tenían cámara frigorífica, y el primer paso para el mejor funcionamiento del negocio era la buena compra. Acababan exhaustos, con una siestecilla a media tarde, en uno de los pisos de arriba de aquel mismo inmueble sin pretensiones, donde consiguieron una vivienda.

Poco a poco se fueron haciendo conocidos. Las referencias que daban los clientes no podían ser mejores. La relación entre calidad y precio, como se empezó a decir más tarde, era magnífica. Y en el fondo, a nadie más que al subsecretario de orden público le había importado nunca qué coño significaba El Licopodio, esa lejana referencia a los estudios griegos y presacerdotales de Román. Tal inoportuna curiosidad surgió en abril. A finales de aquel mes surgió otra cuestión más interesante: se quedaron casi a un tiempo desocupadas una lechería y una hojalatería situadas a un lado y a otro del restaurante.

Román y Anatolia pesaron pros y contras. El local de El Licopodio ya era suyo. Lo habían comprado con las propias ganancias del negocio. Román no tenía ni la menor sombra de secreto para su mujer, que era a la vez compañera, amiga, confidente, hermana, cofrade y asociada. Cada uno de ellos constituía los bienes gananciales del otro. Ninguno de los dos se quejaba de exceso de trabajo, ni se lamentaba de haber tomado las sucesivas decisiones que hasta allí los habían conducido. Sin embargo, en esta ocasión, cuando ambos de acuerdo tomaron la de quedarse con los dos modestos locales comerciales de la izquierda y la derecha, Román, por primera vez, guardó en silencio una maquinación.

En un autobús de línea, con un pretexto que ya no recordaba, se fue a Cantalejo. Allí se entrevistó con Marcelo y Secundino, dos hombres de su misma quinta, que estaban a la que saltara, y no saltaban muchas. A Secundino, sus paisanos le aplicaban los versillos autobiográficos de un poeta local:

Yo nací en Cantalejo
cierta mañana
asombrando a la gente
cantalejana,
porque nací gritando
como un gallete:
¡Yo quiero una niñera
de rechupete!

Román no tuvo que calentarse la cabeza para convencer a los dos mozos. Les propuso una especie de comunidad pitagórica: tales fueron sus palabras. Se conocían desde que nacieron y había entre ellos una recíproca y profunda confianza. Los dos jóvenes tenían novia. La de Secundino, ya fija gracias a Dios, era Fermina, una morena algo basta, con un bozo sombreándole el labio superior, ojos de noche y fuerzas de novilla. La de Marcelo, Paula, delicada y rubicunda, con ese tono de oro apagado no infrecuente en Castilla la Vieja, y esa piel tersa y algo aterciopelada como la del melocotón. Hablaron los cinco, planearon los cinco, y los dos jóvenes se largaron a Lavapiés con Román, mientras sus novias se abalanzaron con denuedo a concluir sus ajuares de boda.

Anatolia recibió a los tres hombres con los brazos más abiertos que nunca. Algo se había olido: una visita de Román a su pueblo tenía que ver a sus ojos, por necesidad, con la ampliación del restaurante. Entre los tres amigos hicieron de albañiles, carpinteros, fontaneros, lampistas y enlosadores. Los dos recién venidos colocaron unas bonitas vigas travesañas bajo el abuhardillado. Anatolia no tuvo más que hacer una multiplicación de las cortinillas, las servilletas, los manteles, los delantales y la cubertería. Para octubre, Secundino y Marcelo se casaron con sus respectivas en la parroquia de su pueblo, en San Andrés, ante la Virgen del Pinar, y se trasladaron a Madrid, a una casa próxima, en la acera de enfrente del mesoncillo, que ya no lo era tanto. Ahora daba gloria verlo: luminoso, amplio, seguro, sin lujos ni bobadas, con unas luces eléctricas que no molestaban y unas reproducciones de cuadros más o menos conocidos sobre el tema del mar.

El subsecretario de orden público se presentó a cenar, con tres matrimonios, al día siguiente de la inauguración.

—Esto sí que no lo entenderé jamás, Román. ¿Por qué le has cambiado de nombre al restaurante?

—Porque usted lo encontraba complicado.

—Sí, hijo; pero has salido de Málaga para meterte en Malagón. Con razón se dice que siempre hay algo peor que lo peor. Estoy a punto de mandar detenerte. ¿Quieres decirme qué coño significa El Celacanto?

—En principio es un nombre de fantasía, señor subsecretario y acompañantes. Pero es también un nombre sonoro y algo misterioso.

—Y tan misterioso.

—Si me permite, se lo he puesto por mi cuenta y riesgo, con el consentimiento de mi mujer y de mis socios.

—Que sí, que estás en tu derecho. Pero ¿qué significa? ¿Es algo, Román? ¿Algo real, que pueda tocarse o comerse o digerirse o entenderse por lo menos?

—Claro, señor subsecretario. El celacanto —lo pronunció como si recitara—. Del latín erudito *coelacanthus,* a su vez del griego *koilos,* hueso, y *akanta,* espina. Es un género de peces *coanictios crosogterigios,* del orden de los celacantiformes, familia de los celacántidos, que vivieron en las eras paleozoicas y mesozoica, y del que se conocen varias especies fósiles, caracterizadas por sus aletas pedunculadas a manera de pequeños muñones escamosos. De estos peces, o de otros muy próximos a ellos, don Luis, se originaron probablemente, hacia el período devónico, los primeros anfibios.

Los comensales lo escucharon con las bocas abiertas hasta que, de un modo completamente espontáneo, rompieron a aplaudir. Román se lo agradeció con una inclinación de cabeza y les distribuyó las cartas con los platos. Mientras elegían, tuvo la gentileza de presentarles a Secundino y a Marcelo que atendían otra mesa, y reclamó, por gestos, a la cocina, la presencia de Anatolia, deslumbrante de limpia, a la cabeza de Fermina y de Paula, tan avergonzaditas como encantadoras.

El Celacanto funcionaba aún mejor que El Licopodio. Porque, como solía decir Román, que igual que la Iglesia era un tanto espectacular, *forma non nomem dat esse rei.* La tropa no descansaba ni los domingos, porque había que desendeudarse y comenzar a ahorrar algo por si a algún niño se le ocurría venir, aunque todavía no se había levantado la veda. Pasado un año, comenzaron a descansar los lunes, porque la gente del barrio lo hacía los domingos, y había que complacerlos a costa de lo que fuese. Esos lunes, no obstante, no separaban a los tres matrimonios. Tomaban copitas juntos; jugaban a las cartas o al dominó juntos; paseaban por Sol o por la Gran Vía juntos; les apetecía visitar tempranito el Rastro juntos; proyectaban de continuo alguna mejora o novedad para el local juntos; y, en fin, recibían juntos las noticias de su Cantalejo natal.

—Si alguna vez una de nuestras tres mujeres tiene un hijo, no vamos a saber quién es el padre...

—Será de los tres —dijo Paula riendo; pero se quedó riendo sola, porque no pareció hacerle gracia a ninguno de los tres interesados.

Paula era la más divertida. La que, cuando los demás estaban reventados de trabajar, los animaba a distraerse y los hacía reír con sus ocurrencias. Era la encargada de la limpieza en general, ayudada por Fermina, que simultaneaba esa tarea con la de pinche de Anatolia. Fermina estaba, pues, al caldo y a las tajadas, pero no a tiempo completo en ninguna de las dos direcciones. Incluso a veces echaba una mano a los hombres, porque lo cierto es que tenía tanta fuerza como ellos. A Anatolia la madurez le había proporcionado un viso maternal. Ella amainaba las situaciones tensas; escuchaba a todos; reflexionaba mejor que nadie, porque no se dejaba llevar por sugerencias momentáneas; y daba además la impresión, especialmente a Román, de que no llegaría nunca a tener hijos, porque era un poco ya la madre de todos. Tal impresión ensombrecía el alma de Román que, en los momentos de mayor ajetreo, se preguntaba para quién estaba él batallando tanto. Pero se respondía con una esperanza inasequible al desaliento.

Nadie que no lo haya experimentado puede imaginar cómo vuela el tiempo cuando las vidas adquieren la monotonía de un quehacer diario; cuando se reiteran no sólo el trabajo, sino los rostros en los que se manifiesta y a quienes se dirige; cuando no hay otras mudanzas que las puntuales, que a su vez se repiten sin ninguna variedad ni interrupción... Después de cuatro años dio a luz Paula una niña bastante rubia, de piel traslúcida y delicada como la que podría tener una princesa. Anatolia y Fermina no la dejaron moverse en mucho tiempo, y adquirieron sobre la niña, a la que bautizaron Marcela, unos derechos más que maternales. La tenían deslumbrante como una custodia, y la paseaban por el barrio como si fuese la Paloma.

Román y Secundino se miraban con cierta sorna previendo que la primera maternidad iba a contagiar con su ternura a las otras dos mujeres. Y en efecto, así sucedió en el caso de Fermina. Recién había cumplido el año Marcela, cuando ella se quedó embarazada. Como era un tanto burra, tardó en decirlo, y cumplía las tareas diarias con igual brío que de ordinario. Y subía y bajaba escaleras, y se tiraba por los suelos a fregar o dar cera, y echaba la lejía a las maderas para desinfectarlas, hasta que un día le dio un sopitipando y cantó la gallina. Anatolia la puso como hoja de perejil.

—Tonta, más que tonta; pero, ¿a qué viene esto? Lo más importante de tu vida es que vas a dar a luz otra vida, y tú como una mula descuidándote.

Fue dada prácticamente de baja hasta que parió otra niña. Su voluntad y la de su marido fue la de ponerle Anatolia de nombre. Pero Anatolia se negó. Dijo que, para Asia Menor, ya estaba ella, y que esas cosas mejor que fueran únicas. Bastantes disgustos le había costado de niña el nombrecito... Y cuando los padres se miraron desconcertados uno a otro, ella misma les ofreció la solución. ¿Quién organizó todo este tinglado? ¿A quién le debemos el bienestar de que gozamos, y este crecer de nuestra amistad y nuestro cariño, y esta familia que, entre los seis, bueno, ya entre los ocho, formamos? A Román, ¿no es verdad? Pues que la niña se llame Romana. Yo lo encuentro precioso.

—Sí —intervino Román—, pero no por mí, ni siquiera por san Román, sino por santa Francisca Romana, que fue una santa enorme y que tiene una iglesia en Roma muy cerca del Foro.

Hubo unanimidad. Romana era un poquitín asilvestrada, como su madre, y de momento lucía un amago de bigote que luego fue perdiendo. Era la flor de la morenez, como decía Anatolia, sin dejar de comérsela a besos.

A Román, no obstante, el hecho de que en el mundo próximo ya hubiese una criatura con su nombre, no lo consolaba del todo. Consultó con su amigo Secundino, el más simpático, que le inspiraba una confianza inmensa. Decidieron que Paula llevara al médico a Anatolia, por si tenía alguna forma de esterilidad remediable. Todo con discreción y haciéndose ellos los tontos. Así se verificó. Anatolia era completamente normal. Y completamente fértil. Román se sintió incómodo: le remordía la conciencia. Cuando Secundino le ofreció acompañarlo a un médico de hombres —a un urólogo, le aclaró Román—, éste se hizo el desentendido: bastante clara estaba ya la cosa como para confirmaciones en pública subasta. Y le rogó silencio, y santas pascuas.

Las niñas iban ya a una escuela del barrio. Anatolia peinaba sus primeras canas. Un poso de tristeza afilaba los rasgos de Román. El bozo y las patillas de Fermina, ante su incesante crecimiento, hubieron de ser teñidos con agua oxigenada. Marcelo y Paula tenían a veces discusiones que le escondían a Anatolia porque se trataba de asuntos muy privados; pero lo que es Marcela estaba cada día más lucida. Secundino no había perdido la alegría medio sorda de sus años de quinto. El tiempo no perdona, es cierto, pero a veces resbala sobre las personas con pasos de paloma. El negocio continuaba siendo fructífero. Las viviendas de los tres matrimonios, a pesar de la humildad innata de ellos, habían notablemente mejorado. Y los vínculos que los unían no es que fueran ya indestructibles, sino que los llevaban además con un orgullo fraternal, y no se concebían unos a otros sin ellos de ninguna manera.

Celebraron las bodas de plata del negocio, e invitaron a los clientes más asiduos a la fiesta. El subsecretario había dejado de serlo, y se había instalado en una provincia del sur. Las dos niñas habían terminado, mal que bien, sus estudios secundarios. Paula no quiso que Marcela se dedicara a la hostelería; quería una carrera para que su hija «no tuviese que servir a nadie». Eso lo dijo una noche en la que se quedaron solos los seis tomando una última copa y fregando las de los demás.

—No quiero que mi hija sufra la cena de los camareros, que comen frío y sobras nada más. Éste es un oficio muy esclavo. Hasta para el que le gusta lo es, cuanto más...

La frase produjo una tensión en los otros. Fermina y Secundino no tenían nada en contra de que Romana prosiguiese con su oficio, que los había hecho ya que no felices, porque la felicidad no la da ningún oficio, sí con los posibles suficientes para vivir ellos y para que su descendencia no tuviese que someterse a él sin ninguna otra elección. El Celacanto había cumplido con creces su misión. Como dijera Román, en él se originaron sin duda los primeros anfibios.

Fue en una víspera de Reyes. Había mucha clientela y mucho frío. Paula salía demasiado a menudo de la cocina, quizá por aburrimiento, quizá por saludar a unos clientes, un par de hombres maduros, que siempre preguntaban por ella. Eso irritó un poco, aunque no demasiado, a Román, que era el jefe de comedor como si dijéramos. Y también distrajo a su marido, Marcelo, que parecía inquieto y a punto de soltarle una fresca a su mujer. Román consiguió que la fiesta transcurriese en paz. Se despidieron los últimos comensales, algo pesados ya porque hacían tiempo para ponerle los juguetes a sus hijos. Cuando cerraron, por fin, las puertas, Román se puso a hacer caja. Se hallaba concentrado en ello, pero no pudo dejar de observar cómo Marcelo, mientras ayudaba a Paula a retirar los géneros del escaparate, que era ella misma, con razonable buen gusto, la encargada de poner, seguía tenso con ella y murmuraba y la acosaba y llegó a emplear palabras subidillas de tono. Román dejó por un momento los números. Le hervía la sangre y no tenía una noción clara de por qué.

—Marcelo, ya está bien. —El aludido tuvo, con el ceño frundido, una reacción de rebeldía—. Ya está bien... Tú, Paula, vete un momento a la cocina. —Paula, cabizbaja, obedeció—. Mira, Marcelo, últimamente estás hecho un tiquismiquis de muchísimo cuidado.

—¿Yo? ¿No te estarás confundiendo?

—Si tú eres la misma persona a la que yo traje del pueblo, no. Ahora, por lo visto, puede que no lo seas. Porque te has vuelto insoportable, como si tú fueses don perfecto y todos los demás unos rácanos... ¿A qué viene ese asedio constante a tu mujer? Mira, a ti te tenemos todos que perdonar muchas cosas, y yo personalmente estoy harto de tanto engreimiento. —Se sofocaba al elevar el tono—. A mí todo me da igual, ¿te enteras? Y a Anatolia lo mismo.

De modo que, si te parece bien, partimos peras. Yo no tengo a nadie que me herede... —Sabía que estaba diciendo cosas demasiado graves y de un modo incoherente, como si llevase pensándolas mucho tiempo y le salieran ahora a borbotones; lo cierto es que no era así. Y de ahí que, por el enfado y por la injusticia, se congestionaba más por momentos—. O sea, que mira: si quieres, tú me compras mi parte en el caso de que tengas dinero y no te lo hayas gastado en idioteces... O te compro yo la tuya. Pero tonterías, no admito ni una más...

Se llevó la mano a la garganta, estornudó, o tosió como si le fuese en ello la vida, se dio media vuelta y entró en los servicios para echarse agua fría en la cara. Qué raro este sofoco, se decía, porque aquélla era con mucho la noche más fría del año.

Anatolia, prevenida por Paula, entró a buscar a Román y se lo llevó arriba. En el restaurante se quedaron los otros cuatro. Durante toda la noche, Secundino no había dicho ni una sola palabra. Ahora, en silencio y bajando la cabeza, salió sin despedirse.

Cuando a las nueve de la mañana siguiente volvieron del mercado de entradores Anatolia y Román, un poco cargados en todos los sentidos, porque el día de Reyes la compra era especialmente complicada y la mayor parte de los puestos cerraba, una vez que abrió la puerta Román con sus llaves, se les cayó el mundo encima. De una de las vigas atravesadas bajo el abuhardillado del techo, colgaba el cuerpo de Marcelo. Se balanceaba ligeramente como si no tuviera peso. Anatolia dio un alarido. Román, horrorizado al pensar que la regañina de la noche anterior había provocado semejante desgracia, sintió un dolor angustioso; miró al cadáver que se movía como una acusación del cielo; miró al techo que también se movía; miró a Anatolia que le tendía los brazos, y cayó al suelo como un fardo. Su mujer quiso atenderlo, trató de hablarle, intentó levantarle la cabeza, darle un vaso de agua, lo abrazó una y otra vez contra su pecho... Nada. Román estaba tan muerto como Marcelo.

Todo fue luto aquellos días. Anatolia no bajó al restaurante. Lo llevaron sólo, con el mismo resultado de costumbre, los tres que aún seguían útiles: Paula, Fermina y Secundino. Dos semanas después, a ratos, Anatolia, de negro y desmejorada, empezó a bajar. Los otros le recomendaron que no se molestase; que se quedara en su piso; que las niñas, que ya no lo eran, subirían de cuando en cuando por si necesitaba cualquier cosa... Anatolia pensaba que, de la madre que para todos había sido, iba pasando a ser la abuela. Se acomodó en su soledad. A veces los pies y las manos le exigían algo que hacer; pero la cabeza se negaba a ocuparse en otra cosa que en su propia desdicha...

Hasta que una mañana, de repente, como un rayo, la asaltó el convencimiento de que había sido una egoísta. De que Paula se vería tan sola como ella y con el reconcomio añadido de que todo había pasado por culpa de Román, por aquella discusión maldita, absurda y desmedida. Bajó al restaurante inopinadamente, a una hora en que la clientela no llegaba aún. La puerta estaba abierta. Fue, como era su hábito, a echar un ojo a los servicios. Si los aseos están limpios, decía siempre, el resto seguro que lo está. Al entrar se encontró con la espalda de Secundino. Y, delante de él, una Paula con las tetas al aire, que él besaba, sobaba y lamía.

—Pero ¿esto qué es? —dijo Anatolia, apoyada en el marco de la puerta creyendo que sufría alucinaciones.

Después de un silencio largo, Secundino habló.

—Ya que lo has visto, mejor es que lo sepas... Marcelo no se ahorcó por la gresca que le organizó Román. Se ahorcó porque sabía que Paula y yo lo nos hacíamos juntos desde hace muchos años. Casi desde el principio. Marcela es hija mía. Y aquella noche, un cliente...

—Pero entonces, Fermina...

—Fermina está entre sus pucheros. Ella es consentidora... Nunca fue muy dada a las cosas de la cama.

—¿Y mi marido? —No era propiamente una pregunta, era un asomo de la marejada que le subía desde el estómago y el corazón a Anatolia—. Mi marido se murió de remordimiento... Y todo era mentira. Todo eran cosas vuestras... Líos vuestros, porquerías vuestras. Pues tenéis que saber que no os perdono... Y no os perdonaré.

—Mujer, Román tenía un padecimiento: el corazón lo tenía muy mal.

—Lo único malo que tenía en el corazón es que era demasiado grande. Vosotros os habéis comportado con él como sinvergüenzas, ladrones y bellacos... No, no os perdono. No... Mañana mismo iré a ver al abogado. Que se encargue de comprar vuestra parte. Yo, cuando tenga entero El Celacanto, haré lo que mejor me parezca. Pero no quiero que toquéis más lo que mi marido creó y puso en marcha... Me lo habéis matado entre todos sólo porque fue un hombre bueno.

Al cruzar el local tropezó con Fermina.

—Ya llegan los primeros clientes.

—Pues atendedlos bien, porque para vosotros van a ser ya los últimos.

Y salió dando un portazo, más desolada que nunca.

LA TIRANÍA DEL ARQUITECTO

—

Se amaron siempre. Si hubo algún tiempo en que no lo hicieron, se había borrado de su memoria. Sin duda transcurrió antes de que ambos cumplieran siete años.

Procedían de familias amigas, paisanas y vecinas. Además de pertenecer a una clase social privilegiada, lo cual también une y favorece cierta persistencia en el amor. Si es verdadero; si no, ni a los tirones. El suyo no era apasionado. En el caso de que lo hubiese sido un tiempo, su color había teñido, aunque amainado quizá, su vida entera. Se amaban como se ama uno a sí mismo: sin posibilidad de retroceso o ignorancia. Quizá uno puede sentirse más o menos satisfecho consigo a solas durante una temporada; pero siempre, siempre, se acaba por volver a casa y encontrarse por fin a gusto en ella. Precisamente de una casa trata este relato.

Lino Tavares y Nélida Asúnsolo no eran ya jóvenes. Tampoco eran ancianos; pero la mayor parte de su vida había transcurrido. Aunque quizá no la mejor. La única sombra que compartían era la de no tener descendencia. No había podido ser, y ninguno de los dos quiso investigar de quién era la culpa, caso de que la hubiese. Se bastaban uno al otro. Tenían algún ahijado, algún sobrino; pero no perdían la cabeza por ellos. Ni por ellos ni por nadie. Andaban siempre juntos; tenían las mismas aficiones; gozaban con idénticos empeños; habían leído iguales libros, y coincidían en las esperanzas. Habitaban en una zona residencial de Caracas, pero tampoco se sentían atados a aquella residencia. Emprendían anualmente ya un safari, ya un viaje por Europa, ya una visita a los teatros y museos de Nueva York. Lino había trabajado lo suficiente, y con la suficiente habilidad como para no necesitar hacerlo más. Ahora, a los cincuenta y cinco años, tenía todo el tiempo para sí. Lo cual quería decir que tenía todo el tiempo para Nélida, que a su vez le correspondía. Cuando yo los conocí, habían logrado ya el privilegio con el que soñaron a partir de un momento: tener y vivir una casa perfecta.

Pocos años atrás, como de rebote, vino a manos de Lino una considerable extensión en la Cota 1.000. Desde ella, a sus pies, se divisaba, adormecida y ancha, la ciudad de Caracas, rodeada de ranchitos. Decidieron enriquecer el predio con un hermoso orquidario. La variedad de flores que en él se albergaba era inimaginable. Cualquier visitante ilustre que pasara por Caracas oía hablar de él y pretendía recrearse viéndolo. Era como el palacio de la fantasía. Los techos de cristal, siempre limpios, dejaban pasar la luz, unas veces íntegra, otras, cernida por velas blancas, que fingían la niebla permanente de los bosques húmedos, el ambiente preferido de la orquídea. El número y los colores de las que allí brotaban, las formas no sólo distintas sino contradictorias con que tropezaban los ojos, la molicie de los musgos, el lujo de los troncos en los que se enredaban, la temperatura artificial y sutil que las mantenía vivas y carnosas, el aspecto claramente sexual con el que algunas se ofrecían, la certeza de estar ante criaturas con una vida propia e impenetrable, que sólo permitían contemplar, lo mismo que un colorido disfraz, su exterior; todo, en fin, en aquel enorme pabellón, que se erigía en el centro del jardín convencional, lo convertía en una maravilla única e íntegra.

Fue la atracción que sentían Nélida y Lino por el orquidario, que día a día los aproximaba más a él, lo que les sugirió la idea de aproximarse definitivamente. Es decir, de construirse una casa en aquella finca, situada en la zona más apetecible de la ciudad. En sus últimos viajes se habían sentido atraídos por una media docena de edificios, situados en Río, en París, en Madrid o en Roma. Y todos estaba firmados por el mismo arquitecto, Angelo Rodamonti. Les pareció que se trataba de un mensaje del cielo. Sin necesidad de expresarlo, comprendieron que su primer viaje iba a ser a Milán, ciudad en la que el arquitecto residía y en la que trabajaba.

Llegaron a ella con un cielo espeso, bajo y gris. No era la primera vez que la pisaban, y no la juzgaban simpática; pero los conducía a ella un deseo muy concreto. Se presentaron, sin aviso previo, en el estudio del arquitecto y dieron su tarjeta a una secretaria ligeramente hostil. Nélida y Lino eran una pareja de aspecto normal, que se hallaba muy lejos de cualquier estridencia, incluida la vulgar estridencia de la juventud. Ninguno de los dos era hermoso ni alto ni caracterizado por un don especial. Resultaba difícil recordarlos una vez vistos, y a mí mismo me sucedió, en un posterior viaje a Caracas, durante una cena compartida con otros amigos, no reconocerlos: sólo cuando me mencionaron su orquidario caí en la cuenta de que eran los Tavares. Nada extraña, pues, que la secretaria de la entrada les advirtiera que el señor Rodamonti no podía recibirlos. Ellos insistieron, no ya sólo ese día sino el siguiente, en que venían de Caracas nada más que para entrevistarse con el arquitecto y encargarle una obra que quizá le interesara por su importancia. La secretaria sonrió un poco para sí, y los despidió con medianas buenas formas. Al tercer día, Lino Tavares, con otra tarjeta en la que le rogaba ser escuchado, puso en un sobre un cheque en blanco con su firma. Acaso no fue el gesto de invitar a Rodamonti a fijar su propio precio, sino la sorpresa algo divertida que el hecho le produjo lo que realizó el milagro. El arquitecto les hizo esperar casi una hora, pero los recibió.

—Sabemos la trascendencia de su tiempo —comenzó Lino—; el nuestro vale sin duda menos. Voy a ser muy escueto. En la mejor área de Caracas poseemos una finca de muchas hectáreas. Dentro existe un célebre orquidario, aunque le parezca a usted feo que alardeemos de él. En este lugar nos gustaría vivir el resto de nuestra vida. Y nos complacería mucho que fuese en una casa proyectada por usted.

Enumeró los edificios conocidos que les habían tentado. Demostró que no eran exactamente lo que parecían: una pareja vulgar. Se adelantó a las previsibles reservas del arquitecto respecto a los caraqueños o a los suramericanos en general.

—Un tío de Nélida era poseedor de un buen número de cuadros impresionistas franceses. Su casa ardió a mediados de siglo, mientras él gritaba a toda la servidumbre: mis corotos, salvadme mis corotos. A una servidumbre que nunca había sabido quién era Corot, ni Manet ni Monet, y que desde luego no apreciaba su obra como para sobreponerla a su supervivencia... Sé, señor Rodamonti, que quizá opine usted no muy bien de nosotros: pero yo le prometo que ni por cuestión de dólares ni por cuestión de respeto y de conservación, podrá tener usted la menor queja. He traído fotografías del latifundio, planos de la cota, topografías... —Las distribuyó sobre la mesa—. Y, por supuesto, el cheque que usted ha recibido hace más de una hora —Rodamonti percibió la ironía—, sigue siendo del todo válido.

El arquitecto, en contra de lo que él mismo suponía, tuvo una tentación. Le cayó simpático aquel matrimonio de apariencia modesta. Simpatizó también con la no desafiante inteligencia de Lino y con la sonrisa colaboradora de Nélida. Se sintió, por qué no decirlo, halagado ante una proposición tan directa y tan jugosa. Las fotografías y los planos le ofrecían la oportunidad de una obra exenta de oficialidades y respaldada por una gran fortuna, cosa no frecuente que a un arquitecto se le ofrezca. Sólo dijo:

—Deseo, y éstas son mis condiciones inexcusables, que se me dé una ilimitada libertad para construir la casa ideal para mi gusto. También es mi deseo que no se modifique, por ningún concepto, ni el menor trazo de mis diseños. Diseños que abarcarán no sólo el edificio, sino su decoración, su iluminación, las telas, las cuberterías, las cristalerías, las mantelerías, las vajillas *e tutti cuanti.* Cada objeto deberá ser sustituido por otro idéntico en caso de rotura, pérdida o deterioro... Yo he de conocer previamente la geografía en que mi obra se levantará. Y, no tanto por desconfianza hacia ustedes, sino para mi propia satisfacción, puesto que va a ser un hijo mío perfecto y de mi más profundo agrado, tendré derecho a visitarlos a ustedes y a nuestra casa cada vez que sienta la necesidad de complacerme, de comprobar la reverencia que hoy me manifiestan y de darme un baño de egolatría. Si ustedes están de acuerdo conmigo, empezaremos no tardando los estudios preliminares.

—Le agradeceremos y le compensaremos que se ponga a la obra con toda rapidez. Usted ya ve que no somos lo que se dice unos recién casados. Desearíamos disfrutar del palacio que esperamos de sus manos el mayor tiempo posible.

Un mes después apareció Rodamonti en Caracas. Rehusó la invitación del matrimonio Tavares para vivir en su casa, y se hospedó en el Hilton, donde decía encontrarse lo suficientemente incómodo y despersonalizado como para reflexionar mejor. Le entusiasmó la Cota 1.000, el solar —así lo llamó él— sobre el que se levantaría su casa, y el deslumbrante orquidario. De forma voluntaria extendió su futuro proyecto a los jardines, en los que había de conservarse buena parte de la vegetación casi lasciva, y las sonoras caídas de agua. Un mágico, desplazado y erguido tepuy que presidía aquella fabulosa área le pareció que tenía que significar, como un logo, su trabajo. Partió lleno de ganas de iniciarlo.

Pasó otro mes. Los Tavares recibieron unos dibujos, bastante inteligibles, del terreno elegido, de los cimientos y pilares, de las superficies de mármol o cristal, y perspectivas que les encantaron a los dos. Los muros interiores aparecían ya trazados: grandes paneles, sobrias escocias, ángulos intrépidos, y sólo cuatro colores: ese blanco quebrado que recibe el nombre de blanco arquitecto, un rosa casi evaporado, un amarillo tenue y un gris perla. Todo el maderamen, donde lo había, era de idéntico tono natural, aunque tratado para detener cualquier desvío de gradación, cualquier alabeo y cualquier invasión de insectos. Había elegido maderas africanas, cristales de Murano, porcelanas francesas, platería alemana, y todo de una estricta y elegante sobriedad. A Nélida se le antojó demasiado austero para una finca de recreo, pero supuso que quizá poniendo un detalle por acá y colgando otro por allá, resultaría más amable. Su marido le hizo ver que se habían comprometido a mantener la construcción, en su interior y en su exterior, como se la entregara Rodamonti. Y éste había enviado hasta un diseño de las iniciales unidas, T y A, que debería marcar sábanas, toallas, mantelerías y hasta los alberos y rodillas de la cocina... En general, a los dos le satisficieron los grandes papeles crujientes en que el arquitecto les enviaba sus planos y proyectos.

En una carta aparte, Angelo, como pidió que lo llamaran en adelante, planteaba el nombramiento de un gerente de obras de su más estrecha confianza, que viviría en Caracas hasta la entrega del edificio y que verificaría los contratos de oficiales, obreros y peones. Se traslucía de la carta un velado recelo sobre la utilidad de los nativos y unas manifiestas dudas sobre la coincidencia de sus gustos. A pesar de que su gerente —o él, en definitiva— habría de ratificar hasta los más mínimos detalles. Por ejemplo, la graduación de las luces, expandidas desde el espacio que separaba los paneles coloreados y los muros: unos escasos centímetros. Ninguna otra luz, ni de pantallas ni de techos, alumbraba los vastos espacios. Salvo la gran mesa del comedor, de cristal y acero, con tapetes individuales (sólo en señaladas ceremonias se permitía un interminable mantel de hilo blanco almidonado con los dobleces muy marcados), sobre la que reposarían candelabros de plata muy sucintos con cirios de cera de abejas.

Nélida repasó las notas sobre la inmensa cocina, que semejaba un desierto inexpresivo. Los armarios, empotrados sin más signo de separación que una casi imperceptible ranura; las largas mesas de mármol gris sin vetas; los fregaderos pulcramente rosados; y el suelo de un mármol de color champán. Se imaginó a los cocineros, pinches y fregonas, con sus uniformes impolutos, y sintió, por un lado, complacencia y, por otro, un enorme pavor. Ella conocía a sus compatriotas, y lo difícil que es modificar unas costumbres ancestrales de no se sabe qué vincha, de no se sabe qué pollera, de no se sabe qué banda en la cintura. Pero calló.

Lo que sí consultó, con cierta melancolía en la voz, por teléfono con Rodamonti, fue la decoración perecedera, como había oído llamarla a él, en cierta ocasión, para prohibirla. Angelo en eso fue complaciente.

—Después de ver su orquidario —le respondió—, he decidido que, cada quince o veinte días, puedan cambiarse las orquídeas que adornen, si eso es posible —insertó con soberbia—, las habitaciones. El ornamento consistirá en tandas de idéntico color. Así la casa quedará aderezada en fucsias, violáceos, carmesíes, blancos inmaculados, dorados, verdosos, según el matiz que predomine en las orquídeas elegidas para cada período de tiempo. —Esto devolvió la sonrisa a los labios de Nélida—. En cuanto a las alfombras —añadió Angelo—, serán gruesas y cómodas, pero completamente lisas, sin dibujos ni grecas, sin ninguna floritura: todas de un gris trémulo —así lo expresó—, excepto alguna blanca, pero de un blanco roto.

Sin embargo, Angelo, con respecto al arcón de la conquista, una joya histórica que pertenecía a la familia Asúnsolo desde el siglo XVI, fue implacable. Se negaba a que un vejestorio, roído y dudoso, le estropease ningún rincón de la casa. No iba con su estilo. Arcones de esos había por miles en todas las residencias; en Europa se tiraban a la basura. Y los muebles coloniales debían ser desterrados. *Vietato.*

Lino tenía dos problemas que plantearle a Angelo. Él era dueño de una de las colecciones mejores del Cono Sur de piedras duras. Los lapislázuli, la ágatas listadas o punteadas, las malaquitas, los ónices, las venturinas, las obsidianas, los ojos de tigre, los ámbares, los corales, si pueden clasificarse de piedras, de todos los tonos, las turquesas, los lincurios, las geodas amatistas, los cuarzos purísimos, etc., etc., eran, en esa colección, verdaderos *tours de force*, o mejor, *capolaboro* de la naturaleza. Se trataba del resultado de una búsqueda cariñosa y larguísima, que se había convertido en la acumulación más sorprendente de obras maestras naturales. Y Lino defendía con el calor de un niño su derecho a tener junto a sí esos bellos objetos que tanto tiempo había admirado, acariciado, observado bajo muchas luces y las luces a través de ellos... No se sentía capaz de renunciar a ese placer. Ni veía tampoco la necesidad. Esta cuestión, después de un tira y afloja inmisericorde por parte de Angelo, se resolvió con aceptar Lino la última propuesta del arquitecto. Desde la planta noble, con los salones en cuya perspectiva la vista se extraviaba, reiterativos y solemnes, se descendía a una especie de sótano en que la arquitectura jugaba un poco a la informalidad: desmesurados sofás sobre los que se apilaban grandes cojines monocromos, luces volátiles saliendo igualmente de detrás de los paneles, una chimenea practicable, de mármol blanco y exageradas dimensiones... Tal sótano o semisótano, digo, estaba unido a la planta superior por una escalera de metacrilato, material entonces no muy utilizado y menos aún en tal proporción. Tanto el pasamanos, extraordinariamente ancho, como la huella de los peldaños, serían auténticas vitrinas iluminadas con habilidad, donde se exhibiría la colección de piedras duras. Sabiendo que sería imposible exigir más del corazón también de piedra del arquitecto, Lino se resignó.

No obstante, no tuvo tanta suerte en el segundo problema. Hasta no hacía mucho, había sido gran cazador. Había asistido, en compañía de Nélida por descontado, a importantes safaris. Los testimonios colgaban en las paredes de su despacho y de sus habitaciones particulares en esa casa donde habitaban cuando Angelo los visitó por vez primera. Lino había advertido que los trofeos le causaban al arquitecto un invencible asco. De ahí que ya hubiese hecho la digestión de ese amargo guiso cuando le consultó dónde había pensado colocar, en la nueva casa, los triunfos de sus cacerías.

—Sí que lo he pensado, sí —respondió el arquitecto—: en ninguna parte. No hay ningún razonamiento que permita, en una obra que a mí me represente, y para eso me han convocado ustedes, la exhibición de cabezas disecadas de animales. Desengáñese, mi querido Lino, y vaya despidiéndose de ellas el tiempo que le queda antes de la mudanza.

Pero Lino se resistía a despedirse. El sistema que utilizó para quedarse con sus trofeos de caza fue sesgado. Le obligó a intimar con Gerardo Carducci, el omnipotente representante de Angelo, que sólo estaba en Caracas como director de obra y mediador de todas las gracias. Lo invitaba continuamente a su casa; lo llevaba a Canaima y a otros lugares turísticos hermosos; le suministraba buenos vinos a los que el gerente era más que aficionado; y por fin le abrió las puertas de su pecho y de su bolsa, y le comentó, con timidez, el caso de los trofeos. Era una noche en la que Carducci había libado con largueza, y se le escapó una exclamación de la que ya no pudo arrepentirse.

—Eso es muy fácil, mi amigo... Por supuesto —aminoró dando cierta marcha atrás—, que es como una traición a mi jefe y queridísimo amigo, el *signore* Angelo. Una traición cuyo precio usted tendrá que amortizar. Pero he pensado, no le oculto que se lo iba a proponer a usted, hacer una especie de cámara de aire alrededor de su regio despacho. En la pared más honda de la cámara, aparecerán colgados sus trofeos. —Y agregó como si los contemplara—. Sus impalas, sus rinocerontes, sus tigres, sus leones y hasta su elefante... En la pared visible aparecerá una *boiserie* monda y lironda, como desea el señor Rodamonti. Un secreto e ingenioso mecanismo permitirá que los fragmentos de falsas paredes se deslicen y se oculten, dejando de manifiesto su brava afición, tan exitosa, ante quien usted desee exhibirla... Es apenas apretar un botón lo que le costará pasar de un aspecto del despacho a otro. En cuanto tenga noticia de la visita de mi jefe, usted oculta su zoo y *arrivederci*.

Lino quedó muy complacido. Y sí, en efecto, se construyó su ocultable y gustoso reducto. En el cual, por si fuera poco, encontró asimismo su espacio, estricto pero suficiente, el viejo arcón de la familia de Nélida.

Los Tavares divirtieron sus días y sus meses revisando las obras, que avanzaban a buen ritmo. Fueron días y meses en general felices.

Unos dos años después, quizá algo menos, se inauguró la casa. Todo el que era o significaba algo en Venezuela, desde el presidente de la República al nuncio de Su Santidad, pasando por ministros, acaudalados e influyentes, si es que los tres no eran los mismos, y profesionales representativos, incluyendo entre ellos las misses de belleza en las que Venezuela es tan fecunda, se hallaban entre los invitados. En medio de ellos reinaba, entre Lino y Nélida Tavares, el arquitecto Angelo Rodamonti, verdadero protagonista de la noche. O, para ser más exacto, de la tarde y la noche. Porque había sido voluntad de él que se ofreciera un cóctel temprano para que los invitados pudieran admirar con luz de día su obra. Las habitaciones, en general, estaban techadas con claraboyas que permitían el paso de una luz no molesta, debajo de las cuales, por procedimientos mecánicos, corría una techumbre, que transformaba, a voluntad, en más íntimo el ámbito nocturno. Angelo, tan italiano, disfrutó enormemente con sus juegos de manos, y, con grandes gestos ampulosos, obraba sus prestidigitaciones, suscitando después, con una inclinación de su cabeza soberbiamente ladeada, el aplauso de los invitados.

Lino habría deseado, a su vez, mostrarles el juego de magia de su despacho; pero prefirió mantener el secreto en paz y reservar para sí mismo y para Nélida la feroz e inofensiva compañía de sus taxidermias.

El orquidario, como un inmenso palacio de cristal, se erguía no lejos de la casa, todo él encendido y mostrando sus flores como gemas. El color elegido por Nélida para la inauguración y adorno del interior de la casa, previa humilde consulta al arquitecto, había sido el rosa pálido. Miles de orquídeas de ese tono enriquecían jarros, centros, paneles, mesas, rincones, aseos, dormitorios... Nélida se sentía orgullosa y colmada. Desde su cuarto de estar, algo frío para su gusto, se veían los desniveles también iluminados de la finca, una alta cascada, el tepuy doméstico y sombrío, los vertiginosos cielos... Supo que, junto a Lino, al que llamó y tomó de la mano, se había transformado en una verdadera reina. Allí se besaron con la misma ternura que llevaban haciéndolo más de cincuenta años. Y consideraron que eran, por fin, felices. Ni por un momento calcularon el gran pellizco que, los caprichos del hombre que cumplió el capricho de ellos, habían propinado a su fortuna.

Desde esa fecha los Tavares viajaron menos. Trataban de habituarse a su casa. Procuraban calentarla, habitarla, hacerla suya. Venían amigos de todas partes a complacerse en ella. Los primeros meses el matrimonio los acompañaba; luego a ambos les resultó demasiado cargante y delegaron en un mayordomo, cuyo único oficio era hacer de guía. Pero tales visitas, en lugar de calentar la casa, la enfriaban aún más. Ni Lino ni Nélida osaban confesarse recíprocamente cierta desilusión que crecía con el tiempo. Por el contrario, fingían ser los seres más colmados del universo; con lo cual, lo que consiguieron fue irse distanciando, a través de ese disimulo, de la sinceridad y la identificación que siempre habían sido sus vías de contacto. A pesar de todo, no se daban cuenta de ello. De vez en cuando, uno de los dos, harto de gelideces, proponía con tacto un viaje al extranjero; viaje que el otro aceptaba de mil amores. Pero, en tales viajes, Nélida por ejemplo no era capaz de comprar un recuerdo, un objeto cualquiera: un bonito mueble inglés pongo por caso, una cerámica española de colores chillones, unas servilletas francesas tan alegres... Nada podía salirse del gris, el blanco arquitecto, el rosa desvaído o el amarillo apenas... Y volvían sólo con regalos para amigos satisfaciendo con ellos su sed de venganza.

Poco a poco empezaron a dejar de hablar de la casa, y desde luego a ocuparse de ella. Comenzaron a sentir una solapada antipatía, que ni a sí mismos se hubieran atrevido a reconocer. Era una casa para enseñar y no para vivir. Nélida no tenía en realidad dónde sentarse cómodamente, ni un mal revistero, ni un mueble de costura donde guardar sus cañamazos y sus hilos. Estaba harta de prohibirles a los criados todo lo que no fuese obligatorio para ellos. Estaba harta de tener que expulsar a los mejores sólo porque les gustara ponerse una cinta roja en la frente para despejarla del pelo. Estaba harta de comer siempre con los mismos helados cubiertos, y beber en los mismos estilizados vasos. Todo le sabía ya igual. Lo habría roto todo si no hubiera sabido que Angelo Rodamonti lo sustituiría sin la menor vacilación.

Angelo, por su lado, se sentía particularmente satisfecho. Recomendaba a Lino amigos y clientes para que les mostrara, con minuciosidad, su casa. Se comportaba como un condueño de hecho, y eso, que tanto habría alegrado a los verdaderos propietarios en otras condiciones, les parecía (pero siempre a cada uno por su parte) un intolerable abuso. En ocasiones convidaba Angelo a pasar un par de semanas en la finca a dos o tres matrimonios, con los que le unían negocios o planes de negocios. Y aquellos invitados se movían con soltura por la casa, por las desmesuradas escaleras exteriores cuya piedra había cubierto una espesa y verde grama, por el orquidario... Y les envidiaban a los Tavares su dicha, e incluso se llevaban algún plato de Limoges, marcado con el logo del tepuy, o alguna cucharilla de café. La gente europea, sobre todo la italiana, ya se sabe.

—¿No te parece que invaden nuestra intimidad? —interrogó Nélida a su esposo una tarde.

—Sí; si nos quedara alguna —respondió él desviando los ojos.

Pero lo peor de todo era cuando comparecía en Caracas el mismo Angelo Rodamonti. Subía a las recónditas escondidas terrazas; descendía a las bodegas de clima artificial; fisgaba las despensas improbables; corregía la posición de alguna piedra dura que un criado hubiese torcido al limpiarla, chasqueaba la lengua dubitativamente ante los dos únicos cuadros que permitió colgar: un Picasso de la época cubista en el despacho de Lino, y una Gabrielle semidesnuda de Renoir, en el cuarto de estar de Nélida; revisaba los cajones de la cubertería de 250 piezas; desfilaba con ojos matemáticos ante los estantes de la cristalería casi infinita, ante los armarios de la ropa blanca, ante las baldas donde se conservaban los productos de limpieza... No se le escapaba ningún error, ninguna declinación, ningún exceso. A él, que casi todo le parecía excesivo menos su propio celo.

—*Va bene*, está bastante bien, hay que vigilar ciertas humedades. Y, sobre todo, no exagerar con las orquídeas, Nélida... Por lo demás, me alegro de haberos construido vuestro nido de amor. El tiempo que os quede por vivir, y que sea largo, de algún modo os lo iluminaré con mi obra. Y eso me satisface.

—Gracias, querido Angelo —decían los Tavares a la vez.

Por regla general, Rodamonti avisaba de su llegada con un día o dos de anticipación.

Así se lo había suplicado Nélida, para corregir cualquier detalle que pudiera haberse desviado. Aunque era otra la explicación que daba:

—Si quieres algo concreto de comer, Angelo querido, debes avisarlo con la mayor anticipación posible para que los de la cocina puedan prepararlo con la previsión y el esmero que atenderte requiere.

Pero, y esto iba sucediendo con mayor frecuencia, a veces se presentaba sin avisar. «Estaba en Buenos Aires, o estaba en Lima o en Miami, y he pensado que daros un abrazo en vuestra casa sería maravilloso para *tutti*. Para la casa inclusive.» Ya no sólo se tuteaban sino que prácticamente compartían el usufructo del edificio, que se había transformado en un condominio, como suele llamarse por aquellas tierras, en el que quien más derechos y exigencias ostentaba era el arquitecto.

En suma, Nélida y Lino se habían convertido en esclavos de su sueño final.

Sucedió durante el mes de noviembre. Una hermosa mañana. La finca estaba tan jugosa, tan verde, tan generosa de sí, que el matrimonio recuperaba su antigua y mutua confianza. Paseaba con delectación del brazo sobre la grama y el césped de los amplios jardines. Nélida se reclinaba sobre el hombro de Lino que la conducía cogida por la cintura. Se hallaban en la gloria del campo libre y suyo... Y de repente se oyó un claxon. Vieron llegar un coche que frenaba delante de la escalinata, y del que descendía, optimista y vociferante, Angelo Rodamonti.

—Estoy aquí por pura casualidad, queridos míos. Os parecerá mentira, pero nadie, rotundamente nadie, sabe que he hecho esta escapada. Tendré que irme enseguida; pero no podía dejar de admirar la casa de nuestros amores.

Por primera vez en años, un rayo cruzó por los ojos de Nélida, y fue percibido por los de Lino. Ambos se dirigieron, como si nada, al arquitecto, y le dieron una amistosa bienvenida. Él no tenía ni la menor idea de con qué iba a encontrarse; el matrimonio venezolano, tampoco. Ambos cónyuges reconocían que últimamente habían levantado la guardia en numerosos aspectos del museo, como ya se atrevían a llamarlo.

No se demoraron mucho en los aperitivos, y pasaron al desierto comedor, gigantesco y polar, para la comida. Nélida ocupó un extremo de la mesa, teniendo a su derecha a Angelo y a su izquierda a Lino.

—He realizado un viaje muy largo. Os rogaría que me permitieseis descansar después de comer. Una horita tan sólo, no más. Luego, si es de vuestro agrado, recorreré la casa. No porque vaticine ninguna dejadez, sino para comprobar una vez más que lo que se crea con intención de clasicismo jamás pasa de moda. Ya sé que sois perfectos anfitriones, en vuestra solicitud y en vuestros cuidados. De ahí que me enfervorice tanto comprobarlos.

Lino miraba a Nélida. Nélida miraba a Lino. ¿Se entendieron? Un levísimo gesto de la mujer con un cubierto dio la clave al marido.

—Siempre te gustó mi despacho de manera especial.

—Es cierto. Ahí sí que estoy seguro de haber acertado. Y tú, que querías colgar los horrendos despojos...

—Por eso; te ofrezco echarte en la otomana que hay en él. Te llevarán una manta gris que jugará bien con el color crudo del cuero.

—De acuerdo. Muchas gracias.

—Guardo en mi botiquín todavía el curare que, en un viaje al interior, como curiosidad, recogimos —dijo a Lino, una vez solos, como pensando en otra cosa, sin una entonación especial, Nélida.

—Está bien —afirmó, asimismo desentendido, Lino.

Lo habían preparado los indios piaroas del Alto Orinoco, y se lo habían vendido a Lino en una pequeña calabaza. Consiste solamente en la concentración del jugo de la planta llamada mavacure, por cocimiento, que se espesa luego con otro jugo, el del quiragüero. Su eficacia depende de su contenido en curarina, porque la abundancia de curina debilita sus efectos. El que poseía Nélida era fuerte y cristalizado, en forma de una sal cuyo nombre todavía recordaba casi por broma: cloruro de D-tubocurarina. Como recordaba, porque se lo habían dicho cuando se lo vendieron no hacía tanto, actúa sobre las terminaciones nerviosas motoras, por donde llega a los músculos, siempre que penetre en el organismo por una herida o una inyección. Por vía oral es totalmente inocuo. Y, llegado el caso, el ser humano alcanzado por el curare queda en posesión de todas sus facultades mentales, pero paralizado. Hasta que, al fin, se detiene también la respiración, y se produce la muerte. Aproximadamente en un cuarto de hora.

—Yo le pondré la inyección, querido. Fui muy buena en eso, y es algo que no se olvida.

No tardó Nélida en venir con la jeringuilla llena del cloruro licuado. Ella y Lino avanzaron con sigilo hacia el despacho. No producían ni el menor ruido. Nélida se acercó a Angelo, que dormía profundamente. Con decisión le clavó la aguja en el brazo y le inyectó el contenido amarillento, más bien oscuro. Le vino a la cabeza el amarillo diluido de la casa, y parpadeó dos o tres veces. En ese momento, Lino oprimió el resorte de la *boiserie*, y salieron, como al galope, asomando sus cabezas sobre la réplica escondida por el paramento, todas sus fieras africanas. El arquitecto abrió los ojos sorprendido por el pinchazo, y se sorprendió aún más al ver lo que se le venía encima. Pensó que era un mal sueño o una broma muy pesada. Después, ya inmóvil, escuchó la voz de Nélida.

—Lo siento mucho, Angelo, pero tú te lo has buscado. Tú lo has hecho imperiosamente necesario... Por primera vez me atrevo a hablar de este tema delante de mi marido, al que me temo haber perdido en buena parte por culpa de esta casa... No la hiciste, Angelo, para un viejo matrimonio que tenía el afán de que sus años últimos transcurrieran en un espacio bello y lleno de luz que lo invitase a la alegría. La hiciste para tu presunción y tu lucimiento, y nos transformaste a los dos en conservadores de tu obra. Esclavos de ella hemos vivido todos estos años. Y ha llegado el momento de nuestra liberación. No nos has dejado más medio que éste... Nos despreciaste, Angelo. No nos has valorado en ningún momento. Hasta los criados, expulsados o sometidos, te han odiado siempre... Lo siento, de verdad. Pero el dilema era o tú o nosotros. —Le acariciaba con dulzura el pelo, y se interrumpía en prolongadas pausas—. Espero que la distancia que la casa ha marcado entre mi marido y yo disminuya ahora, y desaparezca cuando nosotros podamos hacer con ella lo que nos venga en gana... No se puede humillar a quienes nos admiran; no se puede dominar a los seres humanos, Angelo, ni quitarles la facultad de disponer, ni privarlos de su libertad, ni someterlos a objetos y a colores. Nuestra vocación era bien clara: la mía era Lino; la de Lino, era yo. Y esa reciprocidad nos mantuvo vivos y unidos siempre, hasta en esta venganza que no ha sido preciso que tramáramos juntos, porque nos entendemos sin palabras... Ahora sé que Lino me reprocha haber utilizado la palabra venganza en lugar de la palabra justicia. Nos has hecho muy infelices. —La voz de Nélida se ahogaba en un sollozo—. Perdónanos, pero no hemos tenido otro remedio que hacer lo que ahora hacemos.

El horror se reflejaba, más bien se adivinaba, en el cuerpo inmóvil y en el rostro del arquitecto. Lino había sacado de su rincón la vieja arca de Nélida, toda de hierro y cuero. Nélida aprobó con un movimiento de cabeza. Después alargó la mano y la puso en el cuello de Angelo. Había dejado de latir.

Entre los dos cogieron, con esfuerzo, el cadáver, y lo depositaron en el arca, que cerraron con la gran llave antigua. La llave la guardó Lino en su bolsillo. Luego consultó con los ojos a Nélida, mientras rozaba con su índice el resorte. Nélida negó también con la cabeza.

—Todavía no —murmuró.

Lino apartó su dedo. La mujer esperó que él se aproximase. Le sonrió con ternura. Lino puso las manos en la cintura de ella. A través del arca, donde yacía el enemigo, se besaron con el mayor de los afectos.

—*Sic semper tirannis* —murmuró Lino.

Los ojos de cristal de los animales salvajes brillaron con un destello de envidia, de gratitud y de respeto.

«PERCHANCE TO DREAM»

—Espero una visita. Me la anuncia por el telefonillo cuando llegue. Subo al estudio —le dije al mozo. Lo vi un poco más alto que de ordinario, pero vestía su pantalón negro y la blusa a rayas negras y rojas, con las mangas y la espalda a juego con el pantalón, que suele vestir por las mañanas—. ¿No estaría mejor con una chaquetilla gris?

—No creo, señor. —Me hizo una inclinación de cabeza—. Descuide usted.

Subí a mi estudio donde estaban, en el sofá de la zona abuhardillada, mi madre y mi hermano mayor. Ella parecía hermosa y distante, como siempre, y echaba un vistazo por el escaso mobiliario y las atiborradas librerías que cubren las paredes. Mi hermano, como yo lo recordaba: con los ojos de un gris verdoso, muy alto y excesivamente delgado. «Es como un galgo», pensé.

—Te ha ido bien, parece —afirmó mi madre con una voz muy suave.

—No creas, no tan bien. He hecho lo que he podido. O al menos eso creo. Pero a veces tengo la impresión de haberme equivocado desde el principio.

—Siempre sucede así... El resultado nunca se sabe hasta el final.

—Tu vida es una sucesión de acontecimientos: plena y con mucha luz. Mi enhorabuena. —Mi hermano fingió un aplauso.

—Gracias, pero no sé... A veces uno va por su camino, por el que tiene la certidumbre de que es su camino, y quizá tuerce unos centímetros un pie, pero sigue avanzando, y ya está un poquito desviado y, a partir de ahí, cuanto más avanza y más deprisa lo hace, más se pierde. ¿Cómo regresar? ¿Cómo saber a estas alturas dónde se torció el pie?

—A todos nos sucede. —Mi madre habló, como siempre, con una gran frialdad—. Pero después descubrimos que existe una inagotable misericordia.

Yo estaba sentado en un sillón. Tenía a mi derecha a los dos, aún más guapos y más distinguidos que los evocaba. Sonó el teléfono de abajo. Lo oí. Iba a levantarme para coger el del estudio; pero nadie me pasó la llamada. No sería para mí. O acaso carecía de importancia. El mozo estaba encargado de atender el teléfono. El secretario avisó de que ese día le era imposible —imposible de todo punto— venir a casa. Contradiciendo lo que yo pensaba, mi hermano dijo:

—Estás muy ocupado. Muy rodeado, aplaudido o desdeñado, eso no importa. ¿No te sientes un poco perdido entre los demás?

—Paso temporadas en el campo. Allí estoy solo. El secretario, el servicio, los perros, y yo. El cielo y la tierra.

—Sí; eso se dice fácilmente. —Mi madre no me miraba.

Pasaron casi dos minutos en silencio. Volvió a sonar el teléfono abajo. Tampoco me pasaron la llamada. ¿Será el timbre de la puerta?, me pregunté. Quizá mi amigo, mi íntimo amigo, el que tiene que pasar a recogerme...

—¿No estás con nadie ahora? —Sin esperar la respuesta, mi hermano añadió—: Eso es duro.

—En el fondo, todo el mundo está solo. —Mi madre hablaba como si reflexionase—. A la soledad no hay que temerla. Ahí los ingleses son más ricos que nosotros: tienen la *solitude*, que es la soledad querida y requerida, la que tú usas para tus trabajos, y la *loneliness*, la soledad impuesta, terrible, rompedora, la que no nos deja ver otra cosa que ella. Ésta es la peligrosa... —Me observó de refilón.

—Puede que tú te hayas engañado a ti mismo. Has sido siempre tan independiente, tan autosuficiente... Puede que hayas escrito más por tener que decir algo que por tener algo que contar.

Esa frase de mi hermano me recordó otra, no sabía cuál, en ese instante... Por el contrario, empecé a pensar por mi cuenta. Ignoro si era mi madre la que hablaba, pero no la escuché... Hay días en los que aparecen rotos todos los juguetes y sellados todos los libros con cuyo resplandor nos orientábamos en la oscuridad... Me dirigí a mi hermano mayor.

—Nunca escribí sino para aprender. No he sabido más que mis lectores ni me propuse enseñar nunca a nadie.

—¿Por qué me lo dices a mí? ¿Por qué me lo dices ahora?

—Porque fuimos niños juntos. Y estoy seguro hoy del hastío que me producían las princesas de los cuentos, los príncipes, los edecanes y los reyes. No envidiaba su vida, ni sus trajes incómodos, ni sus castillos de puentes levadizos, ni sus complicados amores, ni sus hadas madrinas... Me parecían un mohoso guardarropa mandado retirar. Luego, cuando habité los teatros, reconocí en el olor de los no renovados la impresión de aquellos cuentos de la infancia. Sus protagonistas no me caían bien: eran falsos, demasiado buenos, demasiado increíbles. Nunca entendí por qué se daban por supuestas ciertas condiciones que, de haberse detenido alguien en examinar, habrían evitado el resto del relato. Se iniciaba la lectura, por tanto, con un lastre: el de aceptar lo inaceptable, no por fantástico, sino sencillamente por estúpido. Por eso me molestaban en especial las ilustraciones, donde un dibujante sin imaginación subrayaba lo abominable y lo ficticio de la historia.

Me interrumpió mi madre.

—En este instante, en este preciso instante en que casi todo es decisivo, vuelve los ojos hacia ti.

—Los vuelvo, y recuerdo retazos, accesorios en apariencia, que entonces me causaron un impacto especial. Quizá porque mi vida ha estado llena de trozos accesorios... La hermana Ana de la mujer de Barbazul, apostada en la almena, inquieta pero no desesperada, viendo el azul del cielo y el verde de la hierba, tan indiferentes como ella ante el castigo de la tonta desobediente y meticona... El alcalde de Hamelin, arrojando desde el balcón la bolsa, quizá vacía, al flautista, u observando cómo se iban de la ciudad tras de la música los niños. En mi opinión infantil de entonces, se quedaba muy tranquilo: a un niño no le gustan los niños... El padre sin entrañas de Pulgarcito, cuando conspira con la madre, que llora pero consiente, y deciden abandonar a los siete hijos en lo más espeso del bosque, mientras estén recogiendo a la mañana siguiente hacecitos de leña... Eran fragmentos que me parecían lo más real del texto. Quizá porque significaban una sanción, o eso pienso ahora... Como me parecía más real el país de las maravillas en que Alicia crece, decrece, se divierte o se angustia. Mucho más real que el mundo verdadero de la superficie, en el que las represiones y los puritanismos no dejan ni soñar. Los instintos, limpios o inmundos, se vengan, deambulan libres y coloreados por las calles del sueño. Allí uno se tropieza con dioses y demonios, con las protestas de arriba convertidas en una carcajada. Eso significaban para mí el Gato de Cheshire por un lado, y el Conejo Blanco o la Liebre de Marzo por otro: la invisible presencia que es apenas una sonrisa por el aire, o los seres que consultan sin cesar sus tiranos relojes, y toman el té, sin cesar también, cuando el reloj se les paró a las cinco...

—Nunca fuiste un niño normal. Por eso no estoy segura de que te pudiera haber querido. Acaso hice un esfuerzo. Pero los esfuerzos del corazón se borran.

Mi hermano mayor la miró con piedad, en tanto que ella abatía sus bellísimos ojos.

—Estaba tan envuelto en mí mismo... Tantos atardeceres en un balcón que ya no daba a ningún sitio... Hasta tal punto aislado que, cuando me llamaban para la cena, descubría cerca de mí intacta la merienda.

Mi madre miraba por encima de mí. Oí a mi hermano:

—Como una evocación y una apología de todos los cuentos de tu afligida infancia, leíste en la adolescencia las palabras de Hamlet con la calavera de Yorick en las manos...

—El de la gracia infinita y la imaginación más asombrosa. Ahí se concluyen todos los títulos precedentes —enlazó la voz de mi madre a quien ya apenas distinguía—. *To die, to sleep; to sleep, perchance to dream.*

De pronto, sonó un timbre que yo no conocía. Sin saber exactamente la causa, me sentí agitado.

—Perdón —dije, y bajé la escalera.

Me encontré al criado, al que me pareció ver de nuevas, en el piso de los dormitorios. Subía a avisarme.

—¿Quién ha llamado?

Descendíamos juntos.

—Rubén —dijo el criado—. Quiero decir el señor...

—¿Quién es Rubén? —le interrumpí tajante. Llegábamos a la planta de entrada. No habían dado las luces del salón en contra de lo que yo ordenaba siempre—. ¿Quién es Rubén? —repetí.

—Soy yo —dijo un voz muy clara y grave. No vi el rostro del que surgía. Una silueta salió del salón hacia el vestíbulo.

—Perdóneme... Yo esperaba a un amigo.

—Tropecé con él en la puerta. Le advertí de que usted no podía recibirlo. Que estaba indispuesto y que yo era el médico.

—¿Quién es usted, entonces? —Escuché el gran asombro que había en mi voz. Me escuchaba como desde fuera de mí.

—Soy el médico.

—Pero yo no necesito a ningún médico.

—Eso es lo que usted cree... Pase aquí, por favor. —Me indicaba el salón.

Dio previamente unas cuantas luces, dentro de la serie de interruptores y conmutadores no fáciles de manejar. Tardó en sorprenderme su acierto. Ya estábamos sentados los dos juntos en una cama de barco de Jorge III Hannover, que divide dos ambientes del salón, cerca del *tall boy*, regalo de mi madre, espléndido, al que yo quiero mucho. Me ordenó remangarme la camisa.

—La manga izquierda, por favor.

Me tomó la tensión. Me auscultó despacio el pecho. Sacó de su bolsillo una copia de mis últimos análisis hechos en el hospital Carlos III... Después posó una mano afectuosa sobre mi antebrazo, desnudo aún.

—Está usted muy enfermo. Debe prepararse para una inmediata emergencia. He venido a comprobarlo y a anunciárselo. También yo soy su amigo.

—¿Rubén? —pregunté yo.

Él, moreno y cálido, no contestó. Se puso en pie y salió sin hacer el menor ruido. De repente, caí en la cuenta de que mi madre y mi hermano mayor habían muerto hacía ya muchos años.

El criado no estaba en el salón. No se oía a ninguno de los perros. Miré en torno mío. Nadie. Yo solo. En el aire palpitaba un cierto olor a rosas. Se apagaron las luces... Me resistí a creerlo. Pero lo comprendí.

GUARDAESPALDAS Y GUARDAPOLVOS

—

—Cuando usted quiera puede ocupar el piso. Desde ahora mismo está a su disposición. Le deseo una larga y feliz estancia en él.

La conversación con el propietario había transcurrido por cauces de la mayor cordialidad. Joaquín Caballero estaba satisfecho, y el propietario, Juan José Tambre, también. Desde que Caballero había enseñado su documentación de guardia civil todo fue como una seda. Ni siquiera le solicitó el aval acostumbrado.

—Un miembro del Benemérito Cuerpo honrará este piso de Mirasierra, que le estaba esperando —exclamó Tambre.

El alquiler era de 200.000 pesetas. Joaquín Caballero, para ayudarse, compartiría techo y renta con su novia Débora y con una íntima amiga de ella, «como una hermana, siempre han vivido juntas», Palmira.

—Con tal de que su comportamiento sea el debido, correcto y respetuoso con los vecinos, y eso me lo garantiza su profesión, puede usted convivir, o sea, compartir el piso, con quien desee.

El propietario era un hombre panzón, con unos pies pequeños que le salían casi desde la barriga. Su cabeza, redonda, gorda y con poco pelo; y sus manos, con las que gesticulaba demasiado, otras dos bolas con muchísimo.

El agente Caballero era gallardo y bien plantado. Inspiraba una inmediata confianza. El propietario estaba encantado de la operación. Una operación garantizada en todos los sentidos. Sólo faltaba lo que, para remate, le comentó Caballero.

—Durante el día trabajo como escolta de jueces y fiscales en la Audiencia Nacional.

Más tarde, el vecino cuyo apartamento daba al patio frente al del guardia, contó que, en la mudanza de ropa y algunos enseres verificada aquel mismo día, había visto a las dos mujeres, Débora y Palmira, besuqueándose con el hombre, y a este mandándoles lo que tenían que hacer sin un punto de clemencia. Añadió que todo le recordaba al Hilarión y las dos chulapas de *La verbena de la Paloma*, aunque el Hilarión este era mucho más joven y con mejor pinta... Quizá también las chulapas le parecieron más jóvenes que las de los teatros, más guapas, y desde luego mucho más alegres, porque manoteaban, se daban golpes cariñosos, chocaban con gusto una con otra, y se reían y gritaban igual que animalejos. Todo lo que decían no lo oía él, pero le había parecido que, para ser muchachas finas, se les escapaban de vez en cuando algún taco y palabras mayores. Tan mayores, que él no se atrevía a jurar que lo hubiese escuchado. Serían figuraciones... Hoy en día...

En la misma fecha de la mudanza, el presidente de la comunidad, por tratarse al fin y al cabo de una autoridad, fue a saludar a los recién llegados y a darles la bienvenida a aquella casa, que era como una gran familia, en la que las alegrías y las penas de cada uno eran las alegrías y las penas de todos. En la que nunca hubo conflictos ni intereses egoístas. Y en la que ellos, los tres, eran recibidos con todo el respeto y el cariño que personas de su rango y situación merecían. El guardia le dio las gracias en nombre de los tres, mientras las niñas, porque parecían unas niñas, hacían muequecillas deliciosas y sonreían con una coquetería algo alarmante, aunque comprensible a su edad, manifiesta en sus cuerpos juncales y en su salero.

La cosa, cuando empezó a ponerse rara, fue como unos quince días después. Un voluntario entre la vecindad más próxima tuvo a bien telefonear al propietario gordo para manifestarle quejas indudables contra los nuevos inquilinos. La cohabitabilidad, decía, les resultaba a los demás molesta, porque ellos hacían una extraña vida, no presenciada antes allí. En la casa, ésa era la verdad, no había niños. Sus moradores eran gente formal, grave y algo añosa. Lo que sucedía desde la llegada de Caballero y sus señoritas no se había visto nunca... Sus horarios eran al pie de la letra escalofriantes; pero, en fin, allá ellos, siempre que cumpliesen las mínimas normas de silencio y decoro. Pero quiá. Las niñas bajaban de repente sentadas en el pasamanos de la escalera; daban pequeños o grandes gritos; gorjeaban como pájaros pero con más potencia; reían como otarios, que así se llama también a los leones de mar, y se perseguían la una a la otra, empujándose y hasta insultándose, con exclamaciones irrepetibles, cuando se producían, corriendo y resbalándose, algún daño... Esto tenía que cambiar, porque era como si, en un remanso, hubiera caído una piedra, qué digo una piedra, una torre de la catedral de la Almudena, aunque no pondría nadie la mano en el fuego por la piedad y la religiosidad de esas niñas que saben tanto para su edad.

El señor Tambre telefoneó, después de muchas dudas y discusiones para tratar de convencer al delegado de los vecinos de que ésas eran minucias temporales, al guardia civil. Con un meloso y exquisito tacto, le dio a entender lo que sucedía, y que, muy en contra de su voluntad personal y su deseo, podrían llegar, si no se remediaba, aunque estaba seguro de que sí, a enemistarse con el resto de la comunidad, lo cual les acarrearía disgustos y animosidades, que de ninguna manera, bien lo sabe Dios, estaban ni remotamente cerca de sus intenciones personales.

Caballero, despojando la llamada de circunloquios y barroquismos, supo contestar lo que debía.

—Don Juan José, lo único que sucede es que una de mis compañeras trabaja en una discoteca, y, por razones laborales, suele llegar a casa más tarde de lo que todos querríamos... La vida está muy achuchada, y hay que enfrentársele y apechugar con el trabajo que a uno le caiga en suerte.

—En eso tiene usted toda la razón.

—No se lo advertí cuando nos entrevistamos, porque no lo consideré importante. Párese usted a pensar que, por mi profesión, yo soy el último interesado en señalarme. De ahora en adelante le diré a Palmira, no, no es Palmira, es Débora, que procure subir de puntillas y tratar a la puerta de la casa como si fuese un Santísimo Niño Jesús de Praga, para que no se molesten los convecinos. Por cierto que, para ser tan mayorcísimos como son, tienen un oído de tísicos.

—Yo le agradeceré, todo lo que haga, eternamente.

—Pues hasta otra, señor Tambre. Me doy por enterado y me pongo a su disposición. Tranquilice usted, en mi nombre, a quien le ha molestado con algo tan pueril.

En la siguiente junta de la comunidad de propietarios y vecinos, la inquilina del primero izquierda, que se había quedado viuda hacía sólo unos días, bajó para contar algo que estimaba de interés general y de imprescindible conocimiento. La misma noche que falleció su esposo, ella no se acostó ni un solo momento porque estaba atendiéndolo y velándolo: que si unos pañitos fríos, que si un vaso de agua, que si un chorreón de colonia, que si un termómetro, que si una pastillita... Nada, porque no le sirvió de nada. Se murió. Y lo peor es que no fue en sus brazos. Y no lo fue por culpa de los vecinos del tercero, ese guardia civil tan poquísimo civil, y compañía. Sumando lo oído y lo visto aquella noche con los datos recogidos anteriormente, había llegado a la conclusión —y no es que ella se pase el día entero al lado de la puerta y mirando por la mirilla— de que las señoritas, por no llamarlas de una manera más adecuada, salen de la casa de doce de la noche a dos de la madrugada, jamás antes, y suelen volver, acompañadas por el agente, según los días, de cinco a seis de la mañana. Y eso todo el mundo sabe que no son horas... A una pobre viuda está claro que no le importa la vida de nadie, ya ni la suya, pero me han tenido en un ay durante toda la enfermedad de mi pobre Roque, y eso sí que no puedo perdonárselo.

Dos semanas más tarde, en la Dirección General de la Guardia Civil, se recibió una carta sin firma, en la que un grupo de vecinos, de un inmueble de la colonia de Mirasierra, ponía en conocimiento de quien corresponda su preocupación por el honor del Benemérito Cuerpo, dado que uno de sus agentes, vecino del mencionado inmueble, recibía visitas sospechosas de muy poca decencia, por las noches y a muy altas horas de la madrugada. Este grupo de vecinos, se añadía, velando por la indiscutida honra de la Guardia Civil y la de este inmueble, tiene a bien comunicarlo a los superiores del antedicho para que tomen las medidas que crean pertinentes.

Sin mucho entusiasmo, la verdad, el Servicio de Información de la III Comandancia (Madrid-Exterior) tomó cartas en el asunto. A medida que investigaban los pasos del agente Caballero, guardaespaldas en la Audiencia Nacional por las mañanas, iba creciendo el entusiasmo de los investigadores.

El primer descubrimiento que lograron con su trabajo fue el de que la Débora y la Palmira, novia y amiga respectivamente del guardia Caballero, eran hombres. Así como suena: hombres. Más o menos, naturalmente. Uno de ellos, o de ellas, el segundo, por si fuera poco, era menor saliente de un centro de acogida de chicos abandonados o algo por el estilo. Su nombre era Raimundo García Trigo, de quince años, que había sido dado aproximadamente de alta, por imposible, en cuantas instituciones lo habían recibido. Por lo que hace a la Débora, tenía dieciocho años; se había fugado de su casa a los dieciséis; había trotado por todas las aceras, hasta caer en los brazos, léase bajo el refugio y protección, del agente Caballero. Dicho agente, que además de guardaespaldas por las mañanas era previsiblemente guardapolvos por las noches, los o las defendía y, lo más seguro, los o las explotaba en todos sus trabajos.

De éstos se podría decir cualquier cosa menos que fuesen equívocos; más claros, imposible. Los angelitos se travestían cada anochecer; salían de su casa, como había dicho la malvada pero acertada viuda, entre la medianoche y las dos; se dirigían ya a la calle de Miguel Ángel, ya a la Castellana, ya al Paseo de Rosales o al Parque del Oeste, según su leal saber y entender, la temperatura y el resto de condiciones meteorológicas, y según las citas que hubiesen anotado en fechas anteriores. Allí permanecían prestando sus servicios a los solicitantes hasta las primeras horas, o quizá hasta las segundas, del siguiente día. El agente Caballero, con frecuencia, las llevaba a los lugares dichos, y con estricta fidelidad y constancia, las recogía en ellos para devolverlas a su casa.

De la menor de edad, Raimundo-Palmira, se dio cuenta al Juzgado número dos de Madrid. En cuanto al agente Caballero, en vista de su doble vida, se ordenó abrir un expediente para determinar si había incurrido en una falta. Falta que sería calificada de muy grave si se estimaba atentatoria a la dignidad de la institución. El ministro de Defensa tuvo a bien acordar la separación del servicio del guardia civil Joaquín Caballero Gómez, a tenor de lo dispuesto en el artículo 9 del Régimen Disciplinario. A la vez se indicaba al interesado que podía incoar recurso de reposición ante el propio ministro en el plazo de un mes, así como que tal posibilidad era sin perjuicio de la de interponer recurso contencioso-disciplinario militar.

A Caballero, entre pitos y flautas, se le fue el santo al cielo. Sólo comentando el hecho meses más tarde con su abogado de secano, al indicarle éste que en semejantes casos lo mejor era actuar por la tremenda, elevó recurso ante el Tribunal Supremo. La Sala 5ª de tan alta instancia, después de tomarse su tiempo, que no es poco, lo mandó a hacer puñetas. Es decir, confirmó la expulsión sin entrar en la valoración de su legalidad, y limitándose a inadmitir un contencioso-disciplinario, por entender que debía haber agotado previamente la vía administrativa.

Para entonces, Caballero vivía, en un piso de Argüelles, con el llamado Débora. Por supuesto, el señor Tambre, que no pidió el correspondiente aval, fiado de la honra del Cuerpo y de sus integrantes, no pudo quedarse con fianza ninguna. También él fue defraudado. El propietario del piso de Argüelles, por el contrario, se comportó de modo mucho más cauto.

La primera tarde que pasaron Joaquín y Débora en su

nueva casa, después de una alterada mudanza, no se sentían demasiado alegres.

—En el fondo, así estaré más libre —decía, procurando alentarse con optimismo, el guardia—. Ser guardaespaldas por las mañanas, con los madrugones, por mucho que durmiera por la tarde, no compensaba. Es que los sueños quebrados no aprovechan, ¿verdad, Debo, mi vida? De esta otra manera, tendré el honor de acompañarte en tu trabajo a la ida y a la vuelta. ¿No te hace ilusión? —La Debo callaba—. Qué pena que a la Palmi la hayan metido otra vez en ese correccional de mierda. Con lo acostumbrados que estábamos los tres a entendernos... —La Debo callaba—. Es que era demasiado pequeña, ¿no te parece a ti? Con catorce años y pico no puede irse a ningún sitio. Yo creí que tenía más.

La Debo estalló:

—Pues no tenía más. Ni cuando tú se la metías a ella, ni cuando te la metía o te la chupaba a ti. ¿Te crees que yo era boba? Ni lo era ni lo soy, chulo de los cojones. La Palmira estaba enamorada de ti como una loca, que es lo que era... Ni menos años ni más años: porque sencillamente era la loca más grande que yo he visto en mi vida. A ver si tú supones que yo, a fuerza de chupar, me chupo el dedo... De eso nada, monada... Y, desde ahorita mismo, ten cuidado conmigo. Porque, por muy novio mío que tú digas que eres, ya no representas ninguna autoridad. Eres lo mismo que todo el mundo: un desgraciado. Y yo, mayor de edad y puta, puedo hacer lo que me salga del coño. Así que cuidadito.

El ex guardia Caballero sólo dijo:

—¿Bajamos a cenar?

La Debo hubiese respondido con un desplante muy torero. Pero como había trabajado en la mudanza y le picaba un poquito el estómago, aparte de otras cosas, se contentó con responder:

—Cuando quieras, mi vida.

REGIONES DEVASTADAS

—

La reina de aquel ascensor, más, la diosa de aquel ascensor, era Raquel. Un matrimonio muy querido por mí acababa de trasladarse a aquella casa. Habían comprado un precioso ático. El edificio estaba recién remozado, y aún quedaba pendiente el ascensor. Se trataba de uno antiguo y además viejo. No tenía mérito ni un valor especial. Estaba deteriorado y lleno de inscripciones, no todas, o, para ser sincero, casi ninguna, honesta.

Mis amigos eran partidarios acérrimos de vivir en el centro de Madrid. Yo represento lo más opuesto al centro. Siempre he sido centrífugo, y he vivido prácticamente en las afueras, o en lo que antes eran las afueras. Para visitarlos, me agobiaba tener que ir a la Plaza de Santa Ana, pasando por la terrible calle del Prado. Dejar el coche no se sabe dónde, y meterme a pie por Núñez de Arce, que es donde antes vivían. Tal latazo les daba con el tema de la mudanza y el de zafarse de la zarpa pestilente y vociferante del gentío, que pareció que al fin me hacían caso. Un día me dijeron:

—Hemos encontrado un piso con terraza que te va a chiflar. A ti, que siempre estás diciéndonos que huyamos.

—Enhorabuena de todo corazón. Enhorabuena para vosotros y para mí. ¿Dónde está esa joya?

—En la calle de Hortaleza.

Me quedé helado: Hortaleza era aún peor que Núñez

de Arce. Conseguí, con mucho esfuerzo, que no se mudaran, que esperaran a mejor ocasión. Pero ya había perdido cualquier autoridad. Así transcurrió el tiempo, hasta que me dieron por cerrada la compra de este ático, que tampoco está en otra parte que en el centro: no lejos de la Plaza del Progreso, ya me dirán ustedes; pero qué le iba yo a hacer ante su política de hechos consumados...

Retorno a lo que hablábamos. El ascensor estaba presidido por una frase grabada en la madera: «Raquel tiene una estrella en la frente.» Sentí un repentino e irresistible tirón hacia Raquel. A pesar de que, debajo de la afirmación entronizada, venía toda una letanía de disparates referidos a tetas, culo, cintura y etcétera de Raquel, cantados por activa y por pasiva, con toda clase de alusiones y de ponderativos. Y después de esa letanía, una serie de imprecaciones y súplicas para que Raquel hiciera, lo antes posible, esto o aquello, ya se imaginarán qué. Incluso de faroles y vanaglorias por haber hecho ya esto o aquello con Raquel, o porque Raquel le había hecho, en pasado o presente, por fin al publicista cualquier marranería... En definitiva, el ascensor era un monumento a mayor honor y gloria de Raquel, pero con los logotipos y el vocabulario de los aseos de un bar de carretera.

La primera vez que subí al ático de mis amigos, se sobrentiende que lo primero que les pregunté fue por Raquel. Me prometieron investigar, y lo hicieron. Raquel no vivía en ningún piso de la casa. Pero, ¿había vivido? Como el portero de carne y hueso desapareció con la reforma, sustituido por uno automático, nadie fue capaz de dar respuesta fidedigna.

Mis amigos, ante mi interés quizá desmesurado, para sacar tajada, intentaron ponerse a la disposición de una vecina del tercero, la más antigua, o eso les pareció a ellos, de la casa. Doña Teresa, que tenía sus buenos ochenta años pasaditos, llevaba 53 habitando allí. No tenía ni idea de Raquel, y llevaba lustros sin tomar el ascensor. En realidad, no lo había tomado nunca porque padecía de claustrofobia. Y, actualmente, de demencia senil. No obstante, hablaba de un matrimonio de un médico y una enfermera, pero ni él ni ella, que recordase, se llamaban Raquel. Mis amigos dieron por perdidas la visita y la conversación. Y la cabeza de la señora, también.

Cada vez que yo visitaba al matrimonio recién mudado, me enfrentaba con la retahíla de evocaciones y rememoraciones de Raquel. Tanta declaración de amor me excitaba más y más; los recados llenos de morbo y los datos personales los hallaba seductores y hasta enloquecedores. Hubo días en que me bajaron al primero porque estaba, como un paleógrafo, deduciendo, de las escrituras, la silueta, la sonrisa y el atractivo furioso de Raquel. Llegué dos noches o tres a soñar en mi cama con ella. La vi, lo que no es corriente, exactamente igual en todos los sueños: no muy alta, rubia, con los ojos celestes, con formas un tanto pronunciadas y con una sonrisa que encandilaba. Por si fuera poco, con la juvenil mano extendida y los joviales dedos me hacía gestos de llamada y de bienvenida. Nunca escuché su voz, pero sí vi sus labios redondearse ofreciéndome besos y acaso algo más hondo... Me despertaba sudoroso y quemado. Total, que me propuse de una vez para siempre dar con Raquel.

A través de un lampista del barrio, que les hizo o les arregló unas pantallas de hojatata, un poco floripondios, consiguieron mis amigos enterarse del teléfono del antiguo portero. Lo llamamos. Él no vivía ya, pero vivía su viuda. Su casa estaba no lejos de Cuatro Caminos, en la calle de los Amigos o de la Amistad, no recuerdo. No obstante, debía de recordarlo, porque el marido amigo mío y yo nos presentamos allí juntos, después de habernos convenientemente anunciado. La ex portera era una mujer muy bien conservada para su edad, setenta y cinco años según dijo, aunque, como todo el mundo, quizá se quitaba alguno. Mantenía un porte y un madrileñismo de sainete de Arniches que no es que arrebatase, pero sí removía las tapas del sentido.

—¿Raquel? ¿Raquel?... Sí, creo recordarla... Es que había dos Raqueles, claro. Una nació en la casa: yo siempre la recuerdo de bebé, no sé por qué razón.

—¿Y la otra?

—De la otra más vale no hablar. Era del teatro. De la revista y cosas de esas. Yo pienso que ni siquiera se llamaría Raquel. Se lo habría puesto a lo mejor por la Meller... Era una frescachona en los cinco sentidos. En todos ellos, si es que no hay más. Salía y entraba, y dejaba entrar y salir. Yo siempre creí que hasta tuvo que ver con alguno de los vecinos. Quejas de las señoras desde luego que hubo... El caso es que la mujer de un general, o de un coronel o lo que fuese, consiguió formarle un lío con la Dirección General de Seguridad, que estaba en la Puerta del Sol, y la pusieron de patitas en la calle.

—Pero, ¿por qué fechas sería eso?

—Pues por la fecha en que pasaban esas cosas. Yo no me acuerdo. Y, si le digo la verdad, ni quiero acordarme. Porque era mucho cachondeo el que se traía la Raquel Isaura ésa: pero mayor el que se traían las autoridades con tanta represión. Porque esa generala o esa coronela que la echó a la jodida calle se había acostado con todos los hombres del barrio menos con su marido. Y, como su honra ya estaba pregonada como ropa tendida en un balcón, para distraer fuegos, se hizo la remilgada y logró que las miradas se volviesen a la otra.

—¿Y de la segunda Raquel?

—De ésa yo no me acuerdo. Gracias que me acordé de su existencia... ¿Han hablado ustedes con doña Teresa, que era propiamente la filatélica del inmueble?

—¿La filatélica?

—Sí; y la numismática... Lo que ella no supiera es porque no existía.

—¿Y existía un matrimonio de un médico y una enfermera?

—Sí; pero ella no se llamaba Raquel.

—Nos dijo doña Teresa que él tampoco.

—Pues si lo dijo la coleccionista eso va a misa. Y además yo no creo que tuvieran una hija. Digo yo, me parece. Se mudaron porque él tuvo un problema con la seguridad social de Girón... No lo sé, no me lo tome en cuenta. Esa época nos hizo a todos malos... Yo ahora pongo la radio y veo la televisión, ¿qué voy a hacer si no?, y el otro día oí que a un periodista anciano, que le preguntó a Franco, todavía en África, si estaba dispuesto a matar a muchos españoles para salirse con la suya, el hijo de la gran puta del enano ése le contestó que, si hacía falta, mataría a media España. Y lo hizo. Y jodió a la otra media. Nos volvió malos a todos, porque nos puso a odiarnos y a acecharnos y a denunciarnos. Ay, qué pena de pueblo, con lo que esto había sido en la República.

La portera tenía toda la razón, pero no nos daba más pistas de Raquel. A mí se me ocurrió investigar en la dirección del antiguo propietario de la casa. Él había muerto ya; sin embargo, nos hicimos con los datos de un hijo. Se llamaba Siro. Tendría más de cincuenta años. Era un hombre simpático y abierto. Casado y con tres niños, bueno, no tan niños ya. Dueño de un negocio de exportación de aceites, guapote todavía. Y se le iluminaron los ojos cuando mencionamos, mi amigo y yo, el nombre de Raquel.

—Yo fui el que escribió en la parte alta de la caja del ascensor «Raquel tiene una estrella en la frente»... Estaba muy enamorado de ella. Era hija de un arquitecto, muy duro de carácter, muy soberbio, que ni contestaba los saludos cuando te encontrabas con él, claro que yo era tan pequeño... A la niña la tenía interna en un colegio de San Martín: era su hija única. Por eso casi nadie sabía nada de ella. Cuando volvía a casa era por vacaciones, justo para pasarlas fuera, en León, con sus padres que eran de allí... Yo me arrepentí de haber grabado ese piropo, porque, debajo de él, empezaron a brotar las palabras y las frases groseras que usted habrá visto y que estaban dedicadas a la Raquel del teatro. Pienso que ninguna se refería a ella, a la pequeña, que tenía unos quince o dieciséis años... A pesar de todo, el padre se sintió insultado en la hija. Fue como si lo deshonraran, como si escupieran contra toda la familia. Quizá, en su fuero interno, dudó de que su Raquel hubiera dado motivo para algo, o provocado a alguien. Una locura, como usted comprenderá... Y agarraron su petate y se fueron. Se mudaron a cencerros tapados una noche. Su nueva vivienda estaba en la calle Don Ramón de la Cruz, en el barrio de Salamanca... Si quiere usted que le diga la verdad, Raquel y yo éramos un poco novios. Nos escribíamos unas cartas intensas y muy tristes, que aún conservo. Lo cierto es que a nadie he querido como a ella. —Bajó la voz y entrecerró los ojos, como para retirarse a su intimidad—. Era una niña pura y dulcísima: lo contrario de lo que pueden dar a suponer los pregones del ascensor. Yo traté de emborronarlos, de rascarlos, de quitarlos de allí; pero todavía quedan por lo que usted me dice. Sufría tanto cada vez que me montaba en él. Apenas lo hacía antes, y a partir de ahí, nunca. Porque además mi padre vivía en el segundo...

»El padre de Raquel, avergonzado de lo que creía el deshonor de toda la familia, encerró a su hija en su nuevo hogar, que poco hogar era para ella. No la dejaba salir más que a misa y con su madre. Una señora débil, pequeña, abúlica y sometida al marido. Las cartas de Raquel son una suave queja, un llanto pequeño que no se acaba nunca, como de alguien que no se atreve a llorar en alto... Hasta que el arquitecto Valdenoches, ése era su apellido, recibió un encargo de una institución que se llamaba algo así como Regiones Devastadas, y se fue con su familia a Cáceres, donde no lo conocía nadie... Raquel apenas me escribió desde allí; sólo media docena de cartas. Y ya dio todo por perdido... Era el primer amor de los dos. Raquel Valdenoches... Todavía hace poco se me sublevó el corazón por ella. Volvía, en coche, desde Zaragoza a Madrid. En la provincia de Guadalajara vi un indicador con ese nombre. Era un pueblo, a la derecha de la autovía. Valdenoches... Y recordé el pelo rubio de Raquel; su figura armoniosa y perfecta; sus manos pequeñas, o yo las recuerdo pequeñas, y tan vivas; sus ojos exactamente del color del cielo por la mañana en primavera, y su boca que no había aprendido aún a sonreír, y ya le arrebataron la sonrisa... Nos separaron la dignidad mal entendida del padre y la belleza de la niña, que le hizo creer a él que las barbaridades del ascensor se referían a su hija. Imagínese cómo sería ese padre. Raquel me contó que, al mudarse aquí en Madrid, al empezar una nueva vida, la había llevado a un ginecólogo para que le hiciera una *inspectio corporis*, y le demostrara de una vez a él, a él, Dios mío, que la virginidad de su hija estaba intacta.

Oyendo a Siro Yuste me invadió una especie de desconsuelo, un desconsuelo vago, insólito, pero irremediable. Un desconsuelo provocado y transmitido por esa muchacha, a la que nunca había conocido y que quizá no conocería nunca... Con la que había soñado, a la que había intuido, y cuya vida, sin justificación aparente, me importaba y me dolía de tal forma.

Invitado a dar una conferencia que inaugurara un centro cultural en Cáceres, instalado sobre un antiguo convento franciscano, telefoneé a Siro, que me dio la dirección de la familia Valdenoches allí. En la cena que siguió a la conferencia me referí, ante el alcalde y el concejal de cultura, al arquitecto de ese nombre tan llamativo, al que yo suponía jubilado y quizá trasladado ya a su León natal. El arquitecto —me dijeron— había muerto. Su mujer no duró mucho más: murió sin que le diera tiempo de organizar el traslado a su tierra... En efecto, tenían una hija, pero muy pocos la conocían y casi nada se sabía de ella. Según sus informes aún vivía en la casa de sus padres: era de suponer que ahora estaría a su nombre. El alcalde, antes de serlo, la había conocido y la recordaba como una belleza casi reprimida, silenciosa y ligeramente mustia. Decía que le recordó unas flores que llevasen tres o cuatro días puestas en un florero. Por lo que había oído, la muchacha no tuvo fuerzas suficientes para dejar la ciudad y mudarse a León, donde él asimismo ignoraba si aún subsistía alguien de su familia... Lo que sí se comentó en Cáceres, pero hace ya tanto, es la dureza con la que el padre la trataba, como si sospechase de una vida secreta de la hija. Algo imaginario, casi una enfermedad, porque la muchacha apenas trasponía el umbral de la casa. Desde que llegaron, los chicos, a los que les gustaba, porque decían que era de una belleza suave casi como un olor, no la pretendían porque los frenaba a la mayor parte esa actitud del padre, y al resto, la seguridad de que la muchacha tenía vocación religiosa: iba a ser monja o algo por el estilo.

A la mañana siguiente fui a la dirección que los del ayuntamiento me habían dado, y que no era otra que la que me facilitó Siro. Me abrió la puerta un niño pequeño, de carita despierta y alegre. Llamó a su madre a gritos. Era una morena joven y airosa, detrás de cuyas faldas se refugió el pequeño, que sacaba la cara y me miraba con un dedo en la boca.

—Raquel Valdenoches ya no vive aquí. Nosotros alquilamos el piso hace tres años. Ella se trasladó a una residencia. Por lo visto, dudó entre eso y un convento, pero se decidió por la residencia para tener más libertad. Aunque, con la vida que hacía, maldito lo que la necesitaba... La residencia no está lejos de aquí... ¿Es usted de su familia? Raquel es una mujer encantadora. Cuando yo la vi por primera vez, y ya sabe usted (porque lo he reconocido, ¿eh?) que esas primeras impresiones suelen ser certeras... A mí me pareció una luz que se está apagando. Lo mismo que una vela que parpadea un poco y, de repente, luego, da una luz más fuerte antes de extinguirse...

De la residencia que, en efecto, no estaba lejos de la casa, la directora o quien ejerciera esas funciones, me envió al hospital. Raquel había enfermado de esclerosis múltiple; necesitaba cuidados que allí ya no podían prestarle. Y entre todos, el médico también, tomaron la resolución de llevarla al hospital. Es una institución pública. Ella tiene allí —me advirtió con un ademán tranquilizador— su propia habitación, que comparte con otra enferma sólo en circunstancias muy especiales. Estaba, me aseguró, divinamente atendida. Y yo era libre de ir cuando me viniera bien.

Lo hice sin demora. Un señor muy correcto, que se encargaba de recibir y orientar a las visitas, me reconoció, igual que todos antes, y no sólo no puso ningún impedimento, sino que me acompañó a la habitación de Raquel Valdenoches. Ahora precisamente estaba sola. Tocó en la puerta y la abrió luego. Una luz tenue y trémula se arrinconaba en la habitación como un animalillo acobardado...

Raquel era una moribunda. Se apoyaba sobre un par de almohadones, tendida en una cama graduable. El pelo amarillento, casi ceniza, le caía en mechones sobre los ojos, le nimbaba la cara que no podía apenas levantar. Ya no hablaba. Sus manos, casi transparentes, yacían abandonadas encima de la colcha como si no fuesen suyas. Yo miraba a aquel ser, que había sido humano y bello, derrotado ya por la muerte. Y, sin embargo, fijándome bien, percibía no sé qué luminosidad velada. Comprendí que pudiera pensarse que Raquel tenía una estrella en la frente.

—No creemos que viva mucho más —me susurró el recepcionista.

—Raquel —murmuré yo muy cerca de la enferma, apartándole el pelo de los ojos.

Ella levantó muy despacio aquellos ojos que seguían siendo azules como el cielo. Los pasó sobre mí creo que sin verme. Y después los cerró. Yo juraría que definitivamente. Parecía ser sólo el testimonio de una vida inútil... Una región devastada... Pero eso nadie habría podido asegurarlo. Ni ella misma quizá.

LA QUE ANDABA

—

Vivía en un pueblo llamado Limones, a seis kilómetros de una mediana capital de provincia, cuyas máximas joyas eran su catedral y su casino. Formaba parte de un grupito, muy variado profesionalmente, al que todo el mundo respetaba en el pueblo.

Si en lo profesional eran distintos los componentes, tenían sin embargo algo en común. No creo necesario decir qué si menciono a continuación el nombre del personaje. El que le pusieron en la pila bautismal era Florencio; en el registro, Florencio López Mena; su familia, desde pequeño, lo llamó Floflό; el resto de los vecinos lo llamaba *La que anda.* No era éste un nombre gratuito; se apoyaba en una causa evidente. Floflό, desde que tuvo uso de razón dentro de lo que cabe, jamás se había montado en un automóvil privado, ni siquiera en los de sus hermanos; ni en autobús, que era el medio más frecuente que los habitantes de Limones empleaban para salir de allí; ni en taxi, que, para acercarse a la capital, no resultaba caro. *La que anda* hacía todos, todos sus desplazamientos a pie. No quiero yo decir con esto que Floflό no fuera enteramente normal; pero existían en su cerebro diversas fobias, y una de las más incómodas era la que le tenía de nacimiento a los medios de locomoción que no fuesen sus propios pies. Con la edad, aunque no tendría mucho más de treinta años, Floflό, *La que anda,* se había redondeado; de tal forma que, en ciertos sectores, como se desplazaba con pasitos bastante cortos, más que *La que anda*, le llamaban *La que rula*, porque, en efecto, daba la impresión de que avanzaba rodando.

Sus amigos eran cuatro.

La que se aclimata destacaba por su facilidad para adaptarse a todas las circunstancias, ya fuesen geográficas, políticas, consuetudinarias, laborales o amistosas. En el fondo, todo le daba igual. Era capaz de cambiar de trabajo como de camisa. Si tenía que ir a Galicia o al País Vasco, iba con naturalidad, y se comportaba como si hubiese nacido allí. Ni pestañeaba si, por estar invitado o tener invitados, se veía obligado a cambiar horarios, formas de comer, hacerse vegetariano, trasnochar o levantarse pronto; y tampoco le afectaba mucho que alguien se pelease con él o dejase de hablarle, o que se incorporase al grupito un hombre (vamos a ver, en un sentido amplio) desconocido hasta ese instante. *La que se aclimata* era grandón, flaco y desgalichado, con unas manos de tamaño temible que estaban siempre a dos dedos, o a uno, de destrozarlo todo.

Por el contrario, *La poquitos* era como un llavero: un amigo de bolsillo, incluso podría decirse que en rústica. Delgadito, gesticulante, afeminadísimo, y digno de ser colocado sobre una televisión o en el revellín de una chimenea. Pero no lo llamaban *La poquitos* por eso, sino porque, para seducir bañistas en la playa, que no quedaba más que a dos kilómetros de Limones, les ofrecía toda clase de perfumes o productos de belleza en esos botecitos o frasquitos o recipientes de cualquier tipo que las casas suelen regalar como muestras. «Prueba éste», les decía mojando un dedo pequeñín y pasándoselo por algún sitio de su cuerpo, cuanto más íntimo mejor. «O éste», e insistía en el caso de prever cierta complicidad. «Dátelo. Dátelo bien extendido por la cara.» Se refería a un miligramo de crema. «Qué piel se te va a poner.» «Y lávate con este jabón, ya verás»: se trataba de una pastillita homeopática. «Mañana me lo dices, guapo, hijo, qué a gusto se quedaría tu madre.» En realidad, fueron los bañistas los que empezaron a llamarlo *La poquitos.* Sobre todo cuando, en lugar de productos de alta perfumería, les obsequiaba con media loncha de lomo y un colín, que a aquellos hombrones de Levante lo único que lograban era abrirles el apetito.

La de la mochilita era rubio, sonrosado, no se ponía moreno ni a tres tirones, y, digámoslo de una vez, completamente calvo. Su más grande pasión era tostarse junto al mar. Pero las piernas, más aún que el resto del cuerpo, las tenía igual que si fueran de porcelana inglesa. La cara se le asuraba un poco, pero el resto del cuerpo era más bien traslúcido. Se pasaba las horas muertas como un lagarto al sol sin el menor éxito. Y para ir y venir en bicicleta, cuando las distancias eran cortas, llevaba colgada una mochilita, dentro de la cual nadie habría podido calcular cuántas cosas cabían. Toda clase de cremas para el sol, hidratantes, exfoliantes, antioxidantes, contra las arrugas, contra toda otra posibilidad de envejecimiento; un par de bocadillos por si acaso; bañadores varios, peines, bermudas, una camisa de repuesto; la carterita con documentación y un par de gramos de coca, compartibles si llegara el momento; tal cantidad de llaves de colores que resultaba inverosímil que él recordase el destino de todas; un cojín hinchable para el coche; una camiseta con el nombre de su ciudad para ponerla sobre el asiento del conductor por si se calentaba; una radio grandecita; un teléfono móvil, y muchísimos más adminículos. *La de la mochilita* era más precavido que nadie, pero con la peor suerte.

La que mata era el quinto del grupo. Gastaba un mal humor de perros. Era, para decirlo claro, insoportable. Todo le parecía mal, y no sufría ningún defecto ajeno. Si le recriminaban, ya hasta la coronilla, los muchos suyos, contestaba que por eso, que ya tenía bastantes como para soportar los de los demás. Y estaba todo el tiempo lanzando rayos y truenos. «A ése lo cogía yo y lo mataba a palos... Ojalá se muriera en este mismo instante... ¿Ardillas? De las ardillitas de las narices salía yo con una buena metralleta: mi cosecha de almendras se han comido... ¿Te molesta ese fulano? Con matarlo tienes bastante...» Echaba de menos la época de los duelos, las cacerías furtivas, las guerras explícitas, las conquistas y las reconquistas. Yo, contra la opinión de los demás creo que, en el fondo, era una buena persona que encubría su debilidad, y hasta su ternura, con expresiones rotundas y faroles ensangrentados.

Este grupito de Limones andaba mucho junto. Cada día más. Se extrañaban los unos a los otros, si estaban separados, más que a su propia familia. Y añoraban hasta los defectos de cada uno si no estaba presente. No obstante, se ponían, cuando sí lo estaban, como hoja de perejil; se insultaban con una malicia muy sutil y muy hiriente, que acertaba con la cojera o la manquedad o la carencia o el exceso del otro de una manera implacable; se reían del gran tamaño de *La que se aclimata*, de la avaricia de *La poquitos*, del almacén de *La mochilita*, o del vocabulario aterrador de *La que mata*. Pero sobre todo se reían de la manía ambulatoria de Flofló, *La que anda*, que les impedía hacer, todos juntos, viajes largos, desplazamientos no mortales, ni siquiera veniales, proyectar fines de semana en una sierra próxima, improvisar una buena paella donde cayera, o ligar con mozos de barraca y albufera un poquito más lejos que la capital.

Sea como quiera, y a pesar de sus limitaciones, *La que anda* había tenido mucho éxito siendo más joven, y había disfrutado de muy buenos novios, si bien nunca por mucho tiempo. Él mismo no tenía ni la menor idea de por qué mal fario echaba a perder sus mejores relaciones: nunca llegaban al año. Aunque es posible, lo reconociese él o no, que su afán por no subirse a un coche, y en consecuencia no tenerlo, hiciese que los jóvenes modernos le buscaran enseguida un repuesto más marchoso.

Había entre los cinco una costumbre tradicional y nunca quebrantada: ninguno hablaba jamás de sus negocios, ni de sus fuentes de ingresos, ni del dónde o cómo se ganaba la vida. Tácitamente se habían puesto de acuerdo en que eso era una ordinariez y una necesidad tan fea que, como otras más comunes, no debía mencionarse nunca en público. Es muy posible que, en un pueblito como Limones, todos supiesen lo bastante de todos; pero no de una manera explícita. Es decir, si uno del grupo sabía que otro pasaba por un apuro económico, lo más que osaba decirle, y en el seno de la mayor confianza, es si necesitaba algo. «Algo de algo», aclaraba después aunque no mucho. «Algo de lo que sea. Tú, cariño, cuenta conmigo, corazón.» Y así quedaba todo dicho.

Una tarde de finales de marzo, pocos días antes de la Semana Santa, *La que anda* cogió el camino sin decírselo a nadie y se dirigió a la capital. Atravesó campos rebosantes de huertas, parcelas verdes y húmedas, tierras olorosas a fertilidad y a gloria... *La que anda* fue despacito, percibiendo la alegría del mundo. Y sintió cómo se le esponjaba el cuerpo y le pedía otro cuerpo muy cerca. Apresuró el paso y llegó a las afueras de la capital. Allí, respirando hondo y con un gran suspiro, se dejó caer sobre un sillón de plástico en un barecito, y pidió un refresco, porque *La que anda* tampoco bebía nada, nada de alcohol. Pidió, pues, un refresco, de naranja y limón. «De las dos cosas, sí, de las dos cosas juntas. A mí me gusta así.» Al escucharlo, un señor ni mayor ni muy joven, que había en otra mesa, fijó su vista en él. Era el primer día que el dueño del bar sacaba las mesas a la calle. Ya hacía buen tiempo suficiente para esto. *La que anda* miró a aquel hombre y se quedó con la copla. La copla no le pareció mal. Era un muchacho —para *La que anda* era un muchacho— serio, atento, moreno, agradable, y solo. Le sonrió. El otro correspondió con su sonrisa a *La que anda*, y, ni corto ni perezoso, en la mano el vaso de naranja y limón que también él estaba bebiendo —dichosa coincidencia—, se levantó y se acercó a su mesa.

—¿Brindamos?

—Sí; brindemos.

—¿Por qué?

—Por una larga vida llena de felicidad, de ilusión y de suerte.

—Y de alegría —dijo el recién llegado.

Bebieron, cada uno de su vaso, mirándose a los ojos.

—Cómo está el campo —exclamó, un poco sin ton ni son, *La que anda.*

—Y que lo digas. Acabo yo de venir del mío y se me calentaba la sangre de verlo.

—¿Tú tienes un campito?

—Bueno, no tan chico... Es un buen terreno en todos los sentidos.

—Cómo te envidio.

—A tu disposición. Ahí tengo el coche. Si quieres ir a verlo...

—Nunca monto en un coche. Nunca he montado y nunca montaré. Si puedo decirte la verdad, en mi pueblo, que es Limones, me llaman *La que anda.*

Al hombre se le humedecieron los ojos.

—No es posible. No pueden ocurrir tantas casualidades. Dos hombres solos, porque me da a mí en la nariz que somos dos hombres y que estamos solos —*La que anda* afirmó en silencio—, que beben refrescos de naranja y limón todo junto, a los que les gustan los campos, y, por si fuera poco, a ti te llaman *La que anda,* y a mí me llaman *La que nunca fue al casino.* Porque aquí, amigo mío, es muy raro, rarísimo, que antes o después no haya entrado todo el censo municipal en el renombrado casino... Pero yo, nunca. En eso soy lo que se dice inflexible.

A *La que anda* se le había puesto cara de recipiendario de la confirmación. Y entre orgasmo y devoción suprema, entre éxtasis y mano en una bragueta que se acaricia por primera vez, comprendió, a pesar del deslumbramiento que lo cegaba, que aquel hombre era el hombre que había estado esperando y que justificaba tanta espera.

—¿Quieres ahora que te lleve a mi campo, y luego te acompañe hasta tu casa? Porque te estoy queriendo.

—Nunca jamás, por nadie, me he subido a coche ninguno. Ni a un avión siquiera. Montar en globo siempre me faltará; de lo demás, qué le vamos a hacer, tampoco soy un niño, con más o menos suerte, ya he probado... No me pidas que me monte en tu coche, por muy bueno que sea, aunque sea alemán, porque para mí ya es el tuyo el mejor de este mundo. Y bien que lo siento, gachó.

—Eso sería, niño mío, como ofrecerme tu virginidad.

La que anda miró a *La que nunca fue al casino* con un velo de lágrimas delante de los ojos. Comprendió que la dicha sólo pasa una vez por nuestra puerta, y ni siquiera llama. Supo de cierto que estaba teniendo una fortuna que no a todos es dada. Y se echó de repente a llorar. La mano de *La que nunca fue al casino* le golpeó con afecto y quizá demasiada fuerza las espaldas.

—Creo en Dios —dijo *La que anda*—. Creo en su poder y en el poder irrebatible del destino... Te miro a los ojos, me meto dentro de ellos, te abro los míos para que pases tú. Hasta ahora no sabía lo que era un flechazo. Creí que sólo era un coqueteo vuelto loco. No; ya sé que eso no es. Un flechazo es una obligación: es cumplir lo que está escrito... Corazón mío, si ahora mismo yo voy andando hasta el casino, y tú vienes en coche, y entras conmigo allí, sabré que tú me has dado tu virginidad y te ofreceré la mía. Lo nuestro será nuestro para siempre. Y lo de cada uno será nuestro también.

La que nunca fue al casino vaciló, sintió un estremecimiento por todo el cuerpo. *La que anda* lo supo porque él también sintió otro.

—Espérame en la puerta.

La que nunca fue al casino no dijo más. Se fue con paso decidido hacia una fila de coches.

—O espérame tú a mí —gritó *La que anda,* aunque se le pasó por la cabeza que quizá se iba el otro de esa forma tajante para que él pagara los dos zumos.

Se recriminó por ser tan ruin. Pagó. Se levantó y se echó a andar. Anduvo, anduvo, anduvo. Cuando llegó a la puerta del casino, el recién conocido estaba allí. Tenía como una congoja por la cara y le temblaban los labios.

—Sólo lo hago por ti.

Luego lo cogió del brazo. Flofló se derretía. El llanto le empapaba la cara. Pisaron con asombro y prudencia, como quienes entran en la iglesia de su boda, los mármoles sanguíneos, verdes, grises. Miraron la majestuosa escalera, los plafones barrocos, las pinturas llenas de luz y sombras, el solemne silencio... Buscaron casi la pila del agua bendita. Iban enlazados, abstraídos uno en el otro y ensimismados a la vez y arrebatados por el ambiente místico.

—Si te hubiera encontrado antes... —murmuró sigiloso *La que nunca fue al casino,* ya dentro de él.

—Y yo a ti, amor mío, y yo a ti. Me estoy sintiendo casado y bien casado. Por lo civil y por la Iglesia. Vayamos ahora al campo.

Salieron aún del brazo. El coche de *La que nunca fue al casino,* que en adelante ya jamás podría llamarse así, estaba próximo. El dueño le abrió la puerta a Flofló. Flofló, con un suspiro, dando casi un saltito, se santiguó y entró.

—Sea lo que Dios quiera.

Se sentó igual que si en su vida no hubiese hecho otra cosa. Cerró los ojos y esperó. *La que por fin fue al casino* arrancó. Sabía por dónde ir a su campo y por dónde ir a Limones. Flofló sabía casi todo también. Se colgó de su brazo. Se miraron. No pudieron evitar, pasados unos minutos, darse un beso. Estaban en la carretera, y el beso les supo a cielo bendito. Se dieron otros dos. Fue en el tercero, cuando el coche se desvió una chispa y un camión se lo llevó por delante. En el coche no quedaron supervivientes. En el camión, tampoco.

—Estaría de Dios —dijeron los del grupito del pueblo después de hacer indagaciones—. Lo escrito, escrito está: no hay que darle más vueltas. Qué sabe nadie. Seguro que les han resarcido los diez minutos que estuvieron casados. Feliz viaje de bodas.

DOS HISTORIAS DE HORROR

—

1

Úrsula

En un lugar de Levante, de cuyo nombre ni debo ni quiero acordarme, me contaron, en una ocasión muy próxima, un hecho real según el narrador, que implicaba tan bajas pasiones, tanta repugnancia e inmoralidad, que me negué, por simple higiene mental, a aceptarlo. El narrador porfiaba defendiendo la veracidad del relato. Hasta el punto de que, a la mañana siguiente, para probármelo, me condujo a una comisaría de Valencia. Su titular era amigo suyo. Ante los dos, yo me propuse ratificar o, lo que hubiese sido mejor, olvidar el asunto. Un asunto con más contenido de vilezas económicas que de carnalidad y de lujuria. De ahí que, en mi interior, yo lo rechazara con mayor fuerza.

El comisario Gutiérrez comenzó a exponerme la historia por el final:

—A media mañana de un día tranquilo, hará de ello unos dos meses, un policía de la casa me planteó una cuestión con el convencimiento de que yo debería resolverla. Se habían presentado una mujer y un hombre, de la misma o muy aproximada edad, digamos de veintitrés y veinticinco años respectivamente, con la pretensión de denunciar al marido y a la suegra de su hermana común, Úrsula, de veintisiete años. Úrsula tiene, dijeron, mermadas sus facultades mentales en un cincuenta por ciento, y esas dos personas, si pueden ser llamadas así, la están prostituyendo y de eso viven. La seriedad del hermano y el llanto de la hermana, cuando repitieron ante mí la denuncia, me llevaron a aceptar no sólo la verdad de los hechos, sino el sentimiento que ellos le causaban a los denunciantes. A fin de cuentas, la perjudicada era sangre de su sangre... Me quedé con la dirección de ambos, que vivían juntos con su madre. Ella no los había acompañado porque trabajaba como cocinera en un colegio de religiosas de esta capital. Y acto seguido, en cuanto se fueron, cité a los denunciados, que vivían en un pueblo bastante próximo.

A la hora de la cita, comparecieron ante mí el marido de Úrsula, un muchacho también de unos veinticinco años, y la madre de él, una mujer de no muchos más de cuarenta, con buen aspecto aún y de presencia grata. La madre, Eufemia, aseguró que ella y su hijo amaban profundamente a Úrsula, y que habrían sido incapaces de incurrir en el delito del que lo acusaban sus hermanos. La explicación era que tales hermanos, Salvador y Amparo, estaban dolidos con Eufemia y José, su hijo, por diversas razones. La fundamental era que, habiendo entablado Amparo relaciones sentimentales con José, repito que era el hijo de Eufemia, resultó que, al conocer éste a Úrsula, sintió que era a ella y no a su hermana Amparo a quien amaba. Y había contraído con ella, en su pueblo y en contra de su familia política, matrimonio civil.

—¿Y por qué se oponía la familia a la boda con Úrsula si no se había opuesto antes a la boda con Amparo?

—Señor comisario —se desahogó como avergonzada Eufemia—, porque la madre y los dos hermanos de Úrsula vivían de prostituirla.

—Pero ¿qué me está usted diciendo, señora? Si ésa es precisamente la acusación que sus denunciantes hacen contra ustedes.

—Vivían de prostituirla, señor comisario, desde los catorce años. La madre, la cocinera de las monjitas, a la que su marido había dejado, llevaba a Úrsula a las casas de los clientes viejos que ella conocía, y que le pagaban buenos dineros por acostarse con la tonta, perdón, con Úrsula quiero decir... Tanto es así que, cuando ella no satisfacía a sus pretendientes, le pegaban su madre y sus dos hermanos, nuestros denunciantes como usted los llama... Pues menudo pasado tiene la Clemencia, que es la madre amantísima. Ésa ha hecho el comedor en casa de *la Chata* durante muchos años. Lo que pasa es que ahora ya no sirve para tales carreras... Aunque todavía le quedaban una lista de nombres y una tonta del culo. Y los mezclaba.

Después de advertir a Eufemia y requerirla para que pusiese más respeto en sus declaraciones, les anuncié que también había citado a los dos hermanos y a la madre de Úrsula. Y los hice entrar.

Las miradas que se lanzaron los dos grupos echaban fuego; pero no se atrevieron a agredirse en mi presencia. En mitad de aquel incendio, cuando les pregunté a los que acababan de entrar si era cierto lo del noviazgo de Amparo y de José, contestaron que sí. Amparo añadió que estaban muy enamorados y que iban ya a fijar la fecha de la boda, pero que —de eso hace ya cuatro años— Eufemia, con unas u otras excusas, lo fue demorando.

—¿Qué excusas empleaba?

—Eso lo descubrimos después. La causa verdadera es que se llevaba a Úrsula a putear a los naranjales de Nules, en Castellón, y que las dos se acostaban allí con los jornaleros. Porque esa tía, aunque es una vieja buscona, como sabe la intemerata de carne y catre, todavía es muy experta en arrancar quejidos a los hombres. Y le enseñó a mi hermana la teoría y la práctica de los polvos encima de la tierra con la cabeza apoyada en un naranjo.

—Tu madre te podía haber enseñado a ti lo mismo que tú dices, pero mejor —le gritó Eufemia—. Si es que tú fueras capaz de aprenderlo, porque eres tan idiota como una gallina, aunque bastante más puta que ellas. En idiotez le das cien vueltas a tu hermana, en lo otro, no.

—Señoras, señoras —grité yo, viendo que se me iba de las manos el tema—. O respetan esta comisaría o pasan todos a los calabozos... Hable usted —señalé a Salvador, el hermano de Úrsula.

—Señor comisario, cuando el zorrón de la Eufemia vio que con mi hermana Úrsula, a la que llevaba a Nules a la fuerza...

—¿A la fuerza? —interrumpió en un alarido Eufemia—. Bien contenta que venía ella, porque a todas las tontas les da por lo mismo... Y en cuanto a vosotros, que la llevabais explotando más de doce años, al ver cómo yo le doblaba las ganancias, me recibíais como si fuera la Divina Pastora.

—¿Cuánto ganaba vuestra hermana?

—Más de 25.000 por noche, señor comisario. Y a nosotros nos daba las escurriduras. Fue cuando ella cayó en que le convenía que su hijo se casara con ella, no con Amparo: para tener el negocio en casa y explotarlo ella sola.

—¿Y usted transigió? —Yo me había vuelto y miraba fijamente a José.

—Yo estaba enamorado, señor comisario.

—Ya. ¿Y qué dijo el juez cuando se presentó Úrsula? ¿No dicen todos ustedes que es tonta, o es que no se le nota?

—No, señor, hemos dicho todos medio tonta —dijo Clemencia, la madre—. Para unas cosas es más lista que el hambre. Todo es cuestión de enseñanza, señor comisario.

—Y, hablando de enseñanza, las monjitas del colegio donde usted cocina, ¿no saben nada?

—Qué van a saber las pobreticas. Ellas están en sus rezos. Claro que las condenadas comen más que las limas. Se conoce que los rezos abren el apetito...

El comisario concluyó:

—Decidí detenerlos a todos, a los cinco, por haber aprovechado la discapacidad de Úrsula para lucrarse obligándola a prostituirse durante trece años, que se dice muy pronto. La verdad es que se me cruzó por la cabeza un deseo: el de conocer a Úrsula, a quien no habían traído porque dijeron que, como no estaba citada y a ella se le solían pegar las sábanas hasta los mediodías... Pero preferí callarme no fueran a meterme a mí en la lista de clientes... El caso es que me pregunté, cuando se los llevaron a los calabozos, si, aparte del negocio de unos y de otros, no le habría partido yo por el eje la vida a Úrsula, que de repente se quedaba sin entretenimiento. Porque vaya usted a saber si siempre tenía que ser forzada para hacer lo que hacía... —Se echó a reír.

—¿Es usted valenciano, comisario?

—De pura cepa. Sí, señor —me dijo.

—Pues, con toda esa gentuza, lo pondrán de ninot en una falla.

El comisario se echó a reír.

—Pero me indultarán.

2

Serafín

El 29 de enero de este mismo año se presentaron en mi comisaría una mujer y un hombre, que probaron documentalmente constituir un matrimonio y ser padres de un hijo que afirmaban haber sido secuestrado. El nombre del presunto secuestrado es Serafín García Gómez; el de su padre, Eufrasio García Albarrán; y el de su madre, Ausencia Gómez Carrillo. Interrogados por mí sobre el secuestro que venían a denunciar, me respondieron como sigue.

Aunque la voz cantante la llevaba Eufrasio, su esposa intervenía de vez en cuando con voz entrecortada por las lágrimas. Sin embargo, lo único que entrecortaba la voz de su marido era la indignación.

—El secuestro se produjo el 31 de diciembre.

—¿El último día del año pasado?

—Sí, señor comisario.

—¿La Nochevieja, quiere usted decir?

—Sí, señor. La novia de mi hijo, que es de lo peorcito de esta tierra, había estado cenando con nosotros, aquí con mi esposa y conmigo, en Nochebuena... Ya allí las cosas se torcieron un poquito. Pero no imaginaba yo, que sé muy bien dónde pueden llevar la ambición o la cama o lo que sea, hasta qué punto se habían torcido. Mi hijo único....

—¿Qué edad tiene su hijo?

—Veinticinco años.

—Luego es mayor de edad.

—Para unas cosas sí y para otras no, según, señor comisario... En correspondencia, mi hijo fue a pasar la Nochevieja con la familia de su novia y con ella, que lo tienen cogido por los mismísimos.

—¿Cómo se llama?

—La novia se llama Vanessa, con dos eses, ya ve usted, Ortiz Suárez. Una pécora... Y, desde ese punto y hora, no hemos sabido nada de él. Y nos hemos dicho: a denunciarlo, ¿verdad, Ausencia?

—Ay, sí, señor. Mi hijo... Ese hijo mío.

—Cállate. A denunciarlo, porque esto es un secuestro. Nuestro hijo es minusválido. Bueno, inválido. Es tetrapléjico. En marzo del año pasado tuvo un accidente de coche yendo con esa Vanessa con dos eses, y mire usted que él se quedó para siempre en una silla de ruedas y ella salió tan pancha... Qué le estaría haciendo la muy guarra.

—Pero ¿han llamado ustedes a esa familia? ¿Están seguros de que su hijo continúa en la casa?

—Lo estamos, sí, lo estamos —lloriqueaba Ausencia—. Pero mi hijo... Ese hijo mío...

—Cállate. Mi hijo Serafín está allí, naturalmente; pero a nosotros no nos dan razón ninguna. Ninguna. Porque lo han convencido de que nosotros no queremos su bien; de que tiene que repudiarnos. A unos padres, señor comisario, que le hemos dado la vida antes y después de nacer, en todos los sentidos...

—¿Quién va a cuidarlo mejor que su madre?

—Cállate. Parece que ha llegado a decir, en dónde sería que no se le cayó la cara al suelo, que era capaz de dar dinero a alguien para que nos matara.

—A ti solo, Eufrasio —gimió la madre.

—Cállate o no respondo.

—Pero, ¿qué es lo que ha pasado entre ustedes?

—La novia, señor comisario. Eso es lo que ha pasado. Porque nos llevábamos los tres como la Santísima Trinidad. Ni un sí ni un no. Y desde el accidente, nuestro Serafín...

—Mi hijo, por Dios...

—Cállate. Serafín no es la misma persona. Y yo tengo que hacer lo posible y lo imposible por ver a mi hijo...

—A nuestro hijo.

—Que te calles, imbécil... Para quitarle tanta telaraña como le han metido en la cabeza.

—Bien, pues yo pasaré nota de todo lo que me han dicho, de lo que ya hemos tomado apuntes, al señor juez ante el que deberán ratificarse, y ustedes esperarán una orden que les autorice a entrar en casa de Vanessa Ortiz Suárez... Si el señor juez tiene a bien emitirla.

El señor juez tuvo a bien escuchar la ratificación de la denuncia de Ausencia y Eufrasio. Y tuvo a bien escuchar asimismo lo que tenía que decir Serafín García Gómez, tetrapléjico, que lo realizó con ciertas dificultades que aquí soslayaremos.

—Ni estoy secuestrado ni lo he estado nunca. Lo que yo quiero ahora, ya que mis padres han empezado la batalla, es acusarlos de malos tratos y de varios intentos de homicidio, así como de toda clase de maniobras para quedarse con mi fortuna personal. Ése es el único móvil de todo lo que aquí sucede: los cien millones de pesetas que mi compañía de seguros depositó en mi cuenta del banco después de mi accidente... Todo lo que afirma mi padre sobre Vanessa es una sarta de mentiras y una canallada. Ni a mí me tienen secuestrado contra mi voluntad, en Lanjarón, que es donde vive ella, ni muchísimo menos. Me encuentro alegre y feliz de estar allí con mi novia y mi suegra, que es su madre. Quiero decir que nos vamos a casar enseguida y que será mi suegra. En realidad, he tenido que huir de lo que se llama hogar familiar a causa de los insultos y las amenazas de mi padre y de mi madre. Lo único que a los dos les interesa es mi dinero. Les he aguantado mucho antes de mi accidente, pero ahora se acabó: esta silla de ruedas ha sido mi salvación... Me han tenido siempre como un zarandillo, de acá para allá, y me han usado como se usa una piedra con la que se amenazaban y se golpeaban uno al otro. Ahora ya tengo mi vida propia y soy libre como un pájaro. Bueno, quiero decir, relativamente... Yo me fui de mi casa por propia voluntad. La tarde del 31 de diciembre, cuando vino a recogerme Vanessa, mi padre salió detrás de ella con un cuchillo gritándole que nos mataría a los dos, quiero decir a mi novia y a mí, si no ponía la cuenta corriente compartida con ellos... Y de eso ni hablar. Salimos huyendo, quiero decir empujando mi silla Vanessa, que ésa sí que me ama de verdad... Dichoso accidente, quiero decir en el mejor de los sentidos. Él me ha abierto los ojos.

Un periodista de la ciudad trató de saber qué opinaban en realidad, sin policías y sin jueces, los personajes del asunto «Serafín, cien millones». Sobre poco más o menos, declararon lo siguiente:

Serafín.— Yo quiero hacer con mi dinero lo que me dé la gana, que para eso me lo he ganado. Bastante he soportado ya a mis padres. Desde ahora vivirán de su trabajo, igual que lo hacían antes; pero no de mi desgracia, quiero decir de esto.

Eufrasio.— ¿Quién ha costeado sus gastos hasta ahora? ¿Quién le daba dinero cuando no lo tenía, y le ponía el plato delante de la boca? Él ha sido un vago de siete suelas toda su vida, que hasta le quitaba dinero a su madre, que es una mema, con tal de no dar golpe el redomado ese... Era por lo mismo que la madre de la novia no lo tragaba y no podía verlo ni en pintura. Mucho te quiero, perrito, pero pan, poquito: le decía, echándole en cara el no tener un duro. Y ahora todo le parece muy bien a esa arpía. Por el dinero, ¿no? Pues que se joda, porque el dinero es nuestro. Bueno, con decirle que el coche se lo pagué yo: un coche de tercera mano buenísimo, quién nos lo iba a decir...

Ausencia.— Yo, ni una palabra, ¿qué quiere usted que diga? Yo lo único que me pregunto es que dónde va a estar un hijo mejor que con su madre. ¿Quién lo va a cuidar como una madre? Un hijo que no puede valerse, ni hablar casi; que necesita una persona perenne a su lado, alguien que sea sus manos y sus pies, que conozca sus gustos, sus horarios, su todo. Hasta que le lave el culo y lo demás, con perdón... Eso, sólo una madre. A mí que me dejen de novias y de leches.

Vanessa.—Yo lo amo ahora igual que el primer día. Incluso más que antes. Mi madre se oponía a mi noviazgo y yo me oponía a mi madre. Por amor. Como debe ser. Por amor y nada más, yo seré su enfermera y que sea lo que disponga el Altísimo. ¿Quién lo va a sobrellevar mejor que su mujer, con más confianza, con más entrega, con más estómago? Por amor: esas cosas se hacen por amor... Nos casaremos el día que él señale. Y con el dinero se hará lo que él desee. Hasta que nos casemos, y ese dinero pase a ser gananciales. Todo en común, todo, en la suerte y la desgracia, en la salud y en la enfermedad. Pues estaría bueno.

Inés, madre de la novia.—Yo quiero hoy lo que siempre he querido: el bien de mi hija y el de mi yerno si Dios quiere... De mis consuegros, un matrimonio que usted me dirá, comprenderá que prefiera no hablar. Yo no soy de esta gente que se muere por salir en los papeles; lo mío es vivir en mi casa con los visillos corridos. Y no dar tres cuartos al pregonero. Ay, bien vivió quien bien se escondió, como ya dijo uno. La desdicha visitó a Serafín, bendita sea la voluntad de Dios: él se lo dio y él se lo quitó, bueno, y al revés: él se lo quitó y él se lo dio. ¿Que ahora tienen unos dinerillos?, porque tampoco es tanto si lo vamos a ver, pues bendita sea su voluntad. El santo Job tenía toda la razón del mundo, paciencia y barajar. Yo soy muy católica, hijo mío. En todas las ocasiones veo a la Providencia. Ella nos protegerá contra esos malos padres.

TODO ESTÁ EN ORDEN

La semana anterior habían estado en una casita de San Martín de Valdeiglesias. Era propiedad de un hijo suyo. Casado con una mujer adusta y distante con ellos, y padre de tres niños muy alborotadores. Felipe, que no estaba ya para niños, había cumplido, en ese mismo mes de agosto, ochenta y nueve años. Henar, su esposa, tenía ya los noventa. Y, además de los noventa, problemas de movilidad: andaban mal sus piernas, y andaba irregular su corazón. En realidad, sólo salía a la calle para visitar a los médicos.

Precisamente para eso habían apresurado su regreso a Madrid. Henar resbaló, o tropezó con un nieto, y sufrió una caída. Felipe, moviendo la cabeza con desesperación, decidió regresar. Estaban hartos de ruidos y de que, sin decirlo, se les echara en cara que la casa no era suya y que quienes molestaban allí no eran los niños. O por lo menos de ese modo lo entendía Felipe, que toda su vida, muy larga ya, había sido recto, valeroso y responsable: buen padre, buen marido, honrado y buen trabajador.

Por eso cogió como pudo a su mujer, con la que llevaba casado sesenta y cinco años, se montaron en un autobús y volvieron a Villaverde, donde vivían en un piso chiquito pero suficiente para los dos. Él comprendía que la cabeza de Henar ya no funcionaba como antes. Motivos había tenido para gastarse: cuatro hijos, de los que uno había muerto y los otros tres vivían cada cual su vida, y muchos altibajos y muchas peripecias... Felipe fue, en sus buenos tiempos, teniente de la Guardia Civil. No pudo llegar más arriba. Hizo lo que estuvo en su mano, dentro de su modestia natural y de su improvisada preparación. Cuando ingresó en el cuerpo, se casó con Henar. Fue en plena guerra civil. Ellos encontraron la paz uno en el otro. No sólo entonces, sino siempre: contra las tempestades y los odios del exterior, contra las necesidades, contra el inesperado comportamiento de los hijos, que no habían salido como hubiese sido deseable, aunque de eso no hablaban Felipe y Henar nunca.

Nada más llegar a Villaverde, se acercó al dispensario. Era el típico mes de vacaciones, y no había apenas médicos. No; no se trataba de que no quisieran ir a su casa, de eso ni hablar, eso era impensable; es que era mejor que esperase a septiembre para traer a su mujer... Una caída no es nada, hombre. Su mujer tiene problemas en las piernas. Ahora, ya en su casita, estará más tranquila. Que se quede sentada, sin trabajar, delante de una ventana, al fresquito cuando caiga la tarde... Que no, que no. Si no depende de nosotros. Es que no hay personal... Felipe, dudando si seguir insistiendo o renunciar, se pasó la mano por el pelo muy corto, y una vez más rozó con el extremo de los dedos las fórforas, esas costras que le salen a los viejos en el cuero cabelludo. Las fórforas lo decidieron: se fue, ¿qué iba a poder él a estas alturas?

Los vecinos lo vieron pasar. Iba cabizbajo y como si nada existiera a su alrededor. Tardó en contestar a sus saludos: estaba en otra cosa, en otro mundo. Mejor, porque en éste no existía solidaridad y hacía muchísimo calor. Felipe llevaba en la cabeza su gorrilla de siempre. Cómo aguantará este hombre la gorra con la calor que hace, que hasta se ablanda el asfalto... Caminaba despacísimo.

Él solía darse un pequeño paseo por el barrio. Por supuesto que lo conocía bien, incluso demasiado bien: llevaban viviendo allí cuarenta años... Y en esos cuarenta años, ni un grito en aquel piso, ni un escándalo, ni una cuestión de malos tratos ni de discusiones entre el matrimonio o con los hijos... Huy, cuando murió Bernardo, que parece que fue de meningitis. Lo sintieron tanto que no se les notaba. Lo sintieron por dentro. La pobrecilla Henar no ha levantado cabeza desde entonces. Ahí fue cuando empezó a caer. Ella no se ha quitado el luto. Ni le ha importado otra cosa que su casa y su familia. Como si cada día siguiera dando a luz a cada hijo. Y a su marido, igual. Una madraza desde luego... Y él, una grandísima persona. Ni tabernas ni bares. Sólo se le ve en la acera, dando un paseíto, y en el supermercado, porque es él el que hace la compra. Baja cada mañana con su carrito y sus ochenta y nueve años, que son ya muchos años, y elige lo que puede. Muy poquita cosa, porque es para los dos solos y comen como pájaros; algo que luego sea fácil de cocinar, porque el que guisa es él y no es habilidoso en ese aspecto. Bueno, y que no les mate el colesterol, porque los infelices están ya los dos para el arrastre... Él es serio. Y ella también. Las gracias, si las tienen, se las harán uno a otro en secreto; delante de la gente, serios los dos. Bueno, a lo mejor su vida no les ha dado tantas alegrías... O que nacieron así y así se conocieron y se quisieron. Hay gente para todo... Los hijos levantaron el vuelo en cuanto les brotaron bien las alas. Uno está en Alicante; otro, en Valladolid, casado allí; y el tercero, en Madrid, que es el que tiene la casa en San Martín, el más chico; ya con cincuenta y cuatro años, no vaya usted a creer...

En el séptimo piso, letra C. Como para que se les estropee el ascensor. Aquí los quiere la gente. No con estrépito, porque tampoco ellos quieren a nadie con locura. Sus amigos, si los tuvieron, se habrán muerto. Aquí están ellos solos. Unidos, eso sí se les ve. Bueno, vérseles, cuando salen para el médico, porque otra cosa, no... No sabemos quién limpia, quién recoge la mesa, quién hace y muda las camas, quién organiza el lavado... Entre los dos seguramente. En el fondo, ya son como uno solo. Después de tantos años y de tanta vida juntos, de tantos cambios como ha habido a su alrededor... Y al de todo el mundo, bueno estaría: que si la guerra, que si la dictadura, que si la transición, que si la libertad, ay, qué mareo si lo piensa una bien... Que hay que adaptarse al mundo, y hay muchas veces que te coge sin ganas, ¿no es verdad? Sí; y que tienen una edad, noventa años, que se dice en seguida... Lo que han vivido, qué mérito. Y que les queden todavía ganas de vivir: yo eso lo admiro mucho, de corazón. Porque yo, con sesenta y cinco, hay días que me digo: no me levanto, aquí me quedo, que le vayan dando a todo por la retambufa... Y si tienes algo o alguien por quien vivir, alguien que te anime, que te jalee, que te bata las palmas aunque sea como a los serenos de antes, vaya. Pero, si no, es para acostarse y quedarse así con los brazos encima del pecho, como dicen que en Andalucía hace mucha gente. Los *acostaos* los llaman. Un día, sin más ni más, no se tiran abajo de la cama, vuelven la cara contra la pared y ya está. Ni están enfermos ni nada. Es que les entra como una pereza muy grande y una desgana y un desánimo de hablar con la gente, de convencerla, de discutir, de ver como un corro de las patatas dando vueltas a la redonda de uno, que te vuelven tarumba... Que no, que no. Que muchísimo mejor se está acostado... Es que vivir noventa años es un disparate.

Aquella noche no durmió bien. Estaba muy cansado, pero no durmió bien. Prendió la luz tres o cuatro veces. Miraba a su mujer al lado suyo. No estaba seguro de si dormía o se hacía la dormida para no preocuparlo. No estaba seguro, la segunda vez, ni siquiera de si respiraba... Felipe tenía muchas cosas dentro de la cabeza, muchas preocupaciones. Ya no le cabían... «O quizá una sola muy grande», se dijo. Suspiró. Deseaba con toda su alma que amaneciera. «Las noches son más largas en agosto; van acortándose los días y se nota. Yo espero que no tardará el sol.» Daba una vuelta y esperaba. «Lo he consultado con la almohada.» Al fin logró dormir una horita. Se levantó. Preparó el desayuno. Le llevó el suyo a Henar, que no se podía bajar de la cama sin su ayuda. Ella sonrió muy levemente, como si se diera cuenta, aunque no del todo, de que aquél era su marido, y de que le alargaba una bandeja con el desayuno. Él sabía que no. No se lo decía a nadie, pero sabía que ella se daba cuenta cada día de menos cosas. Ha comenzado la cuesta abajo en que la mente se nubla, le había aclarado el médico como si él no lo supiera ya, como si él no lo hubiera previsto desde antes de que empezara... Tenía que estar allí, cerquita, pendiente de que Henar no tirara el café con leche, o la magdalena, o la bandeja entera.

Luego la bajó de la cama, y la llevó casi en brazos al cuarto de aseo diminuto. No decían nada ninguno de los dos. Delante del lavabo, Henar se echó agua en la cara. Se miró en el espejo y le dio risa. Cogió la toalla que le alargaba él, dudó un momento, y se secó por fin. Él le puso en la mano un peine húmedo, y ella, sonriendo todavía un poquito, se lo pasó por el pelo casi blanco y escaso. «¿Así?», y se volvió a mirarlo, como si no lo estuviera mirando ya a través del espejo. Él, ante la ducha, dudó si sentarla debajo y asearla; pero se dijo que para qué, que no era necesario, que ya no era necesario. En lugar de eso, se puso una buena cantidad de colonia en las manos, y las pasó luego por aquel pelo blanco y escaso. Ella volvió a sonreírle en el espejo, casi nada. Felipe la llevó entonces hasta lo que hacía de salón comedor, donde había estado toda la familia junta tanto tiempo, antes de que los hijos se marcharan, antes de que se fuese marchando todo, también la vida, sin sentirla... Sin sentirla, no. Porque sí la sentía. La sentía como quien escucha caer y huir continuamente un agua; como quien escucha cantar una chicharra sin cesar y se le mete el ruido en la cabeza y ya no sabe si fuera sigue también sonando... Se acordó de aquel contador de la luz que sonaba y sonaba, con un mosconeo continuo, en la despensa, al lado de la cocina, durante tanto tiempo... Ya había dejado de sonar. Lo cambiaron. El de ahora no sonaba.

Se despidió de Henar. Bajó en el ascensor los siete pisos. El ascensor era muy chico. Se montaron dos inquilinos más en dos pisos distintos. Él contestó buenos días mirando al frente, lejos... Dio su pequeño paseo. Se acordaba de otros que había dado para pensar a solas, desde hace cuarenta años. Otros, cuando encontró solución a problemas que entonces le parecían insolubles. Sonrió, como Henar, muy levemente... Insolubles, y ahora... Sus pies lo fueron llevando al supermercado. No, hoy no iba a hacer la compra. Pasó de largo. Llegó a la plaza. No había mucho tráfico: era agosto aún. La recorrió entera en redondo. Había viejos sentados en los bancos. Viejos como él, se dijo. Pero él no se había visto nunca viejo. Veía a los demás. Él seguía siendo a sus ojos el de siempre. Los achaques, los ajes como a él le gustaba decir porque se lo había oído a su abuelo, no lo mudaban. Era el mismo... Un anciano, oía decir, y se preguntaba a quién se referían. Canas y dientes son accidentes; arrastrar los pies es ya vejez. Él no arrastraba todavía los pies, o no mucho, no demasiado...

Se acordó de repente de la huerta de Santa Ana, que era de un tío suyo. Del Paseo de San Francisco donde estuvo la iglesia. De niño le habían enseñado que esta fábrica de harina y esta de malta y esta de achicoria, con la que hacían el falso café, o de remolacha para hacer el azúcar, habían sido iglesias. Antes de la Desamortización: una palabra que le acostumbraron a pronunciar con temor, y en la República con aplausos, y después con cara feroz. Las iglesias románicas: hasta sus nombres se le olvidaron. Santa Marina, San Andrés... Pero se acordaba de Henar y de él, de niños, en Cuéllar, subiendo hacia las ruinas del castillo, viendo correr los toros a los mozos, y corriéndolos él más tarde para lucirse delante de ella saludándola con una mano en alto... Y ella bailando la jota:

A por ellos, a por ellos,
a por ellos, que se van.
Unos están en la Vega
y otros en el Arenal.

Y los soportales de la plaza tan en cuesta, y la escalera blanca haciendo esquina, de la iglesia menos antigua de todas, en la que se casaron.

A por ellos, a por ellos,
a por ellos que se van...

Todo se iba, o mejor, todo se había ido. Henar era la más bonita de todas. Esperaron hasta que él fuese guardia civil. En la guerra todo fue distinto. Se necesitaba un amor para toda la vida cuando no se sabía si iba a durar la vida. Duró, duró la vida... Pero todo se acaba. Ya se alejaron, además, del resto, del mundo entero. Sólo quedaban ella y él. Como sucede cuando empieza el amor, el primer amor, la primera noche de amor... Ella y él.

Había llegado a la puerta de su casa. En la acera, las vecinas lo observaban y le sonreían moviendo la cabeza o moviendo una mano... Fue entonces cuando advirtió que se había olvidado del bastón. Bueno, mejor, no arrastraba los pies. No era vejez lo suyo... Entre los gruesos palos clavados en el suelo que hacían de barrera, los mozos se cubrían de los toros, o salían de perfil en busca del peligro para presumir de valientes... En la guerra también se presume de valiente. El héroe dura poco: lo que dura su heroicidad... Y los carros detrás de los postes, con la gente subida a ellos. Y los ricos en los balcones.

Las señoritas
son unas tontas.
No se divierten
como nosotras.

Se divertían todos. Se divertían de ver divertirse a los demás.

La Ciudad de la Rosa,
después Colenda,
y ahora que estás perdida,
te llaman Cuéllar.

La cabeza del caballo en el escudo del ayuntamiento. Con su collera puesta. Todo decae y desaparece. Lo mismo que la vida. Basta, basta... Tomó el ascensor hacia arriba. Tardó en llegar al séptimo. Pensó que se había dejado, como el bastón, la llave. Sería terrible... No, no: la llevaba. Abrió. Hola, dijo, como siempre. Tenía esa costumbre. Hola, decía. Antes fue hola a todos. Después ya sólo hola.

Henar estaba donde se había quedado. Con los ojos abiertos mirando ante ella y las manos cruzadas en la falda que le había ayudado a ponerse. Felipe la miró desde la puerta de la habitación y siguió por el pasillo hasta la cocina. Era su itinerario cada día. Primero, dejar la compra. Pero hoy no trajo compra: no hacía falta... Comían peras verdes de la huerta de Santa Ana, la huerta del antiguo convento. Cuánto cambian las cosas. ¿O somos nosotros los que cambiamos? Henar y él comían peras verdes. Menudos atascones de vientre... Y un día, garbanzos verdes en la mata, Dios mío... Ella era un año mayor que él, pero hacía lo que él mandaba. «Para eso eres el hombre», daba por toda explicación. A lo largo de la vida fue siempre así. Para eso era él el hombre... Y ahora había decidido.

Salgan los mozos al baile, salgan a bailar.
No sostengan las paredes. Ellas se tendrán.

En la cocina cogió un cuchillo no muy ancho, pero muy afilado. Era el que él prefería. Ni muy ancho mi muy largo. Se acercó a Henar por detrás, igual que si fuese a darle una sorpresa. La acarició con suavidad el pelo blanco y escaso... Todo iba a ser cuesta abajo, como recordaba que era la Plaza Mayor del pueblo. De ahora en adelante, cuesta abajo y deprisa. ¿No arrastraba los pies? Sí, sí, cuando nadie lo veía, sí arrastraba los pies. Y Henar tenía una salud muy buena. Sí, menos las piernas, menos la cabeza, menos el corazón... Pero así, de salud, estaba mejor que él. Duraría más que él. Y entonces... Inclinó la cabeza y le besó una sien, una mejilla, la frente. Le acarició la cara. Se imaginó su cara con la sonrisa muy leve de costumbre. La volvió a acariciar. Luego, como si lo hubiese ensayado con frecuencia, le dio una cuchillada en el cuello, de izquierda a derecha. Oyó saltar la sangre. Sintió un espasmo. Reposó la cabeza de Henar contra el respaldo del sillón. «No tardo», dijo. Salió hacia el dormitorio. No quiso volver la cara. Entró. Tomó un papel de la mesilla de noche, tomó el lápiz con el que hacía las cuentas. Escribió «Todo está en orden», y dejó el papel sobre el cristal de la mesilla. Volvió muy despacio al salón. Acarició al pasar la cabeza abandonada de Henar. De nuevo la besó. Tomó una silla. La llevó a los pies de una ventana que daba al patio exterior. Se subió a ella. Pisó el alféizar, y se dejó caer. Dijo, o quizá pensó «Ya voy».

Había decidido hacer una breve pausa en su trabajo. Quizá sea demasiado decir que lo había decidido. Se levantó y encendió un cigarrillo. Hacía tiempo que sólo fumaba dos o tres al día. Aspiró el humo, y paseó un momento de un lado a otro de su estudio. Algo le escocía dentro y no era el humo. Pensó en el abandono de Ingrid. De eso hacía casi un mes. Creyó que ya lo había superado... No; no era eso. O no era sólo eso. Apagó el cigarrillo. Se sentó. En ese instante fue cuando sintió un fogonazo en su cabeza. Como una iluminación. Le pareció que veía, por fin, todo muy claro...

Ingrid había sido un ancla más a la que se agarraba. Lo percibió entonces como una verdad evidente. Igual que su éxito social, o su éxito como abogado aplaudido y requerido, igual que la dignidad de su reputación. Su casa organizada, que funcionaba sin necesidad de él, su servicio puntual y eficiente, su segunda residencia en la sierra, los sábados y los domingos compartidos con amigos afectuosos a los que jamás había osado poner a prueba... Todo aquello eran raicillas a las que se asía inconscientemente para no desprenderse de la tierra, para no desprenderse de una forma de vida, de lo externo y visible de su triunfo, al que tampoco había osado nunca poner a prueba...

Pero de pronto vio, como un relámpago surge de una tormenta, la luz que lo derribaba del caballo camino de

Damasco. Estaba solo. No le importaba de verdad a nadie. Nadie le importaba de verdad a él. Nada tenía sentido. No había nada sólido sobre lo que apoyarse, en lo que creer de veras. Ni más allá ni más acá...

«Es la hora. Es el minuto justo. ¿A qué espero?... Esta tristeza es gris y mancha. Sólo sirve para marcar las páginas de un libro en otras manos... ¿Quién podrá consolar al ladrón de haber sido robado? Todo esto da superlativamente igual. Si cada momento y cada ser tienen su misión señalada, la mía ahora es decir adiós... Ya basta del orgullo por la mañana, y por la noche la resignación. La vida es renovarse. Renovarse: por eso necesita la muerte... En las callejas escondidas, donde se sienta el silencio en su silla de anea, ocurre lo más grande, muy lejos de las plazas donde da el sol y se habla a gritos... El solitario tiende la mano con facilidad al primero que pasa; pero, detrás de su soledad, va el olvido cojeando.»

Se acercó al balcón de su estudio en el tercer piso de la casa. Se asomó. Vio el invernadero de cristal, allá abajo, donde terminaba el comedor. Tuvo la sensación de que saltaba. Escuchó el estrépito, el hundimiento de la estructura metálica y los cristales bajo el peso de su cuerpo, las heridas mortales, el sigiloso sonido de la sangre, el chasquido de un hueso, su último instante...

Desde donde estaba, inclinado hacia afuera, vio el destello de un rayo de sol sobre la ancha hoja de un filodendro. Era hermoso, brillante, leve, vivo, dócil a la luz. Se llevó una mano a la frente, la pasó luego por su pelo, se retiró del balcón de su estudio.

En la boca saboreó como un gusto agridulce. Después de un par de minutos, en el que todo se acomodó de nuevo, regresó a su trabajo.

DOS HABITANTES

—

El pueblo está —¿o estaba? No, no: está— en la parte norte de la provincia de Guadalajara. Tiene dos habitantes. Son Vinicio y Donato. En 1960 tenía un centenar; en la década siguiente, se redujo a una quincena. Donato y Vinicio, de sesenta y un años ambos, llevan ya treinta solos.

—La gente se fue yendo adonde va la vida.

—Esa carretera no se hizo pensando en automóviles. Sólo está ése, muerto.

—Es un seiscientos desguazado. Era del médico. Lleva ahí todo el tiempo.

—Ya no nos queda nada. Nos quedan sólo tres gallinas y un huerto... No, no somos familia. Somos más que familia: somos el pueblo entero.

—Se cerró el bar por falta de clientes. Se cerró el ayuntamiento porque se fue el alcalde. Se cerró la parroquia por no haber feligreses. Se cerró el buzón de correos porque nadie escribía.

A Vinicio, por entre las mellas, se le resbala la pronunciación. Aún se lleva la mano a la boca cuando se ríe. Viste una ropa muy gastada. Se afeita una vez por semana. Donato no sonríe; mira lejos y piensa: va más cuidado. Lleva una boina gris, y siempre está alejándose y volviendo. Tienen casas distintas. Se miran uno a otro de tarde en tarde: no precisan hablarse.

—No hay nada que decir.

Vinicio ha tocado la mano de Donato. Donato la retira muy despacio, mirando hacia otra parte.

—Hablamos con nuestros muertos como es natural.

—En la escuela éramos ya amigos. Decidimos quedarnos hasta que nos entierren.

—Habrá uno que sobreviva al otro.

—Acabaremos juntos, y en ese día se habrá acabado todo.

—Las horas son a veces tan largas como días; los meses, como años.

—Pero otras veces, no. Cuando estamos al sol, en el invierno, quietos; cuando se acerca la noche, y uno invita a su casa al otro; a jugar a las cartas, a tallar una madera, a beber un vaso de vino y a estar juntos los dos.

—Por las fiestas de agosto nos vamos a la plaza, y escuchamos la música por dentro. La misma música por dentro escuchamos los dos.

—Al anochecer, hay días en que bailamos el uno con el otro porque oímos la música de antes. Suele ser por agosto...

—Y cuando el aire está parado, volvemos a escuchar cómo canta la Chenta, una muchacha guapa a la que éste le gustaba.

—Otras veces nos vamos cada uno a su casa. A tumbarnos. Pasa el tiempo sin prisa. Pensamos en lo que nos diremos cuando no nos quede otro remedio que encontrarnos.

Donato ha rozado la mano de Vinicio. Vinicio la retira muy quedo y se sonríe.

—En el seiscientos nos subimos, y cerramos los ojos para viajar a donde se nos antoje.

—Afloja, no corras tanto... Afloja, que vas a matar una gallina. Afloja...

—Y hablamos de los de antes: de los que nos querían y de los que no.

—¿Por qué no nos querían?

—Porque nos queríamos nosotros.

Por calles estrechas y desiertas, entre casas desmochadas, transcurre un viento mudo.

—En vez de irnos los dos, se fueron ellos.

—Nos han dejado con lo que era nosotros. Lo era, porque es lo único que hemos compartido.

—Ahora que podríamos pasear del brazo, ya no hay paseo.

—No importa, pero hay brazos todavía.

—Ya estamos hechos a estar solos. Nos molesta que venga gente a vernos como si fuéramos monos.

—No estamos solos.... No viene nadie a vernos.

—Toda la vida así.

—Y la muerte. Nosotros lo elegimos.

—Antes era distinto.

—Antes, ¿cuándo? Cuando había aún alguien, o al principio de quedarnos solos, en ese primer tiempo en que nos daba de comer y beber la alegría...

—Por la noche, soñamos.

—¿En tu casa o en la mía?

—Donde estemos, soñamos. Desde que éramos renacuajos. La voz de la maestra, los padres serios que se amortajaron con el traje de boda, las madres ocupadas y sin tiempo, los hermanos que murieron y los que se portaban como si hubiésemos muerto...

—Soñamos con nosotros: con las mejillas lisas y los ojos brillantes, con las ganas de decirnos lo que tenía que ser dicho.

—Con la esperanza...

—Cuando nos terminemos, se terminará todo. ¿Quién enterrará primero a quién?

—Nadie. Acabaremos juntos. Para eso nos quedamos.

—Es cierto. No hay que olvidarlo. Para eso nos quedamos.

—Nos quedamos para estar juntos siempre aunque ya no sea aquí.

AZARÍAS O EL AMOR TRASMUTANTE

Toda su vida fue amante de los felinos. Cuando oía esta opinión sobre él, solía añadir: «También de los cánidos. Siempre he tenido perros.» Lo segundo era cierto sólo en parte; dudo que lo primero también lo fuera.

Es verdad que, en unos jaulones, en los primeros tiempos de nuestra amistad, al fondo de su jardín, vivían dos o tres galgos afganos; pero los afganos son unos perros un poco peculiares si es que son perros. Yo recuerdo haber paseado por Argüelles a la primera afgana que hubo en Madrid. Pertenecía a un pintor panameño cuyo nombre no hace al caso. El de ella era Ana. Íbamos, por ejemplo, por la calle Ferraz, y nos cruzábamos por la estrecha acera con numerosos niños que volvían de Rosales o del Parque del Oeste. Los niños comentaban: «Tata, mira qué dromedario», o «Mamá, mira qué burrito», o «Mira qué monja»; pero a ninguno se le ocurría que aquello fuera un perro por muy raro que fuese. Es decir, no sé hasta qué punto Azarías era amante de los cánidos.

En la época de que hablo, él ocupaba una hermosa casa cerca de Arturo Soria. Hasta que ardió de modo inexplicable. De un modo mucho más inexplicable que todas las casas que arden inexplicablemente. Yo le gastaba bromas diciéndole que la había quemado él para cobrar el seguro, porque estaba llena de maravillosas obras de arte, que yo le acusaba de haber puesto a salvo el día anterior al incendio. Pero, conociendo a Azarías, nadie se lo hubiese creído: era incapaz de hacer un seguro, ni siquiera de saber que existía semejante cosa.

El lector se preguntará por qué, si se reconocía amante de los perros, enjaulaba a los suyos. Se trataba de una razón muy visible, aunque nada sencilla: tenía en el mismo jardín, en otra jaula, un guepardo hermosísimo llamado King. Y King, como es fácil suponer, se consideraba incompatible con los afganos que, por lo menos aquí, son guapos pero tontorrones. De ahí que se turnaran sus libertades en el jardín, propiedad de todos ellos sólo. Yo desde luego no recuerdo haber disfrutado nunca de él, por lo demás no muy extenso.

El guepardo se lo regaló, para quitárselo de encima, una primera dama, a la que a su vez se lo había regalado, con su cuidador, el León de Judá, o sea, el emperador de Etiopía: esa criatura renegrida y chiquita que representaba tan mal su nombre. La dama, una vez en España, durante la prueba de un traje en casa de Azarías (me parece que no he dicho que Azarías era modisto) habló del guepardo, y, ante las ponderaciones de quien le probaba, se lo sacudió de encima. Del único modo que pudo defenderse Azarías fue devolviéndole aquel cuidador al emperador Hailé Selassié, muy pocos meses antes de que lo derrocara un golpe militar. Ignoro qué fue del emperador y también del hombrecillo que cuidaba a King. De King sé que murió de pulmonía, cosa no muy difícil para un guepardo en Madrid, poco antes de que ardiera la casa. Aún su grande y bella piel se arrastraba por alguna habitación de la última residencia de Azarías.

Lo del ocelote, o de la ocelote —nadie supo nunca si aquel animal era macho o hembra— es otra historia. Se lo regalaron, de cachorro, en Colombia, y lo trajo, como si fuese un gato, en la bodega de un avión. En la casa de Arturo Soria estaba atado a la puerta de una casita, no lejos de la entrada de la calle, en un jardín menor, y también tenía sus horas sañaladas de esparcimiento. Es decir, que allí, si no llevabas cuidado, podía devorarte, o atacarte como mínimo, alguna fiera. Eso le sucedió a una famosísima bailaora, que se empeñó, después de una cena, en conocer al tigre, como ella lo llamaba. Salió con el anfitrión, vestido de esmoquin, y volvió con el anfitrión más bien desvestido del esmoquin, y con su cara flamenca de color verde esmeralda.

Y también le sucedió algo parecido a mi perro Troylo, que entonces era un personaje. Habíamos ido de visita, él por primera vez, a casa de Azarías. Nada más abrirse la puerta de la calle, olfateó algo insólito y, moviendo su espléndido rabo, se acercó al sitio de donde emanaba el olor. Se detuvo de pronto. Pero escuchó, y yo también, un ronroneo alentador, que despertó hasta la exasperación su curiosidad. El ronroneo lo emitía Petra, el o la ocelote. Troylo no supo resistirse. Cuando yo quise remediar la infinita osadía del teckel, era tarde. Petra lo había agarrado con sus cuatro patas: dos, en la poblada gola, casi rubia casi roja, de Troylo; las otras dos, en sus ingles. Era inútil tirar de la cadena que ataba a Petra: en su extremo giraban por el aire dos vértigos apiñados. Yo pensé que aquél era el fin de Troylo. No sabía qué hacer para que la bestia soltara a mi cánido. (Yo sí que he sido siempre amante de los cánidos y no de los felinos. Y desde entonces, más.) Hasta que un amigo inolvidable, con una azada del jardín, golpeó la cabeza del o de la ocelote, y éste o ésta soltó su presa. Acaso no herido o herida, pero sí mareado o mareada. Siempre recordaré la chulería con la que Troylo salió de aquel brete, moviendo las ancas tan amenazadas y la frondosa cola. Oyó contar la anécdota a todos los invitados de aquella noche; alardeó de valentía ante ellos; miró con superioridad a los afganos enjaulados; observó con precaución intrépida al guepardo... Hasta que media hora después, intoxicado por el veneno de las uñas del felino feroz, se adormeció enfebrecido a mis pies, igual que un niño chico, que es lo que era.

Cuando Azarías se mudó a otra casa, fue muy cerca del Palacio Real. Desde ella se contemplaban los más hermosos ponientes de Madrid, tras el Campo del Moro y la Casa de Campo. Y en ella, ya, reinaban los felinos sin competencia alguna. Allí nunca pude llevar a ninguno de mis cánidos: ni a Troylo ni a sus sucesores, enemiguísimos todos de la entidad denominada gato.

Los primeros que tuvo Azarías, persas por descontado, fueron Ciro, como el gran rey, y luego Lola, como alguna faraona. Ciro, apodado luego familiarmente Cirilo, era blanco, con los ojos de color lincurio; Lola, gris acerado con los ojos de oro. Tuvieron varias generaciones de hijos de distinta pelambre. De cada generación, se quedaba Azarías con algún testigo. Entre otros, con Paulina, que tenía un pelaje variopinto, a manera de moqueta, y Blanca, tímida al tiempo que perversa. Dado que el piso era un dúplex, grande pero no tanto, y que Ciro y Lola, o Ciro y alguna otra descendiente, procreaban sin cesar, hubo que tomar una resolución drástica. A Azarías se le olvidaba, o quizá no sabía entonces distinguirlo, el celo de las hembras, por lo que el territorio se poblaba de cachorros preciosos, que era preciso distribuir entre amigos, cada día más renuentes a cargar con felinos. Por tanto, se decidió castrar el rey Ciro, el gran padre. Fue un momento terrible. El piso de abajo tenía una gran terraza que lo rodeaba, con unas pilastras terminadas en peligrosas bolas de piedra. Sobre aquellas bolas, para mortificar a todo bicho viviente, hacía equilibrios Paulina, la más circense de todos los gatos que yo he visto en mi vida. Cuando cenábamos al aire libre, la dichosa Paulina nos colgaba el alma de un hilo. Yo prefería llevarme mi plato a cualquier otro sitio... Pues bien, Ciro fue amortiguándose una vez emasculado; tanto, que, un día, prefirió tirarse de la terraza a la calle Amnistía, en cuyo centro se encontró su cadáver. Acostumbrado a un serrallo —en su honor, Azarías sólo se quedaba hembras, jamás macho ninguno— no supo digerir el fuerte guiso de la castración. Prefirió terminar de golpe su feliz carrera de don Juan. Para que luego digan.

Llegó el momento entonces de la tercera vivienda: un chalé en Pozuelo de Alarcón. Sólo allí, con un jardín mayor, podían caber tantos felinos como iban acrecentando la familia. Ya era internacionalmente famosa la pasión de Azarías por los gatos. Y sucedió que una millonaria francesa, dueña de una *peniche* en el Sena, murió y le dejó a Azarías lo que más quería, su mascota: un persa con todos los matices del gris, desde el marengo al perla. Vino a España alojado en una preciosa casita, firmada por el carísimo Louis Vuitton. Su nombre era Voyou, granujilla, pillete, gamberro. Y es quizá el más hermoso gato que yo he conocido, no muy diferente a aquellas niñas, y no tan niñas, con cuyas caras anunciaba la marca Marlice sus lápices de labios, y tampoco a la belleza de Carmen Díaz de Rivera joven, tan impresionante.

Lo que ocurrió es que las gatas se enamoraron, de inmediato y con todo motivo, de Voyou, y se prometieron días de vino y rosas. Hasta que descubrieron, con espanto, que Voyou estaba también castrado, quizá para que no saliera a correrse juergas por la orilla del Sena, un sitio que ni pintiparado para el caso. A las gatas entonces les entró la ira de las diosas. Detestaban a Voyou, lo odiaban, se lanzaban contra él igual que obuses, le bufaban como tormentas irritadas... El macho, que no lo era tanto, tuvo que resignarse, para salvar la vida, a vivir solo en el segundo piso. Y entre una y otra planta, hubo de instalarse una barrera para impedir al ganado femenino rematar sus venganzas.

Recuerdo con horror una noche en que había convidado Azarías a mi amigo Lagunero, suministrador de los cuadernos en que escribo a mano. Nos había hecho un maravilloso conejo a la casera. Yo bromeé al principio aludiendo a que allí se nos daba de continuo gato por liebre. La expresión de Azarías me hizo renunciar a insistir en el chiste. Después de cenar nos retiramos a un salón, donde había un Baco niño de la época helenística, una bellísima estela de Mérida y unos expresivos bustos romanos. Nos habíamos sentado, el otro invitado y yo, en el sofá más elegante y más incómodo de este mundo y del otro. Un sofá que da ganas de llamar a la guardia civil para que lo mate a tiros. Charlábamos, con el pequeño o gran Voyou entre los dos, cuando un extraño cuerpo emanador de rugidos, seguido de otros dos por el aire, nos atacó con ferocidad, en apariencia. Teodulfo Lagunero saltó de costadillo, entre el terror, la abnegación y el sobrecogimiento. Yo estaba más sosegado porque sabía a qué atenerme. Eran las tres ménades en forma de gatas, que atacaban al hermoso impotente. Lagunero, creyendo que se atentaba contra mí una vez más, aborreció el conejo para toda la vida... Y lo peor de todo fue que, para salvarlo de las hembras decepcionadas, Azarías tenía que llevarse a Voyou, dentro de su lujosa mansión de Louis Vuitton, en todos los viajes que hacía. Lo cual le daba cierto aire de vieja lady caprichosa. Dormía con él, de hotel en hotel, de una forma llamativa y casi enamorada.

Pero Lola, a la que correspondía el derecho de pernada a la inversa, por ser la mayor y la gran madre, no se resignó nunca. Reclamó ayuda externa y se quedó inmediatamente preñada. Paulina andaba por los jardines y los tejados ajenos, día y noche, a veces semanas enteras; sin embargo, debía de ser estéril porque nunca tuvo descendencia, a pesar de buscarla con una tozudez encomiable en España. Y Blanca se negó a salir, se negó a recibir visitas, se negó casi a comer, y se entregó a la dura tarea de echar de menos a su hermana de madre y padre, a la que supongo que calificaría de perdida, y a la que añoraba con una vehemencia lésbica. Quizá tales ansiedades fueron las que desembocaron en un cáncer de mama, del que se la intervino con éxito.

Fue allí, en Pozuelo, donde llegó el momento del desmadre.

Por aquel tiempo, yo veía a Azarías todos los sábados. Trataba de fingir que no me sorprendía la abundancia de gatos, creciente de semana en semana. Incluso a veces colaboraba al bautizo de algunos. A una gata negra semipersa que apareció de pronto le puse, por supuesto, Naomí. A dos hijos de distinto sexo, que se conservaron en la casa, les pusimos Greta y Garbo: Greta era gris azulada, y Garbo, denotando su terrible y plebeyo origen, blanco con manchas negras y muy dado a la contemplación de las mariposas. Fue el poeta del grupo: un tanto *gay*.

Azarías continuaba repartiendo, o desparramando más bien pastillas anticonceptivas. Pero siempre con cierto error de fechas por dificultades de cálculo, e incluso de sexos por dificultades oculares: Azarías nunca fue un buen calculador. Las tías mayores se abstuvieron de incrementar la familia, la incontable familia; pero las pequeñas no dejaban de parir gatitos, que permanecían vagando por allí y entraban a comer en grandes calderos dispuestos junto a la puerta de la cocina, que daba a una escalera del jardín. Ya todos los amigos, y hasta todos los simples conocidos, habían agotado sus posibilidades de absorción de felinos. Por si fuera poco, llegó un momento en que Azarías se negó a dar más gatos a nadie. Los quería todos. Le encantaban durante los dos primeros meses con sus cucamonas, sus juegos, sus malicias, sus expresiones pícaras y sus travesuras con las que, desde las dos semanas, suelen atraer a grandes y pequeños, y después ya Azarías se cerraba en banda y no consentía que, pasada la niñez, ninguno saliera de su casa. Con lo cual, las gatas, desde su adolescencia, empezaban a dar a luz en los lugares más insospechados: en un cojín sobre una silla, en un armario sobre unas camisas, en la palangana de un lavabo antiguo, en el rebujo de una alfombra marroquí, en un rincón de la cama del dueño y hasta encima de la piel del guepardo, su antecesor y rey.

Aquella situación me recordaba la franciscana historia de María Zambrano, la iluminada pensadora. De su residencia romana consiguió echarla, por sus gatos, un vecino fascista en el año 64. De allí regresó a Francia, a La Pièce. Y estuvo yendo y viniendo con su rebaño, al mando del cual se hallaba la gata Rita, magnífica generala, hasta que se estableció en Ferney-Voltaire, cerca de Ginebra, donde acabaron todos por morir. Por eso concluyó el exilio de la filósofa.

A causa de enfermedades más bien propias de la edad, murió primero Lola, y luego, no mucho después, Voyou, que nos dejó una Nochevieja, muy lejos de las casas de todos, en un viaje que se prometía como de placer y dejó al instante de serlo para Azarías. No obstante, la vida es innumerable y llena de resortes que una mano invisible tañe. Él temía el regreso a su casa porque iba a echar de menos a Voyou en su cama cuadrada, de dos por dos, llena de cortinas, y de baldaquines, todo en blanco... Y no fue así. Paulina recogió la antorcha. Estuviese donde estuviese, fuera o dentro de casa, cuando Azarías entraba a acostarse, Paulina se hacía presente y se enroscaba a sus pies. A las nueve de la mañana le acariciaba con suavidad la cara y, si no la atendía, la segunda caricia era menos suave pero más eficaz. La gata, la más simpática de todos, nos acompañaba incluso en el invernadero cuando el calor no impedía tomar allí una copa. Y se quedaba prendada, subida al brazo de algún sofá, de las imágenes de coches que se reflejaban, como en una pantalla de cine, en los cristales de las claraboyas abatibles. Miedo daba pensar que los gatos subieran, muerto el aborrecido y exilado Voyou, a un salón como aquél, lleno de palmas, de begonias, de azaleas, de ficus benjamina, de potos colgantes entre estanterías blancas, donde se acumulaba una magnífica colección de piezas de cerámica precolombina.

Recuerdo que un día estábamos departiendo sobre moda. Yo le preguntaba, o nos preguntaba:

—La moda, ¿es la subordinación a un estado externo y superior, o la rebeldía contra unas costumbres caducas e inservibles? ¿O es la sumisión social a un proyecto de rebeldía? —Azarías, como siempre que le interesaba algo, se quedó mirando al infinito con los labios apretados. Durante cuarenta y cinco minutos aproximadamente—. En una palabra, la moda, ¿es la consecuencia visible de un yo o de un nosotros?

Azarías contestó lo que transcribo para abreviar:

—La moda es las dos cosas. Es un fenómeno colectivo, pero aceptado y asimilado por los que en él se implican. En la moda se produce una contradicción: cada hombre y cada mujer es miembro de un grupo que tiene su propia estética y sus valoraciones; y al mismo tiempo es una persona individual que tiene que defender, contra el grupo al que pertenece, su identidad y sus peculiaridades... Ahí está el yo y el nosotros que decías. Y en ese vaivén reside la esencia de la moda... Tú dices siempre que, en política, eres un anarquista comprensivo; un enemigo del Estado que entiende que haya quienes requieren leyes a que atenerse, y mandatos, aunque sólo sea para desobedecerlos... Está bien, ésa es mi opinión con respecto a la moda y con respecto a todo. La moda presupone la convivencia: y la convivencia, unas normas más o menos severas y desde luego quebrantables; pero ¿qué quebrantamiento, o qué placer de infringir cabe si no hay regla ninguna, salvo la muy caritativa de vestir al desnudo?... Hoy la aceptación de una moda contestataria encubre la existencia de un vacío, la adhesión a un grupo, marginal o no, sin el que el individuo no se halla, o sea, está perdido. Esa renuncia a la libertad ha encontrado aquí una vez más, en la parábola del hijo pródigo, la recompensa de un Estado que mata su mejor ternero. El padre-Estado está fomentando una moda aparentemente individual, pero muy controlada y dirigida. Con ello le quita, a la peligrosa bomba de la libertad, su espoleta. Y él, que paga la bomba, la desactiva. Está claro: aquí o comes del ternero o pasas hambre. Y las sabandijillas petulantes que sustituyen a los genios no quieren pasar hambre... Yo estoy, cada vez más, de parte de mis gatos.

Al llegar a este punto tan interesante, oímos un vago murmullo como de muchas aguas. Azarías me miró, y con una sonrisa paternal, dijo:

—Greta ha dado a luz.

—No puede ser: era una niña la semana pasada.

—Pero es que aquí maduran muy pronto.

—Pues ni que tu casa fuera el trópico de Cáncer.

—Yo creo que lo es. No me pareció conveniente darle tan pronto la pastilla.

Greta había tenido cinco hijos de muy diverso pelaje, predominando el gris Lola, en una esquina del comedor, entre la pared y el lateral de un arca de prestigio.

—¿Cómo vas a llamarlos? —pregunté yo, que soy nominalista y afirmo rotundamente que el nombre es la esencia de la cosa.

—Había pensado ponerles los nombres que se mencionan en una salsa cubana: Pedro, Pablo, Chucho, Jacinto y José.

—Es magnífico que tengas dispuestos los nombres con anticipación. Así no te cogerán nunca por sorpresa. Salvo que haya alguna o algunas hembras.

Pero no las había.

Sólo volví a ver a Azarías una vez más antes de salir a pasar algunos meses al extranjero, como se decía antes. En tal ocasión, con orgullo paternal (y cuando digo esto quiero decir realmente paternal), me contó cómo la madre prematura, Greta, estuvo toda una noche llorando porque le faltaba uno de sus hijitos, gracias a Dios o a Azarías todos machos, que se había extraviado en el sótano. Después de horas de búsqueda, al amanecer, ella y el padre, quiero decir la gata y Azarías, lo encontraron. Es de advertir que al sótano no se bajaba nunca.

—Todo es relativo —me dijo a lo largo de la conversación—. Hasta lo más humano que es la música. Y cuanto más representativa, más relativa. Fíjate lo que sucede ahora: Sandra Wilson interpreta gustosa a Bob Dylan, Brad Mehladaru utiliza cuando quiere a Radiohead; Joshua Redman homenajea cantando a Clapton; Holly Cle recoge temas de Waits; Tehe Bad Plus miran y tocan a Abba y Nirvana, etcétera. El rock y el pop son cosas de todos.

—¿Qué quieres decirme con tan insospechada erudición?

—Que el mundo cambia, Antonio; que nada hay fijo; que incluso la humanidad y la animalidad son cosas de un momento... Hoy yo, aquí, y tú, del otro lado —acariciaba a un par de gatos; se acercaron media docena—. Mañana será al contrario, no sé si me expreso bien...

—Te expresas a la perfección —contesté, pero tenía los vellos erizados. Recordaba la mirada de un chimpancé, una noche en un circo: entendí que me transmitía exactamente eso.

A mi regreso de Centroamérica, que es lo último que había visitado, telefoneé en vano a Azarías. El teléfono ya comunicaba ya timbraba inútilmente. Luego, recordé que los gatos acostumbraban descolgar el aparato, que yacía sobre una mesita de pie, a propio intento alto. Indagué sobre Azarías entre amigos diversos. Todos me miraban con cara de sorpresa y acababan reconociendo que no lo veían hace tiempo. Azarías era un ser solitario, me decían, aficionado a estar en su casa con tranquilidad, leyendo, o jardineando, o cuidando el invernadero del último piso, o cepillando gatos... Pero tenía también su trabajo. Me pasé por la calle Fortuny, donde a veces nos citábamos: aquel estudio estaba cerrado a cal y canto. Nadie sabía darme razón de nada. Recordé que tenía una asistenta ecuatoriana, o cosa así, que le limpiaba —o le rompía, no sé— las cosas de la casa; pero ni la menor idea de su dirección, ni siquiera de su nombre... Conseguí ponerme de acuerdo con un amigo común, y nos presentamos en la casa de Pozuelo sin avisar, por descontado, un sábado.

Tocamos el timbre del portero automático. Esperamos dos minutos. Volvimos a tocar, con ensañamiento, durante otros diez minutos sin separar el dedo. Media hora. Nada. Era frecuente, en los sábados de antes, que Azarías tardara en oír ora por dificultades del timbre ora por dificultades de su propio oído; pero lo de aquella tarde me parecía excesivo. Tocamos y tocamos como locos. Sin el menor resultado. Decidimos llamar a un chalé vecino, cuyas ventanas daban al jardín de Azarías. Tuvimos la suerte de que hubiera alguien dentro. Nos abrió. Era una señora. Le pregunté si sabía cualquier cosa de su vecino. Lo conocía, pero no se trataban. No sabía ni una sola palabra. Le rogué que nos dejara asomarnos para ver si en el jardín de al lado advertíamos algo que nos sugiriera algo. Nos dejó muy gentilmente... Lo que vimos desde aquella ventana del salón me quitó el habla a mí, cosa bastante difícil.

El jardín de Azarías estaba atestado de gatos. De todos los colores y tamaños. Se confundían unos con otros, saltaban, triscaban, fornicaban, entraban y salían de la casa, reñían y se enfrentaban... Pero no llegaban a pelear a muerte, porque un gato más grande que los otros lo impedía de forma imperativa. Se notaba a la legua que aquel gato era el soberano. Su piel era confusa. Tenía todos los colores, pero combinados de una forma armoniosa. No resultaba nada extraño. Lo que sí resultó extraño fue la mirada que me echó cuando descubrió que lo veíamos. Fue una mirada de reconocimiento: esa mirada que yo creí que sólo podía depararnos un perro, no un felino. Me miraba con afecto, con lentitud, con un signo de complicidad y confidencia... No me cupo la menor duda de que lo que pensé en aquel instante era, por imposible que parezca, la única verdad.

Levanté la mano con timidez y saludé. Saludé, desde aquella ventana, con un gesto que llevaba implícitos mi deseo de la mejor suerte y un definitivo adiós. Azarías se había salido con la suya.

—Sé feliz —le grité.

ALTA VELOCIDAD

—

Me concedían un preciado e inmerecido premio en una ciudad del Sur. Resolví ir y volver en la misma jornada ya que no disponía de más tiempo. Para ello tenía que usar un tren de alta velocidad, tan suyo como veloz e higiénico. Dos azafatas me atendieron a la ida. Yo quería beber sólo whisky con cola, y una marca determinada de whisky de la que el tren carecía. Por fin llegamos a un acuerdo y elegimos otra, que era la que menos me desagradaba de las que me ofrecían. Una de las muchachas, la más mona, hizo causa común conmigo y buscó por todo el tren para apilar un suficientemente alto número de botellines de esa marca. Yo podía ya beber en barra libre.

Me acompañaba un amigo, llamémosle Pelayo, que bebía lo mismo que yo, y por cuya satisfacción me interesé.

—Para él no tenemos ese whisky si usted quiere beberlo todo el viaje.

—Pero sí tiene uno mucho más caro, que a mí no me gusta para mezclar. Le ruego que se lo sirva a él.

Así quedamos, y el viaje estuvo lo bastante empapado como para que el almuerzo con el alcalde de la ciudad, el paseo con el concejal de Cultura, el breve descanso y la entrega del premio constituyeran un moderado pero sabroso éxito.

El viaje de retorno fue otro cantar.

En esta ocasión nos atendían dos hombres —uno, por su actitud, denotaba ser superior al otro—, a quienes sus compañeras habían puesto en antecedentes sobre los efectos que el viaje en alta velocidad produce en mi espongiaria casquería. De los dos hombres, el ojiazul, que era el más joven, nos había recibido ya en la puerta del vagón. Al principio del viaje, sin embargo, nadie habló, por corrección, de bebidas.

—¿Cómo debo llamarlos? —interrogué— ¿Azafatos, *stewards*, o camareros? Yo acataré lo que ustedes me indiquen.

Cada uno de ellos expresó su preferencia. El nombre de camarero no lo eligió ninguno, como era de esperar.

—Aquí no hay cámaras —dijeron a la vez—, ¿cómo va a haber camareros?

Yo sugerí llamarlos amigos, o muchachos amigos, y ellos se dieron por contentos. Antes de que se alejaran a cumplir sus misteriosas misiones, imaginando cuanto no era difícil imaginar sobre la pareja, les comenté una sentencia que el día anterior emanó el Tribunal Superior de Justicia de Andalucía: por ella se consideraba discriminatorio el trato de Renfe a sus trabajadores homosexuales.

—Permítanme antes, mis queridos amigos, que les pregunte, ya que salta a la vista que están interesados en el contenido de la sentencia, si además son ustedes pareja... No, no, no. No me contesten, por favor.

Entre sonrisas, callaron. Uno era calvo, aunque no del todo. Se habría dicho incluso que llevaba una breve peluca o bisoñé. El otro, tampoco sobrado de pelo, aportaba sus hermosos ojos azules, un cuerpo rotundo y una alzada estatura. Yo comenté resumiendo:

—La sentencia se refiere a que los homosexuales no han de ser privados de los beneficios sociales que reciben los heterosexuales: descuentos en viajes o vacaciones, entre otros. Tal derecho de todos los trabajadores de la empresa se incluyó en el XIII Convenio Colectivo del año 2000 garantizándolo tanto a las parejas de hecho como a las de derecho; pero la dirección se negó a aplicarlo a las parejas de hecho homosexuales... Esta sentencia, aparecida hoy, ordena que de una vez para siempre se equiparen en Renfe los derechos de todas las parejas. —Hice una pausa. Miré a los dos azafatos. Habían reaccionado como yo me temía: con una notable y herida susceptibilidad—. ¿Les he molestado acaso?

—No, por Dios, —dijeron a una—. Usted, no...

—¿El Tribunal quizá?

—No, tampoco... Tampoco.

Imaginé lo que les acaecía. *Sic rebus stantibus*, ellos, como pareja, estaban mal atendidos por la organización, pero como individuos lo compensaban porque tenían los derechos de todos los demás. Sin embargo, a partir de la sentencia dictada el día anterior, por separado, podían recibir tales derechos y aplicarlos a un novio nuevo cada uno, con lo que los viajes y las vacaciones serían mejor aprovechados y quizá más divertidos. Hasta hoy todo se quedaba en casa, lo que resulta a la larga un poco más monótono.

La pareja se deshizo, quiero decir de momento. O sea, que cada cual fue a su trabajo. El del mayor, por lo visto, era preguntarme a mí qué quería tomar.

—Ya sé lo que me va a responder. —Sonreía con simpática malicia—. De su whisky, he requisado todos los botellines que había en el convoy... No le va a faltar nada.

Se alejó con un aire de madura madre provisora. Nada más desaparecer por la puerta del Club, apareció el joven por el otro extremo.

—Acabo de andar buscando, vagón por vagón, el whisky que me han dicho a mediodía que usted prefiere. Y no queda ni un solo botellín... ¿Puedo ofrecerle otro?

—No; lo que puede hacer es pedírselo a su colega, al que usted parece admirar tanto.

—Oh, no lo crea, no puedo imaginar que se me note... Pero, ¿por qué he de pedirle a él el whisky de usted?

—Él se lo explicará.

Nada más desaparecer el joven, se presentó el mayor con mi whisky servido. Mi amigo Pelayo se reía ante semejante comedia de vodevil y enredo. Hablábamos aún con el mayor, cuando apareció el menor cansado de buscarlo. Y sus ojos volanderos se fijaron en mi whisky. Con modales relativamente malos, el joven recriminó al mayor.

—Para quedar bien tú solo con el señor, no hay derecho a que decomises todas las existencias de su whisky, dejándonos a los demás sin posibilidades.

—¿Es que lo que deseabas es coquetear con el señor?

—El que deseabas eso eres tú. Y desde esta mañana. Yo deseaba simplemente servirle poniéndome a su disposición.

—¿Y quién te ha dicho que sólo con ese whisky lo servirías?

—Mari Rosa, la azafata de las mañanas, que es más amable que tú.

—¿En qué sentido dices la palabra amable?

—En el que más te pueda molestar a ti.

—Señores, señores... Señores y amigos... Lo único que siento es que ustedes no se puedan sentar con mi compañero Pelayo y conmigo a tomar una copa, lo cual sería como el calumet de la paz para todos.

Yo veía, al trasluz de las palabras, la incomodidad y la alteración producidas por la sentencia del Tribunal. Se veían ahora como timados por la Renfe, puesto que sólo podían sonsacarle la mitad de lo que ahora se les ofrecía, por ser pareja de hecho desde antes. Aunque quizá lo fueran en secreto.

—Entre ustedes dos —proseguí palmeando las manos de uno y otro— van a conseguir que tenga todos los síntomas externos de la ingestión alcohólica: olor a whiscazo, rostro sudoroso y muy enrojecido, pupilas dilatadas, conducta correcta pero nada colaboradora, arrebatos y lloros continuos, habla pastosa y repetitiva, aliento de alcohol a distancia, y fortísimo de cerca, incoherencias, repetición de frases, movimientos oscilantes de la verticalidad hasta alcanzar casi la horizontalidad y, por supuesto, incapacidad para mantenerme erguido... Por eso traigo a mi amigo Pelayo. Pero si él no estuviera, mis queridos muchachos, pediría a cualquiera de ustedes que me sostuviese, ya que en el fondo serán ustedes, ambos, los culpables de mi situación.

Los dos empleados se reían, pero no entre sí, sino cada uno conmigo. Daba la impresión de que el asunto pareja de hecho estaba atravesando un momento malísimo.

—Con usted dan ganas de sentarse y escuchar.

—Para viajes y vacaciones, las que deben de pasarse con usted. —Eso dijeron a un tiempo, y desaparecieron por los extremos opuestos del vagón.

Cuando vi al mayor que, después de un cuarto de hora, se aproximaba con otro vaso de whisky y cola, me levanté y lo empujé fuera del vagón, como si yo fuese a un aseo.

—¿Cómo se abre esta puerta? —dije refiriéndome a la del tren, herméticamente cerrada.

—En marcha no se abre. Hay que tener la llave que mueve, que permite moverse quiero decir, esta palanca. —Se refería a una roja, situada sobre la pared metálica, en ángulo recto con la puerta.

—Pero lo que yo quiero, para un cuentecillo mío, es que se abra en marcha.

—La llave sólo la lleva el jefe de convoy.

—¿Y dónde está?

—Aquí —exclamó orgulloso señalando su pecho.

—Bueno, bueno —fingí balbucear—. Entonces es usted el protagonista de mi cuento.

—¿Por qué? —Hablaba entre curioso y asombrado.

—Porque tiene un amante al que sorprende coqueteando con un viajero, y está harto de que tal situación se produzca casi de continuo.

El mayor me miró con fijeza y parpadeó luego.

—Los escritores son ustedes adivinos. Ha de dar mucho miedo tratarlos de cerca. —Él parecía seducido por el riesgo.

—Tratar de cerca con cualquier persona es peligroso. Por eso le preguntaba que quién tiene esa llave. Porque no sólo se puede matar por celos o por hastío, también puede matarse para verse libre de un amante pelmazo, sobre todo cuando ahora se puede viajar y tener vacaciones a costa de la empresa. Está tan cerca ya el verano... ¿Es muy difícil hacerse, por vías que no sean las del ferrocarril, con esa llave?

—Me temo que no. Debe de haberlas por doscientas pesetas, un par de euros quizá, en cualquier ferretería.

Se sacó del bolsillo una especie de utensilio alargado y plano, en uno de cuyos extremos había un orificio en forma cuadrangular, que encajaría con el saliente de la palanca roja.

—En el fondo —comenté a la ligera—, entre dos que bien se quieren, con una llave basta. Claro que, si no se quieren tanto, o si se odian, vamos, cada uno tendría, por puro instinto de defensa, que tener su llave...

—¿Qué sucede en su cuento?

—El final no lo sé todavía. Suelo dejarme llevar, al escribirlo, por el carácter de los personajes, por su simpatía, por su manera de expresarse... Hasta por su generosidad al ofrecer whiskies.

Aún tenía el más reciente en la mano, y nos echamos a reír los dos. Pero su risa era más tensa que la mía. Y, para remate, apareció de golpe el menor. Estaba más guapo que antes, porque en los ojos le brillaba un rayo de odio.

—¿Qué haces aquí con el señor a solas?

—Soy el jefe de vagón. —Él mismo se había degradado un poquito.

—Ni de vagón ni de nada. Estás intentando conquistarlo.

—Exactamente lo mismito que tú.

—Pero con whisky que has acaparado, mujerzuela.

Se hizo un espeso silencio. Lo interrumpí yo.

—Aquí no hay cámaras, ¿verdad? Eso me han dicho ustedes. —Se miraron algo aturdidos—. Pero mira que si las hubiera ocultas... Íbamos a quedar los tres de puta madre. —Soltamos una risotada común. Ellos enmudecieron enseguida. Yo puse el vaso agotado en la mano de uno, y tomé a los dos del brazo—. Son ustedes dos criaturas, dos criaturas disparatadas por supuesto... Si no, no me interesarían en absoluto. Hoy en particular están muy afectados. Pero no crean, ni por un momento, que es por mí. Se lo ruego: piénsenlo bien. —Me dirigí al mayor—. Y permita usted a nuestro amigo ojiceleste que me obsequie con un tercer whisky, así irán dos a uno y yo me sentiré más libre de elegir... Ya que no puedo elegir mi propio whisky, elegiré mi propio camarero o azafato o *steward*... O mi propio amigo si les parece mejor. Aunque los dos son ya amigos míos.

Dejé que resolvieran sus diferencias, y me dirigí hacia mi sitio. Un minuto después aparecía el menor con la bebida.

—A su salud —brindé, y tomé un sorbo del infecto bebistrajo—. En lo que lleva funcionando este tren, ¿se ha caído de él algún viajero en marcha?

—No, señor. Es imposible. Van las puertas cerradas y sólo se abren en las estaciones.

—Con la llave del jefe de vagón.

—¿Cómo lo sabe?

—Un escritor debe saber de todo... Bueno, esas llaves las hay en todas las ferreterías. Por un par de euros se consiguen. Salvo que se la quiten a un jefe de vagón... No, no; no era una sugerencia, no llegaba a tanto. Fue sólo un comentario a humo de pajas.

En los ojos azules del menor percibí una admiración insólita, que precedió a una especie de complicidad agradecida.

—El siguiente whisky también se lo serviré yo —dijo con firmeza.

—Hágalo ya. No espere demasiado.

Dicho y hecho. Se sacó de un bolsillo del pantalón un botellín, y del otro, una pequeña cola. Yo apresuré el consumo, y le entregué el vaso vacío.

—No es muy ortodoxo —me miró a los ojos—, pero hay ocasiones en que vale la pena saltarse todas las normas.

—¿De dónde es usted?

—De Pamplona.

—No sé por qué me lo había imaginado.

—¿De veras?

—Sí, de veras.

Por debajo de la mesa, el pie de mi amigo Pelayo me recriminaba. ¿Era quizá por el tono, o quizá por la forma de insinuar...? Pero de insinuar, ¿qué? Sobrevino —ése era el verbo— el mayor con una bandejita. En ella, un botellín, un vaso y una cola. Yo, que aguanto bastante, comenzaba a ver azafatos a diestro y siniestro. O acaso era que estaban. Miré por la ventanilla. Oscurecía. Se ponía el sol, entre morados, verdes y amarillos. La tierra era como la palma de una mano no demasiado limpia.

—En Pamplona fui una noche feliz —dije, comprendo que de forma impertinente, aun sin mirar a nadie—. Gracias. —Esta vez me refería al mayor—. Y usted, ¿de dónde es?

—De Segovia.

—Ah, de Segovia... Casi he nacido allí. —Comenté con un ligero temblor en la voz, supongo que del whisky. El menor fue a alejarse, pero se negó a hacerlo sin rozarme con su mano un hombro. Yo le sonreí. El mayor emitió un ligero bufido. Mi amigo golpeaba la formica de la mesa con un rotulador—. Segovia significa gran parte de mi infancia. Con siete años, me pasé un mes de agosto enseñándoles la catedral a los turistas. La enseñaba bastante bien. Al menos, ellos quedaban satisfechos; mis padres, no.

—Usted tuvo que ser un niño precoz. En todo.

—A los once años me enamoré con locura. Quizá hasta el día de hoy no haya amado tanto como entonces.

—Si yo lo hubiera conocido...

—¿A los once años? Estaría usted requetejubilado a estas alturas.

—No me importaría.

—¿Puede usted, por favor, traerme una bebida a mí, si no interrumpo nada y si no le molesta? —interrumpió mi amigo Pelayo, molestando al mayor, que estaba inclinado ante mí como ante una imagen.

—La próxima estación, ¿cuál es? —pregunté yo viéndolo alejarse.

—Puertollano —aseguró él, volviéndose, con un tono complejo: cariñoso por un lado, cortante y drástico por otro.

—Este hombre acaba de tomar una decisión —le advertí con solemnidad a mi amigo Pelayo.

—Me alegraría que fuese la de denunciarte ante los tribunales de la Inquisición.

—No iría allí yo solo —susurré mirándole a los ojos y provocándole una carcajada.

—Eres la persona más mala por gusto que conozco.

—No es cierto. Intento poner siempre a las personas y a las cosas en su sitio. En su verdadero sitio. Soy de la opinión que, si una pareja no funciona, no deben perder el tiempo, ninguno de los participantes, en tratar de arreglarla. Una pareja no es una cisterna. Soy partidario de los telones rápidos... Me refiero por descontado a una pareja sin hijos y sin más responsabilidad que la de los propios sentimientos y la correspondencia a los del otro. Ésa es la ventaja del hecho sobre el derecho: su desnudez frente a él. Él lo complica y lo enmascara todo. El matrimonio le va divinamente a la sociedad: dos personas de diferente sexo se casan, tienen hijos y se los dan criados. Es una norma de higiene social comodísima, como la de no comer cerdo por la triquina, o la de las abluciones para la sanidad, o la de los ayunos y la abstención de carne por cuaresma, como si fuese una sangría... Higiene social que, en lo del matrimonio, puede partir al individuo por el eje para toda la vida... Pero ¿en parejas de hecho y en homosexuales? Ah, no; ahí se agradecen los servicios prestados y se despide al más pinturero como a un antiguo gobernador de provincias... Y ahora cualquier parejita de éstas, de estas de tres al cuarto, quiere casarse. Eso ya no lo quieren más que los mariquitas y los curas. Por eso me estoy portando así. Ni por mala leche como crees tú, ni por coquetería como creen ellos. Sino sólo para demostrar lo que salta a la vista.

—¿Y si uno de los dos empuja al otro fuera del tren y lo mata?

—Estaría de Dios. Pero no creo que llegue la sangre al río. No suelo despertar pasiones asesinas. Lo que yo busco es que se den cuenta de que no se aman y de que están echando de menos ser libres para liarse con otro, y tener ventajas y descuentos en vacaciones y en billetes. Lo cual es una pobretería... O que se quieran, coño.

El tren de alta velocidad se detuvo un par de minutos en Puertollano. Los ojos de mi amigo Pelayo mostraban cierta inquietud.

—Una cosa es lo que tú te propongas, y otra lo que suceda.

Al arrancar de nuevo, compareció el más calvo de los azafatos, aunque con su bisoñé algo torcido pareciera un caballero cubierto, con un vaso de whisky y cola y una servilleta en una bandejita de plástico azul.

—Esta vez le he traído unos aperitivos; almendritas, panchitos, kikos...

—Sí; para que empapen algo de lo que me trae líquido. Es usted una madre. —Después de un primer sorbo y de una sonrisa de gratitud, me interesé—: ¿No tenía usted un compañero?

—Ya no está —dijo levantando la cabeza con un movimiento majestuoso y un pelín ridículo. Me reproché acto seguido pensar en la palabra pelín referida a un calvo.

—¿Cómo que no está? —Era mi amigo Pelayo el que preguntaba alarmado.

—Ya podemos estar tranquilos, señor. Vuelvo enseguida —dijo muy seguro, y se alejó hacia el Club moviendo un poco de más las caderas.

—¿Ves lo que has hecho?

—No he hecho nada. No te anticipes a los acontecimientos.

—Éste ha tirado al más joven por la puerta abajo. Tú le has dado la idea, y él tenía la llave. Eres el cerebro de un crimen.

—Y tú una mente enloquecida. No soy un cerebro de nada, ni de mi propia vida, cuanto más de una ajena. Vete un momento a los servicios. Estarás tú más cómodo, o más desahogado por lo menos, y nos dejarás hablar solos al del peluquín y a mí.

En efecto, en cuanto vio que mi amigo Pelayo se retiraba, el mayor se acercó.

—Tengo todavía cuatro botellines, señor.

—Supongo que no serán absolutamente imprescindibles... ¿Cómo se llama usted?

—Remigio, señor.

—No deja de ser un nombre hermoso.

—¿Lo dice de corazón?

—Completamente.

—Algo me decía que éramos almas gemelas. ¿Puedo llamarlo Antonio?

—Por supuesto: ¿cómo quiere usted llamarme si no?

—Es que tengo que confesarle algo muy íntimo —susurró con intensidad.

—¿Por qué no se sienta? Hablaremos mejor, antes de desmayarnos.

—No puedo hacerlo estando de servicio.

—Entonces me pondré yo de pie.

Lo hice, y vi que se le saltaban las lágrimas a Remigio.

—Este cara a cara es lo que siempre había soñado. En cuanto lo vi, supe que algo iba a cambiar de modo decisivo.

—¿A qué se refiere? —casi grité.

—A que usted aparece, y es como una luz: todo se ve distinto. Es ya un punto de vista diferente. Ya no puede uno conformarse con la vulgaridad ni el adocenamiento del día a día. Las cosas se renuevan.

Al principio entendí *las copas se renuevan*, y asentí en mi interior; luego rectifiqué.

—*Nova sint onmia: corda, voces et opera.* Que todo sea nuevo: los corazones, las palabras, los hechos...

—Ah, usted tiene a mano siempre la sentencia oportuna. Es como si un ángel se lo dijera al oído.

—En este caso es Santo Tomás... ¿Era usted feliz?

—No; estaba resignado.

—Uno no debe resignarse a la indiferencia, Remigio. —Lo dije con una total falta de intención—. Usted tiene edad para echarse al safari del amor y de la dicha.

—Eso es lo que acabo de hacer.

—Pero no sé si, con la llave de esa puerta fatal, puede cazarse un elefante. —Me observó con sorpresa—. Por el safari, digo.

—Puede uno, por lo menos, librarse de unas ataduras sin gracia.

—¿Qué me quiere dar a entender? —Sonreí, pero la procesión iba por dentro—. ¿Que se ha librado usted de su amigo?

—Sí; ni él ni yo, en el fondo, nos queríamos. Era un asunto de conveniencia.

—¿Y cómo sabe que ha salido de él? ¿Lo ha hecho para siempre?

—Sí, señor. Puede usted estar, al respecto, satisfecho y tranquilo.

—No sé si sentirme muy tranquilo. —Lo cierto es que a cada momento me preocupaba más.

—Totalmente, señor. Al otro le he hablado muy claro. Le he dicho que ya no éramos pareja. La aparición de usted lo ha demostrado. Que ya no volveríamos a hacer jamás el mismo turno... Y que tuviese la bondad de apearse en Puertollano y coger el siguiente convoy. Pasa dentro de dos horas. Que se tome mientras un par de whiskies, a la manera de usted y a su salud... Si hay algún problema, yo lo resolveré.

—Pero alguien puede imaginar que usted lo ha arrojado del tren.

—Ah, no, Antonio. Eso sólo pasa en los libros. —Su sonrisa era bastante empalagosa, la verdad.

Alguien llamó, y se alejó de mí Remigio con un alegre

movimiento de manos y un risueño trotecillo. Pelayo, que estaba al acecho, se acercó impaciente.

—¿Qué ha sucedido?

—Nada. Han roto, y el otro se ha bajado del tren.

—Pues me extraña muchísimo. Porque yo lo estoy viendo acercarse.

Mi amigo Pelayo miraba a mis espaldas. Me volví y era cierto: el joven se acercaba con una cara de muy pocos amigos.

—Ahora no traigo un whisky para el señor. Pero le juro que dentro de unos minutos lo traeré.

Apenas se detuvo. Prosiguió muy erguido, cruzó el vagón y se perdió por el otro extremo.

—Puede que se haya vuelto a subir por otra puerta... En mi opinión, Remigio estuvo con él un poco duro. Si es verdad lo que me ha contado.

—¿Ves? Tú no mides la trascendencia de lo que dices ni de lo que haces. La gente te respeta, y no eres respetable.

—Oye, Pelayo, cuidado: a ver si busco una llave de esas espantosas y te arrojo del tren.

—El que me da la impresión de que ya ha buscado la llave es el de los ojos azules.

El ojiceleste, en efecto, venía con una bandejita. Sobre ella, un whisky, una cola y una servilleta.

—Hablando del rey de Roma... Gracias, querido amigo. ¿Me ayudará, por favor, a bajarme, en llegando a Madrid?

—Con muchísimo gusto, no aspiro a más.

—¿Cómo te llamas, pamplonés? Fermín, supongo.

—Sí, señor. —Al mismo tiempo que afirmaba, se sacó del bolsillo una llave que era plana, larga, y tenía un orificio cuadrado en la pala. Jugueteó con ella. Miró a mi amigo Pelayo que tenía los ojos no ya fuera de las órbitas sino de las clavículas: parecían dos ciruelas—. Don Antonio, usted siempre acierta. Y con su comportamiento nos ha mostrado lo que debemos hacer.

—Usted tenía un compañero que se llamaba Remigio, ¿verdad? ¿Qué ha sido de él?

—Lo acabo de poner en su sitio.

—¿Y cuál es ese sitio? No se referirá al campo, ¿verdad? A las tinieblas exteriores... —No puede decirse que la voz me temblaba, creo yo. Por lo menos, no mucho.

—Aquí nadie parte el bacalao. ¿Puedo llamarlo Antonio? —Afirmé—. ¿A que nadie tiene por qué partir el bacalao en una pareja?

—En realidad, en una pareja bien formada es que ni siquiera debe haber bacalao.

—Eso es lo que yo digo.

—Pero un cosa es decirlo y otra hacerlo —comentó, como muy desde lejos, mi amigo Pelayo—. Hágame usted un favor. Sáqueme de una duda: ¿su compañero vive?

—Ha estado a punto de dejar de hacerlo... Pero sí, vive... Aquí viene. —Venía, por cierto, por el pasillo adelante con la cara algo sofocada. Como si le hubiesen echado una bronca, o quizá como si le hubiesen atizado un par de guantazos—. Les comunicaba a los señores que, por Antonio, te has salvado de que rompiera contigo y de que, además, te rompiera la cara. Por él. Por él, que ha despertado en mí la sensación de que sentía celos por tu culpa.

—Y yo de ti —le aseguró el mayor al menor—. Gracias, Antonio.

—Si no hay celos, es que el amor no existe. Quizá antes de llegar yo os amabais igual, pero no lo sabíais. Me alegro de que todo haya acabado, como era prudente que acabase. Igual que una comedia del Siglo de Oro. Fermín, Remigio, Remigio, Fermín, enhorabuena.

—Aquí traigo —ofreció Remigio— la última copa para usted.

Como si fuese un prestidigitador, sacó no sé de dónde el botellín consabido, la consabida cola y la servilletita.

—A la salud de ustedes. A la salud de su amor. Para que sea creciente. Porque si no es creciente, no es amor... Para que viajen gratis, si es que no están hasta el coño de viajar; para que tomen juntos vacaciones a costa de la Renfe. Y, por favor, al llegar a Madrid, háganme la bondad de bajarme al andén entre los dos. Los envidio de todo corazón.

—Gracias, Antonio —dijeron, como en un éxtasis compartido, los dos azafatos, *stewards* o como quiera que se llamen.

—Nunca más volveré a viajar contigo —amenazó, con una mano en alto, mi amigo Pelayo. Me recordó a Escarlata O'Hara.

Mientras, mis dos nuevos amigos me bajaban al andén en la sillita de la reina.

LA ÚLTIMA TRAVESURA

Sucedió en una de las dos grandes islas canarias, pongamos Tenerife. Saro no había tenido nunca otro novio que Esteban. Esteban no tuvo nunca otra novia que Saro. Desde niños formaron parte de la misma pandilla: hicieron las mismas excursiones, fuera y dentro de la isla; cometieron las mismas desobediencias y las mismas maldades. Asistieron juntos a la bajada de la Virgen de las Nieves de La Palma y a la de la Virgen de los Reyes en El Hierro. Conocieron la Península, Sevilla, Madrid, Barcelona, al mismo tiempo. Viajaron en grupo a París, y opinaron lo mismo de la ciudad y de sus habitantes. Estaban hechos a la naturalidad y a la libertad de su isla. Y también a su encantador aroma provinciano. Nunca pensaron en vivir fuera de ella. Encontraban íntimos su parque, su reloj de flores, sus jacarandás, su frondosa vegetación, su mar que para ellos tenía el agua casi dulce, y hasta sus cuestas y su gente, algo clasista en beneficio de los dos.

Pertenecían a familias conocidas, asentadas en Tenerife desde hacía mucho, aunque no fuesen guanches. Tardaron en salir solos porque todo lo compartían con otros. Separarse de su pandilla, sin embargo, no fue una heroicidad, porque nunca llegaron a hacerlo de raíz y lo seguían pasando bien con ella. Habían estudiado juntos en La Laguna, y su amor se fundaba en un amistad más real que consciente. A nadie le cabía la menor duda de que su convivencia sería un éxito. Ni siquiera se planteaba esa cuestión.

En cuanto Esteban terminó Derecho, antes de que Saro terminara su Filología inglesa, comenzaron a vivir prácticamente juntos. En realidad ya lo habían hecho, de una forma esporádica, con la aquiescencia de los compañeros o las compañeras de piso, en La Laguna. Tomaron un apartamento hasta que el aspecto económico de sus vidas se resolviese, para poder casarse con holgura o, al menos, sin aprietos. Por fin, ante el éxito de esa prueba de relaciones prematrimoniales y ante el hecho de que resultaba inverosímil una vuelta atrás ni un arrepentimiento, sus dos familias llegaron a un acuerdo: les asignaron unas ayudas no desmesuradas y los animaron al matrimonio que todos —parientes, amigos y ellos mismos— deseaban.

Cuando se decidió la fecha de la boda, ellos pactaron un respeto a las tradiciones en agradecimiento a sus padres. Saro regresó a casa de los suyos, y Esteban iba a buscarla con una bonita sonrisa, algo irónica, colgada de sus labios. Aquella pequeña comedia añadía malicia y pimienta a sus encuentros. Daba gusto pasear o sentarse en un bar cerca del agua. Los dos eran morenos, fuertes y altos. Los peninsulares que se cruzaban con ellos opinaban que con razón se afirma que los canarios son más guapos. «Será el aire y el mar, pero da gusto verlos.» Saro y Esteban, si los oían, se miraban a los ojos y se comían con ellos.

Unos días antes de la boda religiosa tuvieron lugar las despedidas de solteros. Coincidieron en la fecha, aunque no en el lugar.

La de Esteban fue convencional y más ruidosa que divertida. Él y sus compañeros no eran san Luis Gonzaga ni san Estanislao de Kostka ni san Juan Berchmann; tenían la experiencia suficiente, y a ella nada añadía ver salir, a una graciosa muchacha ligerita de ropa, de una enorme tarta de cartón, o bailar con un par de ellas o tres, por muy tolerantes y acariciables que fueran. En realidad, los chicos no sabían de qué se despedían; pero a mitad de la noche empezaron a tener que fingir la alegría como si fuese la juventud la que se despidiese de ellos. Sin comentarlo, se observaban unos a otros y recordaban sin querer las caritas lampiñas, los estudios comunes, los suspensos y los sobresalientes, y a aquel compañerito que murió sin saber de qué a los doce años, a cuyo velatorio acudieron para verlo dormido, con lo buen jugador al fútbol que era, rodeado de celindas. Esteban, desde entonces, nunca había soportado el olor de esas flores... La fiesta terminó antes de lo previsto y con los chicos solos, un poquito tarumbas, dándose abrazos sin cesar y con un velo de pena inexplicable frunciéndoles el corazón. «Coño», dijo uno más sincero, «¿Seremos tontos? ¿Es que no vamos a seguir viéndonos y abrazándonos y jugando juntos en la playa toda nuestra vida?» Tenía razón. Pero, al separarse, se abrazaron de nuevo con más fuerza que nunca. Esteban era el primero de la pandilla en tomar estado, «estado interesante», como anunció, en el transcurso de la fiesta, en un discurso ocurrente y picante, el más fresco de todos.

La despedida de soltera de Saro fue más atrevida. Para su grupo sí era una cosa extraordinaria que tres o cuatro chicos con cuerpos bien formados bailaran para ellas y con ellas, se sacaran la camisa y los pantalones, se les acercaran oliendo a colonia, las acariciaran por encima de la ropa, se ofrecieran a ser acariciados entre carcajadas nerviosas, las provocaran con gestos y movimientos de caderas, procuraran exhibir el tamaño de su sexo como si fuera una fruta, y la dureza de sus nalgas, redondas y pequeñas, o de sus pectorales, bíceps, y abductores, tallados con pericia en horas de gimnasio. Para las niñas bien, para las decentes amiguitas de Saro, la despedida fue un alarido de libertad e independencia. «Esta asquerosa de

Saro ahora se casa y va a tener enterito para ella sola a Esteban, que está como un pan; pero, ¿qué será de nosotras?» Aprovechemos la noche, fue la respuesta de todas, que se lanzaron, en broma o como en broma, a besar y a tocar los cuerpos de los *boys*.

Al primer tapón, zurrapa, decían los amigos de Esteban, las amigas de Saro y los conocidos en general. Al primer tapón «después de casados», zurrapa, decía alguno más taimado. Y así fue. Saro se quedó embarazada al día siguiente, o a la noche siguiente de la boda. A los nueve meses dio a luz. Fueron nueve meses que transcurrieron en la pura esperanza, es decir, no existieron. Esteban y Saro estaban de puntillas mirando el día de mañana, pendientes de su regalo. Él besaba y movía a Saro como si se tratase de una cuna. Rechazaron ecografías y adivinanzas: se trataba de su amor y de las consecuencias de su amor; lo demás daba igual. Saro maduró como un fruto: se redondeó su hermosura. Lucía más su piel, en contra de lo que su madre y su suegra le vaticinaron; brillaban más sus ojos; andaba con más garbo; y su vientre creció con serenidad y lentitud, sin descomponer apenas su figura, al contrario, embelleciéndola a los ojos de Esteban, que hombreaba y bromeaba. «Como si ser padre no tuviera importancia. Como si sólo las madres tuvieran a los hijos.» Era tan grande el orgullo de Esteban que, si no se notase que lo compartía con Saro, se habría dicho que él también era la madre y los abuelos de aquel hijo.

Pero no era así: él se miraba en ella, la protegía («y la protejodía», como se empeñó en comentar el más sinvergüenza de sus amigos); no la dejaba ni a sol ni a sombra; se enfadaba si ella emprendía algún trabajo físico, por pequeño que fuera; mandaba a hacer puñetas al ginecólogo que aconsejaba gimnasia y natación. «Que lo haga él. Saro lleva toda mi vida dentro. Bien están las modernidades, pero con mi niño no quiero ni una guasa.» Porque él sabía que iba a ser niño, y que se llamaría Esteban como él. «No por Esteban el protomártir ése, la ropa de cuyos lapidadores guardó Saulo, el san Pablo de luego, no por ése, sino por san Esteban de Zudaire, que se celebra el 30 de agosto. Como yo, igualito que yo... Porque además, por las cuentas mías, no por las de Saro que nunca ha sabido llevarlas, el niño va a nacer en la mismísima fecha.» «¿Y si nace niña? ¿Se llamará Rosario como su madre?» «No, señora: se llamará Estefanía y celebraremos ella y yo el santo en el mismo 30 de agosto.»

Pasaron nueve meses sin un disgusto, sin una mala cara, con cuatro náuseas de nada, sin un tacón enganchándose por una escalera, sin un tropiezo ni un resbalón. «Éste es el embarazo más inocente que yo he visto en mi vida», comentaban, cada una por su cuenta, la madre y la suegra de Saro. «Por fin se han puesto de acuerdo en algo», se burlaba Esteban. Total, que en aquella casa no se hablaba de otra cosa. El cuarto del niño, en azules, estaba preparado; su canastilla, sus enternecedores patucos, sus baberos, sus pañales, su vida entera... «Pero dejadlo que nazca de una jodida vez, pelmazos», gritaba, en ocasiones, harta de todos, Saro.

Y llegó el 30 de agosto, y se puso, como anunció el padre, de parto la preñada. Y todo fue como se había esperado: natural y vibrante. Y Saro se portó de una manera valerosa. Y sonrió a diestro y siniestro. Y Esteban fue con ella al paritorio. Y el médico, que era además amigo de la casa, no necesitó animarla apenas. Y transcurrió la ceremonia del nacimiento con más rapidez de lo que se esperaba. Y Saro apretó los dientes como Dios manda, y de cada contracción salía, con su mano en la mano de Esteban y un asombro chiquito y nada asustado lavándole la cara. Y por fin sacó el niño la cabeza. Y ayudaron a terminar la faena la comadrona y el doctor. Y lo hicieron con una facilidad que asombró a todos. Y el doctor tomó el cuerpecito por los pies. Y se quedó con él en alto unos segundos más de lo normal. Y se le escapó una mirada hacia Esteban, de refilón, y otra a la madre, ya relajada, aunque no del todo aún, y una tercera a la matrona, mientras el padre se inclinaba para besar la frente sudorosa de Saro.

Porque el niño, perfecto, bien formado y dotado, le produjo al médico la impresión, confirmada más tarde, de ser completamente negro.

La noticia corrió, entre los conocidos y los amigos, que estaban en suspenso, mucho más deprisa que la pólvora. La madre de Esteban movía la cabeza entre el estupor y el disgusto. Los padres de Saro no entendían nada. Cada una de las familias atribuía a la otra un antepasado negro. Pero eso era imposible. En ninguna de las dos, de un abolengo comprobado, se había ni sospechado una circunstancia semejante. En la ciudad se trataba todo su mundo sin secretos. Ni emigrantes a Cuba, ni nada que se le pareciese: los antecedentes estaban muy claros: las mujeres, de un hombre nada más. No había en absoluto ningún progenitor de otra raza. Los padres eran morenos como lo son los hijos de la mar: con las facciones de la raza blanca, con los ojos dorados él y castaños ella... ¿Qué explicación cabía?

Esteban sintió que se le hundía el mundo. No dejó de repente de querer a aquel niño; pero algo le decía, al tocarlo, al levantarlo en el aire, y era un niño gordito, al atreverse a besarlo, que no era de su sangre. «Pero la voz de la sangre no existe.» A Saro no le dijo una sola palabra. Habló con el ginecólogo, y le encargó, con su consentimiento —«¿Qué quieres que te diga?», le replicó el médico—, que se analizara el ADN del niño. El resultado genético fue taxativo: los del niño no eran los genes de Esteban.

Se produjo entre él y Saro una zona de lejanía, de tensión, de escalofrío... Saro lloraba en cuanto Esteban se iba de la habitación, nunca delante de él. Intentaba estar mimosa y dulce con su marido, pero no le salía con naturalidad. Y quizá él tampoco lo hubiese aceptado.

Pasaron unos días desde el parto. Saro seguía en el hospital. En el fondo, no lo necesitaba, pero nadie quería tomar la decisión de un paso que quizá desencadenara todo. Saro tenía los ojos rojos de llorar y de pretender no llorar. Preguntaba por sus amigas, a las que todo se les volvía excusas para aplazar la obligada visita y la suplían con flores. Sólo una, Candela, la más íntima, fue a visitarla a los dos días del parto. Al quinto, Esteban entró en la habitación. Era estúpido continuar fingiendo. Se plantó a los pies de la cama. Tenía bajos los ojos.

—Este niño no es mío, Saro. No es mi hijo... ¿Puedes tú darme alguna explicación?

Saro se volcó, doblada sobre ella misma, en llanto.

—Perdón, perdón, perdón... —balbuceaba, pero apenas se le entendía—. Pregúntale a Candela...

Así lo hizo, tembloroso, Esteban.

—Por teléfono, no —le respondió la amiga íntima.

Quedaron en verse ya, inmediatamente, en casa de ella.

—Habíamos bebido. Estábamos todas juntas, las que éramos amigas desde niñas... Todo era un juego, todo una travesura... Fue en la despedida de soltera de Saro. Entre los *boys* había un negro grandote y atrayente. Desde el principio le gustó Saro. Daba vueltas y vueltas alrededor de ella... Saro se sintió halagada, todas nos dimos cuenta, pero no le concedimos importancia ninguna. Al fin y al cabo, Saro era la protagonista... A los *boys* se les paga y santas pascuas. Pero... Aquél era una doble tentación. Era lo doblemente prohibido. Tú no lo entenderás, Esteban, lo sé, lo sé... Cuando se acabó la fiesta, parece que Saro acompañó al negro a un apartamento que él comparte con otro... No nos lo advirtió... ¿Qué más puedo decirte? Así me lo ha contado Saro... Habíamos bebido... Era un juego, era el último juego para ella, la última travesura... En tus manos está.

—Sí; la última travesura —repitió, como un eco agrandado, Esteban. En su cara se debatían el rechazo y la desilusión. Con una voz más tenue añadió—: La última.

LA LARGA ESPERA

I

Confesión ante la policía de Indianápolis

Mi nombre es Robert E. Ashford. Nací hace veintinueve años, en Bloomington, Indiana, donde mi padre tenía la contrata de la conservación de los edificios que forman parte de la universidad. En ella hice mis estudios, aunque me habría gustado emanciparme de la autoridad paterna y trasladarme a estudiar a otra del país. Luego, sin embargo, no me arrepentí, porque en Bloomington tuve la suerte de conocer a una compañera espigada, clara de piel y seductora, llamada entonces Emily Brenner, y que hoy es mi esposa.

Durante un tiempo he sido feliz. En el sentido que la palabra feliz tiene de trastorno transitorio que nos eleva, que nos ciega a la realidad más dura y que nos presenta el mundo y sus asperezas bajo una luz que los embellece. Y si durante unos cuantos días fui feliz, coincidieron con la primera semana de un crucero por las Antillas Menores que emprendí con Emily. Ya era mi novia entonces, aunque quizá ella y yo no lo sabíamos aún.

Nos habíamos conocido ese curso en el campus, una semana antes de la fiesta de los *pantys.* Yo vivía allí por el trabajo de mi padre; no pertenecía a ninguna fraternidad. Emily, en cambio, pertenecía a la sororidad más conocida y famosa de Bloomington. No en vano era hija de un médico eminente, antiguo alumno. La noche de los *pantys,* yo había ido a aquel edificio con cierto temor reverencial. Ya tenía bastante avanzados mis estudios de Mecánica (la ingeniería mecánica nunca me gustó, pero era con lo que mejor se podía vivir aquí, en Indianápolis, donde todo se vuelve automóviles); pero mis relaciones con Emily no habían sobrepasado unos cuantos paseos, unas cuantas miradas y un par de sonrisas, lo que en mí tiene mérito porque soy poco dado a sonreír... No obstante, Emily me gustaba. Me gustaba por tener todo aquello de lo que yo carezco: alegría, sentido del humor, extraversión y trato afectuoso. Emily enseguida toma a alguien del brazo, o le da pequeños golpes con su mano en la del otro, o acaricia una mejilla... Es generosa y habladora. Y, precisamente por esa razón, yo estaba cohibido aquella noche de las braguitas.

Los amigos con los que iba esperaban, con motivo, tener éxito ante las chicas de la sororidad. Estaban allí, bien plantados, debajo de las ventanas de sus predilectas. Yo no oculto que me sentía como gallina en corral ajeno. Era abril. La luna nueva oscurecía la noche y permitía brillar sin miedo a las estrellas. Yo miraba hacia arriba, más arriba de los dormitorios, cuando me cayó un *panty* en la cabeza... No tenía ni idea de quién era su dueña, ni si su intención era darme a mí. Con los ojos ya en la fila de ventanas encendidas, trataba de enterarme de quién me prefería. Las chicas apagaron las luces de repente. Se oyeron sus cuchicheos y sus risotadas. Aquello parecía una pajarera. Y, entre otras voces, que se aflautaban para disfrazarse, oí una que gritaba: «Bob Ashford, soy yo, Emily.»

Me quedé estupefacto. Nunca habría supuesto que a alguien como ella, tan selecta, tan distinguida y de buena familia, podría gustarle un tipo como yo. Como ve usted, no soy muy alto; tengo cierta rudeza, por dentro y por fuera, eso lo reconozco; algo bueno habrá en mí, porque lo hay en todo el mundo, pero me cuesta trabajo averiguar el qué, como no sea acaso una tozuda fidelidad de perro de presa a quien es su amo... Volví a contemplar las estrellas, ahora con la mano levantando el *panty*, y saludé al lugar en que imaginaba a Emily, y me dispuse a esperarla entre el olor fresco de césped recién segado y de las primeras rosas que el aire, al compás de las frondas de los árboles, movía sin demasiado empeño.

Esa noche comprendí que existía en mí algo que yo no dominaba. Algo que se esforzaba en salir y que me llevaba, a mí entero, detrás. «Eso es el corazón. Todos lo tenemos», me dijo Emily balbuceante, cuando le conté lo que me sucedía. «Me alegro de que te hayas dado cuenta de que tú también tienes.» Y me besó en los labios. Yo la deseé. Deseé tomar sus pechos en mis manos que, hasta entonces, siempre me habían obedecido. Deseé besar su boca, pero de un modo más profundo, y apretar su cuerpo contra el mío... Ella se echó a reír cuando me vio inmóvil y con las facciones reconcentradas. «Esta noche hay demasiadas parejas por aquí.» ¿Se reía de mí porque había adivinado lo que me sucedía? Cuando me fui a mi habitación y me tendí en la cama, por muchas razones que ahora callo supe que me gustaría vivir siempre al lado de Emily, y que la vida sin Emily no merecía la pena.

Fue esa noche, ya al amanecer, cuando decidí que hiciéramos juntos, en vacaciones, un crucero, para estar solos mucho tiempo, el mayor posible, sin cambiar de coche, ni de autobuses, ni de trenes; sin la rapidez de los aviones, con los que, más que viajar, se llega... Los dos elegimos, en una agencia de viajes, un crucero por las Antillas Menores. Yo las prefería a las más conocidas, a las más frecuentadas. Lo que yo anhelaba era estar entre desconocidos con Emily, para conocerla mejor a ella y aprender a amarla, porque, aunque no se lo había dicho, tenía el presentimiento de que acabaría por ser mi esposa. Y, por lo que yo intuía, ella también pensaba en serio en mí.

Comenzamos visitando la isla Guadalupe. Ver, abrazados, esas flores de aspecto y de nombre tan exótico, y los cielos tan bajos que se dirían al alcance de la mano; retirarse tarde de cubierta, demorando la satisfacción del deseo que nos inspiraba el otro cuerpo... Y que Emily me dijera al oído las palabras que habíamos aprendido y que acababan de nacer para nosotros: heliconia, anturio, colibrí... Y sentir en lo oscuro cómo el mar, a nuestro paso, se retiraba de puntillas, empujado por la gran noche cálida, tras los cristales del camarote... Y nosotros, olvidados de quiénes éramos porque nos transformábamos en sólo uno... Sí; eso era sin duda la felicidad.

La Martinica fue como un paraíso imaginado que se descubre de pronto. Saint Martin... En esa Isla de la Amistad parece que, cuando va a ceder el huracán, llegan las mariposas. En ella, cogidos de la mano, vimos cómo las salinas de color de plomo dejan paso a las turquesas amontonadas del mar. Frente a ellas me confesó Emily: «Soy dichosa debajo de los flamboyanes tan rojos y al lado de la ceiba, llena de majestad». En Santa Catalina almorzamos en una inmensa playa, arrullados y adormecidos por una suave brisa. Yo me quité la camisa y se la puse a Emily sobre la cabeza. Tuve la sensación de que hablábamos en voz baja, para que no nos oyeran los compañeros de mesa, de algo que ni sabíamos ni entendíamos. Quizá sea eso el amor, que no necesita traducciones, ni siquiera otro idioma que el suyo... En la isla Tórtola, entre adelfas e hibiscos, refugiados, debajo de un alero, de una llovizna gruesa y breve, me dijo Emily muy seria que quería ser mía toda la vida. Yo sentí como si una cosa dentro de mí se desmoronara, o llorase sin consuelo posible, y la besé como se besa lo único que puede salvarnos...

Habíamos hecho el amor durante toda la noche, y descendimos, como sonámbulos, a La Antigua. Sobre ella, el tiempo había pasado más lento que sobre nosotros. Los astilleros, las banderas de señales mudas, los cabrestantes quietos para siempre, las consignas de fuerte en fuerte que ya no existen... Como una historia sin sentido. Ahí me estremeció una premonición aciaga. Como a una abeja, la ahuyentó una caricia de Emily... Pero lo oscuro que tenía que suceder lo supe en el edén de Santa Lucía. Nuevas palabras, nuevas flores, tamarindos, mangos, parapenas, lluvias de oro, quiquirigallos, rinantos... El agua más transparente nos envolvía en un abra azul cielo. Yo desnudaba, esta vez con los ojos, a Emily, imaginando cómo de noche me repetiría al oído las palabras recién aprendidas... Vino un marinero a buscarnos. Traía la noticia. Mi padre estaba muy grave. Un repentino infarto. Yo debía llamar a casa. Nos condujeron de vuelta al barco. Llamé. Mi padre había muerto. Todo había concluido. Era preciso regresar.

Pero Emily se opuso. Sus razones eran muy evidentes; para ella, por descontado. Habíamos pagado el viaje, y perderíamos el importe de las islas que aún faltaban por ver. Mi abandono no resolvería nada, puesto que mi padre ya había muerto. Y yo sabía que mi madre era una mujer aguerrida y autosuficiente. Mientras llegaba a Bloomington, como mucho, sólo conseguiría abrazar a un cadáver... Dio bastantes argumentos como para desanimar a cualquiera. Yo noté que lo que sentía en mi interior no era transmisible, y me callé; pero la procesión iba por dentro. El resto del viaje no valió la pena. No porque las islas fuesen menos hermosas, ni porque fuese menos hermosa Emily, sino porque mis ojos estaban mirando hacia dentro, y nada podría distraerlos.

Yo admiraba a mi padre de una forma inusual. Admiraba su hombría, que siempre procuré imitar; su capacidad de ser amigo de sus amigos y suscitar entre ellos devoción; su superioridad sobre mi madre, que era menos cariñosa que él y también menos fuerte, aunque aparentara lo contrario... No es que no quisiera a mi madre, pero un hijo siempre tiene a uno u otro de sus padres como elemento de comparación.

Me dolía más de lo que puedo expresar que mi padre hubiera desaparecido sin tener yo la ocasión de decirle cuánto lo quería. Porque las relaciones entre él y yo, en parte por el resultado de mis estudios y en parte por mi carácter, seco y nada expresivo, siempre habían sido tensas. Habría deseado decirle que mi frialdad con él no era sino una defensa instintiva; que él era mi modelo, al que quería semejarme siempre; que, si había ido a aquel crucero contra su voluntad, fue por reafirmarme yo y por comprobar si Emily sería realmente la mujer oportuna, la que él aprobara... No era capaz de creer que, cuando llegase a casa, no iba a tropezar con mi padre en mangas de camisa, abatiendo sobre sus rodillas el periódico y levantando los ojos, en los que brillaría una bienvenida, para preguntarme: «¿Qué tal ese descubrimiento del Caribe, Cristóbal Colón de vía estrecha?»... Muerto. Mi padre estaba muerto y enterrado... Cuando, por fin, de noche, me quedaba dormido, después de conseguir que Emily dejara de sobarme, me despertaba al rato con la sensación de que escuchaba la voz de mi padre llamándome. Desde donde estuviera, con un reproche en la voz por no haber acudido a darle un último abrazo: el abrazo que tampoco le había dado en vida, aunque a menudo lo deseara...

Nunca había sufrido un martirio igual. En los veinticinco años recién cumplidos que tenía, no había atravesado por una tortura así, ni por un remordimiento de conciencia como aquél. Por primera vez estaba, de una forma consciente, en contra de mí mismo, de una decisión que ni siquiera había tomado yo y que ennegreció el resto de aquel viaje. Tanto, que tuve que distraerme planeando el futuro de la manera que luego contaré. Eso, la manera de esquivar al menos parte de la responsabilidad, fue lo que me salvó de saltar por la borda alguna noche. Hasta tal extremo me había afectado la muerte de mi padre y mi traición... Cuántas horas, solo en mi camarote, me reprochaba ese comportamiento, mientras Emily tomaba el sol en cubierta con su traje de baño.

Al regresar, Emily pasó el resto de sus vacaciones en Franklin, con su familia. Yo, a solas con mi madre. Ella me contó cómo había sido la muerte: tan impensada, tan súbita. Como yo preveía, no parecía estar muy afectada. Se hizo pronto a la idea de su viudedad, y organizó la vida sin mi padre. Yo me congratulé de su fortaleza; pero sentí que una parte de mí, la más sensible, lamentaba que el entierro de alguien tan importante se hubiese verificado para siempre y en todos los sentidos. Salvo en mi corazón.

A mi madre le convenía continuar en Bloomington. Allí tenía sus contactos, sus amigas, sus oportunidades y sus ventajas. Yo, por el contrario, era preciso que me desenvolviera por mí mismo. Ese año era el último de mis estudios, y nada impediría que me trasladase a Indianápolis para trabajar en cualquier fábrica de automóviles, aunque prefería la de unos amigos de mi padre, que conocí en la universidad y que se pusieron a mi disposición para emplearme. Así alimentaba la impresión de mantener aún los lazos que me ligaban con el ausente... Aunque ninguno de ellos se había roto: andaba por la casa y escuchaba sus pasos, que hacían un ruido levemente distinto, porque cojeaba de la pierna derecha. Creía que, de pronto, iba a verlo sentado en su sillón de orejas cerca de la chimenea apagada, o que, cuando abriera la puerta de su despacho, después de tocar en ella, le descubriría mirándome por encima de las gafas con una mirada de interrogación. Al subir a mi dormitorio, volvía los ojos tras de mí, en la escalera, con la esperanza de que él me estuviese viendo desde abajo, apoyado en el remate de cristal verde del pasamanos.

Por esos días decidí continuar la ejecución de mis proyectos del crucero... Telefoneé a Emily rogándole que se hiciera novia oficial mía. No me costó mucho trabajo conseguirlo. Ella ya había reconocido que, sin saber por qué, la enamoraban mi taciturnidad y mis ojos, que eran como lagos oscuros —ésas fueron sus palabras— cuyo fondo no se traslucía... Y añadió su certeza de que podría apoyarse en mí el resto de su vida. Yo opinaba quizá de otra manera, pero me guardaba muy bien de manifestarlo.

Todo ese curso estuvimos saliendo juntos. Emily iba a menudo a casa; la conoció mi madre, y le produjo una buena impresión, aunque sólo fuese por proporcionarle la seguridad de que no iba a cargar ella conmigo el resto de su vida. Cuando llegó el verano, con mi título bajo el brazo, vine a Indianápolis en busca del trabajo ofrecido por aquellos amigos de mi padre. Seguían manteniendo su palabra.

Yo tomé un apartamento no lejos de la fábrica y no lo toqué, para que Emily pudiese desplegar en él su creatividad, si bien no contábamos con demasiado espacio. Nos casamos en Franklin en aquel mes de octubre. Yo conocí un poco mejor a mis suegros, a quienes sólo había visto de pasada en la graduación de Emily. Ni en una ocasión ni en la otra provocaron en mí una reacción muy definida. Con el pretexto de decorar a su gusto el apartamento de Indianápolis, arrastré allí a Emily, prometiéndole un viaje de bodas en cuanto nos fuese cómodo y posible. ¿Qué más luna de miel podíamos pedir, le dije, que estar juntos y aislados, en una ciudad nueva, toda para nosotros?

Emily se quedó embarazada enseguida. Tuvo un embarazo lleno de malestares: náuseas, vómitos, antojos, caídas, necesidad de guardar cama, manchas que le cubrían las mejillas... Ella, y yo también, deseábamos que todo aquello pasara de una vez. Su padre, médico, nos puso en contacto con un compañero, que dirigió lo mejor posible las peripecias por las que inevitablemente debía pasar Emily. En todo caso, no pudo abreviarlas. A mí se me hicieron lentas y gravosas, tanto por lo menos como a ella.

Por fin dio a luz un niño, gordezuelo, bien formado, con todas las pequeñas cosas en su sitio. A mí, los primeros días, me admiraba que hubiese salido con uñitas, pestañas, veinte dedos minúsculos, sexo ya definido y una capacidad portentosa de sonrisas y, pasada una semana pensé, de reconocimiento... Yo presenciaba el trato mutuo del hijo y de la madre, y la transformación que Emily había experimentado. Para mejorar, sin duda alguna. Era más calmada, más ajena a lo exterior y entregada a su hijo, que había pasado a ocupar el primer sitio del mundo para ella. Hasta su aspecto tuvo una mudanza: una madurez nueva. Obraba aconsejada por el médico al que su padre la encomendó, pero vacilaba a veces, como si le inquietase la posibilidad de no estar haciendo lo bastante, o lo bastante bien, por su niño. Quiso llamarlo Ronald, como el padre de ella, y no Austin, como el mío. Yo se lo sugerí y ella me contestó: «Si a tu padre le hubiera gustado su nombre, te lo hubiese endosado a ti. Pero no le gustaba nada: seguro, no te preocupes, Bob.»

El inusitado amor que sentía por Ronald iba en aumento, aunque no pareciera posible. Cesó de apetecerle salir, moverse, dejarlo con alguna canguro, tratar amigos dentro o fuera de casa... Sólo ansiaba tener a su hijo al lado, mirarlo, acariciarlo, serle imprescindible como él había llegado a ser sin proponérselo para ella. Rigurosamente imprescindible.

Por eso, cuando descubrió esta mañana, recién despierta, extrañada de que no reclamase su primera comida, a su hijo muerto en la cuna, creí que ella se moría también. Se golpeaba contra las paredes; estrechaba el pequeño cadáver contra su pecho; daba verdaderos aullidos de dolor; venía hacia mí reclamando consuelo... Estaba convencida de que la muerte del niño se produjo por culpa de ella, por culpa de no haber conseguido que el bebé durmiera de lado. «Es culpa mía. Yo soy la asesina, Bob. Mi niño ha sido víctima mía. Víctima de la muerte súbita, porque yo no he sabido ponerlo como es debido en su cuna... El niño, boca abajo, se ha asfixiado, Bob... Se ha asfixiado nuestro hijo. Por mí.» Y se daba puñetazos en la cara. Se abofeteaba. Pataleaba contra los muebles, hasta que se dejó caer en el suelo sollozando.

—No ha sido culpa tuya —le dije—. Lo he matado yo. Lo he matado envolviéndole la cabeza en una bolsa de la basura...

Me miraba desde el sueño con unos ojos hinchados por las lágrimas y por la incredulidad. Se iba incorporando. Yo repetí lo que le había dicho. Y lo repetí una tercera vez. Me observaba con ojos ya desorbitados. Hasta que, sin que yo percibiese con claridad lo que hacía, tomó el cadáver del niño, corrió y, por lo visto, vino a presentar una denuncia. Ustedes fueron a buscarme, y ahora estoy aquí haciendo esta confesión.

Desde el momento en que, con toda frialdad, impidió Emily que yo fuese a despedirme de mi padre, me prometí a mí mismo hacerle pagar lo que yo estaba sufriendo. En la mitad del mar, lejos de la casa en la que él había cerrado sus ojos, aquellos ojos acostumbrados a mirarme con tanto amor, al que yo no había sabido corresponder nunca... Me juré que la mujer que originaba tanta soledad como yo padecí en aquel camarote maldito, sufriría un dolor parecido. Por eso la hice mi novia, mi mujer y la madre de mi hijo. Y le di el tiempo suficiente para que el niño significase, a sus ojos, el mundo entero, lo más querido, más que la vida. Ocho meses me parecieron suficientes: ya ella no entendía el mundo sin su niño... Ahora, en su propia carne, puede comprender el dolor que me produjo su negativa a acabar aquel viaje idiota, que nada significaba comparado con mi orfandad... Ahora estoy vengado.

Pero si he llegado aquí es porque no he conseguido olvidar la carita amoratada de Ron, que no tuvo parte en la pena que su madre me infligió... Por eso yo les ruego que me maten aquí, que me peguen un tiro, no quiero salir vivo. Porque yo tenía que haber sido para Rony como mi padre para mí. Y he sido exactamente lo contrario. Deseo morir en esta comisaría. Comprendo que haberle dado a mi vida el único sentido de una venganza la ha agotado... Ya no me importa nada. Quítenmela o denme un arma con la que me la quite. Al entrar me han dicho que mi esposa Emily ha sido llevada a un sanatorio. Que costó mucho separarla del cadáver de su hijo. Con eso es suficiente para mí.

II

Declaración ante la Corte de Justicia de Indianápolis

Antes de nada, quiero hacer constar que me hallo en perfecto uso de mis facultades físicas y mentales. Puedo, por eso, afirmar que he percibido, a mi llegada a este edificio, el odio de numerosos habitantes de la ciudad. Me gritaban, me amenazaban, me habrían linchado si mis protectores no lo hubiesen impedido, aunque ellos también lo deseasen. Sé que, entre los funcionarios de esta Corte, los alguaciles y los curiosos, he despertado una repugnancia infinita y una reprobación infinita también.

Sin embargo, no es por tal causa, ni por el asesoramiento de mi abogado, por lo que quiero dar a esta declaración un sentido contrario al de mi confesión anterior. Es porque resulta preciso, en honor a la verdad, que me declare por completo inocente de la muerte de mi hijo. Reconozco que fue cierto el dolor que me produjo la negación de mi esposa Emily, entonces ni siquiera novia mía, a abandonar nuestro crucero por el Caribe; pero cualquiera puede imaginar que, por mucho que una compañera de viaje se oponga, si mi deseo hubiera sido tan perentorio y exigente, la habría dejado en el barco y me habría ido en busca del cadáver de mi padre. En realidad, no estaba autorizado a hacerla responsable enteramente del dolor que a continuación me embargó.

Sí puedo afirmar, no obstante, que aproveché la actitud de Emily para relevarme del cumplimiento de mi obligación filial. Y que me habría gustado que Emily experimentase la desolación que, lejos de mi infancia y de cuanto había sido en ella mi padre, experimenté yo. Pero no hay nadie capaz de mantener todo este largo tiempo una conexión amorosa sincera, un matrimonio, un amor compartido por un hijo... Algo de aquel inicial sentimiento de venganza quedaría en mi corazón, cuando hace unos días la vi desaforarse ante el pequeño cadáver de nuestro Ronald. Caí de golpe en que, por fin, ella comprendía lo que se siente ante la muerte que nos roza por primera vez. A mí la de mi padre; a Emily, la de su hijo... Si yo me acusé de haberlo matado fue precisamente para aliviarla a ella del dolor de su culpa. Ella gritaba que era la responsable de no haber colocado como es debido para dormir al niño. Y probablemente así fue. Pero yo quise que la muerte recayera sobre mí del todo. Quizá no medí bien mi autoacusación, que dejaba tan desamparada, tan absolutamente sola, sin hijo y sin mí, a Emily.

Pero ése es, señores, mi único crimen. Después de mi falsa confesión a la policía, he creído que a ustedes debía decirles la verdad, toda la verdad y nada más que la verdad. No soy responsable de nada, de nada en absoluto de cuanto ha sucedido. De ahí que espere que mi inocencia sea por ustedes proclamada aquí mismo. Muchas gracias.

DOLORES, «LA ACEITUNA»

—

Un día de las Fiestas del Corpus, hace bastantes años, me presentaron al dueño del bodegón más famoso de Granada. Era un lugar perteneciente a su familia de mucho tiempo atrás, con cubas y toneles de vino contra las paredes, y con un inesperado refinamiento en el servicio. Su nombre, impropio y un tanto petulante, era El Poderío. El dueño y yo llegamos a ser buenos amigos. Otro día, mucho después, me contó esta historia que me emocionó de una manera extraña, a pesar de que yo la conocía en parte.

Mi amigo había estado loco de amor por ella. Creo que puedo decir sin esperanza y añadir por supuesto. Ella era siempre la que amaba, la que enloquecía por amor, la amante. El papel de amada no le iba, ni sabía representarlo siquiera; de saberlo, mejor le habrían ido las cosas.

La familia de *los Aceitunos*, eso no necesitaba decírmelo mi amigo el bodeguero, puesto que yo la conocí, era, toda, de una hermosura casi insoportable. Hasta los abuelos eran bellos, bien formados, de esqueletos señeros y elegantes, de calaveras que sostenían con perfección la carne morena. «Esa gente no puede ser fea ni muerta, porque son los huesos lo que tienen bonito», decía un prestigioso traumatólogo hablando de ellos.

Vivían aún en el Sacromonte. La generación correspondiente a la mía la formaban cinco hermanos, tres varones y dos hembras. En Granada todo el mundo decía que eran los gitanos más guapos que habían visto nunca. Los machos se dedicaban al chalaneo, y se les daba bien. Verlos montados en sus burros tirando de una recua era un espectáculo incomparable. «No había palabras», me comentó una vez un alcalde de Granada. «Parecían reyes que acabaran de apearse de un trono y se hubiesen montado en los purasangres más acreditados de este mundo. Ningún sultán, ningún califa pudo tener la majestad que tenían ellos.» Las hembras se llamaban Amparo y Dolores. Amparo, la mayor, era un bellezón pero algo sosa. «Yo es que bailo yeyé», decía cuando alguien le reprochaba no parecer gitana. En cuanto a Dolores, pertenecía a una especie aparte. A nadie le hubiera extrañado que la designasen monumento nacional. Era mucho más que preciosa. Era pluscuamperfecta. Pero además tenía un gancho sexual incandescente y nunca visto. Y a su pesar, como si ella no lo advirtiese. Los hombres perdían la cabeza —vamos, que la perdían— y algo más, por ella. Sonreía a todos; coqueteaba con todos, o eso parecía; pero no se dejaba tocar por nadie. Mi amigo se echaba a sudar como un pollo en cuanto la veía. Éstas son expresiones desmesuradas que a menudo y con muchas mujeres se emplean. En el caso de Dolores Reyes, *la Aceituna*, eran la más estricta verdad.

Mi amigo Fredi Afán la conoció una vez que entró al bodegón para llamar por teléfono. Ella tendría unos catorce años. Por lo que se murmuraba, ya había sido desvirgada y utilizada por sus hermanos o por su padre o por todos juntos. Terrible, pero explicable. No existía sangre que resistiese la convivencia con tamaña barbaridad. Bailaba a la sazón en el tablao de otro gitano: un joven rubio y de piel muy blanca. De guasa, los otros gitanos de Granada decían que comía sólo papel de fumar y bebía sólo leche. Mi amigo Fredi fue a verla bailar, y sufrió tal impacto que pensó en casarse con ella, a pesar del peligro que semejante alianza implicaba. El primero, el que se cumplió: ella, riendo, rechazó la solicitud. Fredi, entonces, se redujo a poner un tablao muy elegante en los bajos de El Poderío. Lo hizo sólo para poder contemplar a diario, aunque fuese de lejos y un par de veces en un par de pases, a Dolores. Su baile enloquecía a los aficionados. Enseguida Granada se dividió en dos grupos: los que afirmaban que el baile de Dolores era flamenco auténtico, y los que sostenían que aquello era otra cosa: apasionante, afrodisíaco, estremecedor, levantamuertos, pero otra cosa. El cantaor Antonio Mairena, en una visita a Granada, bajaba por el Zacatín hacia la Madraza y la capilla Real. Aquella mañana lo acompañaba yo. La gente nos reconocía, y andar entre la bulla se hacía incómodo. Sobre todo, porque el cantaor, viejo ya, se detenía cada diez metros a tomar aliento y formaba un corrillo. Desembocábamos ya en la placeta, cuando, contemplando la luz de mediodía, el color, la arquitectura tan noble de los edificios, se detuvo una vez más. Puso una mano en mi brazo, miró a la gente de alrededor, y me dijo: «Hay que ver qué jaula tan bonita», y después de unos segundos, añadió: «Y qué pájaro tan feo.» Aquella noche fuimos al bodegón El Poderío, situado en una de las cuestas que suben a la Alhambra, y vio bailar a *la Aceituna*.

—Ese baile, ¿es auténtico o no? —le preguntó Fredi.

—Ni es auténtico ni maldita la falta que le hace. Esta mujer tiene tal personalidad que no necesita respetar las reglas de nadie. En ese baile no hay más reglas que las que a ella le salgan del coño.

Tenía *la Aceituna* ya dieciséis años, y era una especie de seísmo, que igual achantaba a los espectadores que los subía en vilo, levantándolos con sus manos en alto, o los hacía llorar con una emoción estética que ellos desconocían.

Por entonces, *la Aceituna*, que, cuando se enamoraba, estaba comprobado que perdía la cabeza, como les pasaba a los hombres con ella, estaba liada con un compañero de colegio de Fredi. Un niño bien de Granada, algo terminadito, primoroso a rabiar, pero que, comparado con los hermanos de ella, y eso ella lo sabía, era la versión en frío de lo delicioso, como decía el anuncio de un helado de aquella época. El chico estaba casado con una muchacha de su rango, a la que ponía toda clase de cuernos. El amor de Dolores era uno más de su colección; pero para ella, no. Dolores consentía que se acostase con su mujer; con nadie más. Y le formaba tales escándalos cuando lo veía con una acompañante nueva que el preciosillo tuvo que salir zumbando de Granada. Como su padre tenía dinero y un buen negocio, lo trasladó a dirigir una sucursal en Sevilla.

Fue ese año cuando comenzó la verdadera historia de amor de *la Aceituna.* La provocó un muchacho muy similar a ella: guapo, sí, pero algo más: achulado, bravo, rajado, morenazo, echado para adelante y probablemente insoportable. Era hijo único de un señor, dueño de la sociedad de pompas fúnebres más conocida de la ciudad. Por eso le llamaban *el Niño de los muertos.* Y no le iba mal el mote, porque era una especie de matasiete. Acababa, por aquellos días, de salir de prisiones militares, porque, estando haciendo la mili, una noche de guardia, se conoce que se sintió incómodo o como paralítico, y abandonó el fusil y se largó del puesto. Lo declararon prófugo y, cuando lo encontraron fumándose un puro, en pijama en casa de su padre, lo enchironaron. Una vez en la calle, se topó de manos a boca con su destino en figura de Dolores, *la Aceituna.* Ella se abalanzó sobre él como una mantis religiosa, y no lo soltó ya ni a sol ni a sombra. Para Dolores no hubo más casa, más familia, más tierras, más herencia y más público, desde aquella primera noche, que Antonio Gallardo, *el Niño de los muertos.* Componían una pareja extraordinaria: un auténtico regalo para los ojos. Y la ciudad, ya prestigiosa, los adoptó como un nuevo ornamento que enseñar a turistas y a forasteros. La concreción viva, decían, de la historia de Granada.

Antonio Gallardo pasaba cada noche, en El Poderío, en una mesa cerca del tablao, tomando whisky con limón, que era lo que bebía, viendo bailar, marcándole el ritmo con pies y manos, y comiéndose con los ojos a su Dolores. Entre otras buenas razones porque, si no estaba Gallardo, Dolores no bailaba. Cuando no lo veía antes del pase, mi amigo Fredi, mordiéndose el corazón, tenía que mandar a un par de camareros en su busca, a fin de que los clientes gozasen de una fortuna incalculable: la de ver a Dolores morirse y resucitar en cada baile. Porque nunca un tablao se habrá visto tan lleno como el de El Poderío cuando lo pisaba *la Aceituna*, sola, con los brazos abiertos.

Osada y despectiva, se encogía de hombros ante la superstición gitana. *La Aceituna* se especializó en la petenera, el baile con peor fario de la extensa crónica de la danza. Y así le fue. Dolores la bailaba de negro, con un velo transparente cubriéndola de arriba abajo, y ella debatiéndose detrás del velo como si se defendiese de las Furias y de las Erinias, apartándolo, liberándose, volviéndose a envolver, hasta que al final conseguía salir de él para caerse muerta mientras el velo quedaba unos segundos flotando por el aire hasta posarse, como una mortaja, sobre su cuerpo inmóvil.

Antonio Ruiz, el bailarín, la endiqueló una noche. Traía prejuicios en contra, y se quedó sin habla. «Pero esta tía, ¿quién es? ¿De dónde ha salido esta pirámide de Egipto?» Se la quiso llevar para un número que cerraba su espectáculo. Un número titulado *La taberna del toro.* Llegó a un acuerdo con Fredi, que estuvo dispuesto, mal que le pesara, a ceder a Dolores y perderla de vista con tal de separarla de Gallardo. Mi amigo sabía que allí, con aquella hembra, no tenía nada que hacer, pero por eso mismo también sabía que algo sí debía hacer para llamar su atención. Proteger, ensalzar, alabar, publicar el valor de su joya, lo que fuera, con tal de que alguien imaginara, por lo menos, que la joya era suya.

Un par de semanas después lo llamó el atravesado Antonio Ruiz, a quien el mundo entero conocía, para empezar los ensayos en Madrid. Dolores le dijo que sí, que muy agradecida, que desde luego... Y no apareció. Antonio Ruiz entonces llamó a Fredi para que se la mandase empaquetada directamente a Cádiz, desde donde salían en barco para América. Fredi la acompañó a la estación; le subió el equipaje; la despidió con las lágrimas saltadas. Esperó a que el tren echase a andar y, meditaba en la tristeza de su mala estrella, cuando, alejándose ya el convoy, vio a Dolores, que se había apeado por la puerta contraria, en el andén de enfrente.

—Que no puedo, señor Fredi. Que no me puedo ir. Yo, sin mi Antonio Gallardo, no soy nada. No sé ni alzar un brazo, ni zapatear un rato chiquito, ni morder el tallo de un clavel... Nada, señor Fredi. Yo le agradezco todo lo que usted hace por mí, pero no se moleste usted más, porque eso es imposible.

Perdió la oportunidad de Antonio Ruiz, y siguió Fredi disfrutando de su joya.

Unos meses después, la joya se ensombreció. Antonio Gallardo coqueteaba con una niña del conjunto del tablao. Dolores le arrancó públicamente la melena postiza y hasta la propia; quiso matar a su amante; y luego se metió en su casa y se negó a bailar. Fredi vio de nuevo el cielo abierto. Me telefoneó a Madrid. Me pedía que yo interviniera ante el dueño de El Corral de la Morería para que contratase a *la Aceituna.* Lo hice con éxito, porque a ella la conocía todo el flamenqueo. A Manolo Rey le pareció un sueño, pero inverosímil como casi todos los sueños.

—¿Y Antonio Gallardo?

—Están de morros ella y él: hay que aprovechar esta ocasión.

Llegó a Atocha Dolores con una maletita. Las modistas de las flamencas le habían preparado cuatro trajes excelsos. Ella los miró y movió unos centímetros las cejas.

—¿Qué te parecen? Mira qué lujo, mira qué colores, mira qué modernos son. Tú eres la que vas a romper la moda de los volantes. Una saya lisa y ya está... ¿Qué te parece?

—Psss —emitió ella como todo comentario. Igual que Anita Delgado, después de presenciar el desfile con que la recibía, entre rubíes y elefantes, su marido, el marajá de Kapurthala.

Eso le dio al dueño de El Corral muy mala espina.

De cualquier forma, la anunció, le montó la petenera, unos martinetes, que una mujer bailaba por primera vez, una soleá dura y seca, y unas bulerías para romperse la camisa y partirse el pecho por la mitad. Su éxito fue una apoteosis. Todo el Madrid del cante, del toque y del baile estuvo allí presente. Se corrió la voz, y venía gente de los pueblos y de las capitales castellanas. El delirio... El delirio duró cuatro días contados. Al quinto me llamó Manolo del Rey.

—Tu recomendada. Que hoy no ha venido. Entre el primero y el segundo pase he mandado a su pensión, una pensión muy buena, no te creas, la eligió ella, en Mesón de Paredes... He mandado, y no había nadie. Ha salido de naja. Allí estaban los trajes, colgados, como mortajas, del armario... Que no se hace a vivir sin su Antonio. Lo que yo te decía: una tragedia griega.

Antonio Gallardo y Dolores *la Aceituna* pasaron unos añitos en relativa paz. A ella se la veía feliz. Tenía una edad plena y jugosa, de un atractivo un tanto brutal, es decir, aquello más que un atractivo era un empellón. Si alguien, sin saber quién era, se la tropezaba por la calle, en caso de ir en su dirección, la seguía hasta donde ella fuese; si iba en sentido contrario, daba media vuelta y también la seguía. Yo no sé si ella se enteraba o no de la que armaba. Pero el caso es que, cada noche, Antonio estaba a dos dedos de la gresca o en la mismísima gresca, porque no se acostumbraba a que los hombres piropeasen de pie, como borrachos sin estarlo, a una mujer que era la suya por la sencilla razón de que ella había resuelto serlo por encima de todo.

Dolores siguió bailando, con una admirable intrepidez, la petenera. Introducía variaciones, improvisaba, se notaba en su baile si el día le había ido bien o mal. O sea, si sus relaciones con Antonio funcionaron o no. Porque Gallardo era el indiscutible e indescifrable eje de su vida. Y él se dejaba querer, y quería sin duda, pero en unas dimensiones humanas, comprensibles, mientras que la forma de amar de ella tenía más que ver con Fedra y con Medea que con el Sacromonte.

En ese tiempo le propusieron hacer una película, dirigida por la primera mujer que hizo cine en España, y con unos compañeros de reparto que quitaban el hipo. Se llamaba *Alma andaluza.* Y el guión era un topicazo que daba ocasión a que Dolores se luciera bailando. Aquello no fraguó. Primero, porque los actores, muy conocidos, no se sometieron a las rarezas y caprichos «de esa loca, que bailará muy bien, pero que no sabe una palabra de cine ni de nada». Y segundo, porque Dolores no se atenía ni a las tomas, ni a las claquetas ni a los cortes del cine. Ella se echaba al baile como quien se echa al mar. Y ya no había quien la parara, ni quien sacase partido cinematográfico de aquel disparate, del que se quedaban pendientes los eléctricos, los foquistas, los maquilladores y todo Dios. Menos sus compañeros de cabecera de cartel.

Una noche de invierno, con mucho frío en la calle, con ese desplome de la temperatura que se produce en febrero en Granada, fue al espectáculo de *la Aceituna* una duquesa muy flamenca, que había sido discípula de Antonio, y que, por tanto, tenía alguna prevención contra Dolores. La duquesa se quedó de piedra berroqueña.

—Me habían hablado mucho, pero esto es diferente. Esto no se puede contar. Esta señora ha descubierto otro flamenco. Yo me alegro mucho de que no se haya ido con mi amigo Antonio Ruiz. Porque se lo hubiera cargado. O él la hubiese echado de su compañía a la semana, cuando comprobara que la aplaudían más que a él... Es un fenómeno de la naturaleza, querido Fredi. Es la Armada Invencible, pero sin elementos... No, no, qué disparate, yo no paso a saludarla. Usted lo hace en mi nombre. Yo no saludo a las Cataratas del Niágara.

Y se fue.

Aquella misma noche estaba escrito que algo detuviera a las Cataratas del Niágara y al Niágara. Antonio Gallardo la estaba esperando en la puerta del cuarto. Ella se cambió. Se puso un trajecito cualquiera, un abrigo de pieles, y salieron, cogidos de la cintura, a tomar unas copas. Fueron a un par de sitios de estudiantes, y luego al Albayzín, a un bar con jardines que daban a la Alhambra. Dolores se empeñó, a pesar del biruji de cojones, en beber fuera.

—Chiquilla, que vamos a coger una pulmonía.

—Sería la voluntad de Undebé. Vamos a coger dos pulmonías, Antonio de mi alma: yo la tuya, y tú la mía.

El caso es que bebieron para entrar en calor, y luego bebieron porque habían bebido. Al terminar, iban a seguir la juerga por La Mosca y esos sitios de arriba. Conducía su deportivo Antonio Gallardo. En la salida del Albayzín, cerca del Ave María, a una velocidad que no era la mandada, chocaron contra una farola. El claxon se quedó sonando como la trompeta de un ángel anunciador de la otra vida. Antonio Gallardo se murió en el acto. Dolores *la Aceituna* recuperó el sentido ya en el hospital. Tenía un politraumatismo y recomponerla sería duro.

—¿Dónde está mi Antonio? ¿Cómo quedó mi Antonio? ¿Qué le ha pasado a mi Antonio?

La tranquilizaban, pero ella seguía con la misma canción. No le importaba lo suyo, ni lo trágico que era ese accidente para una bailaora. Su Antonio, su Antonio y su Antonio. A los médicos, a las enfermeras, a los botones de las floristerías. Su Antonio.

Mi amigo Fredi se llegó a visitarla después del entierro de Antonio Gallardo. «Fue un trago. Su padre, que había enterrado ya a media Granada, tenía que enterrar a su hijo único. Y no en sagrado, porque al arzobispo se le metió entre mitra y mitra que el hombre era un pecador público, que había muerto con su amante y en pecado mortal, y que semejante relación era en toda la ciudad una piedra de escándalo... "Un trago —me contaba Fredi que le decía aquel padre—. Yo, que he tapado tanto suicidio y tanto muerto en casas de putas y tanto cura con querida, ahora tengo que enterrar a mi hijo como si fuera un perro"... Las cosas de la vida», concluía Fredi. Y de la muerte, añadía yo. Porque en el hospital, después del trago, se presentó Fredi. Y ella, preguntando por su Antonio.

—Está bien... Una herida en la frente. Con el cristal del parabrisas, ¿sabes? pero bien... Y una muñeca averiada. Pero nada, bien... La que tiene que curarse eres tú. Te quiero ver bailando la semana que viene. A mí no me arruinas tú el negocio. Así que a hacerle caso a los médicos, y a fastidiarte unos diitas.

—Pero ¿por qué no viene mi Antonio a verme?

—Mujer, yo qué sé. Porque tendrá algo en la pierna también... Un tobillo malo o algo así.

—¿Pero está en este hospital? Dilo, ¿está aquí? ¿Y por qué no viene?

—No está aquí, Dolores. Está en una clínica privada de un traumatólogo.

—¿De quién?

—De un médico de huesos. En la Acera del Darro, me parece... No te pongas pesada, Dolores, ya vendrá.

Se despidió mi amigo Fredi con la mosca en la oreja. A la media hora de salir él, Dolores exigió que la llevaran a ver a su Antonio «a una tromología que hay en la Acera del Darro». La enfermera pensó que deliraba, le dio un sedante y la arropó muy bien. Ya anochecido, en un descuido de las enfermeras confiadas en el sedante, antes de que vinieran con la cena, Dolores abrió la ventana —ella estaba en una primera planta— y se tiró a la calle. Se partió las dos piernas. Un conserje del hospital escuchó el ruido, «como si se hubiese derrumbado la Alhambra, mire usted», y se encontró a *la Aceituna* «como un figurín roto, qué pena más grandísima».

Demasiadas fracturas para un cuerpo y demasiado dolor para un alma. Hubo que decirle que su Antonio había muerto... No lloró. No se quejó. Dejó de hablar de su Antonio. Pero, con el golpe, algo había de romperse. Se rompió su cabeza. Se trastornó. Nunca podría volver a bailar. Eso, sin embargo, no le importaba. Sin su Antonio tampoco habría bailado. Sin su Antonio no le quedaban ganas de vivir. Eso fue exactamente lo que le ocurrió: perdió el deseo de vivir. Había tirado esa toalla.

Tardó mucho en salir del hospital. Fredi me dijo que, a pesar de ir bastante a menudo a llevarle dulces o flores que ella no miraba, cuando la vio en la calle no la reconoció. Era una mujer vieja. Era una mujer coja, escorada y vieja.

Me contaba la historia en el restaurante del bodegón. En la planta de calle, porque la de abajo la había destinado a almacén o a bodas o a no sé qué. El tablao había desaparecido... Habíamos comido un poco de jamón y nada más. Mirábamos la carta. Entre las mesas, una gitana con el pelo cano vendía papeletas para una rifa de algo, una muñeca o un jamón con chorreras, no me acuerdo. Fredi me señaló con los ojos a la anciana, que se acercó a la mesa.

—¿Me compra usted una tira?

—Sí, Dolores —se volvió hacia mí—. Te presento a Dolores, *la Aceituna*.

—Mucho gusto —dijo ella.

—Encantado, señora —me levanté y le besé la mano, esquelética, con venas muy salientes.

Ella se la miró y se echó a reír. Le faltaban unos cuantos dientes. Le dejó a Fredi unos papeles. Fredi la tuvo que llamar porque se le olvidada cobrarle. Era una sonámbula. Andaba arrastrando los pies con una extraña muleta de madera y una visible voluntad de desaparecer.

—Condiós —dijo.

Yo, emocionado, cogí un clavel del adorno que había sobre la mesa, y se lo acerqué antes de que saliera. Cuando se lo tendía, me detuvo con un gesto.

—Gracias, señor. No es que se lo desprecie, es que no quiero flores... Ya no es hora de flores, caballero... Ah, por cierto —se volvió antes de salir—, usted que es tan amable... Si ve a Antonio Gallardo, dígale de mi parte que he venido.

Viéndola balancearse, con la extraña muleta bajo el brazo, estuve a punto de ponerme a llorar.

ÍNDICE